***Michel Lacombe** a toujours écrit, et le succès lui vient dès son premier roman paru en 1999,* Le Retour au mas, *couronné par le prix des Automnales de Sury-le-Comtal en 2004. Depuis, ce passionné d'histoire, d'archéologie, de préhistoire, de nature et de sciences a publié près de vingt-cinq livres aux éditions du Mot Passant et du Rouergue. Ces « romans de vie », comme il les appelle, où il s'attache à faire ressentir au plus près ce que vivent ses personnages, lui ont valu la reconnaissance d'un lectorat fidèle, ainsi que les prix Lucien-Gachon 2002 pour* La Grimace du givre, *le Cabri d'Or 2004 pour* Les Jumeaux de Malatresque, *et le prix du roman historique de Saint-Bonnet-le-Château 2007 pour* La Vengeance de Jean-Sans-Dieu.

Les Brûlots de paille

Du même auteur

Le Mystère du mas du païen, Éditions du Mot Passant, 2008.
La Campagne de Baptistin, Éditions du Mot Passant, 2007.
L'Inconnu du Vaccarès, Éditions du Mot Passant, 2006.
La Vengeance de Jean-sans-Dieu, Éditions du Rouergue, 2006.
Les Charpentiers de fer, Éditions du Mot Passant, 2005.
La Sansouïre du Toquadou, Éditions du Mot Passant, 2005.
La Cagnotte de Cyprien, Éditions du Mot Passant, 2004.
Le Mécréant de Saint-Poutouzat, Éditions du Mot Passant, 2004.
Les Jumeaux de Malatresque, Éditions du Mot Passant, 2004.
Barjac au fil du temps, documentaire, Éditions du Mot Passant, 2003.
Le Douvi, Éditions du Mot Passant, 2003.
Les Sarments d'Hippocrate, Éditions du Mot Passant, 2003.
La Boumiane, Éditions du Mot Passant, 2002.
La Mer à boire, Éditions du Mot Passant, 2002.
Les Brûlades, Éditions du Mot Passant, 2002.
Le Secret d'Adrienne, Éditions du Mot Passant, 2002.
La Brouille, Éditions du Mot Passant, 2001.
La Semaine de Gaga, nouvelles, Éditions du Mot Passant, 2001.
Le Sans-gueule, Éditions du Mot Passant, 2001.
Les Fachines, Éditions du Mot Passant, 2001.
La Grimace du givre, Éditions du Mot Passant, 2000.
La Noire Tourmente, Éditions du Mot Passant, 2000.
Le Retour au mas, Éditions du Mot Passant, 1999.

Imprimé en France en mars 2009
Dépôt légal : avril 2009
ISBN : 978-2-84494-939-4
ISSN : 1769-1788

MICHEL LACOMBE

LES BRÛLOTS DE PAILLE

De Borée

I

La Besancière

PAS UN RAI DE LUMIÈRE... Seulement la mélasse de l'obscurité. Et ces souffles réguliers qui rythmaient le silence... L'air était oppressant, dans ce lit de montagne aux portes mal fermées. Rien, dans la torpeur de la nuit assoupie, ne pouvait laisser deviner l'heure qu'il était : les respirations du couple de dormeurs se mêlaient en une même houle, dans un flux et un reflux incessants qui cherchaient à s'accorder sur un même tempo, lent et cadencé... Sous le lourd édredon bien gonflé, entortillé dans les plis du drap de lin rugueux, Maximin Chenaillet poussa un long gémissement, puis se tourna sur le côté avant de se mettre à ronfler doucement. Il n'en fallut pas plus pour qu'Élise battît des cils. Elle étouffa un bâillement, fixa un moment le plafond sans le voir, comme si elle eût voulu trouer la pénombre de son regard las, les paupières encore à demi collées par la glu épaisse du sommeil. La jeune femme soupira, réprima l'envie qu'elle avait de s'endormir à nouveau, puis étira ses membres en grognant : puisqu'elle avait ouvert les yeux, il lui fallait bien se lever ! Se lever parce qu'il en était ainsi. Parce qu'il en avait toujours été ainsi...

Ce lui fut, comme chaque matin, un effort presque indépendant de sa volonté, un réflexe enraciné au plus profond de son être. Un peu comme un rite dont elle ne se souvenait plus à quand ce dernier pouvait bien remonter : mue par une force qu'elle ne savait vraiment définir, elle bascula sur le bord du lit trop haut, ramena sur ses jambes nues sa chemise de nuit froissée, puis posa les pieds sur les lames fraîches du plancher. L'habitude… Le fruit de la routine quotidienne… Un frisson lui remonta aussitôt le long du dos, comme chaque jour, mais Élise le trouva plus revigorant que désagréable : comme si ce tremblement irrépressible achevait de tout à fait l'éveiller. Avec des gestes d'automate, elle passa une paire de bas de laine épaisse, jeta un châle sur ses épaules, avant de repousser les portes grinçantes du lit fermé. Dans la clarté de l'aube maigrichonne qui s'infiltra, elle se retourna un instant sur Maximin, l'œil inexpressif : ainsi que tous les jours, il faudrait encore à son époux de longues minutes, avant qu'il se décidât à s'extirper de ses couvertures pour descendre la rejoindre dans la grande salle commune du rez-de-chaussée !

Comme chaque matin, les lamentations des marches de bois accompagnèrent les pas de la jeune paysanne. Comme chaque matin, Boule, le chien le plus familier de la maison, gratta à la porte pour qu'on lui l'ouvrît. Comme chaque matin, Élise resta un moment dans l'entrebâillement du battant pour jauger de la température de l'air frais… Face à elle, la prairie, blanchie par une rosée d'albâtre, chutait dans les brouillards de la vallée et commençait à miroiter, sous les premières lueurs timides que laissaient filtrer les cils des nuages sur la paupière de l'horizon… Sur l'autre versant, étranglés par les coteaux, les pâturages embrumés se perdaient dans la masse sombre des forêts. Elle tourna la tête pour lever le nez vers « la » montagne, afin de deviner, dans les trouées de brumes, la frange étincelante des neiges : le royaume du blanc, à cette époque de l'année… Ces pâturages où il faudrait conduire les bêtes, d'ici quelques mois, lorsque l'herbe aurait reverdi, là-haut. Plus haut encore, s'élevaient ces crêtes presque inaccessibles dont personne ne pouvait rien tirer, et où nul n'avait de véritables raisons de s'aventurer !

Rester un moment coincée derrière ce panneau de bois, un peu abrutie, sans même avoir conscience de ce que ses yeux voyaient, laisser tout sentiment s'évaporer dans les brumes qui léchaient les pentes, ne plus penser… Avec cette nostalgie qui la grignotait ainsi à la brèche de chaque jour, cette légère angoisse qui l'étouffait de plus en plus au fil des mois : comment aurait-elle pu oublier sa vie d'avant, la vie « d'en bas » ? Oh ! Elle avait cru s'habituer, se faire à cette vie de solitude, mais l'hiver avait été trop rude, cette année-là : ce huis clos à l'écart du monde s'était révélé trop pénible, au fil d'une mauvaise saison qui s'était éternisée en s'alanguissant sur la montagne plus longtemps que de coutume ! Trois ans, déjà… Trois ans d'exil ! Il lui arrivait même de regretter son mariage, d'avoir dit « oui » à ce veuf plus âgé qu'elle d'une quinzaine d'années, mais qui était si fort, si rassurant, comme savent l'être ces gars solides et sains issus des hauteurs… Elle l'aimait bien, pourtant, son Maximin ! Un brave homme… Gentil, doux, travailleur… Mais quel ennui, que de vivre auprès de lui, sans autre horizon que ces pentes et ce ciel ! Sans autre compagnie que celle des bêtes… Qu'elle aurait aimé, quelquefois, retrouver l'agitation d'une ville, ou même d'une bourgade… Pas un de ces hameaux accrochés aux flancs si raides de ce pays de vertige, mais un vrai village : animé, vivant ! Un village de la plaine ou de la vallée… Un village comme celui où elle était née et où elle avait grandi.

Elle ravala péniblement ses contrariétés, puis referma la porte pour ranimer le foyer : il fallait bien faire ce qu'il y avait à faire ! Ainsi en allait la vie… Depuis longtemps, Maximin lui promettait d'acquérir ce fourneau dont elle rêvait si souvent : une belle cuisinière de fonte émaillée, avec son four, sa bouillotte dans laquelle il ne fallait pas oublier de remettre de l'eau, ses plaques et ses rondelles en fonte toujours chaudes, et qu'il était d'usage d'entretenir d'un simple coup de chiffon gras… Un luxe, en cette demeure de montagne isolée qui tenait plus du chalet que de la ferme ! Mais le projet était sans cesse repoussé, et elle devait se contenter de ce tas de ferraille rouillé… La cheminée n'était pourtant pas inutilisée, et il fallait la garnir pour faire chauffer la pitance des porcs, ou pour profiter de la lumière et de la chaleur de l'âtre, le soir, afin d'économiser le pétrole des lampes ou la consommation excessive de bougies… Les braises rougeoyaient encore derrière la grille, et Élise se contenta de faire réchauffer le café de la veille dans une casserole culottée de brun par cet usage exclusif.

Elle avait posé deux bols sur la table, mais elle n'eut pas le temps de sortir la miche de pain et le fromage que Maximin descendait déjà l'escalier, encore débraillé et se frottant les yeux en bâillant :

« Tu es bien vite debout, ce matin ! plaisanta-t-elle. T'es tombé du lit, ou bien ?

– Non… Mais il faut encore que je descende jusqu'à la ferme de Valtay ! Avec le lait pour la *fruitière*[1], comme tous les jours… »

Le visage si doux d'Élise s'assombrit aussitôt : que ne saisissait-elle jamais l'occasion de l'accompagner ? Mais il fallait bien que quelqu'un s'occupât de traire les vaches ! De changer les litières… De nourrir les poules et les lapins. Ainsi que le cochon… La truie et ses petits… Et la cuisine ? Et le potager ? Que de choses à assumer, encore ! Elle hésita, puis, sans y croire vraiment depuis le temps qu'elle le proposait vainement, elle réitéra cette demande qui avait systématiquement l'art d'énerver son époux :

« Mais pourquoi n'irais-je pas moi-même, de temps en temps ? Je sais mener le cheval et la carriole, moi aussi ! »

Elle avait pris cet air boudeur qui savait tout aussi bien amuser Maximin que l'irriter. Il lui répliqua avec douceur, comme il l'avait déjà fait cent fois :

« Ma Lilise… Je suis bien certain que tu en es capable ! Mais les gens d'ici ne veulent pas traiter avec une femme, sinon histoire de la gruger : ils t'embrouilleraient tant et si bien que tu nous reviendrais sans un sou vaillant en poche ! »

Elle baissa la tête. Elle le savait bien : les tractations et les marchés étaient des histoires d'hommes ! Mais comment faire comprendre à Maximin qu'elle avait besoin, elle aussi, de s'échapper de ces grands espaces solitaires qui, paradoxalement, lui étaient

1. *Fruitière : fromagerie.*

devenus une vraie prison ? Jamais elle n'avait l'occasion de s'évader de ces pentes, trop vertes ou trop blanches selon les saisons ! Jamais elle ne pouvait se changer les idées en flânant devant les rares boutiques des villages... Les villages ? Il n'y en avait d'ailleurs que peu, dans ce pays de montagnes ! Le plus proche, dans la longue vallée de la Valserine, restait Mijoux : ailleurs, les versants plongeant sur la rivière n'offraient que de maigres hameaux, ou bien de pauvres chalets perdus dans les pâtures, tous identiques à celui où elle vivait... L'isolement, au plus profond des forêts et des prairies... De l'autre côté de la montagne, en plaine, il y avait ces villes et ces gros bourgs dont les richesses la faisaient rêver : Bellegarde, Ferney, Gex, Divonne, et même Genève ! Mais, comme le disait si bien Maximin, ce n'était là que tentations, lorsque l'on n'avait pas les moyens de se payer la moindre fantaisie...

Elle se mordit les lèvres, se força à grimacer un piètre sourire pour rassurer celui qui était son mari : elle ne voulait surtout pas le contrarier avec ses états d'âme, car elle s'estimait malgré tout heureuse d'être la femme d'un homme aussi doux et aussi bon... Oui : il était brave, Maximin ! Mais n'était-il pas en mesure de comprendre qu'une femme, surtout aussi jeune et aussi pleine de vie qu'elle l'était, ne pouvait se contenter de cette existence étriquée, sans même la distraction hebdomadaire de la messe ? Seule exception : la veillée de Noël... Mais Noël conservait la mauvaise habitude de ne s'inviter qu'une fois par an, et à la mauvaise saison, encore ! Maximin la considéra un instant, songeur, avec sur le visage cette expression d'adoration qui lui était coutumière : comment eût-il fait pour ne pas fondre de tendresse, lorsque son regard se posait sur elle ? Élise... Si belle, si jeune, si mutine ! L'existence l'avait tellement déçu que, veuf, il avait fait le deuil de toute vie sentimentale en même temps que celui de sa défunte épouse... Jusqu'à la rencontre de cette si adorable femme un peu espiègle qui avait redonné un sens à sa vie, et qui avait fini par accepter de le marier malgré la différence d'âge. Dieu ! Comme il l'aimait, même s'il ne savait pas le dire avec les mots qu'il fallait ! Chaque fois qu'il pensait au bonheur qui l'habitait à la savoir dans ses murs, chez lui, à la Besancière, à la sentir chaque nuit dans son lit, tout contre lui, avec sa peau si douce sous la chemise, si tiède à ses mains comme à son cœur, il avait envie d'en pleurer de joie... Il n'était pourtant pas sans deviner le malaise qui s'emparait peu à peu de celle qui était désormais tout pour lui : mais qu'y pouvait-il ? C'était cela, la vie de berger et de fromager ! C'était cela, vivre à la Besancière ! Qu'il était loin, le temps où le chalet d'alpage n'était utilisé que l'été, le temps où les Chenaillet redescendaient l'hiver à la ferme familiale, là-bas, dans la plaine ! Mais il y avait eu la mort du père, le partage des terres, et Maximin n'avait eu d'autre choix que celui de vivre à l'année dans ce qui n'aurait dû rester qu'une demeure d'estive...

« Un peu de patience, ma Lisette... tenta-t-il de la rassurer. À force de faire des économies, nous pourrons bientôt prendre plus de bêtes encore ! Et, le commerce aidant, nous aurons enfin les moyens de nous payer un vacher pour nous aider... Nous pourrons alors nous offrir quelques sorties chez "ceux d'en bas"... »

Elle ne put que lui renvoyer une moue contrite :

« Allons, Maximin : nous sommes trop loin de tout pour prétendre avoir un peu d'aisance avec ces foutus laitages ! Produire n'est rien... Mais acheminer lait ou fromage là où ils se vendent un bon prix, c'est autre chose : c'est trop de chemin pour nous en occuper nous-mêmes, et les intermédiaires qui se chargent du transport mangent à eux seuls tout le bénéfice ! Les vrais gains, c'est la fruitière de Mijoux qui les fait sur notre dos : tu as beau dire, les choses ne sont pas près de changer, pour nous... »

Il pinça les lèvres pour ne pas répliquer : il ne savait que trop combien sa femme avait raison ! À bout d'arguments, il haussa les épaules :

« Il n'empêche, il me faut bien descendre jusqu'à la ferme de Valtay : la collecte se fait à 7 heures, et il ne faut pas être en retard ! D'autant plus que c'est aujourd'hui que le Félix Champignol doit régler le lait collecté le mois dernier...

– Ah oui ! glapit-elle amèrement. Et cet escroc de Champignol va te payer une misère, comme d'habitude ! Mais sais-tu seulement combien vont se vendre ensuite les fromages, à Gex, Bellegarde ou Genève ? C'est du vol manifeste, et nous ferions mieux de les confectionner nous-mêmes et d'aller les écouler sur les marchés de la région... »

Maximin soupira :

« J'y ai pensé bien souvent ! Mais qui s'occuperait des bêtes, durant ce temps ? Ni toi ni moi ne saurions tout assumer seuls, ici ! Sans compter que nous ne pouvons compter sur personne, pour les foins et les cultures...

– Même pas un saisonnier de passage ? espéra-t-elle follement.

– Seulement si le hasard nous envoyait un errant qui ne demanderait en échange que la table et le toit ! répondit-il d'un ton fataliste. Mais la plupart de ceux qui louent leurs bras sur de telles pentes le font sinon à prix d'or, tout au moins à des tarifs trop élevés pour nos maigres économies, et nous ne pouvons pas nous le permettre ! Tu le sais bien...

– Malheureusement... »

Elle le regarda avec une expression de détresse infinie, et les larmes perlèrent à ses paupières :

« Tu comprends, Maximin... Je ne vois jamais personne, ici, et je passe ma vie entre ces murs et ces prés ! Seule, ou alors seule avec toi... J'ai tellement besoin de parler, de voir d'autres têtes, d'autres gens, d'autres lieux que cette montagne, toujours cette damnée montagne ! D'entendre autre chose que le meuglement des vaches ou les aboiements des chiens... »

Elle avait du mal à retenir des sanglots de rancœur, et il ne sut que lui répondre pour la réconforter. Gêné, il toussota afin de s'éclaircir la gorge.

« Je travaillerai plus encore ! promit-il. Pour que cela change... »

Comme si elle ne l'avait pas entendu, elle murmura encore :

« Si encore nous avions eu un enfant : ça me changerait les idées, de m'occuper de lui... Ça donnerait un peu plus de sens à ma vie ! À notre vie... »

Maximin baissa le nez à son tour : le grand drame de toute son existence ! Pas plus avec Élise qu'avec sa première femme, il n'avait eu le bonheur d'avoir près du lit un bambin braillard ou rigolard… Les risettes, les babillages, les pleurs et les rires juvéniles… Subitement brusque pour masquer ses émois, il bougonna :

« Bon… Faut que j'y aille, maintenant ! »

Sans un mot, Élise lui tourna le dos pour s'affairer à briquer les rondelles fatiguées du vieux fourneau : elle ne voulait pas le voir partir. Et sans doute souhaitait-elle encore moins qu'il la vît sangloter silencieusement ! Un peu découragé, Maximin haussa les épaules et sortit de la pièce pour aller atteler Diamant…

II

La Vieille Faucille

Le soleil piquait la peau inondée de sueur, et le vieil homme délaissa le manche de sa faux pour éponger son front ruisselant à l'aide d'un large mouchoir à carreaux. Si les fenaisons étaient souvent l'occasion d'une fête dans les vallées, où tous les hameaux se mettaient à la tâche, ici, c'était plutôt une épreuve ! Une épreuve que l'on subissait en famille, sans états d'âme, parce que c'était dans l'ordre des choses et qu'il en avait toujours été ainsi... Oh ! bien sûr, la région était généreuse en herbe, sur ces pentes bien arrosées ! Aussi fallait-il l'emmagasiner pour nourrir le bétail à la mauvaise saison... Mais la faux se faisait lourde, avec le poids des heures, d'autant plus lorsque l'on avait commencé tôt : ça coupe tellement mieux, à la rosée !

En soufflant, Octave sortit la pierre à aiguiser de son étui de bois et affina le fil de la lame, plus pour s'octroyer une pause que par véritable nécessité. Devant lui, ses deux fils, Thibaud et Antoine, continuaient à avancer comme des mécaniques bien huilées, le geste métronome, le dos courbé, les jambes solidement campées : il fait si bon être encore jeune ! Pourtant, Octave Vornex savait bien que les « gosses », comme il les appelait encore, avaient depuis longtemps perdu leur entrain : la vie était trop dure, aux Fontanières, pour les nouvelles générations ! Bientôt, il n'y aurait plus que des vieux, dans les murs de ces fières demeures montagnardes qui bravaient depuis des siècles les rigueurs du climat comme les joies et les drames de leurs habitants... Ces solides chalets à base de pierre qui suivaient, de pères en fils, un nom bien d'ici au point de finir par le porter... Le vieux soupira : depuis qu'il avait repris en main l'exploitation, combien d'autres n'avaient-elles pas été laissées à l'abandon, sur ces coteaux élevés que les pâtures disputaient à la forêt ? Quel gaspillage !

Thibaud et Antoine... Antoine et Thibaud... De braves gars qu'il avait forgés à son image et à l'image de leurs ancêtres : courageux, opiniâtres, honnêtes ! Bien sûr, avec Louisa, sa femme, ils les avaient élevés « à la rude », ainsi qu'il en était de coutume, ici... En les aimant, bien sûr, mais « du dedans » : les sourires, les marques de tendresse étaient réservés aux gens « sans pudeur ». Et, de la pudeur, on en avait, chez les Vornex ! Le vieil homme était pourtant fier de ses fils : des costauds, obéissants sans être soumis, des hommes de caractère, qui ne comptaient pas leurs heures et leur sueur. Des jeunes comme il en existait de moins en moins... Tout en s'essuyant les mains d'un geste machinal sur le velours côtelé de son pantalon, il grimaça : il devinait bien qu'Antoine et Thibaud n'œuvraient plus sur ces pentes qu'à contrecœur. Un soupir... Un soupir qui lui venait des racines de son être comme du sol même qu'il foulait : n'aurait-il pas à leur âge éprouvé de telles sensations, à leur place ? Les temps avaient tellement changé : il était tellement facile de gagner bien plus d'argent avec bien moins d'efforts, dans les vallées, en louant ses forces ou ses talents à une tannerie, une horlogerie, ou une grande fromagerie industrielle ! Oui : c'était tentant, pour de bons gars pleins d'énergie et d'ambition... Et puis, en bas, à Gex, le climat était moins rude, la vie plus facile... Pas comme ici, la dernière maison du village, sur les hauteurs grimpant à l'assaut des pentes, sous « La Vieille Faucille ». Dans la vallée, au moins, on n'était pas seuls et perdus au milieu de nulle part ! On pouvait s'amuser, aller le soir au café ou au bal, et peut-être même y rencontrer une belle plus ou moins farouche... une belle, qui sait, qui pourrait faire une honnête femme ? Octave secoua la tête, se courba en reprenant son geste répété, et la lame siffla de nouveau dans l'herbe…

Dans ce pays tranché à coups de hache, on n'avait pas trop l'habitude de se parler, surtout entre proches, et encore moins lorsqu'un gros labeur occupait la tête et les muscles… Mais cela n'empêchait pas de penser, et Antoine savait que les mêmes questions tournaient aussi sous le crâne de son frère. Mais pourquoi en discuter ? Tout semblait ici tellement immuable, comme écrit depuis toujours ! Que pouvaient-ils tous deux changer à l'ordre des choses établi avant même qu'ils ne naissent ? Mieux valait se mordre les lèvres que d'y user sa salive ! Thibaud osa pourtant ouvrir la bouche, non sans avoir vérifié de l'œil que « le » père était bien hors de portée d'oreille :

« Je ne sais si s'entêter ainsi est vraiment la meilleure des solutions… » bougonna-t-il.

Son aîné continua à faucher d'un geste ample et, sans relever la tête, il s'enquit :

« Qu'est-ce que tu dis ?

– Je dis qu'il ne sert à rien de s'obstiner sur ces terres, quoi que le père en dise ! Je pense de plus en plus que notre avenir n'est pas sur ces pentes, mais plutôt en bas, à Gex, Divonne, ou même Genève : là où il y a de l'argent à gagner, et des mignonnes qui seraient heureuses de se trouver un bon mari bien bâti, plutôt que de se racornir comme nonnes en couvent auprès d'un de ces feignants des villes ! »

Il fallut plusieurs cisaillements de lumière dans le va-et-vient de la lame, avec le chuintement soyeux du fil aiguisé sur l'herbe, avant qu'Antoine ne se décidât à répondre :

« L'envie m'en démange depuis plus longtemps que toi, Thibaud… Mais comment laisser le “vieux” seul aux Fontanières ? »

Le cadet s'arrêta dans sa tâche, puis s'appuya sur le manche de la faux planté droit dans l'herbe folle et constellée de fleurs :

« Depuis la mort de m'man Louise, il aurait tout de même pu comprendre que continuer à vivre ainsi ne mènerait jamais à rien ! Comment ne se rend-il pas compte que s'incruster à l'année, à cette altitude, dans ce chalet trop éloigné du bourg, ne peut être que folie ? Le village n'est pas loin, à vol d'oiseau… Mais, par les chemins, c'est une autre paire de manches !

– C'est vrai, Thibaud. Les Fontanières ne sont pas un endroit où il fait bon rester l'hiver, et nous sommes bien placés pour le savoir ! Tous ces mois, depuis l'enfance, que nous avons passés isolés du monde, écrasés sous les neiges, recroquevillés sous les couvertures, la nuit, avec la bise qui hurlait… Mais nous ne sommes pas les seuls, dans la région !

– Pour ma part, j'en ai plus qu'assez ! Nous sommes suffisament grands pour décider de nos vies… Je n'en peux plus !

– Moi non plus… Mais comment faire ? Je n'ai pas envie de tuer le père en lui annonçant que j'ai l'intention de le quitter !

– Mais c'est lui qui nous tue, Antoine ! Tu ne vois pas qu'il nous use à petit feu, en s'accrochant aux Fontanières contre toute logique ? Nous n'avons aucun avenir, ici, et tu le sais aussi bien que moi ! Pour ma part, je n'ai pas l'intention de rester sur ces foutues estives une année de plus… Et je serai loin quand l'hiver reviendra, c'est moi qui te le dis ! »

Octave Vornex repoussa le dernier andain de sa lame de faux, puis leva le nez sur ses fils :

« Qu'est-ce que vous "bavassez", encore ? »

Thibaud se troubla et baissa le regard :

« Rien, rien… » bougonna-t-il.

Son aîné haussa les épaules :

« On causait, c'est tout, en t'attendant… Mais, dis-moi : serait peut-être temps de manger un morceau et de boire un coup, non ? »

Octave acquiesça du menton :

« Bonne idée, fiston… Ainsi que pour *enchapler*[1] les faux !

Il n'avait pas été sans remarquer la gêne des deux frères, mais préféra ne pas poser de questions : il avait trop peur de ce que les jeunes gens eussent pu lui répondre ! Il ne savait que trop

1. *Enchapler (ou enchapeler) : battre la lame.*

bien les pensées qui couraient dans leur tête pour les avoir connues avant eux, lorsqu'il avait le même âge ! Mais enfin : cela finirait bien par leur passer comme ça lui avait passé ! Le vieil homme réprima pourtant une moue mauvaise : les temps avaient tellement changé, depuis sa jeunesse !

Antoine parvint le premier à l'angle du muret qui séparait bois et prairies, et servait d'assise au chemin défoncé qui filait en lacets vers les pentes encore plus raides de la montagne. Il se baissa vers une niche ménagée entre les pierres, en tira la bouteille, puis le casse-croûte enveloppé d'une serviette qui y avaient été déposés à l'aube. Déjà, son frère avait sorti son couteau de la poche, et l'essuyait d'un geste machinal sur le velours de son pantalon : la faim était là, d'un coup. Après les heures passées à s'échiner sur ces pentes le manche à la main, la pause était bienvenue ! D'un pas plus lent et plus mesuré, le père arriva à son tour en essayant de cacher au mieux la lassitude qui lui nouait déjà les muscles. Il déguisa son essoufflement sous une petite toux de circonstance, souleva sa casquette informe pour s'éponger le front de son large mouchoir, puis cracha à terre avant de s'asseoir sur une pierre éboulée.

« Fait pas bon vieillir ! » remarqua-t-il d'un ton bougon, sans vouloir pourtant admettre devant ses fils à quel point il se sentait épuisé.

Antoine le jaugea d'un œil sceptique : le « vieux » n'essayait-il pas de se faire plaindre, pour couper court aux velléités d'indépendance de sa progéniture ? Non ! Et le jeune homme ne sembla découvrir qu'à cet instant combien Octave avait changé, depuis quelques saisons : ces plis amers qui lui étiraient les lèvres vers le bas ; ces ridules au coin des yeux qui s'étaient creusées, et ce front que le labour profond des années avait fini par froisser comme un vieux tissu trop porté. Ce dos qui se voûtait peu à peu. Mais surtout ce regard, de plus en plus fatigué, qu'il jetait sur la vie et sur ceux qui l'entouraient… L'aîné des Vornex se força à sourire et déboucha le litron :

« Allons ! Levons le coude : nous l'avons bien mérité, non ? »

Octave Vornex ne fut pas dupe. Il ne doutait pas que son fils détournait ainsi toute allusion au malaise que chacun ressentait, mais il s'en félicita : il n'était pas d'humeur à entamer une discussion qui ne pouvait que se terminer par une dispute ! Et puis, en bon paysan montagnard, il n'avait jamais été très bavard : il faut bien faire preuve d'un peu de retenue, quoi ! Il se contenta donc de lever le verre à sa moustache, tout en essayant d'éviter de croiser les regards d'Antoine et Thibaud.

Le moment de calme après l'effort… Les minutes partagées comme un bien précieux, rythmées par le bruit des mastications. Et cette conversation que nul ne semblait vouloir entamer… Un peu égoïstement, le vieil homme se félicitait d'ailleurs de ne pas voir aborder des sujets qu'il redoutait, et il ne fit rien pour prendre la parole. C'était sans doute un peu lâche, mais tellement plus facile à vivre ! Octave se refuserait toute sa vie à admettre que le combat qu'il menait pour rester aux Fontanières était une cause perdue d'avance… Ses fils firent à leur tour mine de ne pas s'apercevoir de sa gêne, et Antoine se contenta de dire :

« On a tout de même avancé plus vite que je ne le pensais… »

Le vieux approuva du menton, mais ne se permit pas la moindre réponse, se contentant de se tailler une nouvelle rondelle de saucisson. Thibaud avala le contenu de son verre et s'essuya les lèvres de la manche :

« Quand ce pré sera fini, il faudra s'attaquer aux autres… » grogna-t-il sur un ton qui dénotait un réel manque d'enthousiasme.

Avec le père, il valait mieux ne pas dire les choses trop directement ! Octave soupira. Bien que ne voulant pas vraiment aborder le sujet, il marmonna :

« On le sait bien, Thibaud… Il faut du foin et du fourrage, pour l'hiver ! Enfin, l'herbage est si abondant qu'on a de la chance de pouvoir couper dès le printemps plutôt qu'en été ! Ce qui laisse espérer un bon regain… Il vaut mieux, si l'on garde quelques génisses… »

Antoine avait décidé de ne pas se mêler à la conversation, mais la réflexion de son père le fit sursauter :

« Ah non ! s'indigna-t-il. Tu ne veux pas dire que tu penses sérieusement nous encombrer de nouvelles bêtes ? Nous suffisons à peine à nous occuper du troupeau ! Une dizaine de têtes, c'est déjà trop, pour nous... Mieux vaut vendre ces putains de génisses : ça nous fera au moins gagner 2 ou 3 sous ! »

Octave Vornex se redressa en essayant vainement de se faire plus grand qu'il n'était. Le regard dur, il répliqua :

« Ce n'est pas en nous contentant de ce que nous avons que nous nous en sortirons ! affirma-t-il d'un ton qu'il voulait sans réplique. La seule solution, c'est d'accroître le troupeau... Pour augmenter la vente des laitages et des fromages ! »

Thibaud chercha le regard de son aîné, puis secoua la tête avec violence avant de s'écrier :

« Non ! La seule solution, c'est de laisser tomber ces prairies et ce coin de montagne ! Nous n'arrivons pas à y vivre, mais seulement à y survivre en nous privant de tout, et en y trimant pour rien, comme des forçats... Dans la vallée, au moins, il y a du travail et de l'argent. Et ce que nous y gagnerions, Antoine et moi, serait amplement suffisant pour nous deux, ainsi que pour t'assurer le toit, le boire et le manger, sans que tu t'uses la santé sur ces pentes de malheur ! »

Le vieil homme se mordit nerveusement la moustache, et ne répliqua pas tout de suite. Il hésita entre colère et abattement, puis se campa fièrement devant son cadet :

« Comment ? clama-t-il d'un ton sec. Tu voudrais me mettre sur le bord du chemin, dans l'ornière, à ne plus rien faire ? Je suis encore d'âge à trimer pour mériter ce que je mange, non ! Et à ne pas me laisser vivre sur le dos de mes fils ! C'est une véritable insulte, Thibaud, et je ne sais pas ce qui me retient de te foutre ma main en travers de la figure ! »

Antoine s'interposa, avec au coin des lèvres une moue d'immense lassitude : il ne redoutait rien autant que ces disputes qui devenaient trop fréquentes à son goût. Une fois de plus, il tenta de calmer son père, sans pour autant donner à son frère l'impression qu'il le désavouait :

« Allons ! Vous deux... Ce n'est pas en vous engueulant que vous arriverez à quoi que ce soit ! Car le père a beau le nier, il sait bien que nous n'avons plus grand-chose à attendre de ces alpages... Et nous avons beau essayer de croire que la vie serait meilleure "en bas", nous savons bien aussi que ce ne sera pas non plus le paradis ! De toute façon, pour l'instant, nous n'avons pas d'autre choix que celui de continuer à nous échiner sur ces terres...

– Pour l'instant... admit Thibaud. Mais pour l'instant seulement ! »

Octave Vornex préféra ne pas relever cette dernière réflexion, et il tourna ostensiblement le dos aux jeunes gens : ne surtout pas entrer dans une de ces colères qui n'arrangeaient rien ! Ne surtout pas laisser deviner ces larmes de rage impuissante qui se bousculaient à ses cils ! Et, surtout, ne rien dire qu'il pût regretter plus tard... Bourru, maladroit, il grogna :

« C'est pas tout, ça : faudrait peut-être prendre le temps d'enchapler les lames des faux, non ? Et puis de se remettre à l'ouvrage, si on veut en avoir fini avec ce fichu pré avant la nuit ! Après avoir mis l'herbe en *cuchets*[1], bien sûr...

Le dos voûté, la frustration mordante au creux du ventre, les trois hommes reprirent leur faux avec lassitude, puis ils fichèrent en terre une petite enclume pour battre le fil à l'aide du petit marteau qu'ils calaient dans leur ceinture. Face à eux, la pente verdoyante, immense sous le soleil, semblait rire de leurs efforts de fourmis...

1. *Cuchet : foin mis en tas pour le préserver de la rosée ou de la pluie.*

III

Pierrot des Fleurs

« PIERRE SAVAGNON, c'est ça ? »

L'homme inclina la tête en guise de réponse. Il paraissait étonnamment jeune pour son âge, et seules ses tempes grisonnantes trahissaient la quarantaine passée. Le cheveu indiscipliné, l'œil perpétuellement moqueur, un inépuisable sourire aux lèvres, il semblait toujours s'amuser de tout et de rien, comme si la vie n'était pour lui qu'un jeu, et qu'il savait tourner les choses les plus graves en dérision : comme si tout n'était que plaisanteries ! Il considéra le douanier d'un œil narquois :

« Pas la peine de tourner et retourner ces papiers ! Comme si vous ne me connaissiez pas, sous-brigadier Jaguineau : ce n'est certes pas la première fois que j'ai affaire à vous... »

Le douanier ne releva pas le nez des documents que l'homme lui avait présentés, et se contenta de bougonner :

« La procédure... Il faut bien respecter la procédure ! »

Renonçant à éplucher plus longuement ces paperasses, il les rendit à leur propriétaire en se fendant enfin d'un maigre sourire :

« Alors, Pierrot des Fleurs... Qu'est-ce que tu as à passer, aujourd'hui ? »

Haussement d'épaules indifférent :

« Bof... Une livre de sucre et quelques allumettes ! Rien d'autre à quoi je n'ai droit, quoi...

– Et dans ta charrette ?

– Comme d'habitude : du fil, des aiguilles, des boutons, des couteaux, des flacons-miracles, de la poudre de perlimpinpin, des élixirs de longue vie, ou des lotions pour que les chauves puissent se gratter les cheveux, et j'en passe ! Mon petit commerce, quoi… »

L'agent des douanes esquissa une moue sceptique :

« Moui… Je veux bien ! Mais nous sommes tous certains, dans toutes les brigades de la région, que tu vis plus de la contrebande que de ton "petit commerce", comme tu dis…

– Comment ? s'indigna Pierre. Il n'y a pas plus honnête que moi !

– C'est ce que tu veux nous faire croire, je sais… Mais nous ne sommes pas dupes ! Si seulement on savait comment tu t'y prends ! Parce que je suppose qu'il est inutile de te foutre à poil ou de décharger ta charrette ? Nous ne trouverons rien, comme d'habitude !

– Forcément, puisqu'il n'y a rien à trouver ! se moqua ouvertement le camelot.

– Nous trouverons ! assura le douanier, soudainement plus agacé qu'amusé. Nous y mettrons peut-être le temps, mais nous trouverons ! Allez, ça ira, pour cette fois… Mais ne te fais pas d'illusions : nous te coincerons bien un jour ou l'autre ! »

Le commerçant ambulant flatta l'encolure de son âne, puis se retourna avec cet air railleur et effronté qui avait tellement l'art d'énerver les fonctionnaires des douanes :

« Bien ! En attendant, moi, je file… Allez : avance, Blanchon… Nous avons perdu assez de temps comme ça. J'ai ma vie à gagner, moi ! »

Tout le monde connaissait l'existence aventureuse et dissolue de Pierrot des Fleurs, et le douanier grinça avec une pointe de jalousie :

« Si ce n'était que la vie… »

Il n'était de secret pour personne que ce charlatan de Pierrot était le plus acharné coureur de jupons qui fût !

* *
*

Pierrot des Fleurs

Saint-Jean était un beau village groupé entre le sud du lac Léman et les premières hauteurs des monts du Jura... Un village comme les autres de la région, avec ses maisons agglutinées autour de l'église, ses quatre rues principales se croisant au niveau de la grande place publique, ses fontaines, ses commerces... Pierre sourit tout en menant son âne par la bride : le bourg était encore animé, à cette heure où le soleil, moins ardent, était sur le point de basculer derrière les crêtes. Le marchand ambulant connaissait bien les lieux, et il traversa la place de ce pas assuré qui était pour beaucoup dans son succès auprès des dames ! Il enroula la longe de Blanchon au coin d'un banc, puis pénétra fièrement dans le café dont la terrasse bordait la terre battue...

« Pouah ! s'exclama-t-il aussitôt. Ça pue toujours autant la bouse, dans ce pays de vaches ! »

Quelques habitués se retournèrent à son entrée :

« Tiens ! Mais c'est le Pierrot des Fleurs ! Et toi : qu'est-ce que tu pues ? T'as jamais flairé tes pieds ? »

Un éclat de rire général accueillit l'entrée du nouveau venu : un passage de Pierre Savagnon ne passait jamais inaperçu ! Le bonhomme était sympathique, farceur, malicieux, et sa perpétuelle gaîté communicative... Ah ! Le camelot savait s'y prendre, pour secouer la routine des jours ! Bien sûr, chacun savait qu'il vendait mille inutilités qu'il présentait comme essentielles, des babioles ridicules dont on n'avait rien à faire, des produits inefficaces dont il vantait avec une verve inépuisable les merveilleux mérites... On prêtait une oreille amusée à ses sornettes, comme les enfants écoutent autour de l'âtre le même conte pour la millième fois, et on se jurait bien de ne pas se laisser prendre à ses boniments ! Et pourtant : Pierrot des Fleurs ne repartait jamais bredouille d'un village, et son commerce devait plutôt bien se porter, depuis le temps qu'il l'exerçait ! Le patron se pencha en avant, hilare :

« Alors, grand filou ! Qu'est-ce que tu nous amènes encore, comme *arigots*[1] ?

– Je ne vais pas sortir tout mon attirail sur le comptoir, Émile ! s'indigna le marchand. Il sera bien temps de vous montrer ça demain... Ce soir, je ne travaille pas ! Mais je veux bien payer ma tournée... »

Une clameur joyeuse accompagna son offre : il savait vraiment s'y prendre, « le » Pierre, pour amadouer son monde et mieux l'emberlificoter ensuite !

« Pour moi, ce sera une *picholette*[2], comme d'habitude ! précisa le camelot.

– Je n'avais pas oublié ! » assura Émile en posant devant lui un verre et une petite carafe de vin blanc du pays...

Le patron servit les deux tables occupées, l'une par quatre vieillards qui jouaient aux cartes, l'autre par un maquignon à grande blouse qui marquait l'accord d'une vente de bétail devant une bouteille bien entamée. Puis le cabaretier repassa derrière son comptoir pour s'installer face à Pierre :

« Je trinque avec toi, Pierrot... décida-t-il. D'où tu nous viens, cette fois ?

– De Collonges, en remontant la vallée... Je me suis arrêté à midi à Logras et à Péron, mais ce sont des coins trop perdus pour que j'y fasse vraiment des affaires ! Et puis, c'est à Saint-Jean que j'ai mes habitudes... et des amis, depuis le temps !

– C'est vrai... admit Émile. Mais il y avait quelques belles paires de mois qu'on ne t'avait vu !

– Mmm... J'ai un peu traficoté en Suisse. Puis dans le haut Jura, autour de Saint-Claude. J'ai traîné ensuite du côté de Divonne, puis de Gex, avant de rester une ou deux semaines à Genève. Et me revoilà ! »

Jouer aux cartes n'empêchait pas les anciens de suivre de loin la conversation. L'un d'eux s'exclama :

1. *Arigots : vieux objets qui ne sont plus d'aucune utilité.*
2. *Picholette : carafon de trois décilitres.*

« Deux semaines à Genève ! Toi qui ne supportes pas les grandes villes ! Ils t'avaient mis en prison, ma parole ?

– Il est des prisons bien agréables ! répliqua Pierrot avec une étincelle de malice dans le regard. En l'occurrence celles des cuisses de deux ou trois donzelles peu farouches, en compagnie desquelles je ne me suis pas ennuyé... »

Les vieux ne purent se retenir de sourire, avec l'amertume d'une certaine nostalgie au coin des lèvres : il y avait longtemps que ce genre de distractions ne leur démangeait plus la braguette ! Émile se mit à rire plus fort que les autres :

« Et je suppose que, comme d'habitude, tu as été obligé de détaler au plus vite pour te soustraire à la colère de maris furieux... et cocus ? »

Pierre Savagnon se contenta d'une moue énigmatique pour toute réponse : il aimait entretenir sa petite réputation, et se faisait un malin plaisir à laisser planer le mystère sur ses conquêtes amoureuses ! L'œil rendu rêveur par ces évocations, il laissa son regard s'évader par la porte ouverte...

Quelques femmes revenaient de rincer leur lessive à un des deux lavoirs du village, et elles papotaient gaiement en faisant résonner la place de leurs rires clairs et de leurs exclamations. Certaines tenaient leur corbeille d'osier calée contre la hanche, d'autres poussaient la brouette contenant leur linge... Les pupilles de Pierrot s'illuminèrent : oubliant les consommateurs, il se surprit à rêver en les observant. Depuis toujours, le camelot ne pensait qu'aux représentantes du sexe opposé, et il adorait les détailler, ainsi, de loin, juger de leur âge, de leur grâce, de leur sourire. C'était comme un jeu, pour lui, que d'essayer de deviner, une fois libérées, à quoi pouvaient bien ressembler ces chevelures emprisonnées sous le fichu, d'imaginer la forme des corps sous le tissu des jupes, des chemisiers et des blouses... « La petite, à gauche ? Un peu trop boulotte... Et sa voisine n'est plus de première jeunesse. Quant à celle-ci elle est grosse et difforme... Et celle-là ? Pouah ! Grande et maigre à en faire peur ! Surtout avec cette bouche sans dents... » Il soupira : en ville, au moins, les citadines savaient se mettre en valeur ! Tandis qu'ici... « Oh ! la petite brunette, là, n'est pas si mal, après tout... Plutôt mignonne, même ! Et avec la mine délurée, des yeux fripons : elle doit bien savoir se démener, dans un lit ou sur la paille ! Un beau morceau, ma foi... » Tout émoustillé, il porta le verre à ses lèvres et resta un moment songeur.

La voix d'Émile l'arracha à sa rêverie :

« Oh ! Le Pierrot des Fleurs ! Encore l'esprit *à la bade*[1] ? À lorgner, comme d'habitude, tout ce qui porte jupons, hein ? »

Pierre se tourna vers lui, la mine railleuse :

« Et où est le mal ? Parce que ça ne t'intéresse pas, toi, peut-être ? Il n'y a pas de vergogne à se faire plaisir aux yeux, non ? Surtout qu'une drôlette est plus agréable à regarder que toi, que je sache ! »

À la table voisine, un vieil homme abattit sa carte sur le plateau en commentant :

« Ça dépend lesquelles, mon gars ! Parce que j'en connais certaines, qu'y vaudrait mieux tomber aveugle que de les voir à poil, à mon sens... »

Tandis que tout le monde s'esclaffait de la remarque, un autre joueur ôta la pipe de sa bouche :

« Ce serait-y que tu voudrais parler de ta grosse Mélanie, le "Fonce" ? »

Alphonse ne s'offusqua pas et répondit d'un ton narquois :

« J'aurais tout aussi bien pu penser à ta Rose, Léon... qu'elle a plus que la peau sur les os ! Mais nous, ce n'est pas pareil : on est vieux... alors, elles sont vieilles aussi...

– De toute façon, les "fumelles", c'est que des ennuis, des jérémiades, et des reproches pour nous pourrir la vie !

– Tu parles pour toi... Parce qu'avec ma Mélanie, plus les ans passent, plus on s'accorde ! »

L'interlocuteur d'Alphonse maugréa, puis ajouta en se tournant vers le camelot :

1. *À la bade : dans ce contexte, à rêver.*

« Il n'empêche qu'à toujours tourner autour des "bergères" des autres, Pierrot, ça ne peut que te causer du tort ! Et ça peut mal se finir, un jour : t'as pas honte, de toujours essayer de fricoter avec des femmes mariées ?

– Eh ! rigola Pierre. Comment faire autrement ? Les plus belles me tentent, c'est bien normal, mais elles ont toujours bague au doigt depuis longtemps ! C'est la vie...

– C'est surtout le meilleur moyen de t'attirer des ennuis avec des maris jaloux, ce qui se termine souvent fort mal !

– Oh ! C'est vrai que, plus d'une fois, j'ai été obligé de déguerpir sans tambour ni trompette... admit le marchand d'un ton insouciant. Mais je suis toujours là ! »

Émile essuya son comptoir d'un geste machinal :

« Le résultat, c'est qu'il doit y avoir bien des villages et des hameaux où tu ne peux sans doute plus remettre les pieds, non ? C'est pas bon pour ton commerce ! »

Pierrot des Fleurs haussa les épaules :

« Si je ne vais ici, je peux toujours aller ailleurs ! » s'exclama-t-il de la façon la plus badine qui fût.

Le patron de bistrot secoua la tête, une moue expressive à la bouche :

« N'empêche... Ce n'est pas une vie, que de se laisser mener par le bout de la braguette !

– Peut-être, mais c'est la mienne ! rétorqua Pierre Savagnon, l'œil plus égrillard que jamais. Et, dans ce pays de bétail, ce n'est pas quelques cornes de cocus de plus qui vont déranger le paysage ! »

Il y eut quelques sourires à sa répartie, quelques haussements d'épaules aussi : cet écervelé de Pierrot ne changerait jamais !

* *
*

Il avait encore des paillettes d'escarbilles qui fulguraient sous ses paupières closes, le cœur en cabriole, le souffle saccadé, et la peau ruisselante de la rosée de leurs ébats débridés. Sous sa joue, le doux coussin d'une poitrine moelleuse se soulevait au rythme d'une respiration hachée... Pantelant, il ouvrit les yeux pour chercher le regard de son amante d'un soir. Des larmes d'émotion dans les cils, elle lui sourit et murmura :

« Ah ! Mon Pierrot... J'avais oublié combien il peut être bon d'aimer ! Je crois d'ailleurs que jamais il ne m'avait été donné de ressentir autant de bonheur dans les bras d'un homme : je ne savais pas que ça pouvait exister... C'est... c'est comme un soleil qui m'aurait explosé de l'intérieur ! »

Sa voix s'était feutrée d'émois inconnus et résonnait comme une musique aux oreilles du camelot...

« Oui... C'était bon ! » assura-t-il en s'emparant du bout des lèvres du téton dur d'un sein.

Le ventre de la femme alanguie frissonna une fois encore des spasmes du plaisir assouvi, et elle gémit de joie rétrospective :

« Je... je t'aime... »

Il tressaillit, subitement contrarié par ces deux petits mots qui avaient l'art de tout gâcher : c'était toujours ainsi, avec les donzelles ! Toujours à vouloir s'accrocher à lui plutôt que de savourer le moment présent ! Il grogna :

« Ne dis donc pas de bêtises, Lucienne...

– Lucette ! corrigea-t-elle vivement. Mais... je suis sérieuse, mon Pierrot : pourquoi ne resterais-tu pas ici, à Saint-Jean, plutôt que de toujours courir par monts et par vaux ? J'ai du bien, depuis mon veuvage : une belle ferme, et un bon cheptel !

– Et beaucoup de prétendants, sans doute ?

– C'est vrai, lui accorda-t-elle. Mais qui ne m'intéressent nullement ! De riches grigous qui me trouvent encore assez belle et jeune pour rêver de se promener à mon bras malgré leur âge, et des célibataires de tout poil qui pensent plus à ma propriété et à mon bas de laine qu'à moi-même... Non, Pierre, si je dois refaire ma vie, ce sera avec toi ! Je te l'ai dit, et je te le répète : je t'aime ! Je t'aime ! Et c'est la première fois que j'ose dire à un homme ce genre de choses… Jamais, avant aujourd'hui, je n'avais prononcé ces mots, même à mon défunt mari : oui, je t'aime… »

Pierrot des Fleurs se redressa sur un coude : voilà que ça recommençait ! Ah ! Les femmes ! Il maquilla sa grimace d'un sourire, puis susurra d'une voix douce :

« Non, ma belle… Ce n'est pas que je ne voudrais pas, mais jamais je n'arriverais à me résigner à vivre toujours sous un même toit tous les soirs : il me faut bouger, ma belle ! Voir du pays, des gens, il me faut de l'aventure, si je ne veux pas crever ! Même si je suis bien avec toi, si je restais ici, en moins d'un mois, je ne serais plus le même, tu sais : Pierrot des Fleurs se fanerait comme le nom qu'il porte… Comme un vieux bouquet… Tu comprends ? »

Lucette soupira : elle s'attendait bien à ce genre de réponse, mais rien n'interdisait d'espérer… Elle secoua la tête pour chasser le peu d'illusions qu'elle s'était faites, puis se força à une joie qui sonnait un peu faux :

« Dommage… murmura-t-elle. Peut-être changeras-tu d'idée, en vieillissant ? Mais puisque c'est ainsi, autant en profiter, non ? »

Sans lui laisser le temps de répondre, elle le bâillonna de sa bouche en basculant sur lui, et ses mains fiévreuses entreprirent de ressusciter l'ardeur du camelot…

IV

« Une visite ? À cette heure-ci ? »

C'ÉTAIT UNE JOURNÉE NORMALE pour une fin de printemps à la Besancière : debout dès 5 heures ! Élise, comme d'habitude, se levait un peu avant son époux pour préparer le casse-croûte matinal. Chaque matin, elle y mettait un peu moins d'entrain, lassée par la routine, déçue dans ses espérances : s'occuper du bétail deux fois dans la journée lui devenait une véritable corvée ! Encore ensommeillée, il lui fallait se rendre à l'étable dans laquelle les sept vaches et les deux génisses attendaient, tirer les bouses, sortir le fumier, retourner la litière et renouveler la paille fraîche… Alors, seulement, la traite pouvait commencer, en compagnie de Maximin. Élise préférait un tabouret à trois pieds qu'elle traînait de place en place, alors que son époux s'attachait le *botte-cul*[1] autour des cuisses. Les mains bien graissées d'huile et de suif, il fallait d'abord calmer la bête en lui parlant doucement et en l'*amouillant*[2], avant de presser régulièrement le pis d'un geste appris depuis si longtemps qu'il semblait faire partie intégrante de soi-même… Ah ! Le bruit si familier des jets rythmés sur les parois de bois du seau, le lait qui moussait, et cette odeur tiède qui montait aux narines…

Cela semblait facile, lorsqu'on avait le coup de main ! Mais c'était un labeur qui nouait des douleurs dans le dos, dans les

1. *Botte-cul : tabouret à un pied maintenu en place par une courroie.*
2. *Amouiller : masser le pis jusqu'à la descente des premières gouttes de lait.*

paumes et les doigts, et la jeune femme attendait avec impatience que le seau fût plein pour déplier son corps et prendre plus de temps qu'il n'en fallait pour aller le verser dans la *boïlle*[1]. Un petit moment de détente qu'elle se plaisait à prolonger : traire, même à deux, sept bonnes vaches laitières, ça ne se faisait pas en quelques minutes ! Surtout qu'ensuite, il fallait encore leur donner à manger, les étriller, et les brosser si elles étaient sales. L'avantage, ici, contrairement aux fermes des villages, c'était qu'on pouvait ensuite les mettre au pré, devant la maison, sous la surveillance de ce brave Boule : le chien des Chenaillet évitait bien l'embauche d'un apprenti berger, même si un garçon de ferme ne coûtait guère cher ! Avec un soupir, la jeune femme se saisit d'une fourche en bois pour aller nourrir, d'abord, un peu plus loin dans l'*écurie*[2], Rousset et Bobiou : elle aimait beaucoup ces deux grands bœufs, dont les grands yeux langoureux lui paraissaient luire du reflet de sa propre nostalgie… Et elle n'oubliait jamais Diamant, le cheval de la maison, qu'elle adorait flatter et caresser : il semblait si bien la comprendre, lui !

Maximin versa son seau de lait dans la boïlle, tout en observant du coin de l'œil sa jeune épouse s'affairer auprès de Diamant : qu'il la trouvait belle, ainsi, en contre-jour dans la lumière frisante de l'aube ! Élise… Sa « Lise »… Attendri, il sourit sans même s'en rendre compte : quel bonheur il avait eu qu'elle entrât ainsi dans sa vie, alors qu'il s'était déjà résigné à la solitude du veuvage ! Sans même que ce fût un mariage arrangé : il n'avait ni bien ni fortune qui eussent pu justifier une union d'intérêt. Bien au contraire, même : la vie qu'il pouvait offrir à sa femme n'avait rien de très attrayant, et il en était bien conscient… Il s'étonnait encore souvent qu'Élise eût pu lui dire « oui » devant le maire et le curé ! « Oui », malgré la différence d'âge. « Oui », malgré le peu d'aisance de son existence. « Oui », malgré l'isolement de la Besancière et la rudesse du labeur quotidien, dans cette

1. Boïlle : récipient en bois d'une contenance variable (de 10 à 60 litres), muni de bretelles pour le porter à dos.
2. Écurie : en pays de Gex, le vocable exact, étable, était inusité.

montagne de solitude qui coupait les humains du reste du monde… Un mariage d'amour, un mariage de tendresse, chose si rare que jamais il n'aurait osé la rêver !

Élise, il l'avait rencontrée en bas, à Saint-Genis, un jour d'automne, alors qu'il emmenait trois veaux de poids pour être vendus au boucher. Elle revenait du lavoir, lorsqu'un coup de vent déluré s'était emparé d'une coiffe propre dans sa corbeille, pour en jouer au gré de ses souffles facétieux. Maximin avait attrapé au vol le couvre-chef orné de dentelles, et l'avait rapporté à la jeune femme. Leurs yeux s'étaient simplement croisés. Ils s'étaient observés sans rien dire, interdits, le regard aimanté, le cœur en arrêt, un peu bêtement… Ils s'étaient souri, puis avaient fait un bout de chemin ensemble, le long de la place. Maximin l'avait trouvée belle, naturelle, franche et douce, mais l'idée qu'il pût espérer plus que ce simple sourire ne l'avait même pas effleuré ! Elle avait apprécié son calme, sa force et sa gentillesse, mais il eût été inconvenant de le lui avouer… Et pourtant : l'épaule de ce paysan modeste lui semblait tellement plus rassurante que celle des nombreux jeunes gens de son âge qui tentaient en vain de la séduire depuis des années ! Ils s'étaient revus, une fois, puis plusieurs, et le mariage s'était peu à peu imposé à eux comme une évidence… Un mariage qui en avait étonné plus d'un dans la région ! Maximin ne regrettait rien : chaque jour passé auprès d'Élise lui semblait un jour grappillé au Paradis…

« Lilise ? »

Il aimait ainsi à user envers elle de mots doux et tendres. Elle se retourna :

« Oui ?

– J'ai vu le Charles Léchiaux, l'autre jour, à la ferme de Valtay…

– Et alors ?

– Alors, tu sais qu'il est *amodieur*[1] l'été, et maquignon l'hiver. Cette année, j'ai bien envie de lui confier quatre de nos vaches :

---

1. Amodieur : à la belle saison, l'amodieur louait un alpage de montagne, collectait les vaches des particuliers et embauchait du personnel pour fabriquer le fromage sur place. Il gardait la production pour lui, la vendait, et cela ne nous rapportera pas grand-chose, c'est vrai, mais ça nous fera du travail en moins et nous pourrons nous consacrer à d'autres tâches... »

Élise refréna le sourire qui lui montait aux lèvres pour ne pas trahir le soulagement qu'elle éprouvait : il y avait si longtemps qu'elle espérait cette décision !

« C'est une bonne idée... » approuva-t-elle simplement.

Il n'avait fallu que ces quelques mots pour que l'avenir lui parût s'éclaircir : la vie était si usante sur ces montagnes, à deux, loin de tout ! Bien sûr, ce n'était pas pour autant qu'elle et Maximin resteraient sans ouvrage, à la Besancière ! Bien au contraire... Mais ce changement seul enchantait la jeune femme :

« Ce serait pour quand ? »

Maximin haussa les épaules : quelle question !

« En juin, comme d'habitude ! »

Élise jubila :

« Je pourrais me consacrer à faire un vrai jardin ! » s'exclama-t-elle.

Cela faisait si longtemps qu'elle y songeait : il y avait trop de travail à la ferme pour que l'on pût cultiver plus qu'un petit potager, le strict nécessaire ! En confiant des vaches à l'amodieur, tout serait différent : elle pourrait doubler le coin consacré aux pommes de terre, planter ces salades dont elle raffolait, des carottes, des légumes... Bien sûr, il y en avait déjà, dans le coin du jardin. Mais la jeune femme rêvait d'agrandir ce carré bien bêché, d'y consacrer plus de temps, et de produire plus encore : un plaisir, qui se doublait d'une source de nourriture qui ne coûtait rien, ou presque ! Elle adorait tellement semer, planter, arroser... et récolter ensuite le fruit de ses efforts...

Heureux du bonheur soudain de son épouse, Maximin arbora un visage rayonnant :

---

payait en fin de saison au paysan une somme convenue d'avance par tête de bétail.

« Une visite ? À cette heure-ci ? »

« Bien… Je vais harnacher Diamant pour descendre les boïlles chez le Martin Lautry, à Valtay : il ne faut pas que je rate le Félix Champignol, pour la collecte ! »

Bizarrement, Élise ne fit aucun commentaire acerbe sur ce marchand intermédiaire qu'elle considérait comme un parasite… Elle se contenta de sourire, rêveuse :

« Et moi, dès que j'aurai un moment de libre, je nettoierai tous les ustensiles et la chaudière de cette vieille fromagerie qui n'a plus servi depuis des lustres, pour tout remettre en état : si nous louons quatre bêtes au Charles Léchiaux, cela nous laissera le temps de fabriquer quelques fromages à vendre nous-mêmes… Ça rapportera plus que la fruitière de Mijoux !

– Tu te rends compte du surcroît de travail ?

– J'ai toujours adoré ça ! »

Maximin soupira : il savait bien qu'Élise ne pourrait assumer seule cette tâche qui exigeait des forces d'homme ! Il lui faudrait bien mettre la main à la pâte, pour soulever les boïlles, tourner et trancher le caillé… Mais enfin, si cela faisait vraiment plaisir à la jeune femme !

* *
*

Lise sifflotait comme un homme, courbée sur le manche de son râteau, et l'air qui s'échappait de ses lèvres semblait en harmonie avec le chant des oiseaux qui rivalisaient de virtuosité. Elle renouait avec une gaîté qui ne lui était plus coutumière : enfin, quelque chose allait bouger dans sa vie… Elle attendait depuis si longtemps que Maximin prît une initiative de ce genre ! Le concert incessant de ces boules de plumes gazouillantes s'harmonisait à sa joie, et la caresse d'un soleil encore doux redonnait à son regard un éclat perdu depuis longtemps… Elle leva les yeux plus haut, vers ces pentes vertes étoilées du feu d'artifice des couleurs vives des fleurs de printemps, et se surprit à sourire : que la pâture était belle ! Bien sûr, les fenaisons étaient loin d'être achevées, et il fallait du foin pour l'hiver… Mais quel enchantement que ce paysage qui, du bouton d'or au coquelicot, associait toutes les nuances de vert à celles du jaune, du rose, du blanc, du bleu et du rouge !

Sous les dents de bois de son outil, l'herbe coupée de la veille roulait en dégageant une odeur presque enivrante. Élise s'approcha du cuchet suivant et le défit de quelques coups de fourche avant de l'étaler à son tour. Plusieurs fois dans la journée, il allait falloir râteler pour que l'herbe séchât bien. Puis, dès le lendemain, elle et Maximin commenceraient à rentrer les premiers foins dans la grange et le *bétandy*[1]. Ensuite, si le temps se maintenait au beau, le couple s'attaquerait à d'autres parcelles : dans ce pays de vaches et de lait, il n'y avait pire chose que de manquer de fourrage en hiver, surtout si ce dernier se montrait rude et long, et les fenaisons se prolongeaient souvent deux mois durant ! La jeune femme ne put pourtant s'empêcher de soupirer en songeant aux villages « d'en bas » : de tels travaux ne s'y faisaient pas à deux, mais occupaient toute la famille, les amis et les voisins…

Elle s'épongea le front, et son regard se posa sur les murs de la Besancière, quelque deux cents mètres plus loin. Une silhouette minuscule s'y devinait, au bas du chemin conduisant à la ferme. Élise fronça les sourcils :

« Une visite ? À cette heure-ci ? »

Plutôt heureuse de cet imprévu, elle lâcha le manche de son râteau, puis s'engagea dans la pente pour rejoindre son logis… Elle gambada, joyeuse comme une enfant, se mit à rire après avoir trébuché sur une motte, et reprit une allure plus calme en retrouvant de la semelle le chemin. Elle ramena son fichu sur ses cheveux, puis, le rouge aux joues, gagna d'un pas vif la cour de sa demeure.

---

1. Bétandy : plancher au-dessus de la grange servant d'étage pour stocker aussi le foin ou la paille.

« Une visite ? À cette heure-ci ? »

Ce ne fut que lorsqu'elle y parvint qu'elle reconnut enfin le vieil homme qui approchait à longues enjambées tranquilles :

« Eh ! s'écria-t-elle. Père Frajon ? Si je m'attendais ! »

Un éclair de gaîté traversa l'œil du vieux et lui plissa un éventail de ridules au coin des paupières :

« Eh ! Petite... C'est toujours un bonheur, que de te voir ! Tu n'en avais nul besoin, mais tu embellis encore de saison en saison, tu sais... Le Maximin a bien de la chance ! »

Élise ne se donna pas la peine de rougir de cet hommage, et elle se contenta d'un rire clair :

« Toujours aussi charmeur, père Albert ? »

Albert Frajon haussa les épaules, reprit son souffle...

« Tu sais, petite : avec les femmes, y a longtemps que je ne peux jouer d'autre chose que de compliments !

– Et... Que me vaut l'honneur de cette visite ?

– Ben... Une simple halte : je monte là-haut, pour marquer les arbres qui seront bons à couper dès l'automne ! »

La jeune femme le considéra un instant :

« Ça fait une trotte, pour des jambes d'un âge !

– Raison de plus pour les dégourdir et ne pas les laisser rouiller : ce soleil fait tellement de bien aux articulations que j'en ai oublié mes rhumatismes depuis quelques jours ! »

Lise ne put retenir un sourire un peu moqueur, et elle désigna la besace du vieil homme :

« Ah oui ? Moi, je parie qu'il y a là-dedans quelques filets pour attraper les truites de la manière la moins légale qui soit ! »

Le père Albert se fendit d'une moue sarcastique sous la broussaille de sa moustache :

« Et alors ? Rien n'empêche de faire d'une pierre deux coups ! Et puis, qu'importe le règlement ? Après tout, je suis chez moi, là-haut...

– C'est vrai ! reconnut Élise. Et le poisson n'est pas rare ce printemps : Maximin m'en a déjà ramené par deux fois depuis la fonte des neiges...

– Si la prise est bonne, je te laisserai quelques truites, en redescendant…

– Merci, père Albert… En attendant, entrez donc boire un verre ! Et manger un morceau, si vous le voulez… »

* *
*

Dans la semi-pénombre du logis, le vieux repoussa son béret en arrière et s'essuya les moustaches d'un revers de main. Il reposa son verre, considéra Élise d'un œil amical :

« Alors, ce foin ? »

La jeune femme sourit :

« Ma foi… Il est abondant, cette année ! Et le beau temps semble être de notre côté…

– C'est vrai ! Nous, en bas, on a presque fini…

– Vous avez de la chance ! Nous, on en a bien encore pour un mois, au moins… Mais faut dire que l'herbe pousse en avance, dans la vallée. Et que vous êtes nombreux à la faux et au râteau. À deux, comme nous, c'est bien plus dur ! »

Le vieil Albert haussa les épaules :

« Mouais… Vous avez bien du mérite ! Et tu as beaucoup de courage, petite… Il vous faudrait louer les bras d'un ou deux aides… »

Élise grimaça :

« Je voudrais bien, moi… Mais c'est l'argent qui manque ! Et puis qui voudrait venir s'isoler ici, loin de tout, pour un salaire de misère ? Alors que les journaliers sont bien mieux payés dans la plaine, et que l'ouvrage n'y manque pas… »

La paysanne et son visiteur de hasard laissèrent s'écouler quelques secondes, pensifs… Puis le père Frajon préféra changer de sujet, tandis qu'Élise lui resservait un verre de vin sans même lui demander son avis :

« Heureusement, vous avez de belles vaches qui "donnent bien" ! De bonnes laitières, hein ?

« Une visite ? À cette heure-ci ? »

– De ce côté-là, on ne saurait se plaindre... avoua Lise. Mais on ne peut pas descendre le lait chaque jour à la fruitière de Mijoux ! Seulement jusqu'à la ferme de Valtay, où il est collecté par le Félix Champignol... Ce qui fait qu'on n'y gagne pas beaucoup, vous savez !

– Je sais, je sais... soupira le vieux. Mais la Besancière n'était autrefois qu'un *chalay* d'alpage ! À l'époque, les anciens auraient traité de fou celui qui se serait obstiné à y vivre à l'année ! Surtout que les hivers sont de plus en plus rudes, depuis quelques saisons... »

La jeune femme baissa le nez : elle ne le savait que trop ! Elle murmura, comme honteuse :

« Avec les malheurs des Chenaillet, mon Maximin n'a pas trop eu le choix, vous savez... »

Albert Frajon opina tristement :

« C'est vrai... La maladie du père a endetté toute la famille ! Et, à sa mort, le partage de ce qui restait ne représentait plus grand-chose... C'est bien pour ça que les frères de ton homme ont préféré vendre leur lot pour aller vivre à la ville !

– Peut-être ont-ils eu raison... marmonna Élise. Mais Maximin préférerait crever plutôt que de quitter “sa” montagne et “ses” pâtures !

– Et... et toi ? »

Prise au dépourvu, la jeune femme hésita :

« Moi, j'étais plutôt d'accord avec lui... Mais, au bout de trois ans de cette vie, je dois avouer que c'est dur ! Très dur...

– Et... tu regrettes ? »

Elle resta de nouveau une seconde interdite, puis s'arracha un sourire un peu contraint :

« Oh ! Non. Maximin est tellement gentil, avec moi ! »

Elle savait bien, pourtant, que cela ne suffisait pas à rendre une femme heureuse...

V

Comme au Moyen Âge

CONTRARIÉ, COURBÉ SOUS LA CHARGE, les poings crispés et la rage aux tripes, Thibaud Vornex serra plus fort les dents. La sueur lui inondait le visage, les insectes bourdonnaient à ses oreilles, mais impossible de les chasser, avec les mains cramponnées à la corde qui maintenait le gigantesque ballot de foin… D'un mouvement de tête, il tenta de chasser un taon qui s'obstinait à venir lui chatouiller les narines :

« Saleté de *tavan*[1] ! »

Que d'efforts insensés, sur ces prairies trop raides ! En plaine, au moins, on pouvait charger le tombereau sur place, et rentrer tranquillement la cargaison de foin au pas indolent des bœufs… Mais ici, le moindre chariot ne pouvait que se renverser dans la pente ! Depuis des générations d'ancêtres, il n'y avait pas d'autre moyen que de tout faire à dos d'homme…

« Saleté de pays ! »

Et pourtant, qu'il avait été fier, quelques années auparavant, de porter son premier *fagot*[2], du haut de ses treize ans : pour la première fois, il s'était alors vraiment senti un homme ! Car c'était lourd, un fagot d'une dizaine de *brassées*[3] ! Aujourd'hui, il pouvait charger sur ses épaules jusqu'à quatorze brassées et les

1. *Tavan : taon, en dialecte local.*
2. *Fagot : chargement de foin lié à porter à dos d'homme.*
3. *Brassée : gerbe de foin liée qu'on amassait ensuite en fagots plus ou moins lourd en fonction de la force de ceux qui les transportaient.*

acheminer jusqu'à la grange, d'un pas lent et métronome, mais la tête vide et l'amertume au ventre : à quoi bon ce travail de forçat, d'un bout à l'autre de l'année, pour être aussi pauvre à la Saint-Sylvestre qu'au jour de l'an ?

« Saleté de vie... »

Il jura de nouveau sous un coup de vent subit qui faillit le déséquilibrer : il valait mieux tenir bon sur ses jambes ! Il redressa le nez pour considérer d'un œil excédé les murs des Fontanières qui s'obstinaient à ne pas se rapprocher, comme si le trajet s'étirait au fur et à mesure qu'il marchait... Non : jamais il ne se résoudrait à rester jusqu'à la vieillesse sur ces pentes où avaient vécu son père, son grand-père, et le père de son grand-père ! Jamais il ne se contenterait de cette existence étriquée qui était désormais celle des Vornex ! Une fois de plus, la tentation de fuir la maison familiale lui tordit l'estomac : oserait-il un jour affronter le vieil Octave et quitter les Fontanières ? Vivre enfin sa vie ? Des larmes de rage impuissante aux paupières, il força soudain l'allure pour noyer sa rancœur dans l'épuisement de ses muscles... Franchir l'ornière du fossé, suivre la portion de chemin, croiser son frère qui revenait les mains vides, traverser la cour aux odeurs de purin, chasser d'un pied nerveux les poules qui caquetaient. Grimper la rude échelle jusqu'au *quartier*[1]. Quelques derniers pas. Et puis encore basculer le corps pour poser le fagot contre ceux déjà amassés, se sentir si léger, d'un coup, presque aérien, mais avec les membres noués d'un peu plus de fatigue, d'un peu plus de lassitude... Reprendre son souffle dans la moiteur poussiéreuse, avec ce parfum piquant de l'herbe sèche qui semblait brûler les poumons, s'essuyer le front et le visage du revers de la manche, redescendre l'échelle avec les jambes flageolantes, et retourner vers le champ fauché d'une démarche hésitante... Non : cela ne pouvait vraiment plus durer !

1. Quartier : plancher à mi-hauteur qui doublait la surface de la grange.

*   *
*

Octave, malgré son âge, avait charrié le foin comme ses fils, en faisant du mieux qu'il l'avait pu pour masquer la fatigue qui le minait un peu plus à chaque voyage. Finalement, le jour avançant, il avait fini par rester sur place afin d'assembler les brassées et confectionner les fagots... Voyant approcher son cadet, il jeta un œil sur la position du soleil.

« Thibaud ?

– Oui, père ?

– Je pense qu'il serait temps d'aller à la *crèche*[1] pour donner du fourrage aux bêtes : il ne faut pas oublier qu'avec les foins, on n'a pas pu les mener en champs ! »

Thibaud sauta sur l'occasion :

« Je m'en occuperai après avoir porté ce dernier fagot : je ne vais tout de même pas rentrer à vide aux Fontanières...

– Je l'espère bien ! » grogna Octave.

Le vieux Vornex n'avait pas été sans remarquer à quel point son fils mettait peu d'entrain à la tâche, et c'était sans doute pourquoi il jugeait bon de lui changer les idées en lui proposant une nouvelle occupation. Tout en continuant à lier les grandes gerbes d'herbe sèche, il lorgna en direction du jeune homme en ressentant un pincement douloureux dans la poitrine : comment envisager de seulement survivre, sur ces prairies, si Thibaud quittait le domaine ? Comment éviter la mort des Fontanières ? Non : mieux valait ne pas y penser... Et puis, même si Thibaud avait des envies d'évasion, Octave était bien sûr qu'il ne franchirait pas le pas ! Le « petit » avait le sens de l'honneur, et sa dignité ne pouvait que lui interdire d'abandonner la ferme...

« Ahan !... »

---

1. Crèche : mangeoire du bétail. On utilise aussi le terme pour désigner l'étable en général.

Thibaud arracha du sol l'énorme volume de foin sans même l'aide de son père, puis, cassé par la charge, il vacilla un instant sur ses jambes avant de s'éloigner, sans un mot, d'une démarche lente et chaloupée. Antoine s'approcha du vieil homme :

« C'est quand même malheureux de nourrir les bêtes en crèche, avec toute l'herbe qui couvre les pâtures ! Ce n'est là que gaspillage d'un foin qui ne demande déjà que trop de sueur... »

Le vieux haussa les épaules :

« On ne peut pas être au four et au moulin, et en même temps aux fenaisons et à la garde des vaches ! Un de nous pour les mener en champs, c'est deux bras de moins pour faucher, râteler, ou porter les fagots...

– Tout de même... Employer un garçon de ferme pour garder les vaches en pré ne coûte pas une fortune ! Quelques sous, la gamelle, et un coin de paille pour dormir...

– Quel gamin de la plaine viendrait se perdre ici ? Même les plus pauvres trouvent mieux bien plus près de chez eux ! »

Antoine secoua la tête :

« Ce n'est tout de même pas l'enfer, pour un gosse, que de passer ses journées au cul des vaches, surtout lorsqu'on lui offre mieux que de la paille pour dormir, une place à notre table, et deux ou trois pièces en prime !

– Nous avons déjà essayé, rappelle-toi... Et pas un n'est resté plus de quelques jours. Mais faut se mettre à leur place : est-ce que toi, à dix ou douze ans, tu serais venu t'enterrer ici, auprès d'un vieillard et de deux adultes, sans personne autour, sans copains de ton âge avec qui discuter et jouer ? »

Le jeune homme baissa la tête : pour une fois, son père n'avait pas vraiment tort...

Le vieux Vornex entreprit de confectionner un nouveau fagot, puis s'arrêta soudain, l'air préoccupé. Il se tourna vers son aîné en mordillant sa moustache :

« Dis-moi, Toine... Tu ne trouves pas que ton frère est... un peu... bizarre, depuis quelque temps ? »

Antoine détourna le regard : la question était d'autant plus dérangeante que les mêmes tempêtes tournaient sous son propre crâne ! Gêné, il prétexta :

« Avec cinq ans de moins que moi, il en arrive à l'âge où les distractions d'homme lui manquent, ici ! Les bals, le café, les amis, et… la compagnie de jeunes filles à qui conter fleurette…

– Ah ! Tu crois ? Je n'ai pourtant jamais interdit que vous vous rendiez de temps à autre à Gex, ou même Divonne, pour vous… amuser : ce n'est pas si loin, et vous n'êtes plus des gamins, tout de même ! »

Antoine soupira :

« Il y a tellement d'ouvrage, ici, et la fatigue use tellement le bonhomme, que l'on n'a rien de plus pressé que de rejoindre le lit, au bout de chaque journée ! répliqua-t-il. Je comprends que Thibaud supporte de moins en moins bien la vie que nous menons aux Fontanières… »

Octave hésita :

« Et… et toi ?

– Moi ? J'ai connu cela avant lui… Mais j'ai encore espoir que nous ne trimions pas pour rien, ici, et qu'à force de courage les choses changeront… Mais il faut bien reconnaître que ce n'est pas facile ! »

Le vieil homme abandonna ses brassées de foin et se redressa doucement en se tenant les reins…

« C'est vrai que si vous vous trouviez femme, tous les deux, les choses seraient plus aisées : cela ferait quatre bras de plus pour le domaine, pour traire les vaches comme pour les travaux des champs… »

Antoine chercha vivement les yeux de son père et répliqua d'un ton amer :

« Et pour rendre tes fils heureux, ça ne compte pas, peut-être ? »

Octave détourna le regard et se mordit la pulpe des lèvres : pourquoi était-il toujours aussi maladroit, dès qu'il abordait des sujets un peu intimes ? Il laissa filer quelques secondes de silence, puis, hésitant, il balbutia :

« Dis… Tu ne penses tout de même pas que… que Thibaud pourrait… pourrait quitter la ferme en nous laissant seuls aux Fontanières ? »

Dieu ! Qu'il avait peur de la réponse de son fils ! Antoine prit son temps pour donner son avis, puis se décida :

« Je ne sais pas… Je crois qu'il y songe comme j'y ai moi-même songé, lorsque j'avais son âge ! Mais tu vois : je suis encore là… Il n'est pas si facile d'oublier ses racines ! »

Le vieux soupira, un peu rassuré : pourquoi Thibaud agirait-il différemment d'Antoine ? Il grimaça, puis pensa à voix haute :

« Il n'empêche : je sais ce que c'est, qu'être homme et jeune… On a beau couper l'arbre, la sève monte toujours, au printemps ! Il serait bien pour vous deux comme pour la ferme que vous vous trouviez chacun une bonne et gentille épouse… »

Antoine secoua tristement la tête :

« Il ne faut pas rêver, père : quelle femme du pays accepterait l'existence que nous menons ici ? Nous vivons comme au Moyen Âge, aux Fontanières, avec la solitude en plus ! Sans voisins, sans voisines : hormis Crépillon, les premières habitations sont à près d'une heure, en marchant vite et en prenant les raccourcis… À la descente ! Parce qu'à la remontée, c'est bien pire encore… »

Octave ne pouvait qu'admettre l'évidence. Il bougonna pourtant :

« Ta mère et ta grand-mère y ont bien vécu, non ?

– Bien sûr ! admit Antoine. Mais, à l'époque, il y avait encore une dizaine d'autres maisons, dans les environs, qui sont toutes en ruine aujourd'hui… Avec les Reculet, nous sommes les derniers à vivre ainsi isolés et aussi loin de tout ! »

Le vieil homme renonça à poursuivre la conversation : pouvait-on encore lutter contre les changements qui bouleversaient de plus en plus le monde rural ? Non, vraiment, il ne comprenait plus ce qui guidait cette époque troublée, en cette fin de siècle !

* *
*

Les deux bœufs liés par le joug ne semblaient pas forcer, et ils courbaient seulement la tête en avançant d'un même pas... Derrière, Thibaud s'accrochait au manche de la charrue à cornes en pestant contre cette antiquité : rares étaient encore les fermes non équipées d'un matériel plus moderne et performant !

« Oui, vraiment : comme au Moyen Âge !

– Qu'est-ce que tu dis ? »

Quelques pas en arrière, son frère brisait les mottes retournées à coups de piochon...

« Rien, rien... »

La terre ouverte sentait bon sous le soc, et une nuée d'oiseaux virevoltait et se régalait en picorant les vers et les larves d'insectes dégagés par la lame de fer. Thibaud se redressa et arrêta ses bœufs :

« Oh ! Marcio... Toupian... Oh !... »

Il essuya de la manche la sueur qui lui perlait au front, puis se tourna vers son aîné...

« C'est un peu tard, pour labourer... râla-t-il. Partout ailleurs, ils ont déjà semé les pommes de terre !

– On ne peut pas tout faire en même temps... Et puis, on mettra des pommes de terre tardives !

– En tout cas, heureusement qu'on avait déjà retourné la parcelle en automne ! Mais ce n'est plus possible, Antoine : nous ne pouvons nous occuper de tout, avec pour seuls bras les tiens, les miens, et ceux du père...

– Tu ne vas pas recommencer à gémir pour rien : nous en avons déjà parlé mille fois !

– Je sais, je sais... Il y aura encore les rigoles à tracer, puis les moissons... puis le regain... puis le bois à couper... Je ne vois pas comment nous pourrons nous en sortir ! »

Antoine s'énerva soudain :

« À quoi ça sert de te lamenter sans arrêt ? Toujours la même litanie ! »

Excédé, il reporta son regard sur le paysage alentour, et sursauta en distinguant au lacet du chemin deux silhouettes perdues dans la verdure des prés :

« Hé ! Il y a du monde qui vient par là... Je parie que ce sont les cousins Brantoz ! »

Heureux de cette diversion, Thibaud plissa les yeux et confirma :

« Oui... On dirait bien ! Ce sera l'occasion d'une bonne pause : j'en ai plein le dos, de cette charrue...

– Oh ! Ce sera vite fini : ce lopin n'est pas trop grand...

– Il est bien suffisant pour le monde qu'on est, aux Fontanières ! »

Abandonnant leur tâche, les deux jeunes gens s'éloignèrent pour aller à la rencontre des visiteurs...

Ils arrivèrent en bordure du champ au moment où les cousins de Lelex parvenaient au sommet de la courbe du chemin.

« Louis ! Mathieu ! Quelle surprise ! »

Les frères Brantoz, qui frisaient la quarantaine, étaient deux forces tranquilles aux allures de colosses de foire, et leur carrure n'avait d'égale que la placidité dont ils faisaient preuve en toute circonstance : jamais nul ne les avait vus s'énerver pour un oui ou pour un non, ce qui valait mieux, d'ailleurs : leurs rares colères étaient dévastatrices, et malheur à ceux qui les entraînaient dans une bagarre !

« Ça fait plaisir de vous voir ! » s'écria à son tour Antoine.

Le cousin Mathieu se fendit d'un sourire débonnaire :

« Tous les ans, à peu près à la même époque... répondit-il. Lorsque nous montons aux cimes, pour l'écorce...

– Nous, il y a longtemps que nous avons renoncé à le faire : pas le temps ! Et bien trop d'efforts pour trop peu de gains... »

Louis rigola :

« C'est vrai, mais ça nous change de la routine : et puis, c'est pour l'argent de poche... »

Thibaud masqua la jalousie qui l'étreignit aussitôt : depuis quand n'avait-il pas eu quelques pièces à dépenser pour le plaisir,

dans un cabaret de village ou un bal de campagne ? Depuis quand n'avait-il pas eu l'occasion de flâner devant les boutiques de Gex, de Bellegarde ou de Divonne ? Il se contenta de grogner :

« Vous tombez bien, tous les deux : il y a bien une demi-heure que l'envie me titillait de déboucher la bouteille que nous avons mise au frais sous le couvert de la haie ! Ça nous fera l'occasion de trinquer... »

Antoine déboucha le litre de vin d'une torsion du pouce.

« Tiens, Louis... À toi l'honneur ! Excuse : nous n'avons pas amené de verres...

– J'ai toujours trouvé que c'était meilleur à la bouteille ! »

Le cousin Brantoz ingurgita une longue goulée, fit claquer sa langue sur le palais, essuya le goulot du revers de la paume, puis tendit la bouteille à son frère...

« Mmm... Fameux, votre vin !

– Il vient d'en bas... Pas loin de chez vous, d'ailleurs !

– Et le père : ça va ?

– Ça va... Il s'occupe seul des bêtes, aujourd'hui : nous, on peut pas être au labour et à l'étable !

– Bien sûr, bien sûr... »

Thibaud but à son tour une gorgée, puis il chercha le regard de Mathieu :

« Il n'est pas un peu tard, pour aller écorcer ?

– Mais non, il faut le faire à la montée de la sève, tu sais... Mais là-haut, à ces altitudes, la sève démarre un bon mois après la plaine !

– C'est vrai. Et vous avez de beaux chênes, si je me souviens bien ! Mais ce n'est pas tout d'écorcer : il faut encore redescendre la récolte... C'est bien pourquoi nous avons renoncé, chez nous. Nous n'avons pas le temps !

– Je comprends... admit Louis. Mais, pour mon frère et moi, c'est plutôt une distraction que de passer deux ou trois jours en plein bois, dans la vieille cabane ! Nous laissons tout sur place, et ne ramenons les écorces qu'à l'occasion, pour les laisser finir de sécher à la ferme... Après tout, la collecte des tanneries ne se

fait qu'en juillet ! Et, bon an mal an, on en fournit bien quatre ou cinq tombereaux… »

Antoine grimaça :

« Pouah ! Les tanneries ! Jamais connu des lieux aussi puants, avec les cuirs qui macèrent ! Et cette fumée qui pique les yeux, pour brûler l'écorce, une fois qu'elle a servi à tanner… Pouah ! Je crois que je ne pourrais jamais travailler en de tels lieux !

– Moi non plus ! rétorqua Louis en riant. À vrai dire, monter aux écorces nous est plutôt un prétexte pour rencontrer la famille : ce n'est pas tous les jours qu'on voit un Vornex des Fontanières !

– Ou tout du moins ce qu'il en reste… » marmonna amèrement Thibaud.

Sans paraître avoir entendu sa remarque, Mathieu ajouta :

« Et puis, si vous le voulez bien, on restera deux ou trois jours chez vous à la montée, et autant à la descente, histoire de vous donner un coup de main ! Comme chaque année…

– Faut pas vous sentir obligés… maugréa Antoine. C'est plutôt gênant de ne pouvoir vous rendre la pareille !

– La famille, c'est la famille ! rétorqua le paysan. D'ailleurs, chez nous, il y a de la main-d'œuvre à la ferme plus qu'il ne nous en faut… Et puis… ça nous fait plaisir !

– Bien, bien… Finissez donc la bouteille, pendant qu'on en termine avec ce champ, mon frère et moi : nous n'en avons plus que pour une grosse demi-heure ! Ensuite, nous irons rejoindre le père…

– Bien, bien… Ce sera une joie, de revoir ce bon Octave ! Un peu bourru, mais un brave homme… »

VI

La vogue de la Saint-Claude

LE MUSEAU DANS LES HERBES, Blanchon s'obstinait à folâtrer sur le bord du chemin malgré les cris de son maître : il lui fallait bien, de temps à autre, assurer la réputation d'obstination de la race asine !

« Bougre de foutue bestiasse "testarde" ! » fulmina le camelot.

Renonçant à brusquer l'animal, Pierrot se radoucit subitement : après tout, il n'était pas si pressé ! Rêveur, il s'allongea plus qu'il ne s'assit sur le bord du talus, et entreprit de se bourrer une pipe : réflexion faite, il avait tout le temps de musarder... Dans l'air encore vif du matin, il laissa filer ses yeux face à lui, pour le simple plaisir de se gorger de ce paysage qu'il aimait tant, avec, au loin, tout au bout de la vision, la masse sombre des montagnes et leur horizon crénelé. Sous le ciel d'un bleu encore pâle, au-dessus de la frange de l'écharpe mitée des brumes, les sommets déchiquetés, couronnés du blanc étincelant de la neige, ressemblaient aux crocs de la mâchoire inférieure d'un gigantesque carnivore aux aguets... prêt à mordre les nuages sales détricotés qui s'approchaient des cimes acérées... Peu à peu, un friselis de lumière irisée fusait au travers des brouillards en une multitude de rayons éblouissants. Plus bas, le lac, immense, jouait de ses reflets avec les vaguelettes que brossait la brise matinale... Sur la droite du miroir de l'eau, Genève étalait ses îlots de maisons serrées, du toit desquelles s'évadaient des colonnes de fumerolles chahutées par le vent. Tout autour de la nappe d'eau qui reflétait le ciel, d'autres bourgades s'étiraient par grappes tout au long des rives... Quel calme, qui dégageait une sérénité qui touchait à la magie !

Pierre craqua une allumette sur son pantalon, puis la mit en contact avec le culot de sa pipe. Il aspira doucement pour attiser le tabac dont il l'avait garnie, et laissa s'échapper d'épaisses bouffées de fumée odorante...

« Quelle beauté ! » murmura-t-il sans quitter le spectacle des yeux...

Il avait pourtant l'habitude d'être confronté à ce panorama envoûtant, mais ne s'en lassait pas : qu'il était fier de se sentir en harmonie avec cette région dont la majesté des crêtes et des vallées l'impressionnait toujours ! S'arrachant aux charmes du paysage, il reporta un regard amusé sur la grande agglomération : depuis combien de temps n'y avait-il plus mis les pieds ? Ah oui ! trois mois, pour le moins... Depuis qu'il avait faussé compagnie, dès l'aube, aux bras trop possessifs de cette tendre brunette au tempérament si ardent ! Comment s'appelait-elle, déjà ? Lucette ? Lucienne ? Non : c'était là le prénom de la tendre veuve de Saint-Jean... Il haussa les épaules : qu'importait ? Il était depuis ce jour passé par le lit de tellement de conquêtes, pour quelques heures, une nuit, ou plus ! Dieu sait qu'il aimait ainsi picorer l'amour, au hasard, là où le menaient ses pas et les sabots de Blanchon ! Que les gens étaient bêtes, à rester tristement chez eux, en ville ou à la campagne, recroquevillés dans le cocon d'un couple, avec la marmaille hurlante dans les jambes ! Qu'il préférait son existence, lui, Pierrot des Fleurs, la liberté sur les chemins, les rencontres de hasard, les étreintes adultères, la gaudriole avec d'éphémères copains de café, de ferme en grange, d'auberge en remise ! Oui : la vie était vraiment une fête perpétuelle, lorsqu'on savait prendre comme lui les choses au jour le jour...

« Bien... Alors, Blanchon : tu es décidé à t'attaquer à cette grimpette, maintenant ? »

S'emparant de la longe de cuir, Pierre reprit sa route, placidement suivi par l'âne, qui ne semblait nullement forcer en tirant sa charrette… Il commençait à faire chaud, déjà, et le bonimenteur plongea la main dans la caisse de sa carriole pour en ressortir un chapeau déformé qui se vissa aussitôt sur son crâne.

« Plutôt beau temps, cette année : on n'est pas fin juillet que les blés sont déjà prêts à être moissonnés ! Et l'herbe repousse mieux que jamais, après les fenaisons : il devrait y avoir un bon regain… »

Il regarda un instant les pentes qui se hérissaient de nouveau de verdure comme des joues mal rasées, puis sourit :

« Tiens, peut-être que je me payerai le caprice de reprendre le manche de la faux, ici ou là, si je tombe sur des gens sympathiques… »

Il compléta aussitôt par la pensée : « Ou une drôlette un peu délurée qui soit à mon goût ! » Il ne rechignait pas, parfois, à délaisser son commerce et sa carriole pour renouer avec les travaux des champs, non par besoin d'argent, mais pour le plaisir de retrouver des sensations qui avaient bercé sa jeunesse… Jamais il ne renierait la fierté qu'il avait d'être né de famille paysanne, là-bas, de l'autre côté des crêtes sombres, dans le Jura !

Quelques bâtiments se laissèrent bientôt deviner plus haut dans la côte, au profit d'une courbe de la route, et Pierre Savagnon se frotta les mains :

« Je parie que j'arriverai à vendre un bon lot d'inutilités dans cette maison ! »

Déjà, des chiens s'échappaient des murs du hameau pour foncer en aboyant férocement à la rencontre du colporteur et de son attelage…

« Doucement, les toutous ! Doucement… Ne t'inquiète pas, Blanchon : ceux qui hurlent le plus fort ne sont pas ceux qui mordent le plus… »

* *
*

La vallée resserrée noyait d'ombre le passage étroit entre les roches, et la fraîcheur du Rhône contrastait avec la chaleur qu'il avait dû endurer dans la plaine, au sortir de Genève… Il sifflotait, heureux d'échapper à la populace de la ville. Heureux de ne point y avoir traîné près de deux semaines, comme la dernière fois où il était venu s'y approvisionner : cette fois-ci, il ne s'était pas laissé piéger par les bras d'une luronne affamée d'amour ! Trois jours au cœur de la grande cité, deux nuits dans le lit d'une de ses maîtresses attitrées, c'était largement suffisant à son bonheur ! Un air joyeux aux lèvres, il ferma les yeux pour se remémorer les frasques accomplies au sein des draps de la gentille drôlette, laquelle attendait avec impatience chacune de ses visites. Mélanie : quelle amante insatiable, coquine en diable, et toujours prête aux fantaisies les plus débridées et les plus acrobatiques ! Pierrot sourit : « Sacré cochonne ! » pensa-t-il tout en se félicitant d'avoir été la victime consentante de la lubricité de cette accueillante Suissesse…

La route traversait l'imposant fort inférieur plaqué à la pente, et Pierre et son âne étaient passés sous les lourds remparts avant d'aborder le défilé de l'Écluse, dont les roches verticales s'élançaient vers le ruban de ciel bleu qu'elles délimitaient : quelle impression étrange que de se sentir ainsi pris entre les mâchoires de cet étau gigantesque !

« Allez ! Blanchon… Ce n'est pas le moment de traîner ! »

Dans les deux sens, la circulation était intense, et le colporteur tenait à s'éloigner au plus vite de tous ces attelages et chariots, carrioles et charrettes, de ces encombrements de véhicules, d'animaux, et de piétons qui se houspillaient pour un oui ou pour un non : que de commerce, avec la grosse agglomération helvète ! Pierrot des Fleurs, quant à lui, n'avait d'autre impatience que celle de se trouver sur des chemins et des sentes plus isolés : il ne détestait rien plus que cette sensation de malaise qui l'étreignait à se trouver prisonnier de la foule !

« Heureusement, Bellegarde n'est pas loin… »

Son intention était, les jours suivants, de remonter la Valserine en direction du Jura. Pourtant, à la réflexion, Bellegarde lui était encore une ville trop importante pour y passer la nuit : son périple à Genève lui suffisait amplement, et il préférait passer la nuit dans un village ou un hameau ! Aussi, dès qu'il le put, il délaissa la route principale pour emprunter un chemin plus champêtre.

« Allez ! Blanchon... Tu vas pouvoir musarder et te régaler de l'herbe des talus : c'est tout de suite plus tranquille, par ici !

La route de terre battue défoncée par les ornières était vraiment déserte, et Pierre Savagnon appréciait à sa juste valeur le calme retrouvé. Aussi ne forçait-il pas l'allure de son âne, profitant de la caresse du soleil et laissant son regard et son esprit s'évader par-delà les crêtes... Et, bientôt, se dessina au détour d'une colline le clocher pointu d'un village.

« Je ne pense pas m'y être déjà arrêté... »

Au fur et à mesure que l'homme et son attelage approchaient du bourg, une rumeur confuse enflait, bientôt accompagnée des « flonflons » d'une musique indistincte...

« Tiens, tiens... On dirait qu'il y a de l'animation, par ici ! »

Bien que ce fût samedi, il y avait foule au centre de la bourgade, et chacun semblait endimanché. Quelques jeunes gens se hâtaient vers la place, et le Jurassien les interpella :

« Dites-moi : quel est ce village ? »

Des regards étonnés, puis des rires :

« C'est Vanchy, bien sûr... Pourquoi ? Vous êtes perdu ?

– Non, non... merci ! Je me disais seulement que je n'y avais jamais mis les pieds, ni mon âne ses sabots !

– Vous tombez bien : c'est la vogue de la Saint-Claude, aujourd'hui : notre fête patronale !

– La Saint-Claude ? Nous sommes donc le 8 juin...

– C'est cela ! »

Pourquoi ne pas faire ici une halte d'un jour ou deux ? Non seulement il pouvait y passer un bon moment, mais de plus faire quelques affaires : les gens sont volontiers dépensiers, les jours de fête ! Sans plus hésiter, il tira Blanchon par la longe :

« Allons, mon brave... Tu as assez trotté pour aujourd'hui : nous trouverons bien où passer la nuit ! Une grange suffira, parce que je ne sais même pas s'il y a une auberge, dans ce trou perdu... »

La place était encombrée de monde, et chacun, jeune ou vieux, arborait sa toilette des grands jours. On s'agglutinait autour de la buvette et des tréteaux de pâtisseries ; les gosses s'accrochaient à la jupe de leur mère avec les yeux qui bavaient devant bonbons et sucreries ; des hommes tiraient avec des boules de chiffons sur les effigies caricaturales d'hommes politiques, d'ecclésiastiques, de magistrats et de gendarmes. Les balançoires s'agitaient, le carrousel tournait, et des adolescents sautillaient maladroitement pour la traditionnelle course en sac... Il était tôt, encore, et le bal tant attendu n'avait pas commencé, mais trois ou quatre musiciens jouaient déjà quelques morceaux pour maintenir l'ambiance familiale et conviviale qui régnait au centre du bourg. Ils étaient juchés sur un char à pont servant d'estrade et recouvert d'une bâche, et se démenaient sur leurs cuivres, accompagnés par un accordéoniste. Plusieurs fausses notes écorchèrent les oreilles du colporteur, qui ne put retenir un sourire :

« Mon pauvre Blanchon : s'ils jouent ainsi toute la nuit, tu vas être au supplice ! J'espère que tu ne vas pas braire comme un perdu pour leur faire concurrence... »

Son attelage ne passait pas inaperçu, et la populace curieuse regarda cet étranger se diriger près du parvis de l'église : on ne l'avait jamais vu, celui-là ! Un bonimenteur ?

« Plus menteur que "boni" ! lâcha un paysan à l'œil malicieux. Ces marchands ambulants, ce sont tous les mêmes...

– N'empêche ! répliqua son épouse, amusée, moi, j'aime bien les entendre vanter leurs produits : ils sont parfois très drôles... »

Le bonhomme haussa les épaules :

« Mais moins drôles pour le porte-monnaie : ils savent y faire, les bougres, et vous, les bonnes femmes, vous vous laissez toujours prendre par leurs bonnes paroles !

– C'est vrai qu'ils ont la langue bien pendue... Mais, la dernière fois, c'est bien toi, qui as acheté cette crème miracle contre les cors aux pieds qui n'a pas eu plus d'effet que si tu t'étais pissé sur les orteils !

– Et toi ? Avec ton fameux produit pour nettoyer le cul des casseroles en un tournemain : jamais tu ne t'es tant échinée pour rien ! Alors qu'avec un bout de papier journal, c'était bien mieux, non ?

– C'est que... que je devais en mettre trop, du produit ! »

Le paysan éclata de rire, tout en observant du coin de l'œil le bateleur qui détachait son âne et débâchait sa carriole...

Pierrot des Fleurs se jucha sur son marchepied et commença à haranguer la foule, certain de vite provoquer un attroupement de curieux...

« Braves gens de Vanchy ! Il y a près de vingt ans que je parcours en tous sens le pays, mais c'est la première fois que je mets les pieds dans votre beau village : profitez-en ! »

Plusieurs personnes firent aussitôt quelques pas en avant, mis en confiance par l'accent de Pierre : nul doute que l'homme était originaire de la région ! Ce qui suscitait moins de méfiance que ces gens au parler pointu, ou ces Italiens qui massacraient la langue, que l'on avait que trop l'habitude de croiser sur les marchés...

« Vous tombez bien : je reviens ce jour de Genève, où j'ai fait venir un chargement de produits et d'accessoires tous plus utiles et efficaces les uns que les autres ! Je profite de ce jour de fête pour vous les proposer à des prix incroyables ! Oui, oui : presque cadeau ! Pourquoi ? Parce qu'ils sont si merveilleux et indispensables que j'en vends des cargaisons ! Et plus j'en vends, plus j'en achète à ceux qui les importent des quatre coins du monde... Plus j'en achète, et moins on me les fait payer cher ! Aussi, comme je tiens à satisfaire ma clientèle afin qu'elle me soit fidèle, plutôt que de faire une fortune malhonnête sur votre dos, je répercute mes ristournes et mes bonnes affaires sur les prix de mes articles... Incroyable, mais vrai ! »

Amusés ou intrigués, plusieurs hommes et femmes s'approchèrent tout en affichant une mine sceptique pour faire bonne figure à l'œil des autres villageois : pas question de passer pour des « gogos » !

« Pour quelques sous seulement ! Tenez, mademoiselle : cinq mètres de ruban de dentelles… Je les vois déjà égayer votre tenue ! Vous pensez que ce n'est que luxe et gaspillage ? Que ça coûte une fortune ? Non, non : quelques sous seulement, je vous dis… De quoi jouer les "Mâdâmes" et les bourgeoises pour deux fois rien ! Allons, laissez-vous tenter : je vous en cède même deux lots pour le prix d'un ! Si, si : pour votre beau sourire… Et vous, Monsieur : ce petit aiguiseur de poche, pour vos couteaux ! Plus besoin de la meule : quelques passages sur la lame, même ébréchée, et cet acier directement issu des recherches de l'industrie d'avant-garde vous redonne, en deux temps trois mouvements le fil d'un véritable rasoir… Tenez : je vous le montre et vous le prouve ! Qui a déjà vu un couteau aussi émoussé, qu'il n'arriverait pas à trancher dans du beurre ? Regardez : je passe mon aiguiseur miracle une fois, deux fois, trois fois ! Pas plus. Et maintenant, je taille cette feuille de papier journal d'un seul geste !

Le morceau de page virevolta jusqu'au sol sous des sifflets d'admiration…

« Oui, monsieur… Vous pouvez vérifier. Attention : ça coupe ! Et ce n'est pas cher : vous pouvez l'emporter pour la moitié d'un franc, et c'est un article inusable qui vous enterrera, croyez-moi ! »

Bien qu'hésitant, le bonhomme sortit une pièce de sa poche de pantalon. Pierre Savagnon sourit : les affaires commençaient plutôt bien ! Il savait que, dès que quelqu'un se décidait, les clients se faisaient aussitôt nombreux, et son bagout suffisait alors à rallier les plus réticents…

* *
*

Le marchand jurassien avait vite trouvé un villageois prêt à accueillir Blanchon dans son pré fermé et dans son écurie. Dès lors, libre de toute préoccupation, il se laissait entraîner sans remords par la joie communicative des habitants. Il y avait longtemps qu'il n'avait pas vendu autant en quelques heures seulement, et il se frottait les mains de sa journée : il avait eu du nez, en s'arrêtant dans ce village inconnu ! Aussi, pourquoi ne pas profiter au mieux de l'ambiance de la fête, à l'heure où chacun commençait à s'amuser vraiment ? La nuit était tombée, et les enfants avaient réintégré leur logis depuis longtemps... Sous les flonflons de la musique, adultes et jeunes gens commençaient à s'animer, et quelques couples s'étaient mis à danser au rythme de l'accordéon : le bal tant attendu débutait enfin ! Le colporteur se surprit à sourire en s'attardant à observer le manège des filles et des garçons en âge de se conter fleurette : les demoiselles, faussement timides et le rose aux joues, baissaient pudiquement le regard face au va-et-vient hésitant de leurs courtisans, qui pavanaient gauchement sans oser s'approcher de l'objet de leurs émois. Ah ! Les paroles timides et les mimiques maladroites... Qu'ils étaient touchants, ces godelureaux, engoncés qu'ils étaient dans leurs habits de sortie, entre ceux qui s'isolaient pour faire la causette avec leur dulcinée d'un soir, et ceux qui se cachaient pour échanger des baisers furtifs dès qu'une jeune fille pouvait échapper à la surveillance de sa mère ou de ses frères !

« Qu'est-ce qui t'amuse, camelot ? »

Pierre sirotait un verre de mauvais vin à la buvette improvisée, et il se retourna sur un paysan qui lui avait acheté tout un lot de cirage.

« Les gamins et les gamines du coin ! répondit-il. Ils ont l'air d'avoir du mal à se persuader qu'il leur faudra rester sérieux jusqu'au mariage... Surtout les garçons ! »

Le villageois éclata d'un bon rire :

« On a tous connu ça... "Rentrez vos poules, j'ai sorti mon coq !", comme on dit ! »

Le colporteur approuva d'un œil égrillard :

« Peut-être, mais ce n'est pas facile pour eux de se montrer trop entreprenant sous le regard de tout le village… Comme nous, ils savent bien que c'est aux champs, loin des yeux de tous, qu'ils ont le plus de chances de troubler les bergères !

– C'est vrai : j'ai connu ça, moi aussi… »

Il y avait une pointe de nostalgie dans sa voix…

« Bien ! décida Pierre en vidant son verre. Moi, je vais essayer de trouver chaussure à mon pied pour me dégourdir les jambes ! Il doit bien y avoir quelques tendrons seuls et sans attache, sur cette place…

– Il y a plus d'une veuve qui s'ennuie, à Vanchy ! confirma le paysan. Moi, je ne peux pas trop m'y frotter : ma bourgeoise ne me lâche pas du regard ! Bonne chance, l'ami… »

Sûr de sa prestance et du succès qu'il avait auprès du sexe féminin, Pierre Savagnon s'approcha du centre de la place en espérant ne pas faire d'impair avec une femme mariée : trop souvent, lorsqu'il invitait à danser une cavalière de hasard, le bal se terminait par une bagarre générale ! Il haussa les épaules : jusqu'à ce jour, son habileté à manier les mots et à emberlificoter ses contradicteurs lui avait permis de se sortir des pires situations, sans même une égratignure…

VII

La fontaine aux quatre Goulettes

Bien que les journées fussent longues, il faisait nuit noire ce soir-là lorsque Élise réintégra sa chambre. Maximin dormait déjà, étendu sur le dos, et un faible ronflement s'échappait de ses lèvres. La jeune femme posa sa lampe à pétrole sur la table de chevet, et s'illumina d'un sourire en le regardant : elle l'aimait, « son » homme ! Elle lui était surtout reconnaissante de son calme et de sa gentillesse, choses si rares pour un époux, en ce pays rude où l'on a pudeur à montrer ses sentiments... Elle bâilla longuement en ôtant ses vêtements, fatiguée de sa journée. Malgré les réticences de son mari, elle s'était attaquée à mille travaux avec la fougue nouvelle qui l'habitait depuis qu'une partie des vaches avait été confiée à l'amodieur. Chaque matin, elle consacrait une heure pleine à s'occuper du jardin potager, à biner, à désherber, à planter, semer, ou arroser... Elle y prenait un plaisir d'autant plus vif qu'elle voyait de jour en jour le fruit de ses efforts. Les petites pousses vert tendre qu'il allait falloir bientôt éclaircir, les premières fleurs, les tiges qui grimpaient, et enfin les pois, les fèves, les haricots, qu'il fallait surveiller jusqu'à la récolte. Qu'elle avait été fière des premiers poireaux et carottes qu'elle avait arrachés pour les montrer à Maximin ! Ce dernier, pourtant si peu loquace, l'avait longuement complimentée avant de l'embrasser tendrement... Ah ! Que la soupe lui avait paru avoir meilleur goût, ce jour-là !

Elle passa prestement sa chemise de nuit, puis se coula doucement dans le lit. Enfin, elle souffla la bougie et resta allongée, immobile, les yeux fixes dans l'obscurité. Ah ! Reprendre conscience de son corps, sentir les picotements qui fourmillaient d'un coup en ses muscles, le poids de ses paupières qui se faisaient plus lourdes, sa respiration qui prenait un rythme plus calme, et savourer le bien-être qui l'envahissait peu à peu. Avec, aussi, la satisfaction de la tâche accomplie : durant plus de deux heures, seule, elle avait poursuivi le nettoyage et la remise en état de l'ancienne fromagerie, et s'estimait contente d'elle. D'ici un à deux jours, tout serait fin prêt ! Elle se tourna alors sur le côté et se colla contre le dos de son mari. Dans le même mouvement, elle l'enlaça d'un bras et chercha de la main la chaleur de sa peau...

Au contact des doigts légers sur sa poitrine d'homme, Maximin interrompit son ronflement. L'esprit encore ensommeillé, il se mit à grogner avant d'ouvrir un œil : le geste de tendresse d'Élise lui allait droit au cœur, mais il se sentait trop épuisé pour l'encourager à des élans plus sensuels... Il se contenta de serrer entre ses paumes cette main si douce sous la toile de sa chemise de nuit.

« Ma Lise... » murmura-t-il comme un chat qui ronronne.

La jeune femme chuchota à son tour :

« J'ai fini de remettre en ordre la fruitière...

– Déjà ? Toute seule ? Mais tu es folle, ma belle ! »

Il ne l'avait jamais encouragée à entreprendre un tel chantier, et se montrait toujours sceptique sur l'opportunité qu'il y avait de vouloir se lancer de nouveau dans la fabrication des fromages... Mais comment en dissuader Élise, qui en faisait une idée fixe ? Il bâilla, puis plaisanta :

« C'est bien, Lilise... Mais crois-moi, la Besancière n'est pas près de faire concurrence à la fruitière de Mijoux ! »

Elle se mit à rire silencieusement :

« Il n'en est pas question ! Mais si nous pouvions avoir ne serait-ce qu'une petite production, sans intermédiaire, ce serait mieux que rien, non ? Et plus rentable que ce que le Champignol nous donne de notre lait !

– Mais justement : nous n'avons pas assez de lait ! Surtout depuis que nos meilleures vaches sont en location d'alpage... Tu te vois t'attaquer à des comtés de quarante kilos, ou des *gris*[1] de Gex de treize ou seize livres ?

– Bien sûr que non : pas encore ! Mais, au début, je pensais me contenter de confectionner quelques *chevrets*[2]... »

Maximin ne répondit rien et sembla de nouveau sombrer dans le sommeil. Après un silence, il reprit pourtant, à mi-voix :

« Je me demande où tu penses trouver le temps de t'occuper encore de ça !

– Quand on veut, on peut... » rétorqua-t-elle.

Il soupira :

« En tout cas, mieux vaut que tu ne te précipites pas : si le temps se maintient au beau, il va falloir penser aux moissons ! Les grains sont mûrs...

– Déjà ?

– Fin juillet, ça reste dans l'ordre des choses, même si ces dernières années c'était plutôt début août...

– De toute façon, cela ne nous prendra pas des jours et des jours : nous ne pouvons nous occuper que d'une maigre parcelle de blé, à peine suffisante pour nos besoins...

– Je sais : la Besancière manque de bras pour que nous en cultivions davantage... Et c'est déjà bien beau si j'ai pu conserver un coin d'avoine et un autre d'orge, pour les bêtes ! »

Un nouveau silence, puis Élise demanda :

« Pour le blé... Tu penses t'y atteler dans la semaine ?

– Hmm ? Moui... »

Un souffle fort succéda à sa brève réponse, suivi par la reprise intempestive de son ronflement. La jeune femme haussa les épaules, et marmonna :

---

1. Gris de Gex (ou persillé) : anciennes appellations du bleu de Gex.
2. Chevret (ou chevrotin) : fromage au lait de vache d'environ dix centimètres de côté, à pâte molle, moulé dans des coquettes (ou copettes) en épicéa. Son nom provient du fait qu'il était initialement fabriqué avec du lait de chèvre. On le baptisa ensuite tout naturellement vacherin...

« Puisqu'il en est ainsi, demain, je préparerai le four pour faire du pain... »

Elle savait bien que Maximin pouvait demander à Félix Champignol d'en remonter de Mijoux, mais Élise détestait le pain du boulanger et préférait celui qu'elle confectionnait elle-même : « Il se conserve plus longtemps et a meilleur goût ! » assurait-elle souvent. La fatigue achevant son œuvre, elle renonça à réfléchir plus longtemps à la façon dont elle s'y prendrait pour remettre en service la fruitière familiale, et, basculant sur le dos, elle se laissa emporter elle aussi par la marée du sommeil...

* *
*

Le soleil piquait méchamment la peau, et la chaleur moite collait le tissu de sa robe à la sueur, lui donnant l'impression d'être trempée des pieds à la tête au moindre souffle d'air. Élise aimait pourtant l'ambiance des moissons... Mais ici, à la Besancière, c'était plutôt désespérant ! Elle se souvenait des travaux d'été, dans sa jeunesse, quand cet événement annuel était synonyme de fête : lorsque les familles se regroupaient, champ après champ, pour couper le blé mûr dans une atmosphère de joie et de rires, le repas en commun, le vin partagé, les plaisanteries, les premiers clins d'œil échangés avec les jeunes gens qui s'essayaient à de timides séductions sous le regard ironique des anciens... Un dur labeur, mais que l'on assumait avec enthousiasme ! Il en était tout autrement depuis qu'elle avait quitté la vallée pour ce coin de montagne reculé, où cette tâche se transformait vite en corvée : que l'on se sentait petits, à deux seulement, face à l'étendue de cette parcelle dorée que peignait d'ondulations une brise trop tiède ! Et pourtant : Maximin, conscient de l'ampleur du travail, ne semait que le strict nécessaire pour les besoins de son petit domaine...

Un peu découragée, elle se redressa pour le voir avancer, bien calé sur ses jambes, courbé sur sa faux, avec ce geste métronome et cadencé, le cisaillement de lumière de la lame, son crissement régulier sur les tiges, le vacillement des épis, et le blé qui se couchait par brassées en andins bien alignés... Ah ! Il fallait du caractère et de la volonté, pour continuer à faucher ainsi, en sachant que l'on était seul au manche, que personne d'autre ne vous épaulait, et qu'il fallait tout de même bien finir par engranger la récolte avant des orages toujours possibles ! La jeune femme ne put s'empêcher de ressentir de l'admiration pour la constance et l'obstination de son mari, ce qui lui redonna un peu d'entrain... À l'aide du *volant*[1], elle se remit à rassembler le blé pour le mettre en gerbes, en essayant de ne plus laisser vagabonder ses yeux sur la surface qu'il restait à couper.

Tout en s'efforçant de faire le vide de toute pensée, elle réunissait les javelles d'un geste qu'elle voulait inlassable. Depuis combien de temps durait ce travail de fourmi, sur cette pente malaisée ? Elle n'aurait su le dire... Elle n'avait même plus la force de chasser les mouches et les bestioles bourdonnantes qui agaçaient ses oreilles et couraient sur sa peau ! Derrière elle, des nuées d'oiseaux virevoltaient pour profiter des grains et picorer les insectes mis à découvert par le fil de la faux... Maximin, arrivé au bout de la parcelle, s'arrêta enfin. Pour reprendre son souffle, il sortit la pierre à aiguiser du *coffin*[2] accroché à sa ceinture, et la passa d'un geste las sur le tranchant irisé de lumière de la lame.

« Il serait peut-être temps de boire un coup ? proposa-t-il. J'ai le gosier sec comme un coin de désert ! »

Élise arriva à sa hauteur et leva sur lui un regard sans éclat rendu déjà creux par la fatigue :

« Bonne idée ! Je vais sortir le *botoïllon*[3]... »

La jeune femme extirpa le tonnelet mis à l'ombre sous le couvert des fougères qui bordaient le champ, à l'orée du bois, puis le tendit à son mari. Maximin ôta la bonde, et, d'un mouvement de coude, il leva le baril pour orienter le jet de liquide

1. *Volant : faucille, parfois emmanchée au bout d'une perche.*
2. *Coffin : étui de bois contenant de l'eau dans laquelle trempait la pierre à aiguiser.*
3. *Botoïllon : baril de bois contenant environ cinq litres.*

directement dans sa bouche. Quelques gorgées, pas plus, puis il rendit le petit fût de bois à Élise, qui s'abreuva à son tour...

« Pas mauvaise, ta *piquette*[1] !

– C'est vrai ! admit-elle. Et dire que tu ne voulais pas aller dans la plaine pour récupérer la “repasse” du pressage... Nous, on ne peut pas avoir de vignes, à cette altitude ! »

Maximin sourit :

« Qu'en ferions-nous ? Nous ne pouvons déjà nous occuper de tout, sur la ferme ! Alors, les vignes, c'est plutôt heureux qu'elles ne se plaisent pas, sur ces pentes... »

Élise préféra ne pas répondre : elle ne le savait que trop bien ! Tandis qu'elle dégustait une dernière gorgée en se portant à l'ombre d'un arbre, Maximin estima :

« Si nous continuons comme cela, dans trois heures, nous aurons moissonné la moitié de la parcelle, ma mie ! Histoire d'avoir le temps de rentrer la récolte du jour...

– Une bonne charretée y suffira ! répondit la jeune femme. Nous avons la chance d'avoir le chemin en bordure du champ pour mettre à l'ouvrage Rousset et Bobiou... Pas comme pour le foin !

– Ce n'est pas par hasard que l'on sème les céréales sur cette parcelle plutôt que sur une autre ! Demain, nous en aurons fini...

– Il faudra tout de même rentrer aujourd'hui en grange ce qui aura été coupé...

– Bien sûr ! Et, à mon avis, ça fera plus de la moitié... »

Élise n'ajouta rien aux propos de son époux : elle savait que cette moisson était loin d'être suffisante aux besoins de la Besancière, et qu'il leur faudrait acheter du grain ! Mais comment faire autrement ? Il était hors de question d'ensemencer d'autres parcelles, d'autant plus qu'à cette altitude le rendement s'avérait plus que médiocre !

Maximin s'octroya un dernier gorgeon et considéra la jeune femme d'un œil tendre.

---

1. *Piquette : boisson d'eau et de sucre, obtenue après filtrage au travers du mout du pressage du raisin.*

« Dans quelques jours, nous moissonnerons encore l'avoine pour le bétail... C'est moins pénible, parce qu'il n'y a pas besoin d'engranger ce qui a été fauché le soir même !

– Je sais ! s'amusa-t-elle. Pour bien faire, il faut même une journée à la laisser *rôter*[1] ! Le lendemain, on la retourne et on la met en gerbe, et le troisième jour, on la lie et on l'engrange... Il en a toujours été ainsi !

– Et on battra tout cela à la fin de l'été, comme d'habitude !

– Heureusement que la batteuse du père Coursiaud vient jusqu'à la ferme de Valtay : autrefois, les anciens faisaient tout à bras d'homme ! »

Maximin Chenaillet sourit malicieusement :

« À propos de Valtay... Je ne t'ai pas dit...

– Quoi ?

– Le neveu des Lautry, il s'est mis dans la tête de faire le garçon de ferme chez son oncle, pour l'été...

– Et alors ?

– Alors le Martin, il a pas trop d'ouvrage à lui confier, et le gosse en a assez de nettoyer l'écurie du matin au soir ! Il aimerait bien s'occuper des bêtes, les traire, les bichonner, les mener en champs ! Alors j'ai pensé...

– Oui ? »

L'intonation d'Élise résonnait soudain d'un espoir nouveau... Son mari s'attendrit de cette joie et poursuivit :

« J'ai pensé qu'il ne nous coûterait pas cher de le prendre à la Besancière, et même...

– Oui ?

– Et même en profiter, si je juge qu'on peut lui faire confiance, pour lui laisser la responsabilité du domaine deux ou trois jours, le temps pour toi et moi de descendre en ville, à Gex, par exemple ! »

La jeune femme sauta au cou de son mari en riant comme une enfant. Elle l'embrassa sur les joues, puis chercha fougueusement ses lèvres :

1. *Rôter : laisser l'avoine coupée rendre son humidité.*

« Que je t'aime, mon Maximin ! »

Il toussota, un peu gêné : au pays, même entre époux, il ne se faisait pas d'avouer aussi franchement ses émois et ses sentiments les plus intimes...

* *
*

Même Diamant, lavé, étrillé et brossé de frais, semblait fier de son apparence, tout en trottinant comme à la parade dans les rues. Pour l'occasion, le cabriolet qu'il tirait avait lui aussi été briqué avec soin par Élise, et ses roues cerclées résonnaient gaiement sur le pavage. Maximin avait revêtu, par-dessus le gilet croisé, son costume noir « des enterrements », et passé une chemise blanche au col amidonné qui lui râpait le cou, lui-même enserré par une cravate fatiguée. Il avait taillé soigneusement sa moustache, lui octroyant même un semblant de teinture qui traînait depuis des lustres dans une petite fiole, au fond du placard... Sur le banc, près de lui, son épouse arborait elle aussi sa plus belle tenue, une longue robe violine surmontée d'un châle sombre à dentelles, et un petit chapeau noir sur lequel quelques plumes colorées voulaient se donner des airs de fleurs exotiques. La jeune femme savait bien que sa mise n'était plus depuis des années « à la mode du temps », mais ne s'en émouvait guère : l'essentiel, c'était d'être « propre sur soi » !

Les yeux grands ouverts, elle profitait de chaque minute depuis que la voiture à cheval avait laissé derrière elle les murs, les prairies, et les champs de la Besancière... Ah ! L'ivresse, dans l'air vivifiant de l'aube, à voir Diamant attaquer courageusement les premiers lacets de la pente, sur ce chemin qui grimpait à l'assaut des sapins ! Elle se souvenait surtout du passage du col, sous le Petit Monrond, et de ce spectacle qu'elle avait reçu dans les yeux comme une gifle : avec la vue qui dégringolait les pentes jusqu'à la plaine, qui s'éclaboussait de la lumière aveuglante du lac sous le soleil levant, et qui se heurtait ensuite à la barrière massive des Alpes aux contours déchiquetés... Une lueur d'un rose orangé nimbait ces cimes lointaines et ouatait de douceur la neige des sommets :

« Que c'est beau ! » avait-elle murmuré.

Originaire de Saint-Genis, elle connaissait pourtant si bien ces paysages ! Mais, depuis le temps, elle avait oublié à quel point ils pouvaient être impressionnants et majestueux... Et voilà qu'à cet instant où le cabriolet abordait la cité, Élise se laissait reprendre par les charmes de cette ville : Gex, enfin ! Gex et ses maisons rectangulaires qui paraissaient si solides, sous leurs toits pentus... Gex et ses rues en pente, tortueuses et étroites. Gex et ses vieilles demeures, ses halles, ses fontaines...

« Oh ! Maximin ! J'aimerais tant me balader à pied, pour avoir le loisir de flâner devant les vitrines et musarder de rue en rue...

– Chaque chose en son temps, ma belle ! Allons plutôt saluer mon neveu Jean : tu sais, celui qui tient une quincaillerie...

– Tu m'en as déjà parlé, mais je ne l'ai jamais rencontré !

– Ça fera l'occasion ! Et puis, Diamant y trouvera un toit et de la bonne avoine, et je suis bien sûr que Jean Chenaillet et sa femme se feront une joie de nous offrir le gîte et le couvert... »

Élise lui renvoya une moue suppliante :

« Vas-y seul, non ? J'aurai bien le temps de faire connaissance plus tard... Si tu veux bien, nous nous retrouverons sur le coup de midi, vers la " fontaine aux Quatre Goulettes" ! »

Maximin abdiqua dans un sourire :

« D'accord, ma Lise ! D'accord... »

La jeune femme sauta aussitôt du cabriolet en riant, et elle s'éloigna aussitôt, de cette démarche si légère qui savait si bien attendrir son mari :

« À tout à l'heure, mon Maximin ! »

Ah ! Retrouver ces sensations oubliées, croiser tous ces gens qui allaient et venaient, goûter de nouveau l'animation devant les étals débordant sur la chaussée, entendre le grincement continu des roues de charrettes et de chariots, s'extasier devant tous ces magasins, ces boutiques et ces échoppes, prendre le temps de déambuler, de renouer avec cette atmosphère citadine qui lui manquait tellement, depuis tous ces mois ! Et il y avait tant de choses à voir, dans cette ville coincée entre lac et montagnes ! Une ville plutôt agréable, d'ailleurs, qui avait su se préserver des espaces de verdure et des promenades presque bucoliques, comme celle qui longeait la rivière de Journans... Ces parcs et ces jardins qui aéraient et égayaient ici ou là l'agglomération. Mais aussi les restes de l'enceinte médiévale, tout en haut du bourg ancien, où se devinaient encore quelques vestiges d'un vieux château ruiné... L'antique couvent, les halles imposantes, et aussi le magnifique lavoir qui trônait près de l'hôtel de ville... Quel plaisir de redécouvrir avec des yeux tout neufs les moindres recoins de cette agglomération, qu'elle avait pourtant eu l'occasion de sillonner à plusieurs reprises, avant son mariage ! Quelle excitation, presque infantile !

Maximin Chenaillet la regarda disparaître à l'angle de la Grande-Rue, et son regard s'alluma d'une étincelle un peu narquoise : la joie d'Élise était si touchante ! Ah ! Qu'en serait-il, lorsqu'il lui dévoilerait la surprise qu'il avait préparée ? Car Maximin s'était bien gardé de lui dire que l'une de leurs génisses n'avait pas rejoint les pâturages d'alpage avec ses consœurs, mais qu'il l'avait vendue au Charles Léchiaux ! Ce qui lui laissait un petit pécule, qu'il comptait bien utiliser pour le mieux tout en faisant plaisir à Élise... Tout d'abord lui offrir des habits de sortie plus seyants, mais surtout la doter d'un fourneau neuf afin de remplacer l'antiquité qui occupait le recoin de la Besancière : une belle cuisinière en fonte émaillée, avec un foyer réfractaire, un bac à cendres, une grille, des plaques à rondelles bien luisantes, un four, une bouilloire, et une barre en laiton étincelante ! Dieu qu'elle allait être heureuse ! Impatient déjà d'être le témoin amusé de l'étonnement de la jeune femme lorsqu'il conclurait ces achats exceptionnels, il claqua de la langue :

« Allez, Diamant ! Allons donc prendre pension chez ce bon Jean Chenaillet... Sa femme Mathilde adore les bêtes, et elle va te bichonner comme personne ! »

VIII

La petite Hélène

LE CHARGEMENT DÉPASSAIT largement les ridelles du char à échelle, et semblait vaciller à chaque cahot du chemin défoncé…
« Oh ! Toupian ! Oh ! Marcio ! Doucement ! »

Thibaud jeta un coup d'œil préoccupé à son frère, qui menait les deux bœufs en les tenant au joug pour mieux les rassurer :

« Fais attention, Antoine ! Ce serait pas le moment de verser !

– T'inquiète pas : ça ira… Mais faut dire que nos braves bœufs tirent lourd, aujourd'hui !

– Heureusement, le trajet est plus court, cette année… Plus besoin de descendre jusqu'à la plaine !

– C'est vrai : quelle chance que Marius Dorcière n'ait pas rechigné à monter avec sa batteuse jusqu'à la ferme du Crépillon !

– Oui : les Reculet ont eu une bonne idée ! Faut dire qu'ils moissonnent bien plus de blé que nous ! »

Antoine approuva de la tête, puis remarqua :

« N'empêche : ça nous rend service, mais à eux aussi ! Parce que le Jules Reculet, il sait bien qu'il n'y a pas malgré tout assez de blé chez lui, au Crépillon, pour justifier l'acheminement d'une batteuse… C'est bien pourquoi il nous a proposé de faire tâche commune en amenant notre récolte !

– Ce serait encore mieux pour nous si le battage se faisait aux Fontanières ! râla Thibaud.

– Oh ! Toi, tu es toujours en train de te plaindre ! Tu vois le travail, pour monter la batteuse jusque chez nous ? La plus haute ferme du canton ! Mieux vaut que ce soit à nous de descendre : en tout état de cause, ça nous fera tout de même quatre fois moins de trajet que les autres années… »

Le cadet finit par sourire :

« Tu as raison : d'ailleurs, tout se passe bien ! C'est le deuxième chargement que nous acheminons, et il ne nous restera plus qu'un voyage… Ce soir, tout sera battu : le blé des Reculet comme celui des Vornex ! »

* *
*

La ferme de Crépillon était située dans une petite combe, adossée à la pente et à l'abri des vents. Un halètement poussif en montait, accompagné de volutes de fumée. Plus on approchait des murs du domaine, plus le grondement ressemblait à la rumeur d'un orage, et Antoine et Thibaud furent obligés de houspiller les bœufs pour les faire avancer, effrayés qu'ils étaient par le vacarme de la machine essoufflée…

« Allons, Marcio ! Et toi, Toupian : du calme ! Là, c'est bien : nous allons vous dételer… »

La batteuse était du type locomotive à charbon, et elle avait nécessité un attelage de quatre bœufs puissants pour l'acheminer jusqu'à la cour de la ferme. Au milieu des jets de vapeur, son immense volant tournait dans un bruit d'enfer en brassant l'air autour de lui, et la large courroie de cuir tressautait et claquait en entraînant le lourd mécanisme… Marius Dorcière bichonnait sa machine, surveillait les aiguilles de ses manomètres et alimentait régulièrement à la pelle le foyer rougeoyant. Laissant à ses clients d'un jour le soin de s'occuper du battage, de temps à autre, la burette à la main, il huilait un engrenage ou décroûtait la poussière accumulée sur un axe. À l'arrivée des frères Vornex, il actionna quelques manettes et tourna une manivelle. Aussitôt, la rumeur entêtante du moteur à vapeur se mit à décroître en même temps que la vitesse du volant, et les chuintements de l'engin fonctionnant au ralenti donnèrent à tous l'impression que la mécanique agonisait en râles épuisés...

« C'est peut-être l'occasion de faire une pause, non ? »

Jules Reculet approuva avec enthousiasme :

« Bonne idée : j'ai une faim de loup ! »

Quel bonheur, que ces casse-croûtes pris entre amis et voisins sur le lieu d'un travail en commun ! La table dressée sur des tréteaux en bordure de la cour, et les femmes de la maison qui s'empressaient d'apporter la soupe chaude, le pain, la charcuterie et le fromage...

« Allez ! Prenez place... et servez-vous... La journée sera longue, et il faut bien se caler le ventre, que diable ! »

Octave Vornex lança un coup d'œil amusé à ses fils : il savait bien que cette interruption était loin d'être la dernière ! Dans la région, il était dans les traditions de transformer le moindre travail exceptionnel en fête conviviale...

« Servez-vous en cidre ou en piquette : toute cette poussière vous dessèche le gosier en moins de temps qu'il ne faut pour le dire ! »

Chacun s'installa en choisissant une place sur l'un des bancs, et nul ne se fit prier pour couper de larges tranches dans les miches de pain frais.

Pour une fois, Thibaud arborait une mine réjouie. L'atmosphère festive et les plaisanteries incessantes des uns et des autres se liguaient enfin pour lui faire oublier ses tracas : même si la tâche était pénible, ce n'était pas tous les jours qu'il était donné de s'amuser ainsi ! En bout de table, Jules incita son père à entonner une chanson, et il ne lui fallut guère insister pour que le vieux Reculet se mît à fredonner, en patois, les premiers couplets plutôt grivois d'une ritournelle un peu leste. Des rires et des boutades se mêlèrent aussitôt à sa voix chevrotante, et des applaudissements accompagnèrent le dernier refrain : l'ambiance était bien lancée !

« À quoi tu rêves, Thibaud ? »

Le jeune homme s'arracha à ses pensées et se tourna vers son frère :

« À rien, Antoine... Seulement que j'apprécie des moments comme ceux-ci, qui nous font sortir de notre trou ! »

Pouvait-il avouer sans rougir qu'il ne pouvait détacher ses yeux des courbes d'une belle brunette en coiffe de toile blanche, dont la robe longue n'arrivait pas à cacher la grâce ? Comment ne pas avoir les regards aimantés par son corsage bien rempli, comment ne pas imaginer son corps libéré des méchants tissus qui essayaient de gommer le mystère de ses formes appétissantes ? Chaque fois que le jeune homme se heurtait à ses pupilles pâles, elle baissait prestement les paupières en rougissant, mais Thibaud voulait se persuader qu'elle les relevait bien vite pour l'observer de dos, à la sauvette. Tant et si bien que des pensées friponnes commençaient à naître et à le titiller agréablement sous le crâne : la petite était mignonne, et il était de plus en plus certain qu'elle ne restait pas indifférente à l'intérêt qu'il lui portait de manière de moins en moins discrète !

Il se pencha vers Marius Dorcière, qui relevait sur ses bras les manches de sa chemise maculée de poussière de charbon, et il chuchota :

« C'est qui, cette petite, en bout de table, qui remplace les botoïllons vides ? »

Le paysan éclata d'un rire un peu moqueur :

« "Petite" ? Elle a vingt-deux ans bien sonnés !

– Mais... C'est qui ? insista Thibaud.

– Elle ? Mais tu ne la reconnais donc pas, alors que tu lui as sans doute plus d'une fois tiré les cheveux ? C'est la benjamine des Reculet ! La fille de Jules et de Jeanne...

– La petite Hélène ! s'exclama le jeune homme. Dieu ! Je ne l'avais pas reconnue ! Faut dire que je ne l'ai plus rencontrée depuis des années, au temps où on jouait, moi aux billes, et elle au cerceau... En tout cas, elle est devenue un beau brin de femme !

– C'est vrai, ma foi… concéda le père Dorcière. Mais on ne la voit guère, par chez nous : il y a bien cinq ans qu'elle fait la bonne à Genève !

– Hum ! hum !… grommela Thibaud en reposant de nouveau les yeux sur la jeune personne. Une belle plante, tout de même ! »

Manifestement, cette journée s'avérait bien plus agréable qu'il ne l'avait imaginée, et ce fut bien plus langoureux, à la fin de cette collation, qu'il se leva de table pour retourner au labeur…

« Allez ! Les gars : c'est le moment de remonter les manches ! » s'écria Jules Reculet en se hissant sur le char débordant de gerbes dorées.

Sous les commandes du mécanicien, le moteur se remit peu à peu à trépider bruyamment, et le volant siffla en prenant de la vitesse. De nouveau, fumées et volutes de vapeur envahirent la courette, et le sol recommença à vibrer au rythme de la machine… Jules et un de ses fils lancèrent une première botte, vite récupérée par Antoine et Émile, lequel, la soixantaine encore alerte, se louait depuis des années comme journalier au domaine de Crépillon. Les deux hommes coupèrent aussitôt le lien, puis ils jetèrent par brassées les gerbes dans la gueule de métal de la batteuse affamée. À l'avant de l'engin, Thibaud et l'aîné des fils Reculet, la pelle à la main, recueillaient le grain régurgité par les entrailles mécaniques, et en remplissaient les grands récipients de bois…

« Vous ne vous êtes donc pas encore mis aux sacs ? » s'étonna Thibaud.

Ferdinand Reculet haussa les épaules :

« Les sacs ? Ça se crève trop facilement… À Crépillon, on en reste aux *voirandes*[1] : c'est plus sûr et bien aussi pratique !

– Quant à nous, nous mettrons notre grain en sacs cette année : ce sera plus facile pour rapporter la récolte aux Fontanières… Plus facile pour l'empiler dans la remise, aussi… »

---

1. *Voirande : grand récipient de bois ou de métal.*

De son côté, Octave Vornex, dans un nuage de poussière, occupait le poste le moins pénible, mais le plus salissant : le râteau à la main, il évacuait régulièrement les fétus, les impuretés et les balles des grains que recrachait la batteuse. Du coin de l'œil, il surveillait le travail du dernier fils de Jules qui, avec l'aide d'un ami de son âge, réunissait en énormes gerbes la paille rejetée à l'arrière de la machine. Un rude boulot, que de lier serrées ces bottes hérissées ! Il fallait s'y mettre à deux, avant de les porter à l'écart : il serait bien temps de les rentrer à l'abri de la grange plus tard… De temps à autre, les femmes de la maison passaient de l'un à l'autre, le botoïllon à la main : en cette fin août, le soleil était plus ardent que jamais, et, allié à la poussière, il piquait la peau et transformait vite la gorge en brasier ! Le visage inondé de rigoles de sueur noirâtre, Thibaud jetait une dernière pelletée de grain dans la voirande prête à déborder, lorsqu'il se trouva face à face avec le tonnelet qu'une main compatissante lui tendait. Il leva la tête et se heurta au sourire de la plus jeune des filles de la ferme, dont il s'était pris à rêver durant le casse-croûte matinal…

Thibaud se redressa et s'empara du baril. Il hésita à se désaltérer sans plus tarder, préféra sourire à son tour :

« Hé… Hélène ? Tu sais, tout à l'heure, j'ai eu du mal à te reconnaître ! Tu es… magnifique, tu sais ? »

Qu'elle était touchante, cette mimique timide ! Tout comme ces joues qui rosissaient, ce regard qui évitait le sien… Thibaud s'amusa de son trouble : qu'elle était loin dans ses souvenirs, la jeune sauvageonne en compagnie de qui il courait prairies et forêts, quelques années plus tôt ! Hélène se réfugia derrière un petit rire :

« C'était il y a longtemps, hein ?

– Il me semble que c'était hier seulement… » mentit-il.

À l'âge de l'enfance, les fils de la ferme Crépillon étaient les seuls camarades de jeux que l'isolement des lieux avait accordés à Antoine et Thibaud Vornex, et leurs sœurs les seules connaissances féminines qu'ils eussent eues durant leurs jeunes années ! Qui aurait alors pensé que la cadette, une gamine boutonneuse et un peu boulotte, pût un jour devenir une telle beauté ? Il se troubla à son tour, s'éclaircit la gorge, et but quelques longues gorgées de piquette de cidre...

« Tu... tu es revenue à la ferme ? s'enquit-il d'un ton qu'il aurait voulu plus neutre.

– Oui... Quelques jours seulement, pour les gros travaux ! Après, il faudra que je retourne à Genève...

– Ah ? »

Comment ne pas montrer trop d'insistance et en même temps ne pas paraître indifférent ?

« Oui... répondit la jeune femme, soudain plus détendue. Je suis domestique d'intérieur, dans une honnête maison bourgeoise, à Genève... Bonne, si tu préfères ! Ma patronne est très gentille, tu sais, et je n'ai pas à me plaindre...

– Bien, bien... J'espère qu'on ne mettra pas autant de temps pour se revoir ! »

Ferdinand l'interrompit d'un coup de coude dans les côtes :

« Eh ! Thibaud... tu me passes le botoïllon, plutôt que de flirter avec ma sœur ? C'est que j'ai soif, moi aussi ! »

Sans un mot, le jeune homme reprit le manche de sa pelle avant de tasser le grain :

« La voirande est pleine à ras bord ! Même à deux, on va en baver pour la transporter jusqu'à la grange... »

Ferdinand s'essuya les moustaches et éclata de rire :

« Ce n'est pas ce qui va effrayer des costauds comme nous, hein ? Allez ! occupe-toi d'une poignée, je me charge de l'autre ! »

Marius Dorcière repoussa son béret en arrière et s'épongea le front, puis il chercha le regard du chef de maison. Sur un hochement de tête de Jules, il arrêta sa machine, et le bruit trépidant décrut rapidement.

« Il est déjà plus de midi ! s'exclama-t-il. Le moment de se caler l'estomac, non ? »

Tandis que la mécanique fumante s'assoupissait en se contentant, d'une respiration fatiguée, de lâcher de temps à autre une bouffée de vapeur blanche, chacun abandonna sa tâche avec soulagement : le repos était bien mérité, après les efforts consentis !

« Allez ! tous à table ! C'est l'heure de *dîner*[1], s'écria Jules Reculet. J'ai fait tirer du vin d'un tonneau qui nous vient de Saint-Jean... Du bon, il doit bien faire ses dix degrés ! »

Octave et ses deux fils arboraient pour une fois une mine réjouie : il y avait si longtemps qu'ils avaient oublié la convivialité des repas pris en commun lors des grands travaux des champs, si longtemps qu'ils avaient fini par prendre l'habitude de vivre repliés sur eux-mêmes, aux Fontanières ! Qu'il était bon de s'asseoir enfin, de laisser la fatigue se dissoudre en picotant les muscles, d'allumer sa pipe ou de chiquer un bout de tabac, et de discuter de tout et de rien... De parler des histoires de famille ou du temps qu'il faisait, des projets qu'on avait ou des souvenirs d'autrefois... Oui : un moment de fête grappillé à la routine des jours !

Jules, en bout de la table improvisée, entreprit en bon chef de famille de couper deux tranches de pain pour chaque convive. Déjà, les femmes de la maison s'activaient, et Jeanne Reculet, en maîtresse des lieux, commença à apporter les plats tandis que ses filles posaient sur le plateau les pichets bien garnis... Thibaud sirota rêveusement un verre de vin, les yeux perdus dans le vague.

« Il est fameux, hein ? »

Le jeune homme sursauta :

« Oui, oui, Jules... Excellent ! »

S'en était-il seulement rendu compte, obnubilé qu'il était par les allées et venues de la troublante Hélène ? Bon Dieu ! Pourquoi ne pouvait-il l'arracher de ses pensées ? Pourquoi attirait-elle son regard comme un aimant chaque fois qu'elle apparaissait dans son champ de vision ? Il savait bien, pourtant, qu'il ne servait à rien qu'il se fît des idées : la cadette des Reculet n'était pas pour lui ! D'ailleurs, elle avait quitté Crépillon pour la ville, et son monde était désormais bien différent de celui que pouvaient offrir

1. *En pays de Gex, on dîne à midi. Le soir, c'est le souper.*

ces montagnes... Et puis, avait-elle seulement remarqué les émois qu'elle suscitait, dans l'esprit de ce voisin qu'elle n'avait plus revu depuis l'âge où elle était encore une gamine, et lui un galopin effronté ? Qu'il était bête ! Et pourtant : c'était plus fort que lui, et il ne se lassait pas, du coin de l'œil, de la détailler sous toutes les coutures...

Hélène... Elle avait troqué sa coiffe blanche contre un fichu noir qui masquait ses cheveux tirés en arrière, et son tablier de toile épaisse, passé par-dessus ses vêtements, semblait vouloir lui nier toute sa féminité : les travaux salissants des champs n'exigeaient nul effort d'élégance ! Comment ne pas deviner pourtant la grâce de ses formes lorsqu'elle se penchait en avant, la fermeté de sa poitrine, la douceur de son ventre plat ? Il y avait dans sa démarche quelque chose d'aérien, comme si elle se déplaçait sans que ses pieds touchassent vraiment le sol, et Thibaud, avec une expression un peu béate, n'arrivait pas à se lasser de ce spectacle... « Diou qu'elle est belle ! » Et plus il la regardait, plus un brasier inconnu l'envahissait, attisé par l'éclat des pupilles vert clair, tisonné par le sourire éclatant qu'elle se plaisait à faire éclore au moindre prétexte...

Bouleversé, il se força à plonger le nez dans son assiette pour échapper au sortilège qui s'était emparé de lui : il ne fallait surtout pas qu'elle remarquât à quel point il lui portait de l'intérêt ! Son insistance ne pouvait passer que pour inconvenante... Il se mordit cruellement la pulpe des lèvres afin de s'extirper de rêveries de plus en plus torrides, et soupira, le cœur battant trop vite : cette fille n'était pas pour lui ! Et sans doute ne manquait-elle pas de prétendants, là-bas, à la ville, à Genève ? Ah ! Qu'il eût aimé la voir en habits citadins, vêtue « comme une dame », plutôt qu'ainsi attifée de ces toiles grossières ! Un peu amer, il regretta une fois de plus le hasard qui l'avait fait naître sur ces hauteurs... « Genève... Genève... Boudiou ! Et pourquoi je n'irais pas, moi aussi, à Genève ? » L'idée ne l'eut pas plus tôt traversé qu'il s'en moqua intérieurement : qu'irait-il se perdre dans une telle agglomération, lui qui n'avait jamais fait autre chose que cultiver les champs et s'occuper du bétail ? Non, il lui fallait à tout prix se faire une raison, et laisser son bref rêve rejoindre le domaine des rêves...

« Oh ! Thibaud... Est-ce que tu vas te décider à manger, oui ou non ? Ce n'est pas bon, peut-être ? »

Ses joues rosirent instantanément, et il afficha au plus vite un sourire de circonstance :

« Si, si ! Au contraire, même : je déguste... »

Il se tut aussitôt, persuadé à tort que ses sentiments secrets n'avaient échappé à personne...

IX

« Les vendanges : une distraction ? »

LE CHAPEAU RABATTU SUR LES YEUX, un brin d'herbe entre les dents, Pierre Savagnon somnolait à l'ombre d'un peuplier, dans le creux d'une combe verdoyante, à quelques pas d'un ruisseau turbulent qui chantait gaiement aux oreilles… Le soleil d'automne, généreux, se montrait encore chaud pour la saison. Les arbres des coteaux s'étaient maquillés d'ocre, de rouille et de jaune, et les premières feuilles mortes commençaient à joncher fossés et rigoles. Blanchon broutait tranquillement, heureux d'avoir été dételé de la charrette : il s'accommodait plutôt bien du peu d'ardeur au travail qu'affichait son maître depuis quelques jours ! Pourtant, l'animal montrait des signes d'impatience : toutes ces heures à s'éterniser dans ce coin de prairie lui donnaient des fourmis dans les sabots ! L'âne fit deux pas de côté, puis approcha sa tête volumineuse du visage du dormeur, avant de le flairer en soufflant bruyamment des naseaux. Pierre sursauta, puis protesta d'un ton paresseux :

« Blanchon ! Tu ne peux donc pas rester tranquille ? »

Il ouvrit un œil, cligna des paupières, puis se redressa en ramenant son couvre-chef en arrière…

« Hé ! C'est vrai que le jour va bientôt décliner… Tu as raison : il faut y aller ! »

Le colporteur se remit sur ses jambes et s'étira longuement les membres, puis il s'approcha du bord de la rivière pour y récupérer la bouteille qu'il y avait mise au frais, bien calée entre deux pierres. Il avala quelques gorgées de vin, puis soupira :

« Allez ! Viens, mon Blanchon... »

Il le fit reculer entre les brancards, puis le sangla et fit coulisser quelques lanières. Tout en s'activant sur les boucles, il considéra sa cargaison d'un œil las : avait-il bien fait de se réapprovisionner à cette époque de l'année ? Après tout, la saison froide serait bien vite là, et tout Pierrot des Fleurs qu'il fût, il lui faudrait bien prendre tôt ou tard ses quartiers d'hiver ! Sans regret aucun, d'ailleurs, car les affaires avaient plutôt bien marché, cette année, les officielles comme les officieuses : bien qu'il fût en permanence soupçonné des trafics les plus illégaux, bien que tous les douaniers qu'il croisait s'évertuaient à le contrôler sans relâche, et bien qu'étant en vain régulièrement fouillé et sa carriole mise sens dessus dessous, son activité de contrebandier occasionnel se révélait passablement lucrative ! Il ne s'y livrait pourtant que par jeu, son petit commerce étant largement suffisant pour lui permettre de vivre à sa guise... Mais, quoi qu'il prétendît, un peu d'argent d'appoint était toujours le bienvenu. Et, surtout, berner les douaniers lui était devenu depuis longtemps un amusement qui le distrayait au plus haut point !

« En avant, Blanchon ! Mais dis-moi, mon beau : tu préfères passer la nuit à Saint-Jean, ou à Thoiry ? C'est à peu près à la même distance, tu sais ! »

Le brave âne se contenta d'émettre un petit braiement amical, et Pierre haussa les épaules : que lui importait, après tout ? Toujours tenant Blanchon à la bride, il restait encore indécis... Malgré tout, il se souvenait que sa dernière incursion à Thoiry s'était soldée par un crêpage de chignon mémorable entre deux de ses éphémères conquêtes féminines ! En outre, Pierre ne tenait pas particulièrement à y rencontrer quelques maris jaloux, qui n'attendaient que l'occasion de lui tomber dessus au moindre prétexte...

« Ce sera donc Saint-Jean... »

« Les vendanges : une distraction ? »

* *
*

Ce fut plutôt guilleret qu'il vit apparaître, enfin, derrière la croupe d'une colline, la pointe du clocher du village... Comme chaque année, le dernier voyage qu'il entamait pour les pays du Jura s'accompagnait d'un parfum de joie et de légèreté : l'occasion de changer de vie, pour profiter pleinement de l'oisiveté s'il en avait envie, ou pour louer ses bras ici ou là lorsque l'inactivité commençait à lui peser ! En bon colporteur, il ne détestait pas la pause de l'hiver ! Et il savait bien que, d'ici deux à trois mois, tous les passages qu'il empruntait régulièrement seraient noyés sous une chape blanche de froidure... Bientôt, il serait temps pour lui de se trouver un toit accueillant, en échange de quelques menus services, et de préférence en occupant le lit déserté d'une femme seule en manque de tendresse : ainsi en allait-il pour lui à la fin de chaque automne, et cette perspective était loin de lui déplaire ! Il n'était pas question pour autant qu'il renonçât à se rendre, avant les premières chutes de neige, à Saint-Claude, Clairvaux, ou Saint-Laurent-en-Grandvaux : comme d'habitude, il avait sa cargaison de pains de sucre, de tabac, de poivre, d'allumettes et de café... Et bien malin serait le douanier qui la dénicherait : depuis des années qu'il se livrait à ce petit jeu, si chaque porteur de képi était convaincu de ses activités illicites, nul n'avait jamais pu le prendre en faute !

Et puis le village, soudain, qui étirait face à ses yeux le chapelet de ses maisons... Pierrot flatta gentiment le museau de son âne, puis murmura à ses longues oreilles :

« Rassure-toi, mon bon Blanchon : nous allons rester quelques jours ici, histoire de te reposer les pattes ! C'est l'époque de la tisane d'octobre[1]... Et j'aime bien participer aux vendanges, tu le sais : tu comprends, ça me change un peu les idées, et il y a souvent l'occasion d'y faire la connaissance de belles peu farouches !

1. *Tisane d'octobre : appellation familière des vendanges en pays de Gex.*

D'ailleurs, peut-être y trouveras-tu toi aussi une ânesse à ton goût, comme l'année dernière ? »

Comme s'il comprenait ce que son maître lui disait, Blanchon s'ébroua en retroussant les naseaux : la perspective semblait loin de lui déplaire !

Saint-Jean-de-Gonville… Saint-Jean sans autre précision pour les habitants du coin… Pour Pierre, c'était là un havre de paix, et il aimait à s'y arrêter de temps à autre, alors qu'il était plus facile pour lui, lorsqu'il se rendait en Jura, de remonter la Valserine depuis Bellegarde ! Il préférait malgré tout faire le détour par ce bourg sympathique, avant de grimper, malgré les côtes et les lacets, le col du Sac et redescendre ensuite dans la vallée sur Chézery, pour la suivre en direction de Lélex… Il décidait alors, selon son humeur, de traverser la frontière de la zone franche en passant dans l'autre vallée par le Crêt de Chalam, ou en remontant la combe jusqu'à Mijoux avant de grimper une dernière chaîne pour rejoindre Lajoux, puis Septmoncel ou Saint-Claude, sa région natale. Exceptionnellement, il poussait même jusqu'à Lons-le-Saunier, histoire de se changer les idées, mais préférait nettement les bourgs plus modestes et plus tranquilles : pour lui, c'était là que se trouvait la « vraie vie », celle qui n'était pas étriquée dans les murs trop resserrés des grosses agglomérations !

« Holà ! Nous arrivons… »

Saint-Jean ! Il en aimait l'ambiance et le charme. Le calme, aussi… On y accédait, depuis la plaine faiblement vallonnée, pour, en venant de Saint-Genis, venir buter sur son groupement de maisons. Murs et toits se détachaient alors en contre-jour de la masse sombre de la montagne, sur fond de champs, de prairies et de forêts coincées entre plaine et ciel. D'un côté, la douceur des rives du lac, de l'autre, la rudesse des pentes, le tout couronné par les dents de scie des crêtes : un pays où il faisait bon vivre, et où la terre était riche ! Un village paysan de plus de cinq cents âmes, constitué de fermes agglutinées, avec leur cour fermée, le pré à l'arrière, et cette odeur de fumier omniprésente, presque entêtante… Oui, Pierrot des Fleurs se sentait un peu chez lui, ici !

À son habitude, il traversa la petite place, et ne manqua pas de saluer les anciens de la commune qui conversaient sur un banc de pierre, sous le vieux tilleul. Tout en discutant de tout et de rien, ils surveillaient les vaches qu'ils avaient menées pour s'abreuver à l'eau de la fontaine publique. Dans la foulée, le marchand ambulant se dirigea vers le café d'Émile Gardaz, qu'il estimait être le plus convivial et le plus sympathique de la région.

« Le bonjour à tous, Gonvillois ! Il me tardait de venir chamailler ce vaurien d'Émile... C'est ce qui me vaut de remettre les pieds dans cette infâme gargote ! »

Il était tôt encore pour que les hommes en âge de travailler fussent accoudés à une table devant un pichet, mais quelques vieux, occupés à une partie de manille, levèrent le nez à son entrée :

« Té ! Le Pierrot des Fleurs...

– Ah ! oui... On ne l'avait plus revu depuis le printemps, c'est ça ?

– C'est vrai... À croire qu'il ne s'ennuyait pas trop de nous ! »

Pierre se contenta de rire, plutôt touché par ces remarques qui témoignaient de la sympathie que les habitants du lieu lui portaient. Il répliqua :

« Toujours sur les routes, vous le savez bien... Mais j'ai bien l'intention de faire une halte de quelques jours, avant mon dernier grand voyage de l'année. Et je crois que je vais choisir votre beau village pour cela ! »

Les consommateurs comme le patron des lieux arborèrent une expression de surprise :

« Comment ? s'exclama Émile. Toi, qui cesserais de courir les chemins ? »

Le colporteur claqua du plat de la main sur le comptoir et secoua vivement la tête :

« Détrompez-vous, les amis ! Je fais plus ou moins régulièrement des pauses, dans mon petit commerce... Même si je n'ai pas encore eu le bonheur de m'arrêter pour cela à Saint-Jean ! »

Un vieux joueur de manille mordilla un instant le tuyau de sa pipe avant de jeter une carte sur la table, puis grimaça :

« Moi, je pensais pas que Pierrot des Fleurs aimait à se tourner les pouces ! Je l'ai toujours vu et par monts et par vaux...

– Hé ! Je n'ai pas dit que j'entendais ne rien faire ! protesta Pierre Savagnon. Lorsque je repose une semaine ou deux les sabots de mon Blanchon, j'aime à prendre la faux pour les foins, la hache dans les forêts, le manche de la charrue dans les terres, ou la masse dans les carrières de pierre : je suis né paysan, et j'entends bien le rester, même si je gagne honnêtement ma vie de mon petit commerce ! Aussi, comme nous arrivons au temps des vendanges, je ne rechignerais pas à couper les grappes ou à porter la brande... »

Émile Gardaz, connaissant les habitudes du marchand, n'attendit pas que ce dernier la demandât pour lui servir une picholette de vin blanc. Puis, perplexe, il s'étonna :

« Excuse-moi, Pierrot... Je pensais que ton métier de charlatan ambulant te rapportait assez pour ne pas devoir te louer comme journalier !

– Non, non ! le rassura aussitôt Pierre. Comme je viens de le dire, ce n'est pas tant pour l'argent que pour m'occuper les mains... C'est un peu... comme une distraction, pour moi. Vous comprenez ?

– Eh bien ! ironisa un des buveurs. Les vendanges : une distraction ? Je connais mieux, pour se détendre ! Pour nous, qui vivons de nos terres et de nos vignes à longueur d'années, le labour, les moissons, les vendanges et autres travaux des champs sont plutôt une servitude, dont nous nous passerions bien si nous pouvions gagner notre pain autrement... Mais enfin, chacun ses goûts, hein ?

– Chacun ses goûts... » répéta rêveusement le Jurassien en portant le verre à ses lèvres...

* *
*

Oui, vraiment, ça le changeait de la routine, et il prenait un réel plaisir à s'échiner ainsi entre les rangées de pieds de vigne chargés de grappes... Et puis, il appréciait vraiment l'atmosphère d'entraide qui liait hommes et femmes dans le labeur, la camaraderie, les rires et les plaisanteries qu'on s'arrachait malgré les douleurs qui vrillaient le dos et la sueur qui dégoulinait : les vendanges se faisaient en rassemblant plusieurs familles sur une seule propriété, avec pour seule condition la réciprocité du service rendu, et se déroulaient dans une ambiance de fête. Les voisins et les amis avaient aussi été rameutés, et l'on avait encore recruté quelques journaliers pour l'occasion. Après deux jours passés à couper les grappes, le camelot se consacrait depuis le matin au portage, en compagnie du grand Maurice, un brave homme qui avait toujours le mot pour rire...

« Le temps est lourd autant que le raisin ! souffla Maurice en s'épongeant le front. Espérons qu'il ne virera pas à l'orage... »

Pierre leva les yeux vers les nuages gris qui plombaient l'horizon et cernaient un soleil trop chaud pour la saison.

« Espérons... » répondit-il.

Comme pour tous les travaux d'extérieur, des foins aux moissons et des semailles aux vendanges, rien n'était pire que les caprices du climat, qui transformaient un ciel bleu en nuées aussi brusques que dévastatrices !

Rangée après rangée, la récolte avançait. Même si nul ne voulait l'avouer, la fatigue et la faim commençaient à tirailler les muscles et l'estomac, et chacun attendait avec impatience la pause de midi... Le panier posé à portée de main, les récolteurs s'activaient, courbés sous les feuilles, et coupaient grappes sur grappes à l'aide du couteau ou de la serpette.

« Moi, il y a longtemps que j'ai choisi le sécateur ! répéta Pierre pour la millième fois. J'en ai même un bon lot dans ma carriole, à Saint-Jean, à un prix défiant toute concurrence... Mais ces gens-là sont plus têtus que mon âne ! »

Maurice lui retourna un sourire moqueur :

« À chaque région ses traditions, et bien malin qui arrivera à les changer… »

Le colporteur soupira, puis regarda les femmes qui détachaient les grains de raisin des rafles au-dessus des brandes :

« C'est comme l'égrappage : il est de plus en plus rare de voir les vendangeurs perdre leur temps à ça !

– C'est pourtant ce qui enlève au vin son âpreté ! Et ce qui adoucit le goût du tanin…

– Peut-être… Mais cette pratique a été abandonnée sur nombre de vignobles !

– Ce qui explique qu'il est de plus en plus difficile de trouver du bon vin… » rétorqua le grand Maurice.

Sur le signe d'un coupeur, les deux hommes suivirent une file de pieds de vigne. Sans un mot, ils se chargèrent chacun d'une brande pleine, la hissèrent d'un coup d'épaule avec un rugissement d'effort, puis, le pas chaloupé, ils rejoignirent le bout de la rangée pour s'approcher d'un des chars placé en bordure de la parcelle. L'un après l'autre, ils grimpèrent les quelques marches d'un escabeau pour être à hauteur, avant de déverser leur chargement dans la grande cuve de bois qui trônait sur la charrette : il y fallait un rude coup de rein et de la force, ainsi qu'une certaine habileté qui ne s'acquérait pas du jour au lendemain ! Juché sur une échelle appuyée au tonneau, un homme, inlassablement, touillait et tassait la récolte au moyen d'un pieu de bois…

« Cette fois-ci, c'est plein ! jugea-t-il. Il est temps que j'attelle le cheval pour mener cette cargaison au pressoir du village… »

Pierre approuva d'un hochement de menton : il savait bien que, pour le vin blanc, le raisin était pressé le jour même, directement après l'égrappage. Pour le vin rouge, on le laissait fermenter quelques jours avant de l'écraser.

Tout en regagnant leur poste en reprenant leur souffle, Pierre et son compagnon de travail échangeaient quelques mots avec les vendangeurs, lançant au passage quelques boutades à l'un ou à l'autre : la bonne humeur était de mise, et chacun riait de bon cœur. Une nouvelle fois, Maurice surprit l'insistance avec laquelle le colporteur posait le regard sur une charmante personne occupée à la récolte du raisin, et il ne fut pas sans remarquer l'œillade et le sourire sans ambiguïté qu'elle lui retourna. Avec un coup de coude, il s'exclama :

« Eh bien ! Toi, dis donc, tu ne perds pas de temps ! Mais je me demande ce que tu as de plus que nous tous : tu n'es pas particulièrement beau ni particulièrement jeune, tu n'as rien d'un costaud, et tu n'as pas de meilleures manières que les gens d'ici ! Pourquoi les femmes semblent-elles alors te porter autant d'intérêt ? Vraiment, je ne comprends pas !

– Qui comprendra jamais les femmes ? rétorqua Pierre.

– Attention quand même ! prévint Maurice. Cette donzelle est la fille de celui qui nous payera : le patron de ces parcelles…

– Ah oui ?

– Oui : c'est la Rosine Aubarède, l'aînée du Francis et de l'Adèle, qui possèdent les plus grandes vignes de Saint-Jean ! Il est d'autant plus surprenant qu'elle te fasse les yeux doux qu'elle a jusqu'ici ignoré toutes les avances de ses prétendants ! C'est pourtant un beau parti…

– Les beaux partis ne m'intéressent guère, tu sais ! rigola franchement Pierrot des Fleurs. J'espère bien que celle qui me passera bague au doigt n'est pas encore née ! »

Malgré son affirmation, il ne put se retenir de lancer à la jeune femme un clin d'œil appuyé et un sourire plein de promesses enjôleuses : comment résister au jeu de la séduction, lorsqu'on était comme lui un invétéré coureur de jupons ?

* *
*

Le crépuscule était tombé sur une nouvelle journée plus épuisante que chacun voulait bien l'avouer, et l'obscurité s'appesantissait peu à peu sur les êtres et les choses. Il y avait la fatigue des vendanges, mais aussi celle des agapes qui accompagnaient, chaque soir, la fin de repas bien arrosés : chansons légères et histoires grivoises soulevaient des rires gras chez les hommes et collaient le rouge de la confusion aux joues des femmes, les flacons d'eau-de-vie attisaient les discussions et alourdissaient les paupières, et c'était éreinté que l'on rejoignait sa couche pour un sommeil sans rêve, le corps las et la tête vide… Le calme était revenu dans la grande cour de la ferme des Aubarède, et seuls les renâclements filtrant de l'étable arrivaient à troubler le silence de nuit. Indifférente, une lune baveuse laissait filtrer au travers des nuages sa clarté blafarde.

Pierrot, quant à lui, n'avait pas sommeil. Dans un coin de la *fenière*[1], allongé sur la paille, il serra de plus près le corps souple abandonné à sa bouche et à ses mains.

« Rosine… murmura-t-il en cherchant ses lèvres tout en libérant un bouton de son corsage.

– Arrête… Tu me rends folle ! » souffla la jeune femme tout en se contorsionnant pour lui faciliter la tâche.

La paume masculine, un peu rêche, trouva enfin la douceur de la poitrine ferme, et deux doigts fureteurs se mirent à taquiner un téton qui s'érigea aussitôt à ce contact. Rosine frissonna d'un désir aussi soudain que violent, et elle glissa ses mains sous la chemise de Pierre pour abreuver de caresses son torse un peu moite. Avec un gémissement, elle plaqua contre elle l'homme haletant en lui incrustant ses ongles dans le dos. Puis elle le vampirisa d'un baiser fougueux, le corps arqué et tremblant d'impatience…

N'y tenant plus, ce fut elle qui décida de lui ôter son vêtement, les doigts fébriles sur la chemise, avant de se défaire elle-même de sa jupe et de son corsage. Ah ! Quelle douceur pour les yeux, que cette peau nue qui jouait de ses courbes dans les ombres portées par la pâle lueur lunaire !

« Oui… oui… » murmura-t-elle d'une voix rendue rauque par l'excitation.

---

1. Fenière : réserve à foin.

Ne sachant plus où donner de la bouche et des mains, Pierrot attarda sa langue sur le bourgeon d'un sein, tandis que, d'une caresse rude, il retroussait les jupons rétifs, les doigts électrisés par la chaleur troublante des cuisses offertes.

Rosine s'attaquait maladroitement à défaire la ceinture de son pantalon lorsque la porte de la grange s'ouvrit brusquement, laissant le passage à une femme échevelée et en chemise de nuit. L'intruse se précipita aussitôt en rugissant sur le couple à demi dénudé :

« C'est bien ce dont je me doutais ! » gronda-t-elle d'une voix sourde en se campant face à eux.

Rosine remonta du mieux qu'elle le put les tissus de ses vêtements sur sa poitrine, puis balbutia :

« M… maman ? »

Adèle Aubarède trépigna et éructa :

« Oui, petite gouape ! Mais qu'est-ce qui te prend, de fricoter avec ce vagabond ? Toi, mon aînée ? Toi, que je prenais pour une fille sérieuse et non pas une Marie-couche-toi-là ! Tu te rends compte que tu pourrais faire Pâques avant les Rameaux !

– Mais, m'man…

– Tais-toi, espèce de dévergondée du diable ! Mon Dieu ! Jamais je ne me serais doutée que j'avais donné le jour à une catin *émerluchée*[1] ! Quant à toi, sale suborneur, je ne sais ce qui me retient de te planter une fourche dans le ventre ! »

Le premier moment d'effarement passé, Pierre se rajusta tranquillement. Il se releva pour faire face à la mégère en furie.

« Calmez-vous, madame Aubarède… Ou peut-être devrais-je dire Adèle ? Et ne criez pas ainsi, que vous allez rameuter toute la maison !

– Et alors ? Son père a toutes les raisons de flanquer à Rosine la tripotée de sa vie ! Quant à toi, tu ne perds rien pour attendre :

1. *Émerluchée : excitée et provocatrice. Se dit aussi d'un homme ivre.*

mon Francis, s'il ne te fait pas la peau, j'espère bien qu'il t'estropiera pour le restant de tes jours ! »

Posément, un sourire ironique aux lèvres, Pierrot des Fleurs chercha le regard de la mère de Rosine tout en glissant dans son pantalon les *pantets*[1] de sa chemise.

« Francis ne fera rien de tout ça, ni à sa fille ni à moi, car vous ne lui direz rien de ce qui s'est passé ce soir dans cette grange... affirma-t-il d'un ton assuré.

– Et qui m'en empêchera ? » s'emporta la paysanne, la bouche tordue par un mauvais rictus.

Pierre soupira :

« Vous ne direz rien, Adèle, parce que vous ne tenez sans doute pas à ce que votre Francis de mari apprenne que, depuis que je travaille aux vendanges, vous me rejoignez la nuit chaque fois que vous le pouvez, ici même, sur cette même paille, et que vous vous y montrez moins prude que vous voulez bien le dire ! »

Son assurance déstabilisa la maîtresse de maison, qui s'empourpra et bégaya, ne trouvant rien à rétorquer. Pierre ajouta :

« Et je gage que votre irruption dans cette fenière ne vient pas du fait que vous surveillez de trop près votre gentille Rosine, mais plutôt d'une escapade de votre lit conjugal, avec l'intention de vous vautrer vous-même dans mes bras en lieu et place de votre fille ! »

Voyant que sa mère ne réagissait pas aux propos du colporteur, Rosine se redressa à son tour, effarée :

« C'est... c'est vrai, m'man ? »

Un silence embarrassé, des yeux fuyants qui se plantaient au sol en guise d'aveu, et la jeune femme s'emporta soudain. Elle se précipita sur Pierre pour le malmener furieusement de ses poings :

« Salaud ! Espèce de salaud ! Menteur ! Ainsi, tu voulais et la fille et la mère ? Tu es... tu es un monstre ! Je te hais ! »

1. *Pantets : bas des longues chemises que portaient les hommes.*

Narquois, il s'empara de ses poignets pour éviter la grêle de coups qu'elle lui assenait, pencha la tête pour lui voler un ultime baiser, puis écarta prestement la bouche avant qu'elle ne le mordît. Il la libéra alors, et Rosine s'enfuit en pleurant, la honte aux joues et la fureur au ventre. Le marchand resta seul face à Adèle qui, gênée et furieuse, se contenta une nouvelle fois de baisser le nez.

« Elle a raison… murmura-t-elle pourtant dans un sanglot mal réprimé. Tu es vraiment un salaud ! »

Le Jurassien sourit, comme s'il se sentait fier de lui et du trouble qu'il venait de semer, puis décida :

« Ne t'inquiète pas, Adèle, je saurai tenir ma langue ! Mais il vaut mieux pour tout le monde que j'aille traîner mes semelles ailleurs, après ce qui s'est passé. Je demanderai donc mon compte à votre Francis de mari dès demain à la première heure… »

Voyant le soulagement de la mère de Rosine, il ajouta :

« J'ai tout de même passé de bons moments, ici ! Dommage que tu sois arrivée trop tôt : c'est vraiment un beau morceau que ta fille… »

Les larmes aux yeux, elle rassembla les pans de son vêtement de nuit, lui tourna le dos et s'éloigna d'un pas vif en direction de la porte de la grange :

« Salaud ! »

XIII

La carrière de Crozet

DURANT CES DERNIERS JOURS, Thibaud était allé de droite et de gauche sans savoir vraiment quel était le but qu'il s'était fixé... Avec pour seule satisfaction celle d'avoir mis le plus de distance possible entre ses talons et le domaine des Fontanières ! Et voici qu'il se surprenait déjà à le regretter, parfois : s'il n'avait rencontré aucune difficulté pour qu'on lui accordât un toit la première nuit, à mi-montagne, ici, en plaine, la méfiance semblait de mise envers les errants... Quant à trouver de l'emploi comme journalier, à cette époque de l'année, c'était bien aléatoire ! À moins de tomber sur un couple âgé, et de louer ses bras pour deux fois rien afin de fendre quelques *moules*[1] de bois... Depuis deux jours, le jeune homme n'avait trouvé pour dormir que ces remises à outils que l'on remarque parfois sur le bord des champs, et le découragement commençait à faire son chemin en lui : bien sûr, il avait le sentiment d'avoir pris la bonne décision, mais avait-il choisi la bonne époque, à la veille de l'hiver ? Il jura une nouvelle fois et donna rageusement du pied dans un caillou.

Où aller, maintenant ? Et que faire, surtout, pour ne pas terminer sur les chemins comme un mendiant ? Il ne lui restait plus un sou en poche, et ne voyait pas le moindre moyen de gagner quelque argent... Ah ! Que n'avait-il emporté les maigres

1. *Moule : quantité de bois de la valeur de quatre stères.*

économies des Vornex, que le vieil Octave serrait, pièce après pièce, dans cette boîte en fer rouillée calée sur l'étagère, au-dessus du fourneau ? Mais Thibaud avait son honneur et ne tenait pas à passer pour un voleur ! Un lâche, un traître, oui, peut-être... Mais pas un voleur ! Depuis quelques minutes, un vent désagréable projetait au visage des gifles de bruine qui aiguillonnaient la peau, et le marcheur s'arrêta soudain, alors que des gouttes plus grosses et plus drues battaient la terre du chemin. Il jeta un œil sur le ciel et pesta de nouveau : si le temps lui aussi se mettait de la partie pour lui empoisonner la vie !

Thibaud avait exclu d'emblée de se rendre à Gex : trop près du domaine familial ! Et puis, il y avait cette envie irrésistible de revoir Hélène, la fille des Reculet... Il le savait depuis le début : Genève était son but ! Mais il était hors de question qu'il y arrivât les poches vides, et il lui fallait trouver le moyen de gagner de quoi y faire bonne figure !

« Bon Dieu ! s'apostropha-t-il. Il faut quand même que je me décide... Ça fait trop de temps que je tourne en rond ! »

Dès qu'il s'était senti dépourvu, et déçu de ne trouver de l'embauche dans les fermes de la plaine, son instinct naturel l'avait poussé à se tourner de nouveau vers les pentes. Mais la chance ne lui avait pas plus souri... Il jura encore en levant la tête sur les nuages qui s'épanchaient en averses aussi brusques que violentes :

« Et cette foutue saleté de temps qui s'obstine à tout tremper ! On ne devine même plus le Colomby[1]... Et la pluie ne semble pas vouloir s'arrêter de si tôt ! C'est bien ma déveine... »

Il avait fait l'expérience de l'inconfort qu'il y avait à dormir dans des vêtements mouillés, sans feu, alors que la température baissait de jour en jour : ça ne pouvait plus durer !

Il y avait de quoi en pleurer ! Machinalement, il écrasa au pied d'un arbre une bogue, puis se baissa pour en extraire la coquille de noix, qu'il brisa entre ses paumes. Le fruit trop vert était encore

1. *Le Colomby de Gex culmine à 1 689 mètres.*

un peu amer, mais il le mâchonna longuement pour tromper sa faim… Dans les brumes, il devina le clocher d'un village et hésita à en prendre la direction :

« Ce doit être Echenevex, si je ne me suis pas égaré… »

Peut-être s'y montrerait-on plus accueillant qu'ailleurs ? Il haussa les épaules, soupira : il avait l'impression soudaine de traverser l'existence sans que personne ne le vît ! D'être devenu une loque immatérielle… L'esprit vide, il continua son avance en baissant la tête sous les rafales…

* *
*

Depuis combien de temps marchait-il ? Il ne le savait plus, et s'arrêta soudain, à bout de force et de courage. Ce fut alors qu'au loin, une explosion assourdie par la pluie le fit sursauter, et il se tourna vers l'est, le visage inondé :

« La carrière de Crozet ! Peut-être n'y rechignera-t-on pas à accepter deux bras supplémentaires ? Et deux bras costauds, surtout… »

Comment n'y avait-il pas pensé plus tôt ? L'idée étant là, il se demanda s'il ne ferait pas mieux de remonter jusqu'à Gex pour filer ensuite sur Vesancy, où l'exploitation de la pierre était bien plus importante… Mais il connaissait trop de monde à Gex, et les nouvelles allant vite, il avait peur de voir un jour apparaître sur le chantier son frère Antoine ou le vieil Octave. Et puis, Crozet était bien plus proche, pour qu'on entendît d'ici parler la poudre !

« Allons donc jusqu'à Crozet… » décida-t-il.

* *
*

« C'est bien le moment ! Comme si cette foutue pluie n'avait pas pu s'arrêter plus tôt ? »

À peine arrivait-il en vue du village que l'averse cessait… Il y eut une rafale, et les nuages semblèrent s'évaporer d'un coup, alors qu'une trouée se perçait pour laisser apparaître, au travers des nues, la chaîne des Alpes et les sommets blancs du massif du Mont-Blanc. Le jour baissait déjà, et il hâta le pas : la route n'était plus longue, et il lui tardait d'arriver… Il haussa les épaules, puis redressa la tête pour affronter les dernières gouttes poussées par les bourrasques : Crozet ! Enfin… Un gros village qui ne le paraissait guère, éclaté qu'il était en trois hameaux importants. Il y avait tout de même l'église et son clocher gris, vers laquelle il se dirigea aussitôt : qui avait vu déjà une église sans café sous son ombre ? Il avisa d'ailleurs vite un débit de boisson, dans lequel il entra après s'être ébroué sur le pas de la porte…

Chaque consommateur se retourna à son irruption, et les regards se posèrent sur lui plus longuement : en voilà un qui n'était pas un habitué ! Qui était-il ? Que venait-il faire ici ? C'était là des questions qui se fichaient d'emblée dans toutes les cervelles dès qu'un inconnu pointait le bout de son nez !

« Adieu à tous ! » s'exclama Thibaud.

Toute méfiance s'évanouit aussitôt dans la salle, et un sourire moqueur se posa sur toutes les lèvres : ce gars-là parlait avec l'accent du pays, ce qui le rendait tout de suite plus intéressant qu'un « étranger » !

« Oh ! Que nous voilà un godelureau bien trempé ! Qu'il faudrait s'y mettre à nous tous pour l'essorer comme il faut… »

Le jeune homme s'affala sur une chaise, face à une table au bois ciré et patiné :

« Je suis peut-être mouillé de l'extérieur, mais j'ai un besoin urgent de m'humidifier l'intérieur ! Et de me réchauffer un peu : cette pluie était plutôt glaciale… »

La patronne, une luronne cinquantenaire à la mine épanouie et aux formes avantageuses, fit aussitôt le tour du comptoir pour trottiner jusqu'à lui, le pichet à la main :

« Raison pour laquelle j'ai rallumé le poêle, depuis deux jours… D'ailleurs, vous devriez vous décaler d'une table pour vous en approcher ! Afin de vous sécher un peu et d'éviter de “prendre” froid... »

Thibaud ne se fit pas prier pour obtempérer : des frissons perfides s'insinuaient sous sa chemise, et la chaleur du brasero lui apparut soudain aussi bienfaisante que ces caresses féminines que son corps appelait depuis si longtemps... Hélène... Hélène ! Se souvenait-elle seulement de lui, depuis le temps ? Et saurait-il la retrouver, s'il finissait par échouer à Genève, entre toutes les rues et quartiers de la gigantesque agglomération ?

Un pichet, pas deux... Pour ne pas dépenser plus que les rares piécettes qui s'étaient égarées dans les replis et les ourlets de son pantalon : pas question de devoir de l'argent ! La brave femme le considéra un instant, puis s'enquit :

« Et d'où qu'tu nous viens, comme ça, mon gars ? »

Avec une moue plus tragique qu'il n'était nécessaire, il expliqua :

« Des montagnes, au-dessus de Gex, en montant sur La Faucille...

– Et qu'est-ce qui t'amène par chez nous ? Des achats à faire en Suisse, peut-être ?

– Non... je... »

Il hésita, puis préféra opter pour la franchise :

« Je... Ben voilà : j'ai quitté la ferme du père, et j'arrive en plaine pour y gagner mieux ma vie que là-haut ! Justement... je pensais qu'aux carrières, on pouvait être intéressé par des muscles forts et un homme courageux ? »

Il y eut un long silence dans l'établissement. Puis un paysan bougonna :

« La carrière, la carrière, c'est pas un bon travail, à mon sens !

– Oui, renchérit un autre. C'est dur, c'est dangereux et mal payé ! Pas vrai, Thérèse ? »

La patronne du bistrot secoua la tête :

« Tu dis ça parce que tu vis de tes champs et de tes vignes ! Mais c'est bien aussi dur, non ? J'en connais qui ne regrettent pas d'avoir choisi la pierre plutôt que les vaches ! »

Thibaud intervint aussitôt :

« De toute façon, ce n'est plus l'époque pour se louer comme journalier dans les fermes : c'est plutôt la morte-saison, dans les terres... C'est bien pourquoi je cherche autre chose, que diable ! »

Un joueur de cartes, au sourcil sombre et fourni, lui jeta un regard noir en remettant en place sa casquette d'une chiquenaude du doigt :

« Tu sais, t'aurais peut-être mieux fait de filer sur Vesancy, si tu veux à tout prix casser du caillou : c'est une bien plus grosse carrière, qui emploie beaucoup plus de monde qu'ici ! À mon sens, même avec la carrure que tu as, tu n'y trouveras pas une place de libre...

– Pas si sûr ! objecta la tenancière des lieux. Pas si sûr... Parce que le Bertrand Monanges s'est pété une jambe il n'y a pas plus de deux jours ! Et il m'étonnerait bien qu'on l'ait déjà remplacé... S'il y tient vraiment, ce p'tit gars devrait peut-être aller y voir quand même ? »

Rire indifférent :

« Qu'il fasse comme il veut ! Ce ne sont pas mes affaires... Mais, quant à moi, je préférerais le bagne à ce travail de fous ! »

Thérèse tourna le dos au bonhomme pour sourire benoîtement à Thibaud :

« Ne l'écoute pas ! Et fais comme tu l'entends, si tu as besoin de gagner ta vie... J'en connais d'autres, à la carrière, qui ne sont pas plus malheureux que ceux qui ont les deux pieds dans la bouse, tu sais !

– Merci, madame...

– De rien... Et vide ton verre : c'est ma tournée ! »

* *
*

Malgré les brouillards matinaux et la fraîcheur de journées grises entretenue par un vent désagréable, il ne fallait pas longtemps pour être en sueur, à la pelle ! Thibaud ne ménageait pas sa peine, et prenait presque plaisir à s'éreinter, comme si la douleur des membres, le soir, pouvait cicatriser les plaies de l'âme qui l'habitaient…

« Allez… Hisse ! »

Tout comme ses camarades, il s'arc-bouta contre le lourd wagonnet, qui s'ébranla doucement sur les rails en grinçant des roues. Comme tous ceux qui faisaient ici leurs premières armes, il avait été affecté à la tâche qui demandait le moins de compétence, mais le plus de force. Oui, le terrassement se révélait, jour après jour, plus pénible qu'il ne l'avait tout d'abord imaginé !

Marius, le chef de son équipe, s'essuya le front du revers de la manche :

« Dès qu'on aura vidé cette benne, on s'attaquera à une nouvelle *découverte*[1] ! »

Ah ! Le travail était ainsi organisé qu'il n'y avait jamais de temps mort entre deux opérations, et le jeune homme perdait la notion de l'heure, avec cette impression de toujours courir qu'il n'avait jamais ressentie lors du labeur des champs… Que c'était différent des efforts fournis aux Fontanières, au rythme lent du pas des bœufs !

Derrière lui, quelques terrassiers râlèrent en pestant dans leur langue :

« *Porca miseria !* »

Une conversation volubile prit le relais, avec ces consonances étranges qui plaisaient tellement aux oreilles de Thibaud : même s'il ne comprenait pas grand-chose de ce qui se disait, il aimait entendre les Italiens s'exprimer dans leur langue, avec cet accent à la fois chantant et précipité ! Le chef d'équipe ne prêtait plus attention depuis longtemps aux récriminations que suscitait chacune de ses décisions sur le chantier : ils étaient comme ça, les Italiens ! Toujours à manifester bruyamment leur mécontentement, mais ensuite courageux et rudes à la tâche… Et surtout

---

1. *Découverte : dans une carrière, zone où la terre a été enlevée pour mettre la pierre à nu.*

toujours solidaires, malgré les protestations incessantes qu'ils se plaisaient à formuler dans leur jargon bougonnant. Sans l'entraide qui soudait les équipes, le travail eût été encore plus exténuant, et de plus dangereux ! Les accidents n'étaient déjà que trop fréquents, dans les carrières de la région...

Tout en marchant, Marius Mourrex se tourna vers Thibaud :

« Tu t'es plutôt vite adapté au boulot, pour un paysan des montagnes ! »

Le jeune homme haussa les épaules pour répliquer d'un ton fataliste :

« On n'a pas trop le choix, quand on a besoin d'argent pour vivre ! Surtout en cette saison...

– Peut-être, mais tu te débrouilles plutôt bien... Pas plus mal que le Bertrand Monanges, entre autres ! Et pourtant, Bertrand faisait le terrassier ici depuis des années... Si tu veux, je pourrais te mettre à la masse, la semaine prochaine ? C'est dur, aussi, mais un peu mieux payé... »

Thibaud aida ses compagnons à faire basculer la benne sur son axe pour déverser sur l'énorme tas de gravats le chargement de terre, de cailloux et de gravier, puis il répondit :

« Pourquoi pas ? Je suis ici pour me faire un pécule, non ? »

Marius se mit à rire :

« Je sais bien que tu ne resteras pas chez nous très longtemps, et que tu tireras ta révérence dès que tu auras quelques francs en poche ! C'est même dommage, parce qu'on manque de gars aussi courageux : les jeunes d'ici, lorsqu'ils sont costauds comme toi et qu'ils ne peuvent rester à la ferme, ils préfèrent filer sur Genève... »

Le jeune homme sourit, un peu rêveur :

« C'est peut-être ce que je ferai moi-même... »

Le chef d'équipe le gratifia d'une solide claque dans le dos :

« En attendant, au boulot ! La journée n'est pas finie... »

* *
*

Novembre, déjà… Et les premières neiges qui couronnaient les plus hauts sommets de la chaîne du Jura… Les journées se faisaient de plus en plus courtes, et la température chutait de jour en jour. Thibaud recula la chaise de la table pour s'écrier :

« Thérèse ? Vous pourriez me resservir une picholette ? »

Voyant entrer dans le bistrot deux de ses camarades de travail, il rectifia :

« Non… Mettez-nous donc plutôt un grand pichet ! Guido, Joseph : prenez place à ma table, c'est moi qui régale… »

Guido s'installa en rigolant :

« Ma qué… Tou a fait oun héritage ?

– Non… rétorqua le jeune homme en riant à son tour. Mais c'est la troisième semaine que je touche ma paye, et j'ai bien le droit de fêter ça. Encore une semaine, et je pense pouvoir vous quitter pour aller voir ailleurs ce qui se passe ! Je ne suis pas riche, mais j'aurais gagné d'ici là suffisamment pour tenir quelque temps… »

Joseph, un quinquagénaire placide doté d'un physique impressionnant, secoua la tête :

« C'est Marius qui ne va pas être content : il t'apprécie beaucoup, tu sais ?

– Marius ? Il se doute bien, depuis mes débuts ici, que je n'ai pas l'intention de faire de vieux os dans cette carrière ! Et il sait bien que je dois filer dès que j'aurais un peu d'argent de côté… »

Guido porta le verre à ses lèvres :

« Lo Marious, il espérait bien tou dé même qué tou passérais l'hiver ici !

– Pas question ! s'emporta Thibaud. J'ai autre chose à faire de ma vie que devenir carrier pour de bon ! »

Bien sûr, le travail à la carrière n'était guère lucratif, mais il était hébergé pour une somme symbolique dans un des grands cabanons qui bordaient l'exploitation, et la solidarité des ouvriers de la pierre faisait qu'il ne dépensait que peu pour sa nourriture… Il évitait le plus possible de descendre au village pour ne pas dilapider son maigre pécule au café, ne s'octroyant cette sortie hebdomadaire que le jour de la paye. De toute façon, la fatigue de chaque jour ne lui permettait guère de traîner les bistrots, et c'était abruti qu'il plongeait le soir dans un sommeil sans rêve… Peu à peu, les muscles s'accoutumaient pourtant à la pénibilité de la tâche, et il ne ressentait presque plus de douleur au dos et à la nuque : seuls ses bras le faisaient encore souffrir, mais de moins en moins… C'était qu'il était épuisant de manier la masse du matin au soir, pour fendre et fractionner d'énormes blocs de roche, à l'aide de ces coins d'acier forgés sur place qu'il fallait enfoncer de force dans la pierre ! Ah ! Qu'elles étaient bienvenues, ces pauses qu'imposaient les tirs de mine sur le front de taille ! Lorsqu'il fallait mettre à feu la poudre noire bourrée dans les trous forés à la barre à mine et à l'acide sulfurique… Quelques minutes pour souffler et se désaltérer, pour deviser de tout et de rien, jusqu'à ce que la déflagration mît un terme à cette trêve de sueur : le choc de la pluie de cailloux, la poussière qui retombait, et le chantier qui bruissait à nouveau du crissement des roues sur les rails et de l'écho des coups de masse…

« Je lève mon verre à la carrière ! » clama soudain Thibaud en s'arrachant à ses songes.

Bon Dieu ! Bien qu'il ne comptât pas s'éterniser comme esclave dans ce métier de forçat, pourquoi se sentait-il déjà fier lorsqu'il reconnaissait sur la façade d'une maison, entre mille, les pierres issues de l'extraction de Crozet ? Ces pierres si reconnaissables, avec leur reflet bleuté qu'on ne pouvait confondre avec celui de la pierre rose de Vesancy !

« À la carrière ! » répondirent Joseph et Guido d'un ton moins enthousiaste.

Ils savaient bien que ce métier n'était pas pour eux qu'une passade, et qu'ils resteraient jusqu'à leurs dernières forces prisonniers de cette colline qu'ils grignotaient bloc après bloc, dans le fracas de la poudre et le martèlement des outils sur le roc…

XIV

Sans Thibaud

Les premiers flocons de neige étaient apparus l'avant-veille, mais ils s'évanouissaient le sol à peine atteint, ne laissant en souvenir que ces traces blanchâtres que retenait ici ou là la pointe des herbes. Pourtant, ce matin-là, au réveil, une fine couche uniforme recouvrait le sol et les paysages... Pas grand-chose encore, mais le premier coup de semonce de l'hiver ! Antoine aurait dû le deviner, la nuit, à cause de cette atmosphère particulière qui accompagne les chutes de neige : ce silence un peu sourd, cette atmosphère plus étouffée, et les sons qui s'amortissaient sans écho... Il avait pourtant été surpris, en ouvrant les volets de sa chambre mansardée, et il soupira : que cette journée s'annonçait encore pénible, auprès de son père ! Plus les jours passaient, et plus Octave Vornex se tassait sur lui-même et arborait une mine sombre et un regard dur. Rien n'allait plus, aux Fontanières, depuis que Thibaud avait fait ses bagages... Antoine serra les poings. La vie dans ces murs devenait insupportable ! Pourquoi son frère n'était-il pas encore revenu ? Il était tellement certain que ce dernier ne s'obstinerait pas une éternité à essayer de vivre une vie qui n'était pas la sienne... Il ne pouvait en être autrement. Il le connaissait si bien, Thibaud ! Et Thibaud n'était pas plus fait pour la ville qu'une vache pour pondre des œufs !

Il passa son pantalon et sa chemise, puis s'approcha de la tablette pour plonger les mains dans l'eau de la cuvette émaillée.

Il se frictionna sommairement le visage, peigna d'un geste approximatif sa tignasse du bout des doigts, puis se résigna à rejoindre la cuisine… De mauvaise grâce, d'ailleurs : si le père n'y avait pas mis les pieds le premier, comme chaque matin, c'était qu'il allait être d'humeur encore plus maussade qu'à l'ordinaire !

Tisonner le feu et rajouter quelques bûches… Tousser un peu dans ces fumées qui s'évanouiraient dès que le tirage aurait repris, et mettre à chauffer sur les rondelles de fonte le reste de la soupe de la veille pour le vieux Vornex, et une casserole de café pour lui-même. Ouvrir la porte pour aérer et respirer l'air du petit matin. Jeter un œil sur les coteaux embrumés, et se demander si le temps allait s'éclaircir. Et entendre le raclement lourd des sabots du père martyriser les planches du parquet. Octave entra dans la pièce sans même octroyer un regard à son fils. Il semblait encore plus tassé sur lui-même que d'habitude, et se traîna jusqu'au banc, le visage fermé.

« Eh ! s'énerva aussitôt Antoine. Ce n'est pas en faisant la gueule à peine levé que les choses iront mieux ! »

Octave Vornex feignit de n'avoir rien entendu et ne daigna pas répondre. Son fils soupira : si les choses devaient durer ainsi, lui aussi fuirait les Fontanières ainsi que l'avait fait son frère ! Comment supporter plus longtemps l'ambiance de mort qui régnait dans cette maison ?

Le jeune homme se força une nouvelle fois pour faire semblant d'ignorer l'attitude de son père, et il s'installa à table devant son café bien chaud, après avoir versé la soupe fumante dans l'assiette creuse du maître des lieux. Il se pinça les lèvres pour ne pas entamer une conversation qui risquait de tourner à la dispute, et plongea le nez dans son bol…

Ce fut le moment qu'Octave choisit pour grommeler :

« C'est pas la neige qui va nous mettre en avance… »

Antoine s'exaspéra sur l'instant du ton abattu du vieil homme :

« Il ne gèle pas encore trop ! Et, l'hiver, il n'y a pas de gros travaux d'urgence ! Nous nous en sortirons aussi bien à deux qu'à trois... Une fois le lait des vaches tiré, le plus gros de la journée sera fait ! J'aurai même le temps de fendre du bois sous le hangar, et même ces *gorrions*[1] qui ne se laissent pas avoir sans qu'on y cogne dessus des heures durant !

– S'il n'y avait que le bois ! gémit le vieux. Avec ton frère, nous aurions pu remonter la vieille grange avant qu'il ne glace vraiment... Et remplacer les *tavaillons*[2] poreux de la fenière, avant qu'ils ne laissent passer l'eau !

– Cela fait des années qu'on le dit et qu'on ne le fait pas ! rétorqua Antoine d'un ton agacé. Pourquoi se mettre ça en tête en ce moment, justement parce que nous ne sommes que deux ? Pourquoi ne pas reparler de refaire les chéneaux qui amène l'eau de la *gouille*[3], alors ? Ou creuser un nouvel abreuvoir dans une bille de sapin ? Il y a mieux à faire, je pense, sans Thibaud pour nous aider ! »

Un silence boudeur... Octave, la moustache baissée sur son assiette, et Antoine, figé dans sa contrariété, qui s'obstinait à regarder fixement le fond de son bol. Au bout d'un moment de gêne partagée, le vieux soupira :

« Mais pourquoi le “petit” nous a-t-il joué ce mauvais tour, nom de Diou ? »

Ce fut plus fort que lui. Antoine éleva la voix pour rétorquer amèrement :

« Peut-être pour échapper à tes jérémiades ! Il y en a plus qu'assez que de t'entendre te plaindre de tout et de rien : tu es décourageant, à la fin ! »

Octave Vornex resta un moment interdit devant la révolte de son aîné. Antoine était d'ordinaire si posé !

« Bon Diou... Si toi aussi tu t'y mets, je n'ai plus qu'à me pendre, par le diable ! »

Le jeune homme rigola avec du fiel dans la bouche :

1. *Gorrions : morceaux de tronc noueux.*
2. *Tavaillons : fines lamelles taillées dans du bois de résineux pour, posées en écailles, former une couverture de toit aussi imperméable que la tuile.*
3. *Gouille : source ou petite étendue d'eau retenue dans un creux.*

« Comme si cela pouvait arranger les choses... »

Il repoussa son bol et plia son couteau :

« Vaut mieux que j'aille traire les bêtes... Sinon, je crois que je vais vraiment me mettre en colère pour de bon ! »

Il sortit de la pièce en claquant la porte, tout en se reprochant son emportement. Ce n'était pas la faute de son père, tout de même ! Mais le résultat d'une ambiance déliquescente due au départ de Thibaud et au vide qu'il laissait désormais.

* *
*

Ce jour-là, si l'air restait vif et coupant, le ciel s'était déchiré sur un bleu pâle, et un soleil doré moirait de reflets la campagne blanchie... La neige était tombée en abondance durant deux jours, mais elle n'empêchait pas encore les déplacements, et Jules Reculet passait toujours collecter le lait des Vornex pour l'acheminer jusqu'à la fruitière sur les chemins glissants. Une fois la traite des vaches achevée, Antoine avait profité de cette accalmie de l'hiver balbutiant pour déneiger à la pelle les abords : une tâche aisée... Il savait pourtant que cet état de choses ne durerait pas, que les couches ne tarderaient pas à s'amonceler, que les vents de montagne formeraient bientôt des congères, et qu'il faudrait parfois se résoudre à confectionner beurre et fromages de fortune sur place, pour ne pas laisser « se perdre » le lait qu'on ne pourrait descendre. Encore arrivait-on la plupart du temps à faire le passage, en repoussant la neige d'une étrave en triangle de bois ferré tirée par les bœufs !

Le jeune homme cala le manche de sa pelle contre le mur, décolla la neige de ses sabots l'un après l'autre en les cognant d'un coup sec contre la marche de pierre, puis il entra dans la grande cuisine. Octave Vornex tourna la tête à son entrée :

« Alors ?

– Alors le Jules ne devrait pas tarder à passer pour le lait : la neige a bien diminué d'épaisseur depuis hier… Et je sens le redoux !

– Redoux ? ricana amèrement le vieux. Il ne durera pas ! Ce ne sont que les premières froidures, et le printemps est encore loin… »

Son fils hocha la tête et décida :

« N'empêche ! Il ne gèle pas très fort, et cette neige a détrempé la terre ! Ce ne sont pas ces quelques centimètres qui fondent qui vont me gêner pour prendre la pioche et “tracer” les rigoles…

– À cette époque de l'année ?

– Je sais, ce n'est pas habituel… Mais, comme nous n'avons pu tout faire en temps utile, autant profiter de ces jours où le travail ne presse pas ! D'autant plus que le sol s'y prête. Demain ou après-demain, il sera peut-être dur comme la pierre…

– À ta guise… admit Octave. Moi, je vais continuer à fendre du bois sous le hangar ! »

Antoine soupira : son père ne pouvait-il être un peu raisonnable et choisir des tâches moins pénibles ? Année après année, ne s'apercevait-il pas qu'il vieillissait prématurément ? Il fit une moue :

« Père… Tu devrais me laisser m'occuper de ça quand il fera plus froid. Il y a peut-être mieux à faire, même si ce n'est pas du travail de force ! Par exemple, fendre des lamelles dans les bûchettes d'épicéa pour faire des tavaillons : on en aurait bien besoin pour rapetasser le toit ! C'est miracle qu'à certains endroits il ne laisse filtrer que quelques gouttes… Quoi qu'on veuille, il faut bien s'en occuper, sinon les Fontanières finiront par tomber vraiment en ruine ! »

Octave approuva gravement du menton : il ne savait que trop que le domaine s'effilochait peu à peu dans une décrépitude qui deviendrait inexorable si l'on ne prenait le temps de remédier au plus vite aux atteintes du temps !

« Tu as peut-être raison… Si je voulais prendre la hache, c'est parce que nous avons du bois d'avance, et qu'en vendre quelques moules amènerait un peu d'argent ! »

Antoine répliqua d'un ton irrité :

« Ah oui ? Mais pour le vendre un bon prix, il faut trier les billes bien droites, les refendre, les peler en écorçant à la plane : les marchands sont devenus bien difficiles ! Et, à la sortie, c'est beaucoup de travail pour ne gagner que peu… Mieux vaut parer au plus pressé en s'occupant de nos murs !

– Tu as raison… admit le vieux. Ensuite, je prendrai le temps de réparer les outils et les chars : tout se déglingue, dans cette maison ! »

Antoine ne répondit rien, mais son silence même criait qu'il partageait le même constat : par la charge qu'il représentait, l'entretien du domaine leur échappait jour après jour ! Un état qui ne pouvait qu'empirer depuis la fuite de Thibaud…

* *
*

Le ciel affichait ce bleu pâle et un peu métallique des plus belles journées de l'hiver, et les robes de brumes s'étaient déchirées sur les montagnes, ombrant de rose les cimes enneigées des Alpes… Bizarrement, si la netteté de la crête déchiquetée de l'horizon semblait les avoir rapprochées, elles paraissaient moins imposantes qu'en été, lorsque l'orage proche écrase la distance :

« Le temps est trop clair… grogna Antoine en jaugeant le paysage d'un large coup d'œil. Le soleil ne durera pas ! »

Aussi, autant en profiter : il agrippa de nouveau le manche de sa pioche et creusa dans le sillon au trois quarts obstrué par la terre et les herbes mortes. Bien sûr, il eût été préférable de tracer une seconde rigole parallèle à l'ancienne, et de combler cette dernière avec la terre arrachée à la nouvelle ! Mais comment faire, lorsqu'on ne peut déjà suffire aux travaux essentiels de la ferme ?

Penché sur le manche de sa pelle à rigoler[1], Antoine répétait inlassablement les mêmes gestes, les pensées vides, sans que le

1. Pelle à rigoler : espèce de pioche large et tranchante, munie à l'opposé d'une lame recourbée pour couper les mottes.

temps qui passait parût avoir la moindre influence sur lui. À piocher comme un automate, le dos courbé, les jambes écartées… Ne se redressant que pour mieux disposer une motte rebelle. Sur l'herbe encore rase, la neige avait moins tenu et elle dessinait sur le champ une mosaïque de blanc, de brun, et de verdure jaunie. Malgré la bise qui soufflait par rafales, le jeune homme transpirait sous sa chemise : de tels efforts réchauffaient vite ! Il avait troqué ses sabots contre de vieilles bottes de cuir, mais ses semelles glissaient parfois sur la boue ou les plaques de neige. Il était souvent difficile de ne pas perdre l'équilibre, sur des prés aussi pentus !

Le jour déclinait lorsqu'il releva la tête pour juger du travail accompli :

« Si le temps se maintient demain, j'en aurai fini avec cette parcelle… Pour les autres, j'ai bien peur qu'il ne faille attendre le printemps ! »

Et encore ? Si on en avait le loisir, aux Fontanières ! Car le retour des beaux jours signifierait labourer, épandre le fumier, tailler les haies, herser, semer, s'occuper du potager et des arbres fruitiers, toutes tâches s'ajoutant à celle, quotidienne, de soigner les vaches et de les traire… Pourtant, si elles n'étaient pas indispensables, ces rigoles dans lesquelles on faisait couler l'eau dès les neiges fondues permettaient d'avoir de l'herbe plus tôt et une plus grande quantité de foin ! Surtout si elles passaient près de la ferme : on pouvait alors détourner l'eau sous les tas de fumier, ou l'enrichir en purin, ce qui la rendait encore plus fertile… Une nouvelle fois, Antoine se demanda s'il ne s'échinait pas pour rien : le déclin de la ferme des Vornex n'était-il pas déjà inéluctable ? Amer, il donna encore quelques coups de pioche, puis se résigna à regagner les Fontanières, qu'on ne distinguait presque plus tout en haut de la pente, dans le crépuscule prématuré de journées trop courtes…

* *
*

Dès qu'il pénétra dans la grande cour, Antoine devina quelque chose d'inhabituel : la porte de l'écurie était fermée, ce qui signifiait que son père n'avait pas encore commencé la traite, comme il en avait coutume dès que le jour baissait. La lueur de la lampe à pétrole derrière les vitres signifiait pourtant qu'il était là... Ce ne fut qu'au moment de cogner ses semelles sur l'encadrement de pierre qu'il entendit que l'on parlait de l'autre côté de la porte. Son cœur bondit aussitôt : peut-être Thibaud était-il revenu ? Il entra et se trouva déçu de ne voir, près de la table, que son père et Jules Reculet. Que venait-il faire aux Fontanières à cette heure-là ? Et qu'avait-il à dire de si important, pour ne pas l'avoir fait le matin, en même temps qu'il collectait le lait ?

« Adieu, Jules... »

Le visiteur se retourna sur lui, souriant :

« Adieu, Toine ! »

Le jeune homme tira un verre du placard, puis s'installa à son tour à table en se servant une rasade de vin.

« Et... que nous vaut l'honneur ? »

Les deux « anciens » prirent aussitôt une mine gênée :

« Ben... »

Jules Reculet se décida le premier :

« Euh... C'est rapport à Eugénie, la seconde de mes filles... Tu la connais depuis les langes, hein ?

– Oui, bien sûr ! » s'exclama Antoine en réprimant mal un sourire peu gratifiant.

Eugénie Reculet ? Une bonne grosse mollassonne à l'éternel sourire béat ! Avec de grands yeux bovins à rendre jalouses les plus belles vaches du canton ! À la mine de conspirateurs des deux anciens, le jeune homme se douta aussitôt de quoi ils avaient sans doute discuté. Faussement naïf, il s'enquit :

« Et alors ?

– Alors ? répondit Jules d'un ton grave. Alors ma Génie est à peu près de ton âge, et elle n'a pas encore trouvé mari, pas plus que tu n'as trouvé femme, mon gars... Faut dire qu'il n'y a pas trop de prétendants qui soient prêts à supporter la vie d'ici ! »

« Et surtout qui soient prêts à supporter d'être en ménage avec un tel laideron... » compléta mentalement Antoine, qui s'efforçait de ne rien trahir de ses pensées. Ah ! S'il avait été question de sa sœur Hélène, la cadette, il eût sans doute vu les choses d'un meilleur œil ! Mais Eugénie ? Ah ! Non ! Octave Vornex prit le relais de son voisin après avoir vidé son verre, comme pour se donner du courage :

« Une alliance entre nos deux familles nous permettrait d'exploiter en commun les Fontanières et Crépillon, tu comprends... Sans compter que, pour Eugénie comme pour toi, il serait sans doute grand temps que vous pensiez à trouver chaussure à votre pied ! Alors, pourquoi pas, vous deux ? Vous avez tout à y gagner, et les domaines des Reculet et des Vornex aussi ! »

Jules Reculet approuva aussitôt :

« Je dois ajouter que je serais fier d'avoir pour gendre un gars courageux et costaud comme toi ! Qu'en penses-tu ? »

Comment ne pas vexer ce brave homme qu'il respectait depuis l'enfance ? Impossible de lui opposer un refus catégorique ! Le jeune homme prit son temps avant d'ouvrir la bouche, et se composa une mine sérieuse pour répondre :

« Ben... C'est tellement inattendu, comme ça, d'un coup ! Faudrait... faudrait y réfléchir, non ? Et Eugénie, qu'est-ce qu'elle en dit, de tout ça ? »

Jules haussa les épaules, comme si la question était parfaitement incongrue : dans la région, les mariages étaient souvent imposés lorsque l'on restait célibataire trop longtemps ! Et il n'y avait d'autre solution pour le futur couple que de se conformer au choix fait pour eux, ou de quitter définitivement le domaine familial... Le brave homme ajouta pourtant, un peu rêveur :

« Eugénie, je crois que ça fait des années qu'elle lorgne de ton côté sans oser le dire ni le montrer : elle est plutôt timide, tu sais... Mais elle te ferait une bonne femme ! Douce, soumise, et dure à la tâche : elle semble toujours aller doucement, ma Génie... Mais, au bout du compte, en fin de journée, on s'aperçoit qu'elle a abattu plus de travail que n'importe qui, au Crépillon !

– Faut voir, faut voir… » répéta Antoine d'un ton qu'il aurait voulu plus convaincant.

C'était tout vu : plutôt rester vieux garçon toute sa vie ! Et, si on voulait vraiment le contraindre à cette union qui le révulsait, il préfèrerait fuir les Fontanières ainsi que son frère l'avait fait ! Il n'avait pourtant rien contre l'idée de se marier, au contraire… Mais pas avec Eugénie ! Non qu'il eût des griefs contre la pauvre fille : elle était gentille, Eugénie… Mais il éprouvait une répulsion instinctive à seulement imaginer ses chairs grasses et ses bourrelets, ses formes épaisses et ses replis gélatineux ! Pourtant, plus que le physique ingrat de cette bonne grosse, c'était son manque de cervelle qu'il ne supportait pas : un esprit lent, incapable de réagir à la plus petite parcelle d'humour, rétif à la moindre initiative, inapte à la réflexion et malhabile à communiquer ! Une grande naïve indolente, empotée, servile : une femme de maison, certes, mais comment l'imaginer en compagne de vie ? Bien sûr, à sa place, plus d'un homme rongé de solitude s'en serait contenté ! Mais lui, Antoine Vornex, s'horrifiait à cette seule pensée… D'autant plus que, abstraction faite de ses disgrâces de corps, si Eugénie se conduisait dans un lit comme dans la vie, elle resterait sans doute aussi inerte qu'un paquet de chiffons ! Il frissonna de dégoût à cette évocation, et se força à ne pas trahir les répugnances qui l'agitaient…

« Faut voir… » murmura-t-il une nouvelle fois.

Le père d'Eugénie jeta un coup d'œil complice au vieil Octave, puis se leva de table :

« Bien ! Nous en reparlerons, alors ! Mais maintenant, il faut que je rentre au Crépillon. Au revoir, Octave… Au revoir, mon gars !

– Au revoir, Jules… »

XV

« Sacré margoulin... »

Pierre Savagnon s'était assis à l'écart, près de la guérite du poste qui marquait la frontière de la zone franche. Il sortit de sa musette son casse-croûte et une bouteille de vin, et considéra avec un sourire narquois les deux douaniers qui s'affairaient autour de sa carriole : il avait l'habitude de ces inspections poussées ! Bien souvent, les fonctionnaires le laissaient passer sans contrôle, persuadés qu'ils étaient de ne rien trouver, comme d'habitude... Pourtant, de temps à autre, ils s'acharnaient : ils étaient convaincus que ce diable de Pierrot des Fleurs, depuis toujours, passait de la marchandise en fraude à leur barbe et sous leur nez, mais n'avaient jamais pu le prendre en défaut ! Quel pouvait donc être son stratagème ? Ils aimaient bien le bonhomme, pourtant : ce charlatan était si sympathique ! Mais les douaniers n'entendaient pas passer pour plus bêtes qu'ils n'étaient, et ils s'obstinaient à chercher où pouvaient bien se cacher ce tabac, ce sucre, ces allumettes ou ce poivre que, sans nul doute, le camelot s'amusait à passer en contrebande pour le seul plaisir de les ridiculiser...

Pierre porta le goulot à ses lèvres après avoir avalé une bouchée, puis il s'exclama :

« Je vous préviens : il va vous falloir tout remettre en place ! Et faites attention à ne rien casser... Il y a du fragile, dans ma cargaison ! »

Les douaniers firent mine de ne pas l'avoir entendu et ils continuèrent à décharger la charrette. Consciencieusement, ils ouvraient chaque boîte, la refermaient, dépliaient une couverture, déplaçaient une caisse, inspectaient chaque recoin...

« Chef ! Tenez : j'ai trouvé du café ! »

Pierrot se mit à rire :

« Oui : une livre ! Pas plus que ce qui est permis : c'est pour ma consommation personnelle... Ça fait partie des tolérances légales. D'ailleurs, si vous voulez tout savoir, j'ai aussi une livre de sucre ! Quant au tabac, je n'en ai qu'un paquet de quelques grammes au fond de la poche... Vous voulez le voir, aussi ? »

Les deux hommes ne prirent même pas la peine de lui répondre. Ils haussèrent les épaules, puis s'évertuèrent encore à fouiner partout et à décharger tout ce que contenait la carriole. Le colporteur se permit un nouveau sourire ironique, puis il sortit son couteau de la poche pour se tailler une tranche de saucisson...

Un coup de vent balaya soudain le coteau, faisant frissonner le marchand :

« Eh ! Si vous permettez, je vais finir mon casse-croûte dans votre cahute, les gars... près de votre poêle... Je ne tiens pas à attraper une pneumonie à cause de vous, hein ! »

Le chef de poste se redressa soudain, excédé à l'avance :

« Ce qui veut dire que tu penses que ce n'est pas encore aujourd'hui que nous trouverons quelque chose dans ton capharnaüm ?

– Pour sûr ! Parce qu'il n'y a rien à trouver, pardi !

– C'est ce que tu dis chaque fois ! Mais tu sais bien qu'on ne te croit pas, Pierrot...

– Vous avez tort ! D'ailleurs, vous ne m'avez jamais pris en faute, non ? C'est bien la preuve que je ne m'amuse pas à tricher avec la douane !

– C'est plutôt la preuve que tu es un peu plus malin que tu n'y parais, espèce de rigolo ! Mais nous finirons bien par te coincer... Et pas plus tard qu'aujourd'hui, j'espère !

– Si vous tenez à gaspiller votre temps, libre à vous ! Ce ne sera pas la première fois qu'on me fera le coup... En pure perte, d'ailleurs ! »

Se désintéressant des efforts des douaniers, le colporteur entra à l'intérieur du poste pour se chauffer près du poêle. Au travers de la vitre poussiéreuse, il regarda les sommets blanchis qui étincelaient au soleil d'hiver : dès les prochaines chutes de neige, il deviendrait bien difficile de les franchir ! Il poussa un soupir de satisfaction en pensant que, durant quelques mois, il allait devoir cesser d'aller ainsi par monts et par vaux et d'un village à l'autre. Jusqu'au printemps, il entendait bien rester tranquillement à Saint-Claude, où l'attendait comme chaque année une luronne qui ne se privait pas de lui ouvrir sa maison et son lit ! Églantine était depuis longtemps sa maîtresse attitrée, la seule avec qui il lui arrivait de vivre plusieurs mois, chaque hiver. Une belle femme qui ne rêvait que d'être veuve pour lui passer bague au doigt, ce à quoi il se refuserait d'ailleurs obstinément si l'occasion s'en présentait ! Et pourtant, il l'aimait vraiment, Églantine... Plus qu'aucune autre de ses conquêtes éphémères... Peut-être même qu'en vieillissant, dans quelques années, lorsqu'il se lasserait de courir les chemins, il finirait par céder aux envies de remariage qui trottaient, avant même que son époux ne fût décédé, dans la tête de cette belle femme si attendrissante ?

« Oui, peut-être... murmura-t-il. Mais ce ne sera pas demain la veille ! »

Un peu nostalgique, il repensa ensuite au gentil couple dont il avait été l'hôte quelques semaines, là-bas, de l'autre côté du col... Et surtout à cette belle jeune femme qui avait épousé un paysan à l'évidence trop âgé pour elle ! Pierrot s'était imaginé la séduire facilement, pensant avoir toutes ses chances grâce aux quelques années de moins dont il pouvait se targuer, grâce aussi à sa prestance, son charme et son humour : il y avait là de quoi pousser à la faute une épouse curieuse de sensations nouvelles... Lui faire découvrir ce que c'était qu'un homme, un vrai, un amant expérimenté ! En vain... La mignonne Élise avait résisté à toutes ses entreprises, allant même jusqu'à le gifler, ce qui n'avait fait qu'accroître son désir de la pousser à l'adultère. Quel caractère, derrière ces beaux yeux verts qui savaient si bien vous hypnotiser ! Et pourtant, le colporteur se doutait bien que la jeune femme n'avait pu qu'être flattée par l'intérêt qu'il lui portait… Ah ! Sûr qu'avec quelques jours de plus il serait sans doute parvenu à ses fins ! Mais il lui avait bien fallu bâter de nouveau Blanchon, dès que la neige s'était remise à tomber : ne surtout pas attendre que les chemins et les cols fussent bloqués par les congères ! Aussi était-ce un peu à regrets, et avec un goût d'inachevé dans la bouche, qu'il avait repris la bride de son âne pour s'éloigner de cette ferme isolée entre prairies et forêts… Comment s'appelait-elle déjà ? Ah ! Oui : la « Besancière »…

« Tiens… Il faudra que j'y repasse, à l'occasion… »

En attendant, il lui fallait poursuivre sa route pour prendre ses quartiers d'hiver. Il se surprit à sourire tendrement : il aimait à passer la mauvaise saison dans la belle demeure d'Églantine et Émile Morèze, en bordure de l'agglomération de Saint-Claude. Les Morèze formaient un ménage fortuné qui occupait une bâtisse cossue entourée d'un parc clôturé, et Pierre Savagnon, depuis des années, occupait durant les mois les plus froids de l'année le confortable logis autrefois dévolu au gardien de la propriété. Officiellement, le colporteur justifiait de son séjour en se transformant en homme à tout faire du domaine, mais nul ne doutait que ses attributions s'étendissent jusqu'au lit de son hôtesse ! Et pour cause : il y avait près de dix ans qu'Émile Morèze, presque deux fois plus âgé que son épouse, était cloué dans un fauteuil roulant, impotent de corps et d'esprit ! Foudroyé par une apoplexie, ce richissime septuagénaire passait son temps à hocher pitoyablement la tête en bavant, incapable de se déplacer seul, incapable d'émettre une parole, incapable d'allumer la moindre lueur dans son regard terne… Pitoyable ! Tout le monde pensait, sans oser le dire, que mieux valait la mort qu'une telle existence, et chacun se sentait prêt à excuser les possibles infidélités d'Églantine Morèze. À quarante ans à peine, ce n'était certes pas une vie enviable que de servir de garde-malade à un époux cacochyme et grabataire ! On s'efforçait donc de ne pas trop se montrer curieux, voire de fermer les yeux. Tant que tout ce qui pouvait se passer au sein des murs de l'élégante maison de maître baignait dans une discrétion hypocrite, la bonne bourgeoisie de la ville ne trouvait rien à y redire ! Même si cela n'empêchait pas les ragots…

Pierre Savagnon but une dernière gorgée, essuya le goulot du revers de la paume, puis il reboucha soigneusement sa bouteille.

« Alors ? s'écria-t-il. Je ne vais tout de même pas passer ma journée ici ! J'ai encore de la route à faire, moi… »

Les deux douaniers échangèrent un regard découragé. Puis le chef de poste se redressa :

« Ce n'est pas encore cette fois que nous te coincerons, sacré margoulin… »

Malgré sa déception, il ne pouvait empêcher de parer sa voix d'accents de respect et d'admiration : le bonhomme était vraiment habile ! Le marchand ambulant soupira, faussement contrit :

« Je vous l'avais bien dit ! Vous feriez mieux de courir après les *brottelys*[1] jurassiens, qui vous passent le tabac par ballots entiers sous le nez ! Mais, bien sûr, pour les attraper, faudrait encore les traquer de nuit, guetter les passages des rivières, courir les pentes des montagnes par les sentiers les plus pentus ! Il est bien plus simple d'ennuyer au poste les honnêtes commerçants qui n'ont rien à se reprocher, hein ?

– Bon ! abdiqua le fonctionnaire et repoussant sa casquette en arrière. Tu as de la chance qu'il commence à faire froid et que je me gèle les doigts ! Mais je te préviens, la prochaine fois, nous démonterons ta carriole… Et ce serait bien le diable si nous n'y dégotions pas une cache à laquelle personne n'a pensé !

– Mais vous l'avez déjà démontée mille fois, ma carriole ! Vous feriez mieux de me croire une bonne fois pour toutes… En

1. Brottely : contrebandier qui portait les marchandises en fraude à l'aide de sac à dos munis de bretelles.

attendant, vous ne croyez tout de même pas que je vais recharger moi-même mes marchandises ? Vous avez intérêt à tout me remettre en place sans rien casser, hein ? »

Le chef de poste laissa son adjoint s'acquitter de cette tâche, et il s'approcha du camelot, dont l'œil brillait plus que jamais d'une ironie moqueuse.

« Dis-moi, Pierrot... Entre nous, comme ça, tu as un truc, non ?

– Je vous assure, chef, que je n'ai pas besoin de "truc", comme vous dites, parce que je ne passe aucune marchandise en contrebande ! C'est aussi simple que cela... Est-ce ma faute, si vous ne me croyez pas ?

– À d'autres, à d'autres... Je suis bien sûr du contraire ! »

Le douanier prit un air plus rêveur pour ajouter :

« J'aimerais quand même bien que tu me promettes une chose, Pierrot des Fleurs...

– Oui ?

– J'approche de la retraite, tu sais... Dans deux ans, je ne ferai plus partie de l'administration !

– Et alors ?

– Alors, j'aimerais bien qu'à ce moment tu me dises comment tu t'y prends, pour nous blouser à chaque coup ! »

Pierre lui sourit, la mine mystérieuse :

« Peut-être... À condition que je me livre vraiment à un trafic illicite, alors que je me tue à vous dire qu'il n'en est rien ! »

* *
*

Il avait beau préférer le climat plus doux des rives du Léman, en vrai Jurassien, Pierre retrouvait avec plaisir les paysages au sein desquels il avait grandi. Il était né dans un hameau perdu, à quelques kilomètres de Saint-Claude, et il aimait cette ville pour son environnement sauvage et grandiose. Chaque fois qu'il s'y rendait, la même émotion l'étreignait en abordant les lacets de Septmoncel, un chemin en corniche qui serpentait au fil de virages périlleux. Tout en suivant au pas de Blanchon les nombreuses épingles à cheveu de la route étroite, il cherchait, du plus loin qu'il le pouvait, la forme singulière de ces gigantesques roches plissées qu'on appelait le « Chapeau de Gendarme », une curiosité géologique chère au cœur des gens de la région : à partir de cet instant, il se sentait vraiment « chez lui » ! En contrebas, les gorges du Flumen semblaient se contorsionner, comme pour inciter le voyageur à suivre le scintillement du courant jusqu'à ces cascades dont la rumeur montait déjà jusqu'aux oreilles...

Ah ! Au détour d'une courbe, la vue s'élargissait d'un coup et Saint-Claude apparaissait enfin, au moment où on s'y attendait le moins : ces maisons regroupées, nichées au cœur des replis montagneux qui semblaient les accueillir comme en un écrin... Une ville encaissée, entourée par les pentes de verdure sombre couronnées des premières neiges. Pierre aborda l'agglomération à la confluence de la Bienne et du Tacon, et ses yeux se portèrent aussitôt sur les remparts de l'ancienne abbaye et sur la masse de la cathédrale Saint-Pierre aux murs fortifiés. Blanchon semblait reconnaître les lieux et savoir qu'ils annonçaient, comme chaque année, une longue période de repos mérité. Aussi pressa-t-il l'allure en entrant dans les faubourgs populaires aux anciennes maisons si typiques... La rue de la Poyat, près du quartier abbatial, réveillait systématiquement une foule d'émotions dans l'esprit du colporteur, qui retenait son âne par la bride afin de flâner au rythme de ses souvenirs.

Il traversa le centre de la ville par la rue du Pré, encombrée de piétons et de véhicules qui se croisaient. La rue la plus commerçante de Saint-Claude, avec ses nombreuses boutiques et ses cafés... Immanquablement, il resongeait alors à l'époque où il avait fui la région pour partir au hasard des routes, bien des années plus tôt. Lorsqu'il en avait eu assez de cet atelier de diamantaire où son père l'avait forcé à trimer, dès l'âge de treize ou quatorze ans. Oh ! Non que la tâche fût très pénible. Lorsqu'on maîtrisait bien la technique, les gestes devenaient automatiques… Mais il fallait se montrer minutieux, précis, et s'user les yeux sur ces foutues pierres !

Il sourit en se remémorant son apprentissage, face à ces meules entraînées par des machines mues par la force du cours d'eau. C'était qu'il fallait de l'expérience et un coup d'œil exercé pour choisir les clivages d'un cristal avant de le travailler ! Déterminer le nombre de ses facettes, élaborer la culasse, la *couronne*[1], et enfin la table. Il se souvenait que cinquante-sept facettes étaient nécessaires pour réussir au mieux la taille d'un diamant, adopter pour d'autres pierres la « taille rectangle à pans coupés », ou bien la « taille ovale », ou encore la « taille navette »… L'important, au bout du compte, c'était d'obtenir, avec le moins de perte possible, une gemme parfaitement façonnée qu'il fallait encore minutieusement polir à la meule d'étain et à la poudre de diamant, pour lui donner tout son éclat après un dernier rinçage à l'alcool… Pierre était fier d'avoir acquis en quelques années une habileté certaine à ce travail si délicat, maîtrisant mieux que personne les angles à donner à chaque facette. Malgré tout, son tempérament aventureux l'avait poussé à abandonner assez vite l'atelier pour courir les chemins, et il ne le regrettait pas : si tailler le diamant était un métier assez bien payé pour un ouvrier qualifié, le jeune Jurassien supportait difficilement le manque de soleil, l'humidité, et cette poussière de pierre qui irritait les poumons !

Songeur plus que nostalgique, Pierrot s'éloigna du centre de la ville pour rejoindre le parc et la maison des Morèze : Églantine était-elle toujours dans les mêmes dispositions d'esprit à son égard ? Il n'en doutait pas : leur tendre amitié remontait à si longtemps ! Avant même que la belle ne se mariât avec ce grigou richissime… Il sourit. Églantine Morèze avait toutes les qualités qu'il appréciait chez une femme : aimante, belle dans la plénitude de sa quarantaine, douce et ardente au lit, ignorant la jalousie, et, surtout, nullement possessive… Non ! Cet hiver encore, il ne regretterait pas son séjour « au pays » !

---

1. Couronne : partie taillée haute de la pierre précieuse.

XVI

Genève, enfin !

MARIUS MOURREX n'avait pas été surpris. Tout au plus déçu : il s'attendait depuis l'arrivée du jeune homme à ce que ce dernier reprît son baluchon du jour au lendemain ! Et Thibaud, après avoir passé moins de deux mois à la carrière de Crozet, avait finalement décidé, sa dernière paye hebdomadaire empochée, de filer plus loin sur les routes...

« Pourquoi ne pas rester jusqu'au printemps ? avait insisté le chef d'équipe, qui l'avait manifestement pris en amitié.

– Il fait bien trop froid pour travailler la terre glacée et la pierre gelée en plein air ! avait prétexté Thibaud.

– Face au froid, on peut toujours se réchauffer, ne serait-ce qu'en trimant plus dur encore ! avait rétorqué Marius. Alors qu'en été, la chaleur est réverbérée par la pierre, et qu'il n'y a aucun moyen d'y échapper...

– Peut-être, mais j'ai à faire, ailleurs...

– Je parie qu'à ton âge, c'est une histoire de fille, non ? »

La rougeur subite du carrier néophyte avait suffi pour convaincre son chef de la justesse de sa remarque, et Marius s'était mis à rire :

« Dommage… Comme tu sais bien mener les bêtes, j'étais sur le point de te confier le maniement d'une *branloire*[1]. Un poste de confiance, tu sais !

– Je sais, je sais… Mais ma décision est prise, Marius ! J'ai assez d'argent pour reprendre ma route, et Genève m'attend…

– Genève… soupira le carrier. Ces Suisses nous privent de trop de jeunes de la région qui pensent, comme toi, que tout est toujours meilleur ailleurs… Enfin ! Je te souhaite bonne chance ! En espérant te revoir un jour ou l'autre parmi nous : il y aura toujours une place pour toi ! Parce qu'on manque de costauds courageux qui ne soient pas avares de leur peine et de leur sueur, dans le métier… »

* *
*

Genève, enfin ! La Suisse et ses rêves. La Suisse et Hélène… Comment la retrouverait-il ? Et oserait-il seulement l'aborder ? Genève… Dire que jamais il n'y avait mis les pieds ! Et voici qu'au fur et à mesure qu'il avançait en direction de cette riche agglomération, il la voyait de plus en plus étendue, presque menaçante, malgré la quiétude engendrée par l'immense miroir du lac endormi. Un rayon de soleil timide réveillait ombres et contrastes, et la grande cité émergeait peu à peu de ses voiles de brumes, comme si elle se dénudait à son regard. Plus il approchait, plus le jeune homme s'étonnait : il avait déjà vu la ville, de loin, depuis les sommets de ses montagnes natales, mais elle ne ressemblait qu'à une tâche grisâtre et informe qui gardait pour lui tous ses secrets… Il ne soupçonnait pas qu'elle fût si aérée, laissant apparaître ici et là des espaces libres, des parcs et des places qui morcelaient en îlots les maisons agglutinées. Au printemps ou en été, la verdure devait égayer toute cette uniformité

1. *Branloire : engin à grandes roues formé d'un train avant et d'un train arrière reliés par des poutres, voué au transport des énormes blocs de pierre brute, et tiré par un ou plusieurs chevaux.*

de bâtisses serrées, qu'il distinguait progressivement de mieux en mieux. Un instant, il eut presque peur d'aller plus avant, comme si la célèbre métropole ne l'attendait que pour le digérer, ainsi que ces milliers de personnes qui allaient et venaient à son abord, ces charrettes et ces convois, ces cyclistes. L'animation croissante qui régnait ici l'effrayait ! Dieu ! qu'il se sentait tout à coup perdu et hésitant !

Il s'était amusé, à pied, à dépasser les voitures à cheval et les attelages de bœufs qui restaient immobilisés à l'approche du poste frontière, qu'il avait franchi avec une foule d'autres piétons sans qu'on lui demandât ses papiers… Pourtant, peu à peu, toute cette populace et toute cette agitation perpétuelle l'angoissaient jusqu'à faire naître ce sentiment de malaise, insidieux, qui le rongeait de l'intérieur et lui coupait les jambes. Furieux contre lui-même, contre cette faiblesse et ce manque de courage, il finit par se mettre à l'écart du flot de circulation pour avaler, sur le bord de la route, un quignon de pain et un morceau de lard. Après tout, il n'avait que peu mangé la veille, et sans doute était-ce là la raison de la défaillance qui l'assaillait ?

Légèrement rassasié, et l'estomac réchauffé par une gorgée de cette eau-de-vie dont Marius lui avait offert un flacon, il repartit d'un pas plus conquérant. Mais à peine eut-il parcouru quelques dizaines de mètres qu'un tombereau chargé de bois s'arrêta à sa hauteur :

« Hé ! L'ami ! Si tu as envie de faire le parcours assis à mes côtés, il y a une place pour toi… Car tu m'as l'air bien fatigué, mon gars ! »

Thibaud ne se le fit pas dire deux fois, et il grimpa pour s'asseoir près du paysan.

« Je m'appelle Mathias ! s'exclama ce dernier.

– Et moi Thibaud…

– Et je parie que c'est la première fois que tu viens à Genève ! »

Interloqué, le jeune homme lui jeta un regard presque coupable :

« Cela se voit donc tant que cela ? »

Mathias secoua la tête de manière affirmative :

« Le pas indécis, la tête qui regarde partout, le dos courbé, et cette gêne face au monde qui va et qui vient, tout cela dénote le bouseux qui vient de quitter sa montagne à vaches ! assura le bonhomme en rigolant gentiment. Pas encore habitué à la foule, hein ?

– Pas vraiment… » admit Thibaud.

Après un moment de silence, dans le crissement des roues ferrées au pas des bœufs, Mathias relança la conversation. Il n'aimait guère rester longtemps sans parler, et sans doute était-ce pour cela qu'il avait pour coutume de prendre régulièrement un passager à ses côtés !

« Alors, dis-moi : tu viens à Genève pour acheter ou faire du commerce, ou bien pour y trouver de l'embauche ? Il y a tellement de p'tits gars du Jura ou du pays de Gex qui viennent travailler ici, qu'il ne m'étonnerait pas que tu aies lâché la ferme pour de bon, non ? »

Thibaud sourit : la perspicacité du bonhomme était étonnante !

« Je ne sais pas encore vraiment ce que je vais faire ! avoua-t-il. C'est vrai que j'ai quitté le domaine, mais je ne n'ai pas encore décidé si je resterais ou non dans cette ville !

– Tu as raison de ne pas te décider d'un coup. Il vaut mieux savoir si l'on peut s'accoutumer à la vie citadine, avant que de plonger définitivement dans l'inconnu ! Mais ne t'inquiète pas, il y a de l'ouvrage, ici… Des petits boulots dans toutes les corporations d'artisans et de commerçants ! Tiens… Même si c'est mal payé, il est facile de gagner un peu d'argent en tirant un char à bras pour faire le livreur d'un quartier à l'autre. Les marchandises circulent, à Genève ! Mais il vaut mieux connaître toutes les rues, pour ça… Il y a aussi des tanneries, autour de la ville, mais faut s'habituer à leur puanteur : moi, je n'ai jamais pu ! Il y a des ateliers de poterie et des faïenceries, des tuileries, des fabriques de tissage et des soieries ; il y a l'horlogerie, la ferronnerie, la chapellerie, le travail du bois et de la charpente…

– Doucement, Mathias : je ne connais rien à ces métiers-là !

– C'est vrai : un homme de la terre comme toi ferait peut-être mieux d'essayer d'entrer dans une de ces équipes de jardiniers qui entretiennent les parcs et les places publiques ! Sinon, Genève est une ville où l'on ne cesse de construire et démolir. Quiconque a des muscles et du courage peut gagner sa vie en faisant le terrassier ou le maçon…

– Pourquoi pas… murmura Thibaud. J'ai déjà joué au carrier ! Mais je ne cherche pas vraiment de l'emploi… En tout cas, pas tout de suite. Il me faut d'abord retrouver quelqu'un, dans cette foutue ville ! Ensuite, je verrai bien…

– Hum ! Retrouver quelqu'un… ou… quelqu'une ? railla le paysan en affichant un air coquin, à la grande confusion du jeune homme, lequel détourna aussitôt la conversation :

– Eh ! Mathias… Nous arrivons au cœur de la ville, déjà. Il est sans doute temps que je te laisse ? Tiens, là, à ce coin de place…

– Comme tu veux, l'ami ! Mais fais attention à toi. À la ville, un lourdaud de *paygan*[1] se fait vite plumer le peu qu'il a ! Ne te laisse pas étourdir par les magasins et les boutiques de luxe, si tu veux m'en croire… »

Thibaud éclata d'un rire franc :

« Rassure-toi, Mathias, ça ne risque pas de m'arriver ! »

Après une bourrade amicale sur l'épaule du voiturier, il sauta du tombereau en criant :

« Adieu l'ami !

– Au revoir, p'tit gars… »

* *
*

Ainsi, il était arrivé à son but ? Bizarrement, il n'en ressentait pas la satisfaction et le soulagement tant escomptés… Plutôt une gêne ! À moins que ce ne fût ce foutu sentiment de culpabilité qui l'accompagnait depuis son départ des Fontanières ? Il secoua la tête pour chasser cette pensée, puis traversa la rue au travers des cycles et des voitures à cheval pour rejoindre le calme relatif d'une place entourée des squelettes noueux des arbres dénudés… Vivement, il gagna un banc, sur lequel il s'affala le temps de

1. Paygan : surnom donné aux habitants du pays de Gex par ceux du haut Jura.

remettre de l'ordre dans ses idées : toutes ces allées et venues, ce remue-ménage, ces immeubles accolés les uns aux autres à longueur de rues, tout cela finissait par lui flanquer le tournis ! Heureusement, il y avait le lac, qu'il pouvait entrevoir au bout de l'avenue, et dont les remous de l'eau arrivaient à le calmer un peu. Qu'allait-il faire, maintenant ? Et dans quel quartier Hélène lui avait-elle dit que se trouvait la maison dans laquelle elle était employée ? Ah ! Oui... Le « quartier de Champel » ! Mais comment s'y rendre ? Comment la retrouver ? Comment se présenter à elle et oser le premier pas ? Dieu ! Comme il se sentait soudain moins sûr de lui !

Une rafale de vent humide le fit frissonner : il n'allait tout de même pas rester assis sur ce coin de banc sans rien faire ! Il soupira, remonta sur l'épaule la bride de son sac, puis se décida à avancer dans cette cité inconnue qu'il trouvait même un peu inquiétante par sa taille et son animation... Préoccupé, il se contenta de suivre les files piétonnières qui convergeaient vers ce grand pont, tout au bout de la grande avenue. Il découvrit alors l'immense miroir gris du lac, et se sentit soulagé de constater que l'agitation s'y étiolait : quel calme, tout à coup ! Et quelle impression, que de se rendre compte que cette étendue d'eau était bien différente de la tâche éblouissante que l'on pouvait voir depuis les montagnes... La promenade le long des quais était plutôt apaisante, bordée qu'elle était par ces parterres et ces jardins, et les Genevois semblaient l'apprécier. Malgré le vent frisquet, on s'y baladait en famille ou en couple, vieux comme jeunes, les mains dans les poches et le col relevé.

« Tiens ! Le fameux jet d'eau ! » Thibaud l'avait toujours aperçu de loin, et il était curieux de le voir de plus près...

« Ouh ! Impressionnant ! »

Il ne s'attendait pas à découvrir, tout au bout de la jetée et dans un bruissement assourdissant, une colonne d'eau fusante aussi puissante et aussi haute ! On en avait pourtant tellement parlé, dans toute la région, quelques années plus tôt, lorsque cette soupape de sécurité pour l'usine hydraulique avait été mise en service : quatre-vingt-dix mètres de haut ! Malgré tout, le jeune homme ne tenait pas à perdre son temps à visiter les charmes de l'agglomération, et il se décida à se mettre en quête d'un hôtel ou d'une auberge : il lui faudrait sans doute plusieurs jours pour retrouver Hélène, dans cette fourmilière humaine ! Et il se doutait bien que la maison de maître dans laquelle elle travaillait comme bonne et domestique se situait dans un quartier huppé. Impossible d'y trouver un toit à la mesure de ses pauvres moyens... Mieux valait opter pour des secteurs plus modestes de la cité. Le Genève ancien, peut-être ? Subitement plus confiant dans l'avenir, il tourna le dos au quai pour se diriger vers la vieille ville...

* *
*

Comment ne pas désespérer ? Une semaine, déjà ! Une semaine qu'il se rendait chaque jour à la frontière des quartiers de Plainpalais et des Eaux-Vives pour arpenter les rues, les boutiques et les marchés de Champel et de ses alentours... Une semaine ! À user ses semelles sur les pavés et ses fonds de pantalons sur les bancs des parcs et des jardins publics. À lorgner chaque belle brunette qui passait à portée de vue avec le fol espoir de reconnaître enfin celle qui ne quittait plus ses pensées... Une vieille femme à la mine fermée lui jeta un regard suspicieux, et il détourna les yeux : l'attention qu'il portait aux jeunes femmes ne passait pas inaperçue, et plus d'un bourgeois à chapeau rigide ne cachait pas l'irritation qu'il éprouvait à son manège... Une fois de plus, il allait lui falloir changer de squares, de rues, de places et de magasins. Un peu accablé, presque honteux, il se releva pour traverser l'avenue et disparaître au carrefour...

Une semaine, déjà... Il avait vite renoncé à se trouver une chambre d'hôtel abordable dans le vieux centre, de la cathédrale Saint-Pierre à la place du Bourg-de-Four, et avait été contraint de se rabattre sur les quartiers plus populaires de Saint-Gervais et des Grottes. Si ces secteurs avaient longtemps été le royaume des graveurs, des bijoutiers, des horlogers et des fabricants de savons, la démolition des masures au profit d'un nouveau tracé des rues s'accompagnait de l'émergence d'une multitude de petites maisons collées les unes aux autres, qui abritaient désormais une population modeste ou indigente… Finalement, c'était au quartier de la Jonction, au confluent de l'Arve et du Rhône, qu'il s'était déniché un honnête établissement que fréquentaient les ouvriers de ce quartier industriel gagné sur des terres autrefois maraîchères et inondables : un hôtel sans nom, sinon une pancarte sur laquelle était seulement écrit le mot *Hôtel*… Cinq ou six chambres, pas plus, dont une miraculeusement libre à un prix raisonnable ! De plus, Alexandre Ravordin et son épouse Agnès, les tenanciers de l'établissement, étaient des êtres joviaux et chaleureux qui proposaient pour quelques sous à leurs locataires, chaque soir au rez-de-chaussée, un sympathique repas familial qui régalait les papilles les plus exigeantes… Peut-être était-il temps d'y retourner, après cette nouvelle journée de recherche infructueuse ?

De plus en plus découragé, Thibaud se résolut donc à rentrer, bien qu'il fût encore tôt : la nuit tombait vite, et la froidure se faisait de jour en jour plus mordante. Tout pour inciter un jeune homme déboussolé à se consoler dans un des nombreux débits de boisson de la ville !

« Après tout, pourquoi pas ? »

Il y avait bien longtemps qu'il n'avait noyé ses tourments dans quelques bouteilles de vin ! Ce fut alors qu'il la vit, et il hésita à en croire ses yeux, cette jeunette, dont le lourd manteau cachait mal une tenue de soubrette… et qui sortait précipitamment de l'échoppe d'un droguiste… Oui, ce ne pouvait être qu'elle !

« Hélène ! »

Il eut l'impression que son cri s'était misérablement étranglé dans sa gorge, mais constata avec incrédulité que la jeune femme s'arrêtait net dans sa course, se retournait.

« Hélène… »

En quelques enjambées, il traversa la chaussée au mépris des attelages et des bicyclettes, et il s'arrêta à deux pas d'elle, interdit, le cœur cognant à s'en rompre : oui, c'était bien Hélène !

Genève, enfin !

Hélène, qui roulait des yeux abasourdis, avec cette expression d'immense étonnement :

« Thi… Thibaud ? C'est bien toi ? Mais… que fais-tu là ? »

Quelle question !

« Je te cherchais, ma belle ! Et, Dieu merci, je t'ai retrouvée ! »

Il ne put résister plus longtemps et, des larmes dans les yeux, il ouvrit les bras pour la serrer contre lui. Il eut la surprise de la voir faire un pas en arrière pour lui échapper et resta sans voix, comme assommé :

« Mais, Hé… Hélène ? Tu n'es donc pas heureuse de me voir ? Je… je croyais… que… »

Comme si le monde entier s'écroulait ! S'il avait mille fois imaginé leurs retrouvailles, jamais il n'aurait pensé à un accueil aussi froid : ne comptait-il déjà plus pour elle ? L'avait-elle oublié ? En aimait-elle un autre que lui ?

La jeune femme jeta un regard de biche traquée à droite et à gauche, puis elle murmura :

« Non, Thibaud… Pas maintenant. On pourrait nous voir ! Je suis juste sortie quelques minutes pour venir chercher du savon en poudre, et madame m'attend !

– Mais…

– Non, je t'en supplie ! J'ai trop peur qu'on me surprenne et qu'on raconte tout à mes patrons !

– Il faut bien que nous nous voyons, tout de même… Il le faut !

– Bien sûr, mais pas ici… Et pas tout de suite ! Tiens, samedi après-midi, je serai de repos ! Sur la promenade Saint-Jean, près du quai du Seujet, sur les bords du Rhône… Vers les 4 heures du soir ! D'accord ?

– D'a… d'accord… »

Il n'eut pas le temps de réagir que la jeune femme s'enfuyait déjà précipitamment, et il renonça à la suivre : dire qu'il n'avait même pas pu la toucher, l'embrasser, effleurer ses lèvres ! Désarçonné, il haussa les épaules. Quoi qu'il en fût, il l'avait bel et bien retrouvée…

XVII

Une énorme meule de comté

Il faisait si sombre que la maigre lueur de la lampe à pétrole semblait faire des efforts pour s'arracher à l'emprise de l'obscurité. Avec cette tempête de neige qui durait depuis trois jours, il était impensable pour Maximin de se rendre jusqu'à la ferme de Valtay... Élise ne pouvait s'empêcher d'ailleurs d'en ressentir une certaine satisfaction : cela lui donnait l'occasion de justifier l'entêtement qu'elle avait mis à remettre en état la fruitière ! Tout ce lait qu'on ne pouvait acheminer par les chemins, elle le transformerait elle-même en fromages... Des chevrets et du gris de Septmoncel, bien sûr. Mais c'était aussi l'occasion pour elle de s'attaquer à de plus grosses pièces, et d'utiliser cette chaudière équipée d'un vieux moule qui n'avait plus servi depuis bien longtemps. Depuis toujours, elle rêvait de fabriquer elle-même une de ces énormes meules de comté dont la région était si fière !

« Histoire de profiter au mieux de la quantité de lait désormais disponible à la Besancière », répéta-t-elle une fois encore à son époux sceptique...

Maximin barra son front de ce pli qui dénotait chez lui un certain agacement : Dieu ! Lorsque les femmes avaient quelque chose en tête !

« Mais bon Dieu ! Tu ne te rends pas compte : ce type de fromage ne peut s'élaborer ici... Le comté n'est produit que par les fruitières collectives, et ce n'est pas un fromage qui se fabrique à la ferme !

– Pourquoi y a-t-il alors tout ce qu'il faut pour le produire à la Besancière ? rétorqua Élise.

– Parce qu'autrefois, c'était ici qu'un des amodieurs de la montagne portait son lait d'alpage. Le lait de plusieurs troupeaux ! Ce qui justifiait de cet équipement… Dans le temps, il y avait tout une équipe de costauds, ici, qui s'occupait des fromages au jour le jour, et seulement en été ! Te rends-tu compte que, pour un “petit” comté d'une vingtaine de kilos, il te faudra plus de deux cents litres de lait ? »

La jeune femme haussa les épaules :

« C'est moins de trois jours de traite… Et, comme nous ne pouvons descendre le lait jusqu'à Valtay, autant essayer, non ? »

Maximin soupira :

« Fabriquer du bleu ne te suffit donc pas ? »

Elle sourit, mutine :

« Le comté est un fromage autrement plus noble !

– Mais qui demande de la force, du temps, et plusieurs mois d'affinage ! Nous ne sommes pas équipés pour ça… »

Il s'interrompit et soupira : comment résister à ce regard suppliant ? Élise avait l'air de vraiment y tenir ! Il grimaça :

« Bon… Puisque tu en as tellement envie… »

La jeune femme sauta sur place comme une gamine, puis gratifia son époux d'un baiser enthousiaste qui laissa Maximin pantois : ailleurs que dans l'intimité de leur chambre, les élans de tendresse étaient si peu dans ses habitudes !

* *
*

Ces derniers jours, Maximin avait déneigé la cour et fait la trace jusqu'à l'écurie, le hangar, le poulailler et le clapier, mais la couche était trop épaisse pour qu'il pût s'attaquer à rétablir le passage en déblayant les chemins… La neige tombait sans discontinuer, et le vent l'accumulait avec une obstination sans pareille aux mêmes endroits. Mieux valait attendre une accalmie !

Avec ce froid et ces tempêtes incessantes, rien n'était plus dangereux que de s'aventurer loin de chez soi : bien des téméraires y avaient laissé la vie, pris par la tourmente et le froid ! Il était si facile de s'égarer, aveuglé par les flocons, sans y voir plus loin que le bout de ses semelles, dans ce qui devenait si vite un enfer blanc... Combien de gens étaient-ils morts à quelques pas de leur demeure, sans même savoir qu'il ne leur restait que quelques pas à faire pour rejoindre la chaleur de leur foyer ?

Il s'était occupé de la traite et de la nourriture des bêtes, et se décida soudain à rejoindre Élise à la fruitière. Après tout, comme il n'avait rien d'autre à faire, autant lui faire plaisir, même si c'était folie que de vouloir se lancer dans la fabrication de ces meules énormes ! À la Besancière, on n'était pas vraiment équipé pour cela...

« Alors, ma Lise... Où en es-tu ? »

La jeune femme se retourna, heureuse de le voir venir l'épauler :

« Tu le vois : je tourne mes 230 litres de lait dans la chaudière... Ça va bientôt être assez chaud : 32 degrés exactement !

– As-tu seulement pensé hier à préparer de quoi l'ensemencer ?

– Oui, bien sûr... J'ai laissé se faire les ferments sur le petit-lait d'hier, et je les ai déjà mélangés ! »

À la bonne température, Élise fit pivoter le palan pour écarter des flammes le grand récipient, qui dégageait cette odeur un peu doucereuse de lait tiède qui lui plaisait tant.

« Il faut attendre une heure pour que ça mâture, maintenant... »

Maximin haussa les épaules :

« Il ne servait à rien que je vienne t'aider, alors ?

– Tout à l'heure, si : lorsqu'il faudra vraiment forcer ! Pour le moment, il suffit que je maintienne la température... En attendant, va donc dans la cuisine me chercher le *macérat*[1] que j'ai préparé.

---

1. Macérat : produit de la macération, dans du petit-lait, de la caillette provenant d'un estomac de veau nourri au lait. Pour améliorer le processus, on pouvait ajouter du poivre, ce qui explique que les contrebandiers en passaient de grandes quantités en fraude.

Malgré son impatience, la jeune femme laissa reposer le lait tiède le temps qu'il fallait, avant de l'emprésurer en ajoutant son macérat au lait de présure. Au début, rien ne se passa… Puis, insensiblement, le mélange changea de texture pour prendre, en moins d'une demi-heure, un aspect de gel. Un peu comme ce lait pris[1] » dont elle se régalait parfois. Du doigt, elle vérifia que le caillé était assez durci, puis elle s'arc-bouta sur la chaîne pour faire descendre au sol le lourd chaudron.

« Maximin ! aide-moi, voyons, maintenant…

– C'est cela… répondit-il d'un ton amusé. Et sans doute faudra-t-il aussi t'aider pour *décailler*[2] ?

Elle s'empara du *tranche-caillé*[3] et se tourna vers son époux avec une mimique effrontée :

« Je ne laisserai ce soin à personne, pas même à toi ! Car tout réside dans le tour de main… Je veux que ce fromage, s'il est réussi, ne le doive qu'à moi… et à mon talent ! Tu comprends ? »

Il soupira, amusé autant qu'agacé : avait-on jamais vu quelqu'un s'entêter à vouloir faire seul, ou presque, un fromage de comté ? Un fromage qui faisait la fierté de toute la région, avec ses meules qui pouvaient atteindre près de soixante-dix centimètres de diamètre, pour un poids d'une quarantaine de kilos ! Il la regarda s'échiner sur son outil, puis sortit de la fruitière en riant :

« Bien ! J'ai une roue de charrette à réparer… Tu n'auras qu'à m'appeler lorsque tu auras besoin de moi ! »

Élise, concentrée sur sa tâche, ne répondit pas : il lui fallait bien une demi-heure pour obtenir la consistance et le grain voulu !

Le dos un peu cassé, elle se redressa enfin, plutôt contente d'elle-même… Mais il ne fallait pas traîner pour autant ! Sans

1. *Lait pris : lait qu'on laisse tourner dans un bol, et qui caille spontanément, sans ajout de présure. Il prend l'aspect d'un yaourt sur lequel flotte le petit-lait, et devient comestible malgré un goût un peu aigrelet.*
2. *Décailler : découper le caillé en grains fins, lesquels formeront ensuite le fromage. C'est une opération essentielle dans la fabrication du fromage.*
3. *Tranche-caillé : outil nécessaire au décaillage, comportant des fils acérés permettant la découpe du caillé.*

attendre davantage, elle tira sur la chaîne du palan pour replacer la cloche au-dessus des flammes.

« Pas trop près... murmura-t-elle. Il faut que la température monte progressivement ! »

Avec sa grande palette de bois, elle entreprit de brasser le mélange sans interruption, tout en surveillant attentivement son thermomètre. Au fur et à mesure de l'opération, elle vit avec satisfaction les grains du fromage se rétracter peu à peu en expulsant le petit-lait à la surface : tout se passait bien ! Pourtant, la densité augmentant, s'il lui était de plus en plus dur de tourner le manche, elle se faisait un point d'honneur à ne pas appeler Maximin à la rescousse...

« Ah ! 56 degrés ! Enfin... »

Il ne fallait surtout pas dépasser cette température, et elle écarta de nouveau la chaudière, avant de continuer à brasser le mélange hors feu. Un nouvel effort qu'il allait lui falloir poursuivre une bonne trentaine de minutes !

Éreintée, rouge et suante, la jeune paysanne délaissa alors son outil, puis elle égrena un peu de caillé entre ses doigts pour juger de la texture...

« Hum... assez consistant ! Et les grains ne sont pas trop “ressuyés”... Juste assez pour qu'ils se soudent encore entre eux... Ça m'a l'air parfait, jusqu'à présent ! »

Heureuse que tout se passât ainsi qu'elle le désirait, elle s'arma d'une canne de soutirage pour la plonger dans la mixture ainsi obtenue. Par dépression, un mélange de caillé liquide et de petit-lait se mit alors à sourdre de l'orifice pour se répandre à la surface... Elle répéta l'opération plusieurs fois, puis attendit que la décantation se fît. Elle ne le voyait pas, mais elle sentait presque physiquement les grains de fromage se déposer lentement dans la partie basse de la cloche, tandis que le petit-lait flottait en surface. Pour l'évacuer, elle se saisit d'un manche de bois pour incliner la cloche, et il se déversa en moussant dans le seau qu'elle avait approché dans cette intention...

« C'est le moment ! »

Doucement, en actionnant la chaîne, elle descendit la cloche au-dessus du moule et la retira avec soin. Le fromage suintant d'humidité s'offrit à ses yeux, et le visage d'Élise se mit à rayonner : elle avait réussi le plus dur, et le résultat lui semblait prometteur !

« Il ne me reste plus qu'à poser le *foncet*[1]... »

Elle ferma soigneusement le moule, puis soupesa l'ensemble :

« Ouh ! Que c'est lourd ! Il va vraiment falloir que j'appelle mon Maximin... »

Avec son époux, elle plaça le moule pesant sur la balancelle de pressage, équipée de quatre serre-joints fixes à vis de bois.

« Ah ! rigola Maximin. C'est maintenant que tu vas avoir besoin des muscles de ton homme, hein ?

– C'est vrai qu'il y faut de la force ! Une pression d'au moins cinq à six cents kilos ! Pour bien souder les grains et égoutter le fromage, et pour favoriser le travail du levain sur la pâte... Il faudra serrer régulièrement toutes les heures, jusqu'à ce soir. On pourra alors “dépresser”, démouler, et mettre la meule en cave ! »

Maximin Chenaillet considéra son épouse d'un air étonné :

« Eh ! Mais tu m'as l'air d'en savoir plus que moi sur le sujet ! » plaisanta-t-il.

Élise laissa échapper un petit rire fatigué :

« Tu sais... Quand j'ai eu treize ans, mon père et ma mère m'ont placée chez un fromager au hameau de l'Epéry, près de Chézery ! Une grosse fruitière qui employait une bonne douzaine d'hommes... Oh ! Je n'y faisais que de menues tâches, mais c'est depuis cette époque que j'ai toujours rêvé de fabriquer le fromage moi-même ! »

Heureux de voir le bonheur de sa femme, Maximin glissa une goupille de fer dans le trou de la vis d'un serre-joint, et il commença à serrer. Alternativement, il renouvela l'opération sur les autres engins de serrage. Bientôt, ses forces ne suffirent plus, et il essuya la sueur qui lui coulait du front :

« Bien... Laissons faire, maintenant ! Je reviendrai dans une heure redonner quelques tours de vis... »

1. *Foncet : partie mobile fermant le moule.*

Élise, malgré la fatigue, se sentait plus excitée que jamais :

« Qu'il me tarde que le soir tombe, pour pouvoir démouler et me rendre compte du résultat ! s'exclama-t-elle.

– Hé ! Ce n'est pas parce que ta meule sera belle que le fromage sera bon... répliqua Maximin. Cela, on ne le saura que dans quelques mois ! Je connais même des endroits où on prolonge l'affinage sur près de deux ans !

– Oh ! Six bons mois suffiront. Peut-être huit... assura la jeune femme. À saler cette meule, la frotter, la retourner ! C'est un travail de tous les jours, tu sais ?

– Un de plus... » soupira le paysan.

Élise ferma les yeux, imaginant la croûte qui se formait peu à peu, qui virait au brun clair, puis fonçait peu à peu, tandis que la pâte se transformait, de plus en plus fine au fil des semaines... Il lui faudrait du temps pour que le goût se fît, mais elle en était certaine : ce serait un régal ! Avec une saveur différente de celle des fromages d'été, à la texture plus jaune. Déjà, elle savait que le comté qu'elle venait pour la première fois d'élaborer elle-même aurait une nuance plus pâle, plus ivoire, parce qu'en hiver les vaches étaient nourries de foin, et non d'herbe fraîche...

« Cette première meule, décida-t-elle, nous la garderons pour nous ! Et, si tu veux bien que j'en fasse deux ou trois autres, je suis sûre que nous en tirerons un bon prix : c'est un fromage qui se conserve longtemps ! »

Maximin ne se montra pas trop enthousiaste : il y avait déjà tellement de choses à faire, à la Besancière ! Pourtant, Élise n'avait pas tort : sans faire concurrence aux grosses fromageries de la plaine, le fait de fabriquer bleus de Gex, chevrets, et surtout des meules de comté, s'avérerait d'un bien meilleur rapport que de vendre le lait brut aux fruitières de la vallée !

« Qu'est-ce que tu en penses ? insista-t-elle.

– Nous verrons, nous verrons... »

* *

*

La neige avait fini par cesser de tomber et, ce jour-là, le temps était plus clair et laissait deviner des pans d'un ciel bleu pâle. Si les nuits restaient froides et que l'eau gelait dans les flaques, la journée voyait fondre la couche blanche salie par le dégel...

« Dès demain, si la neige ne revient pas, je ferai la trace du chemin pour pouvoir descendre de nouveau à Valtay... décida Maximin en trempant sa tartine de beurre dans son bol de café. Il y a plus d'une semaine que nous sommes bloqués !

– Mais, cette année, nous n'aurons pas perdu de lait ! se félicita Élise, heureuse d'avoir ajouté deux nouvelles meules de comté sur les énormes rayons de bois de la cave.

– C'est vrai... Mais avec le temps qu'il faut consacrer à ta fruitière pour fabriquer ces foutus fromages, nous ne pourrons le faire à longueur d'année ! Tout au plus jusqu'à la fin de l'hiver...

– Mmm... Et que comptes-tu faire, aujourd'hui ?

– Après le soin des bêtes, je pensais monter jusqu'à La Teppe avec le traîneau, histoire de revenir avec le bois coupé que je n'ai pas pu descendre avant ces jours de tempête !

– Tu ne crois pas qu'il y a encore trop de neige ?

– En haut, peut-être... Mais attendre, ce n'est pas une solution : quand il y en a moins en haut, il n'y en a plus du tout en bas, ce qui rend le transport des billes bien difficile, jusqu'à la Besancière ! »

Élise hocha silencieusement la tête, puis soupira :

« Voilà ce que c'est que d'être toujours seul pour les gros travaux ! C'est dangereux, tu sais ! »

Il sourit :

« Tu t'inquièterais donc un peu pour moi ?

– Bien sûr, grand benêt ! Tu es mon mari, ne l'oublie pas...

– Il ne fait pas trop froid : il serait peut-être bien que tu montes avec moi, en chaussant les *cercles*[1], histoire de tenir les cordes, ou pour m'aider à pousser le traîneau quand il s'enneige... »

---

1. Cercles : raquettes artisanales que l'on fixait aux chaussures pour ne pas s'enfoncer dans la neige.

La jeune femme répondit d'une moue… Elle aurait bien aimé rompre la routine de la ferme en accompagnant Maximin, mais elle avait fait d'autres projets :

« Ce n'est pas que je ne voudrais pas… Mais nous n'avons presque plus de pain, et j'ai fait lever de la pâte, cette nuit. Il faut absolument que je la fasse cuire aujourd'hui ! Et que j'allume le four au plus vite, d'ailleurs : c'est qu'il en faut, des heures, pour qu'il soit suffisamment chaud…

– Ce n'est pas grave, ma mie… J'irai demain ! Ou bien sans toi : les autres années, j'y suis bien arrivé seul… »

Élise ajusta son foulard sur son chignon et rétorqua :

« Ne pourrais-tu pas, plutôt, t'occuper de passer la “charrue à neige” aujourd'hui même, non ? Pour faire le passage jusqu'à Valtay…

– Tu as raison ! Je vais fixer l'étrave pour chasser la neige, et j'attellerai les bœufs. Pour ce travail, ils feront mieux que Diamant !

– Peut-être… Mais ils rechigneront sans doute plus que lui à se geler les sabots dans la neige !

– Oh ! Ils sont plus dociles que tu ne crois, quand on sait leur parler… Mais c'est vrai qu'il me faut absolument aller jusqu'à Valtay. Sinon, le Martin, il va s'inquiéter de ne pas m'avoir vu depuis plus de huit jours ! Il serait capable de monter jusqu'ici pour s'assurer qu'il n'est rien arrivé…

– Ils sont si gentils, les Lautry… admit Élise. On peut compter sur eux, bien qu'ils ne soient pas tout près !

– Pas tout près, c'est vrai… Mais ce sont pourtant nos plus proches voisins ! »

Il se mordit les lèvres : avait-il besoin de rappeler à sa jeune épouse à quel point ils étaient isolés, tous deux, dans les murs de ce chalet d'alpage ? Élise parut ne pas avoir entendu sa remarque : le sourire restait accroché à ses lèvres, et elle se frotta les mains. Elle aimait autant faire le pain que se consacrer à ses fromages !

XVIII

Le rendez-vous

Il pleuvait de nouveau... Une de ces petites pluies fines et glaciales d'hiver, qui picote les joues sous le vent... Une de ces pluies qui semble porter des milliers de minuscules cristaux de glace qui mordent la peau comme autant de rasoirs... Thibaud, d'instinct, jeta le regard en direction des montagnes où il était né, mais ne fut même pas surpris de ne plus les voir, noyées qu'elles étaient dans la mélasse des nuages. Il n'avait pourtant nul besoin de s'en assurer : il savait bien que, là-haut, depuis des jours et des jours, la neige avait revêtu de blanc bois et prairies, et que les toits de la ferme des Vornex s'étouffaient déjà sous l'épaisseur des flocons... Ici, à Genève, la mauvaise saison ne se signalait que par ce froid et cette humidité qui embourbaient la ville d'une grisaille triste ! Comment ces citadins faisaient-ils pour conserver cette mine insouciante, comment poursuivaient-ils leurs occupations sans paraître souffrir de ce climat aussi gelé que morose ? Comment arrivaient-ils à s'accrocher à la routine ? Depuis quatre jours qu'il avait mis les pieds dans cette ville, il sentait s'installer en lui, et malgré lui, un rejet pour cette vie urbaine ! Un rejet qui le surprenait d'autant plus qu'il avait toujours rêvé de fuir l'existence paysanne dans laquelle il avait été élevé... Ah ! S'il n'y avait eu Hélène !

Hélène ? Viendrait-elle seulement à ce rendez-vous qu'elle lui avait si furtivement donné ? Il l'espérait plus que tout sans trop vraiment y croire, histoire de ne pas être irrémédiablement déçu si elle lui faisait faux bond... Hélène ! Comment l'arracher de la moindre de ses pensées ? Toujours un peu perdant d'avance, il aurait voulu l'arracher de son âme, tout au moins avant d'avoir reçu d'elle un signe d'encouragement... Mais était-il seulement possible que cette belle jeune femme pût envisager de s'unir un jour à lui ? Lui qui n'avait pas le sou, pas de vrai métier, et qui reniait ses origines pour un avenir des plus incertains. Non, certes pas ! Et pourtant : elle lui paraissait si belle, Hélène ! Si douce. Si tendre... La compagne idéale dont il avait toujours rêvé !

Viendrait-elle ou non ? La question le torturait, cependant qu'il déambulait nerveusement de long en large entre les arbres dénudés de la place... Chaque silhouette féminine qui apparaissait à l'un ou l'autre des croisements qui donnaient sur la grande esplanade le faisait sursauter, pour aussitôt le décevoir : non, ce n'était pas Hélène ! Et chaque minute qui passait l'enterrait un peu plus dans la fange de ses rancœurs : qu'il était bête, de se faire encore des idées... La jeune femme n'était pas plus faite pour lui qu'il n'était fait pour elle ! Malgré tout, il n'arrivait pas à se faire une raison, et il s'accrochait malgré lui au fragile espoir qui l'habitait encore.

« Thibaud ? »

Son cœur bondit, et il se retourna en craignant de s'évanouir au son de sa voix : Hélène ! Qu'il n'avait pas vu venir et n'avait pas entendu approcher malgré sa vigilance anxieuse... Il bafouilla :

« Hélène ? Je... je... je ne pensais pas... pas que...

– C'est bien ici que nous avions convenu de nous rencontrer, non ? »

Dieu ! Qu'elle était de miel à ses oreilles, cette voix cristalline, si harmonieuse, qui résonnait en lui comme un concert de clochettes ! Mais elle était bien là, face à lui, toujours aussi troublante... Avec dans les yeux ce reflet d'eaux vives des torrents de montagne, lorsque le soleil en irise le moindre remous. Avec ce sourire si bon qu'il voulait croire encourageant. Avec cette grâce qui émanait du moindre de ses gestes. Si belle ! Si troublante...

« Oui ! oui ! Hélène... Que je suis heureux que... que vous... que tu... que tu sois venue ! »

Elle lui prit le bras pour le serrer fortement :

« Je suis contente aussi de te voir, Thibaud ! Je n'étais pas certaine que tu veuilles vraiment me rencontrer, tu sais...

– Comment ? Mais... je t'avais promis d'être à l'heure, et je dois dire que j'étais même en avance ! »

Elle esquissa une moue énigmatique :

« J'ai appris depuis longtemps ce que vaut la parole d'un homme... » insinua-t-elle en rougissant un peu et en baissant les yeux.

Subitement mécontent et bizarrement jaloux, il fronça les sourcils pour rétorquer :

« Rien ne m'aurait empêché d'être à l'heure au rendez-vous que nous nous étions fixé ! assura-t-il d'un ton décidé. C'est plutôt moi qui avais peur que tu ne viennes pas... »

Elle se mit à rire, de ce rire de cascade claire qui lui plaisait tant :

« Grand bêta ! Me prendrais-tu pour une gourgandine ? Nous sommes du même pays, non ? Et jamais il ne me serait venu à l'idée de me moquer de toi. Tu... tu me plais bien, tu sais ? »

Confus, Thibaud se troubla :

« C'est... c'est vrai, Hélène ?

– Puisque je te le dis ! D'ailleurs, n'aurais-tu pas compris ce que signifiait ce baiser que je t'ai donné, là-haut, au Crépillon ? Je ne te l'ai pas dit, mais c'était...

– Oui ? »

La jeune femme devint écarlate pour répondre dans un souffle :

« C'était la première fois que j'offrais mes lèvres à celles d'un garçon... »

Thibaud se recula d'un pas pour la regarder, surpris : était-ce possible ? Une beauté pareille, en ville, si élégante, avec sa tenue stricte et sobre, bien propre et tirée à quatre épingles ! Qui, d'ailleurs, pouvait imaginer, à voir sa mise impeccable, qu'elle n'était qu'une domestique de maison et non une fille de bonne famille bourgeoise ? Désarmé par cet aveu, le jeune homme eut du mal à retenir des larmes d'émotion : ainsi, Hélène pensait vraiment à lui ? Soudain enhardi, il la serra de plus près pour l'enlacer par la taille, et elle ne se déroba pas à la pression fiévreuse de sa main :

« Hélène ! Si tu savais combien de fois j'ai rêvé de ce moment ! À tel point que je finissais par croire qu'il ne serait jamais qu'un rêve… »

Elle ne répondit rien, et l'entraîna vers le banc le plus proche. Thibaud se précipita pour chasser de la paume la neige salie qui le recouvrait :

« Hé ! Tu vas te mouiller et te geler les fesses ! » prévint-il.

Sans paraître l'entendre, elle s'assit sur les lattes de bois, et Thibaud n'eut d'autre choix que celui de l'imiter. Ils restèrent un moment silencieux, puis le jeune homme osa chercher la main de sa compagne pour la serrer tendrement entre ses doigts rugueux. La tête baissée, Hélène murmura :

« Moi aussi, depuis que je t'ai revu pour la moisson, il ne se passe pas de jour sans que je pense à toi… À me demander ce que tu fais, où tu es. À me demander aussi si tu penses à moi autant que je pense à toi, ou si je n'étais pour toi qu'un passage dans ta vie, un engouement de quelques jours, un amusement…

– Je t'assure que j'étais sincère, moi aussi ! s'offusqua Thibaud. Mais c'est vrai que je me posais les mêmes questions à ton sujet, Hélène… Et j'ai longtemps hésité à chercher à te retrouver à Genève, tant j'avais peur d'être déçu. Tu comprends, j'avais si peur, tellement tu es belle et charmante, qu'une armée de prétendants soit à tes genoux ! Des amoureux bien plus beaux et fortunés que moi, qui n'ai pas en poche un sou vaillant… »

Elle sourit, d'un sourire un peu triste :

« C'est vrai que bien des godelureaux de bonne famille me tournent autour depuis longtemps… C'est vrai que beaucoup sont riches plus que je n'en ai jamais rêvé… Mais tu ne peux savoir combien ils me répugnent : pour eux, je n'aurais jamais été qu'une conquête de plus à mettre à leur tableau de chasse !

Je sais trop bien que, dans leur monde, on n'épouse pas une femme de chambre... »

Il soupira, un peu amer :

« Peut-être... Mais tu aurais peut-être bien aimé qu'il en soit autrement, non ? »

Hélène se redressa vivement :

« Certainement pas ! Ce genre de blancs-becs est bien trop prétentieux ! Je ne supporte pas les manières arrogantes de ces gens-là, qui s'imaginent m'acheter par de belles paroles et en me faisant miroiter leur argent... »

Thibaud baissa le front, un peu honteux que ses suppositions eussent pu froisser la jeune femme. Ainsi, il était vraiment le premier à qui elle accordait une telle attention ? Jamais il n'aurait osé espérer le bonheur qui l'envahissait tout à coup ! Gauche, gêné, il se courba sur elle pour poser ses lèvres sur son cou, mais Hélène se recula aussitôt :

« Non ! Pas ici : on pourrait nous voir ! »

Il rétorqua, un peu frustré :

« Et alors ?

– Alors, ça ne se peut pas, voyons ! On serait capable de le répéter à mes patrons...

– Et alors ? insista-t-il.

– Alors, M. et Mme Rosier ont beau être de bons maîtres et me tenir en particulière affection, ils me mettraient à la porte sur-le-champ !

– Mais... pourquoi ?

– Parce que chez ces gens-là, une domestique doit être vertueuse et ne pas fricoter avec des hommes, même pour la bonne cause ! Et leur morale ne tolérerait pas le moindre écart : le seul fait de nous faire surprendre sur ce banc main dans la main pourrait me valoir des ennuis ! »

Thibaud mit un moment à réaliser ce que venait de lui dire la jeune femme. Puis il s'offusqua :

« Mais... mais c'est injuste ! Indigne, même...

– Peut-être, mais c'est ainsi… Et je tiens à ma place : c'est une bonne place, et je n'ai pas à m'en plaindre ! »

Le jeune homme se renfrogna en réfléchissant à haute voix :

« Ce qui veut dire que… que toi… et moi… »

Elle l'interrompit, une ombre de désespoir au fond des yeux :

« C'est de cela que je voulais te parler, Thibaud… Avant toute chose, même ! Mais… mais c'est difficile à dire…

– Inutile : j'ai compris ! la coupa Thibaud d'un ton sec. Cela veut dire que rien n'est possible entre nous, c'est cela ? »

Il s'en voulut aussitôt de n'avoir pas su gommer de sa voix une intonation plus agressive qu'il ne l'aurait voulue. Hélène sentit ses yeux s'embuer en avouant :

« Oui ! Non… Enfin, c'est plus compliqué que ça ! Parce que j'ai vraiment envie de vivre les sentiments qui me poussent vers tes bras, Thibaud… Car je crois que j'ai grand amour pour toi ! Mais c'est vrai : rien ne sera possible tant que nous n'aurons pas de situation nous permettant de nous mettre en ménage… Et je ne quitterai la maison des Rosier que lorsque tu auras un travail définitif, un logement, lorsque nous pourrons vraiment fonder une famille, tu comprends ? »

Pour toute réponse, Thibaud s'ancra dans un mutisme buté, et elle poursuivit, des sanglots dans la voix :

« Tu ne peux prétendre m'aimer si tu me demandes de te suivre pour errer sur les routes, sans toit, sans emploi, sans avenir ! Ta vie n'est ni aux Fontanières ni à Crépillon, je le sais… Il faut donc que tu arrives à nous construire un foyer, un vrai, loin de nos montagnes ! Alors seulement nous pourrons penser au mariage… Pas avant… »

Le mariage ? Dans le feu de sa passion, il n'y avait même pas songé ! Mais Hélène avait raison : si l'attirance qu'ils éprouvaient l'un pour l'autre ne s'émoussait pas, c'était la suite logique des sentiments qu'ils éprouvaient… Et un homme digne de ce nom se devait d'assurer les besoins du ménage et le bien-être de sa femme ! Mais comment faire ? Dieu ! Comment faire ? Elle devina son désarroi et laissa aller sa tête contre son épaule :

« Je sais… c'est dur ! Pour toi comme pour moi, crois-le bien… Il nous faudra peut-être du temps pour envisager une vie à deux, Thibaud. Mais je saurai attendre, je te le promets ! Attendre le temps qu'il faudra pour goûter ensemble au bonheur… Oui, mon Thibaud, j'attendrai ! »

Il ne put se retenir de la serrer contre lui de toutes ses forces, et il tourna la tête pour forcer presque brutalement la barrière de ses lèvres. Il fut surpris de ne pas la voir repousser son élan, et elle s'abandonna au baiser sans plus se soucier des regards que pouvaient poser sur eux d'éventuels passants. Durant ces quelques secondes de plénitude absolue, que lui importait de passer pour une dévergondée ? Elle s'arracha pourtant bien vite au miel de cette langue qui cherchait la sienne, et elle reprit son souffle tout en remettant en place la mèche de cheveux qui s'échappait de son chapeau :

« Tu es fou ! Thibaud… Nous… nous sommes fous, plutôt ! »

Elle balaya la place d'un coup d'œil inquiet, se rassura en constatant que les passants y étaient rares, sans doute à cause de ce vent froid que déversaient les Alpes sur la plaine. Puis elle respira à fond de poumons :

« Il ne faut pas, Thibaud… J'ai tellement envie d'être ta femme que j'ai peur que nous commettions une bêtise ! Une grosse bêtise… Je… je crois qu'il vaut mieux que nous ne nous revoyions plus avant que… que nous ayons une vraie solution, quoi ! Je saurai attendre, je te l'ai promis ! »

C'était là la voix de la raison, et Thibaud eut du mal à l'admettre. Du mal aussi à réfréner ce désir douloureux qui lui tordait le ventre… Après un silence, il admit pourtant :

« Une vraie solution, oui… »

Mais laquelle ? L'ombre d'un soupçon plana un instant sur sa conscience : n'était-ce pas là un prétexte d'Hélène pour l'éconduire en douceur ? Une façon de l'écarter ? Un coup d'œil le rassura : la jeune femme avait du mal à retenir ses larmes, et il lui avait sans doute fallu faire un effort considérable pour l'inciter à la patience ! Malgré sa frustration, Thibaud jugea qu'il lui fallait abonder dans son sens… Pas de gaîté de cœur, mais avec cette lumière qu'il espérait de lendemains meilleurs. Il dénoua douloureusement le nœud de sa gorge, puis murmura à son tour :

« Laissons déjà passer l'hiver, ma mie… Je ferai tout, durant les mois qui viennent, pour changer de vie et me trouver de quoi gagner, honnêtement, ce qu'il faudra pour nous mettre en ménage !

– Euh… N'est-ce pas aller un peu vite ? Après tout, nous ne nous connaissons pas vraiment… »

Il resta un moment interdit, puis chercha ses yeux avec dans les siens cette expression de ferveur extrême qui savait si bien la bouleverser. Hélène ne put se réfugier que dans un petit sourire d'excuse, et elle abandonna sa tête à l'épaule du jeune homme :

« Moi aussi, je rêve d'être près de toi pour la vie… souffla-t-elle. Mais… mais nous avons encore tellement de chemin à faire pour prétendre à un mariage heureux ! Ce n'est pas avec ce que je gagne et ce que tu gagnes que nous pouvons construire une famille digne de ce nom. Oh ! Je sais bien que nous ne serons jamais riches, et je n'en demande pas tant… Seulement un peu d'aisance, de quoi vivre en élevant dignement les enf…

– Les enfants que tu me feras ! compléta Thibaud avec ardeur. Et je te promets, une fois encore, que je trouverai une solution… La solution ! »

Les jeunes gens se perdirent dans un silence douloureux, amers déjà de la séparation qu'ils allaient s'infliger. L'un comme l'autre auraient aimé être assez inconscients pour vivre vraiment cet amour qui venait de s'allumer en eux, quitte à partir sur les routes sans souci du lendemain… Et tant pis si c'était folie ! Mais ils devinaient aussi, confusément, qu'un tel bonheur ne pouvait être qu'éphémère sans un toit, un métier, sans un minimum d'aisance financière… Hélène avait un travail et quelques économies, et il n'était pas question qu'elle abandonnât sa place pour l'instant. Quant à lui, Thibaud, il lui faudrait envisager un autre avenir, trouver un autre moyen de gagner sa vie… Retourner aux carrières ? Il haussa les épaules : un dur métier bien mal payé ! Et qui ne permettait pas d'assurer l'argent d'un ménage harmonieux… Il secoua la tête pour chasser toutes ses préoccupations : après tout, il avait bien le temps d'y penser ! Il frissonna sous une nouvelle bourrasque glacée, puis se saisit à deux mains du visage de sa bien-aimée :

« Allons, ma belle… Tu vas prendre froid, sur ce banc : faisons plutôt quelques pas… Tiens, et si je t'offrais un chocolat chaud, dans un de ces cafés qui ont l'air si confortables ? »

Elle lui fit face en écarquillant des yeux offusqués :

« Mais ces endroits sont horriblement chers !

– Allons… pour une fois, et pour fêter les promesses que nous nous sommes faites ! N'avons-nous pas décidé aujourd'hui de vivre ensemble dès que cela sera possible ? N'avons-nous pas décidé de nous marier dans le courant de l'année prochaine ? Ou aurais-je mal compris ?

– C'est vrai ! assura-t-elle en riant.

– Parce que je me considère déjà comme fiancé ! » insista-t-il.

Elle baissa les yeux et murmura :

« Moi aussi… »

Subitement empli d'une énergie toute neuve, il la saisit par la taille pour l'entraîner vers la terrasse, jusqu'à cette devanture enluminée qui trônait de l'autre côté de l'avenue…

XIX

Les pierres les plus précieuses

L'UNIVERS TOUT ENTIER semblait s'arrêter au peu d'horizon visible depuis les Fontanières : le ciel était plombé de grisaille, et c'était à peine si l'on devinait les cimes les plus proches... Une vapeur blanche fumait des prairies et de la crête des arbres accrochés aux premières pentes, et elle étouffait d'humidité les murs du domaine des Vornex. Un peu partout, des plaques de neige terne s'étiraient encore comme des lambeaux de tissu sale abandonnés au hasard des creux et des bosses... Depuis une semaine, une pluie persistante nettoyait le paysage, et la fonte transformait l'ornière des chemins en rivières de boue. Malgré cette première annonce de la fin d'un hiver trop long, le temps maussade s'infiltrait jusque dans les âmes des humains et distillait le poison d'une mauvaise humeur que chacun avait bien du mal à juguler. Aussi, aux Fontanières, le huis clos forcé d'Antoine et de son père devenait de plus en plus invivable, et le jeune homme évitait d'ouvrir la bouche pour entamer des conversations qui se terminaient invariablement par des esclandres...

Comment se trouver une occupation, dès lors que l'on avait assumé le soin des bêtes ? Il était encore prématuré de songer à entamer les travaux extérieurs, et Antoine avait passé son temps à réparer les outils et à entretenir tombereaux et charrettes. Il avait aiguisé les faux, refait les dents des scies, affûté le tranchant des haches et des serpes, il avait remis en état les tables bancales et rempaillé les chaises fatiguées, et il cherchait, chaque jour, le plus souvent en vain, de quoi emplir les longues heures tristes de cette fin d'hiver morose… Il grogna :

« Ah ! Si seulement nous étions plus nombreux, dans cette maison ! Nous aurions pu remonter les murs et les toits des bâtiments annexes, qui s'effondrent un peu plus à chaque mauvaise saison… »

Son père haussa les épaules et bougonna :

« À quoi bon ? Il n'y a plus personne pour occuper ces logements ! L'essentiel est que nous gardions vivable la demeure principale, celle que nous habitons…

– Oui… Et qu'avons-nous fait ? rétorqua Antoine. Sinon changer quelques tavaillons là où le toit laisse passer les gouttes ! Rien : cette foutue baraque est en train de partir en charpie, et nous ne faisons rien pour la remettre d'aplomb…

– Ne dis pas n'importe quoi ! s'énerva le vieux. Nous arrivons à la maintenir dans l'état où elle est, et ce n'est déjà pas si mal… Que pouvons-nous faire de mieux ? N'oublie pas que nous ne sommes plus que deux, dans ces murs : toi et moi ! »

Octave Vornex s'interrompit soudain et se mordit les moustaches pour ne pas laisser remonter à fleur de bouche les rancœurs qu'avait laissées en lui le départ de Thibaud. Les mâchoires crispées, il se consacra de nouveau sur sa tâche, et mania soigneusement sa plane, à deux mains, pour trancher dans la bûche tendre d'épicéa une planchette bien régulière. Sous la table qui lui servait d'établi, les copeaux s'accumulaient en dégageant ce bon parfum de résineux qui savait si bien chatouiller les narines. Antoine le considéra un instant et râla :

« Et voilà à quoi nous en sommes réduits ! À perdre notre temps pour assembler, des heures durant, ces *layettes*[1] qu'on nous achètera une misère !

1. *Layettes : meubles à nombreux tiroirs à l'usage des magasins, mais surtout destinés aux horlogers et lapidaires pour y ranger les petites pièces nécessaires à ces activités.*

– C'est tout de même de l'argent bon à prendre ! rétorqua son père. Surtout lorsque l'on n'a rien d'autre à faire... Peu, c'est toujours mieux que rien ! »

Il dégagea la lamelle de bois qu'il venait de tailler à la bonne dimension, puis la rainura au trusquin avant de se saisir d'un fin bédane pour l'entailler précautionneusement. Malgré la lampe allumée en plein jour, la clarté restait chétive à cause du temps nuageux et brouillardeux...

« Bou Diou ! On n'y voit goutte, aujourd'hui...

– Ni plus ni moins qu'hier ou avant-hier ! Et avec ce temps pluvieux, le soleil n'est pas près de revenir, à mon avis...

– Pas sûr : c'est demain la nouvelle lune... Ce qui peut faire changer le temps d'un coup !

– Vers le beau, ou vers plus mauvais encore ? grogna Antoine. Il n'est pas sûr que la neige ait dit son dernier mot : on a vu plus d'un hiver revenir en force, sur la fin ! »

Que faire d'autre que de parler du temps, sinon s'occuper les mains en attendant de s'adonner enfin aux vrais travaux : ceux des champs ! Bientôt, avant même que la neige fût entièrement fondue, il faudra mener le fumier, l'épandre, reprendre le manche de la charrue et labourer. Il faudra tailler les haies, nettoyer les prés, retailler et curer les rigoles...

Antoine lâcha à nouveau un de ces soupirs interminables qui lui étaient désormais si fréquents : l'existence aux Fontanières était plus que jamais devenue invivable, et il sentait la patience dont il avait fait preuve jusqu'ici s'éroder un peu plus chaque jour... Bien sûr, il s'était toujours montré résigné à son sort, sachant trop qu'il était impensable de quitter le domaine des Vornex du vivant de son père ! Mais les choses avaient bien changé : le départ de Thibaud, tout d'abord, mais aussi l'insistance insidieuse de Jules Reculet, de connivence avec son voisin Octave, pour qu'il épousât Eugénie... Bon gré mal gré, le jeune homme, en prenant de l'âge, avait fini par se faire à l'idée de rester célibataire : quelle femme accepterait de vivre ici, dans cette demeure loin de tout qui se dégradait de saison en saison ?

Sans confort, sans argent, à s'éreinter du matin au soir sans même l'espoir de voir un jour les choses changer… Un enterrement de première classe ! Oh ! Ce n'était pas que la compagnie d'une femme ne le tentait pas : il y pensait souvent, la nuit, seul dans ses draps trop frais… Il rêvait d'une peau douce et tiède, tout contre lui, de la chaleur d'un corps féminin, de caresses légères et de baisers torrides ! Mais non, c'était impossible…

Et pourtant, voilà qu'on voulait lui mettre dans son lit la seconde fille des Reculet ! Antoine savait bien, qu'à son âge et dans sa situation, il ne pouvait se montrer trop difficile : les belles filles, les élégantes, les créatures de rêve ne seraient jamais pour lui… Mais de là à convoler avec Eugénie, il y avait un pas qu'il ne pouvait franchir, même dans l'intérêt des Fontanières ! Comment son père pouvait-il seulement envisager cette éventualité ? Un bon sourire et une gentillesse à toute épreuve ne suffisaient pas à faire une bonne épouse ! Elle était loin d'être méchante, Eugénie, mais elle n'avait guère plus de cervelle dans le crâne et d'expression dans le regard que les poules dont elle savait si bien s'occuper ! Choses tout compte fait pardonnables chez une femme si l'attrait physique compensait le manque d'intelligence, ce qui était loin d'être le cas d'Eugénie Reculet. Bien que n'étant pas difforme, elle n'était que cette bonne petite grosse toujours avachie que nul ne pouvait, sans doute, rêver d'avoir un jour dans ses draps… Ce qui n'empêchait nullement Jules, chaque matin, lorsqu'il venait charger les boïlles de lait, de lui transmettre le « bonjour de sa Génie » ! Ni son père de lui vanter l'intérêt qu'il pouvait y avoir, pour le domaine des Fontanières, à être plus étroitement lié à celui de Crépillon… D'ailleurs, le vieil Octave et son fils n'avaient-ils pas été invités, plusieurs fois dans l'hiver, à partager le repas des Reculet ? Démarche d'autant plus inhabituelle qu'elle n'avait pas été de mise les années précédentes ! Mais comment faire comprendre à ces deux vieux têtus de Jules et d'Octave que la seule perspective d'un mariage avec cette bécasse l'épouvantait ?

Sans se soucier des états d'âme de son fils, Octave Vornex assembla les différentes pièces du petit tiroir qu'il montait, puis il les fixa, sans colle ni pointe, au moyen de quelques minuscules clavettes de bois qui suffisaient à maintenir l'ensemble... Il présenta le tiroir à une ouverture du meuble, le fit coulisser, puis le ressortit pour le rogner légèrement sur un côté.

« Encore deux tiroirs comme celui-ci, et cette layette sera achevée ! marmonna-t-il.

Antoine haussa les épaules et faillit lui répliquer que ce n'était pas ce qui ferait rentrer vraiment de l'argent aux Fontanières, mais finit par se résoudre à ne faire aucune remarque : l'atmosphère était déjà assez tendue, entre eux, sans qu'il fût besoin d'y rajouter un motif de dispute ! Il grogna pourtant :

« Bon... Plutôt qu'à ne rien faire, moi, je m'en vais réparer la *barrure*[1] du pacage, juste en face... Elle en a bien besoin !

– Tu ne pourrais pas attendre qu'il fasse meilleur temps, peut-être ? suggéra son père. À croire que tu tiens vraiment à te tremper pour rien !

– Quand il fera beau, il y aura tellement d'autres choses à faire que cette clôture attendra encore l'année prochaine, puis celle d'après, et ainsi de suite ! Autant s'en occuper tout de suite... »

Le jeune homme s'interrompit en prêtant soudain l'oreille aux aboiements des chiens : nul doute, quelqu'un approchait ! Il se pinça les lèvres : sans doute encore ce foutu Jules qui venait arrondir les angles pour lui « placer » sa fille dans les bras ! Contrarié, il gagna le seuil de la porte, l'entrouvrit, puis plissa les paupières pour mieux distinguer, au travers de la pluie, la silhouette qui avançait sur le chemin... Il sursauta, finit d'ouvrir pleinement le battant, puis s'exclama :

« Nom de Dieu ! »

Octave Vornex leva le nez de son ouvrage, contrarié par ce juron inhabituel dans la bouche de son aîné :

---

1. Barrure : clôture en bois fermant un pré, généralement le plus proche du chalet, composée de dosses en croix fixées sur des poteaux plantés.

« Antoine, voyons… »

Antoine ne sembla même pas l'entendre, et il répéta :

« Nom de Dieu ! On dirait Thibaud ! »

Octave se redressa d'un bond, laissant choir les pièces du nouveau tiroir qu'il assemblait :

« Thibaud ? »

Excité, le cœur battant, la mine incrédule, il se précipita sur le pas de la porte, bousculant Antoine au passage. Il chercha des yeux les contours imprécis du visiteur qui approchait, puis lâcha à son tour :

« Nom de Dieu… »

* *
*

Aucun des trois hommes n'avait dit un mot : Antoine et son père s'étaient seulement écartés pour laisser passer Thibaud, sans oser cette accolade d'affection qu'ils avaient pourtant si fortement envie de lui donner. Ah ! Ils avaient tellement de choses à lui dire, tellement de questions à lui poser ! Mais cette boule au fond de la gorge était bel et bien là, si désagréable… Tellement frustrante ! Thibaud non plus n'avait pu parler : il s'était seulement évertué à ne pas croiser les regards de son père et de son frère, s'était débarrassé de sa pèlerine trempée, avait secoué ses bottes humides, avant de tirer une chaise près des braises de la cheminée. Antoine se tourna pour faire face à Octave Vornex, qui n'arrivait pas à retenir une larme importune au pli de ses paupières : quelle joie ! Une joie qu'arrivait malgré tout à ternir le poids étouffant du silence… Le vieil homme s'éclaircit la gorge d'un grognement, puis décida :

« Ça se fête, un tel moment ! Je m'en vais tirer de la cave une fiole de goutte… D'ailleurs, ça réchauffera le "petit" : on n'a pas idée de courir les routes et les chemins par un temps pareil ! »

Thibaud respira à fond de poumons, subitement soulagé : il s'attendait à un accueil autrement plus froid, à des reproches et à des engueulades ! Mais certes pas à cette émotion que ne parvenait pas à juguler ce vieil ours d'Octave... Un sourire hésitant s'accrocha à ses lèvres comme à une bouée de secours, et il releva enfin le nez pour envisager son frère :

« Hum... Rien n'a changé, ici, dirait-on ? »

Que ne trouvait-il autre chose à dire ? Bien sûr, que tout avait changé ! Comment pouvait-il en être autrement, avec le surplus de travail qu'avait amené son départ, le mauvais caractère du père, le découragement de son frère, et l'ambiance qui avait dû résulter de cet état de choses ? Une fois de plus, il s'en trouva coupable, mais n'arriva pas à le regretter : s'il était revenu au domaine, l'envie de le fuir définitivement était toujours aussi vive ! Et plus encore depuis qu'Hélène et lui avaient décidé de tout faire pour se donner une chance de vivre une vraie vie de couple...

Octave Vornex réapparut dans la pièce, une bouteille poussiéreuse en main :

« Alors, fiston ? Tu sais que tu m'as fait pousser des cheveux blancs, toi ? Boun Diou ! Mais ça me fait bien plaisir de te voir revenir chez nous ! Qu'est-ce que tu as bien pu faire, tout ce temps ? »

Reprenant un peu d'assurance, le cadet du vieil homme redressa le menton :

« J'ai gagné plus d'argent ces quelques mois que tout ce que peut rapporter la ferme en une année ! affirma-t-il. Et sans m'échiner de l'aube au couchant sur ces foutues terres ! »

Voir ainsi mépriser le travail des Fontanières refroidit instantanément la joie d'Octave, qui se renfrogna en remplissant les petits verres de sa précieuse eau-de-vie...

« Ah oui ? grogna-t-il.

– Oui... En allant et venant autour de Gex, j'ai trouvé à me loger pour pas un sou, le temps de l'hiver, à Saint-Genis, chez une petite vieille qui cherchait un homme pour fendre son bois et garnir son fourneau. C'est ainsi que j'ai eu l'idée de frapper à la porte d'un atelier de taille de diamants de la paroisse : M. Donnet m'a donné ma chance, et je dois dire que je n'ai pas été perdant ! »

Le vieux haussa les épaules :

« Toi ? Dans la “pierraillerie” ! Avec tes doigts de paysan ? »

Thibaud sourit :

« C'est ce que je croyais... Mais je me suis trouvé plus de patience et de méticulosité que je ne craignais, et je n'ai pas mis longtemps à apprendre. À tel point qu'on m'a vite confié les pierres les plus précieuses, hormis les diamants ! Mais ça viendra... »

L'enthousiasme et l'intonation du jeune homme inquiétèrent aussitôt Octave, qui se renfrogna pour aboyer :

« Et alors ?

– Alors j'ai compris qu'il ne servait à rien de se crever la paillasse sur ces terres et ces prés pour prétendre gagner de quoi mener une vie honnête ! Je compte bien ne plus rester au cul des vaches... »

Tandis que son frère détournait le regard, conscient de l'orage qui s'annonçait, Thibaud attendit la réaction de son père. Octave Vornex laissa un instant de silence glacial planer dans la pièce avant de hurler :

« Pourquoi es-tu revenu, alors ? »

Était-ce la hargne méchante qui l'habitait, ou la peine qui lui étreignait la poitrine, mais sa voix avait vibré de trémolos qui ne lui étaient pas coutumiers. Le jeune homme soupira :

« Parce que j'avais honte de fuir les Fontanières comme un malpropre, père ! Lorsque je m'en irai d'ici, je le ferai la tête haute...

– Dis plutôt que tu n'as plus un sou en poche ! » rétorqua Octave avec mauvaise foi.

Sans répondre, mais une moue de mépris aux lèvres, Thibaud porta la main à sa poche pour en retirer quelques billets de banque et les jeter sur la table. Le vieil homme soupira et se força à ignorer son geste : à quoi pouvait bien servir l'argent, si le domaine devait continuer à se racornir ? Il grogna :

« Ta place n'est plus ici, puisque tu ne veux plus travailler. Tu ne penses tout de même pas que ton frère et moi-même allons nourrir une bouche inutile, non ? »

Excédé, Thibaud se redressa, puis posa sur le plateau de la table un mouchoir aux coins noués, qu'il déplia soigneusement.

« Il y a encore dans la vieille remise tout ce qu'il faut pour jouer le lapidaire, ainsi que le faisait grand-père... J'ai décidé de tout remettre en état pour tailler ces cailloux que l'on m'a confiés ! »

Il montra du doigt les cristaux bruts qui étoilaient le carré de tissu, puis expliqua :

« Pas des diamants, bien sûr ! Il y faut de véritables ateliers et des machines qui ne peuvent s'installer ici... Mais des pierres pour les fabriques d'horlogerie : celles qui servent dans les mécanismes de montres, les pivots et les contre-pivots ! Ça rapporte plus que vous ne le pensez...

– Mon pauvre père n'y a jamais gagné fortune ! râla Octave Vornex.

– Oui... mais les temps ont changé ! De toute façon, ce sera plus rentable pour nous tous que de s'obstiner sur ces prés, sans pouvoir seulement vivre du lait de nos vaches, non ? »

Son père ne prit même pas la peine de boire le verre qu'il s'était servi. Il le posa sur la table et tourna brusquement le dos :

« Pff ! Fais comme tu veux, après tout : tu es plus têtu qu'un mulet ! »

Thibaud chercha vainement un éclair de soutien dans le regard de son frère, puis il haussa les épaules. De toute façon, pour lui, ce n'était là qu'une activité éphémère ! D'ailleurs, s'il avait pu rester plus longtemps à Saint-Genis, sous le toit provisoire qui lui avait été offert, sans doute n'aurait-il jamais remis les pieds aux Fontanières... Il soupira : la réaction de son père et de son frère le confortait dans sa décision de quitter ces foutues montagnes pour toujours ! « Encore quelques mois de patience... » pensa-t-il, tout en rappelant en lui le souvenir du sourire si doux d'Hélène Reculet...

XX

Le jeu en vaut-il la chandelle ?

Il s'étira en bâillant, puis se tourna sur le côté pour se lover contre le corps chaud féminin qui reposait près de lui. L'esprit mutin, il glissa sa main sous la chemise de nuit pour chercher la peau nue d'une cuisse, et il la remonta jusqu'aux hanches pleines. Églantine grogna et ronronna comme une chatte comblée, puis bascula sur le dos pour mieux s'offrir à la caresse.

« Tu ne veux vraiment pas rester ? » chuchota-t-elle.

Il la regarda d'un air narquois :

« Toujours aussi gourmande, hein ? »

Il la força à se cambrer pour lui ôter son vêtement et lui sourit :

« Tu sais bien que je ne saurais me passer de courir les montagnes, ma belle... Et que je n'ai pas le caractère à supporter longtemps les murs d'une maison ! Ce serait pour moi la prison... Et même si c'est une prison dorée, je...

– Parce que tu veux dire que je te garde en prison, ici ! » s'insurgea-t-elle.

Pierre abandonna des lèvres la pointe durcie d'un sein pour répondre :

« Tu es la plus belle et la plus douce geôlière qui soit, Églantine ! Mais tu me connais assez pour savoir qu'il est inutile de vouloir me retenir : j'aime trop le grand air et la liberté... »

La belle femme gémit en se plaquant de tout son corps tiède contre lui :

« Tu n'as donc pas changé depuis que nous étions gamins ! murmura-t-elle. Déjà, tu préférais l'école buissonnière aux salles de classe, et ni les punitions ni les raclées n'ont jamais pu te guérir de ce penchant...

– Tu vois, dit-il en lui écartant doucement les cuisses. Pourquoi en serait-il autrement aujourd'hui ? »

Elle échappa à son baiser pour répliquer :

« Nous vieillissons tous, et je pensais que... maintenant que mon Émile de mari est mort... nous pouvions envisager... »

Sans crier gare, il s'enfonça en elle d'un coup de rein vengeur qui la fit hoqueter de surprise.

« Je me sens jeune, encore ! assura-t-il d'une voix rauque. Et je ne suis pas encore prêt à me racornir entre quatre murs, même si ce sont ceux d'une aussi belle propriété que la tienne... »

Il la malmena alors d'un rythme effréné, volontairement brutal, comme pour exorciser la menace sédentaire qui pesait sur lui : il ne voulait à aucun prix que la complicité qui le liait à Églantine, désormais veuve, le clouât pour toujours à Saint-Claude ! Plus tard, peut-être, lorsque la lassitude du voyage s'emparerait de lui, ou que ses jambes rechigneraient à d'aussi longs périples ? La bouche ouverte sur un feulement fou, la tête agitée de droite et de gauche, la belle femme s'arqua de tout son corps et cria sa joie aux échos de la chambre. Pierrot des Fleurs ralentit alors son va-et-vient, et il prit un malin plaisir à retarder le moment de sa libération, ne voulant pas céder avant d'avoir conduit une seconde fois son amante jusqu'aux limites extrêmes de la jouissance des corps...

* *
*

Le souffle court, la peau ruisselante de sueur et le regard un peu flou, Églantine Morèze s'efforçait de ne pas faire un mouvement pour mieux retenir les spasmes délicieux qui se libéraient encore en elle en ondes de bonheur… Alanguie sur le dos, la poitrine palpitante, elle mit une éternité avant de murmurer :

« Tu m'as tuée, grand vaurien ! Tu me rends folle, tu sais ? »

Un sourire victorieux aux lèvres et une étincelle ironique au coin des yeux, il se tourna vers elle, sûr de lui :

« Histoire de te faire mieux apprécier mes séjours ici ! » susurra-t-il.

Sur une moue qui se voulait contrite, elle rétorqua :

« J'espère que je n'aurais pas à t'attendre encore jusqu'au prochain hiver… »

Il approcha son visage du sien, chercha ses lèvres :

« Tu sais bien que je reviens environ tous les deux à trois mois à Saint-Claude pour écouler mes marchandises, et que je ne manque pas de me réfugier dans tes bras…

– C'est long, tous les deux ou trois mois !

– Peut-être, mais le plus sûr moyen de ne pas nous lasser l'un de l'autre ! Les choses n'en sont que meilleures, lorsqu'elles sont plus rares… »

Elle soupira, puis demanda :

« Et… tu comptes repartir quand ?

– Je ne sais pas… Pas avant la fin de la semaine, en tout cas ! »

Elle le repoussa pour l'enfourcher, conquérante, les seins fiers, puis rejeta sa chevelure en arrière :

« Alors, autant en profiter ! Je ne gaspillerai plus une minute de plus de ta présence… »

Pierre Savagnon gémit d'une façon cocasse :

« Hé ! C'est moi, que tu veux tuer, maintenant ? N'oublie pas que tu es déjà veuve une fois ! »

* *
*

Il était resté quelques jours de plus que prévu en compagnie de sa charmante hôtesse, mais les premiers soleils avaient fini par l'inciter à prendre congé. Un peu à contrecœur d'ailleurs…

Bizarrement, la veuve Morèze n'avait guère paru être trop contrariée de sa décision : sans doute s'y attendait-elle depuis longtemps ? Il en avait même été un peu vexé : il se régalait tellement d'être regretté, désiré ! Il aimait tellement qu'on le suppliât ! Il soupira : Églantine et lui se connaissaient depuis les langes, et elle n'ignorait rien de ses façons de faire ! Il devinait aussi, malgré tout, que la mort de son époux ne pouvait que la rapprocher de lui, et qu'elle n'attendait que le moment de lui mettre le grappin dessus, histoire d'essayer de rattraper le temps perdu...

Il sourit à cette idée : tout compte fait, il ne rechignait pas trop à l'idée de s'abandonner à cet amour qui couvait depuis l'enfance, en échange de l'existence aisée et plutôt oisive qui l'attendait. D'autant plus que la belle femme était loin de lui être indifférente, et qu'il adorait la façon dont elle savait lui laisser la bride sur le cou ! Mais il lui fallait réfléchir encore pour mettre un terme à la vie de bohême qu'il menait, pour renoncer aux mille joies que lui promettaient encore les routes et les chemins de la région, pour se faire au moule d'une fidélité qu'il espérait toute relative, et entrer dans le cercle assez fermé des « notabilités » de Saint-Claude : la situation aurait des avantages certains, c'était indéniable, mais au prix de combien de sacrifices ? Pierre Savagnon courba les épaules, pensif : le jeu en valait-il vraiment la chandelle ? Oui, sans doute, d'autant plus qu'il aimait depuis toujours Églantine bien plus qu'il n'avait jamais osé le lui dire ! Mais il avait tellement envie de courir une dernière fois ces montagnes en compagnie de son âne, de s'offrir de nouvelles aventures éphémères auprès des belles qu'il rencontrerait, de blouser encore et toujours ces benêts de douaniers : de vivre vraiment, quoi !

« Allez ! Blanchon... Rien ne sert de regarder en arrière, lorsqu'on a pris la route ! Tu es heureux de te dégourdir les sabots, hein ? »

Le brave animal s'ébroua entre ses brancards, comme s'il avait compris ce que lui disait son maître.

« Alors, en avant ! »

Le jeu en vaut-il la chandelle ?

* *
*

La neige n'étincelait plus sur les crêtes, et les larges lambeaux qui en subsistaient étalaient un blanc terni qui s'accrochait au sommet des pentes. Un vent cisaillant fusait vers la vallée et, bien que chaudement vêtu, le bateleur ne put réprimer un frisson : peut-être aurait-il dû retarder son départ d'une ou deux semaines, après tout ? Le souvenir des moments passés sous l'édredon de sa charmante amoureuse lui tenailla un instant les tripes, mais ce n'était vraiment pas le moment d'avoir des regrets ! Et puis, il serait bien temps de voir ce qu'il en serait lors de son prochain séjour à Saint-Claude, lorsqu'il y remettrait lui les pieds, et son âne les sabots…

« Et j'entends bien profiter de cette saison pour passer encore de bons moments, si je dois me laisser bientôt tenter par une existence plus… casanière ! »

Il savait que le nid douillet qui l'attendait dans la demeure d'Églantine lui offrait autant d'inconvénients que d'avantages, mais plus de vingt années d'itinérance sur les chemins commençaient à lui peser sur les jambes… Et pourtant : qu'il était excitant d'aller ainsi de village en village, et de conquête en conquête ! Il était trop certain que c'était ce côté séducteur impénitent qui lui manquerait le plus… Mais enfin : la vie était ainsi, et l'on ne pouvait tout avoir !

* *
*

Il faisait froid. Le temps était gris, et le ciel chargé de nuages sales. De ce sommet battu par les vents, on ne devinait même pas la barrière des montagnes, et les Alpes se cachaient encore derrière le manteau sombre et bas qui couvrait jusqu'au ventre des vallées… Pierrot remonta le col de sa cape sur les oreilles et rabattit son large chapeau sur ses yeux larmoyants. Par le diable !

Que n'était-il resté quelques jours de plus aux bons soins d'Églantine ? Il pesta, et tira sur la longe, en enviant un peu Blanchon qui ne semblait nullement souffrir des morsures de ce climat glacial. L'avance semblait d'autant plus lente au colporteur que l'on ne pouvait distinguer, devant, le moindre point auquel se fixer comme objectif, pas plus qu'un regard en arrière ne pouvait non plus renseigner sur la progression effectuée : à croire qu'il faisait du sur-place !

Arrivé au niveau des cimes boisées, il reprit son souffle, avisa une bâtisse de bûcherons noyée dans les brumes, puis tira son âne vers cette halte de hasard :

« Viens, Blanchon ! C'est l'occasion de faire une pause avant la descente… Je vais même te dételer un moment, et j'en profiterai pour manger aussi un morceau. »

Un pré en limite de la forêt. Quelques murs de pierre, un toit fatigué qui ondulait sur des poutres avachies, et un hangar attenant recouvert de simples planches… Pas de porte ni de fenêtre. L'abri était bien exposé, et Pierre apprécia avec soulagement la trêve des assauts du vent que l'on entendait seulement siffler et hurler au-dessus des sapins. Il libéra Blanchon, qui se mit tranquillement à brouter, indifférent aux bourrasques gelées qui s'engouffraient de temps à autre jusqu'à la clairière. Le colporteur s'installa alors confortablement, avant d'ouvrir sa musette pour en sortir un morceau de pain et une part de tomme à la croûte dorée.

« Hum… Ça fait du bien, de se caler l'estomac ! »

Il poussa de la pointe de son couteau un dernier morceau de fromage, et chassa d'un revers de main les miettes qui constellaient son pantalon. Une ombre se découpa alors dans l'entrée de la remise, et un ricanement le fit sursauter :

« Hé ! L'homme… On avait comme une petite faim ? »

Deux autres silhouettes encadrèrent la première, et le camelot se redressa lentement :

« Oui… répondit-il. Vous voulez aussi casser la croûte ? J'ai encore du pain et du fromage, et un bon morceau de saucisson… »

Il considéra les trois hommes et fronça les sourcils : leur attitude n'était guère engageante ! Mal vêtus, sales, hirsutes, la mine fermée et le regard noir… N'obtenant pas de réponse à sa proposition, il fit un pas en avant et supposa :

« Forestiers, hein ? »

Le plus grand des trois hommes, un colosse ventru bien campé sur ses jambes, le repoussa d'une main ferme :

« Les questions, c'est moi qui les pose ! » déclara-t-il d'un ton menaçant.

Pierrot des Fleurs soupira : c'était bien sa chance ! Après ce temps morose qui ne se prêtait guère aux voyages en montagne, voilà qu'il tombait sur des malfrats… Il haussa les épaules. En vieil habitué des routes, ce n'était pas la première fois qu'il rencontrait des individus peu recommandables, et la peur n'arrivait pas à s'infiltrer en lui. Après tout, il s'était jusqu'ici toujours bien sorti de ce genre de situations ! L'œil narquois, il apostropha celui qui semblait être le meneur :

« Je croyais que les bandits de grands chemins appartenaient à une autre époque ! lança-t-il. Vous êtes sans doute des survivants d'un autre âge ? »

Il devina l'éclair métallique des lames dans la main des trois hommes et recula jusqu'au mur :

« Vous pouvez bien sortir vos coutelas et me découper en morceaux, m'est avis que vous avez choisi une mauvaise proie ! Je n'ai rien qui puisse vous intéresser, et je suis sans le sou. Vous comprenez, je n'ai rien fait de tout l'hiver, et je commence seulement ma saison ! Je vais d'ailleurs jusqu'à Genève pour faire le plein de marchandises… »

Le costaud ricana :

« Et comment tu les achèteras, tes marchandises, si tu n'as pas le sou ? »

Pierre rigola, pris au dépourvu :

« Oh ! Je me débrouillerai bien, comme d'habitude ! »

Sans paraître l'entendre, le géant dépenaillé ordonna à ses deux complices :

« Assez parlé pour ne rien dire : fouillez-moi cette marionnette ! »

Les deux hommes s'exécutèrent, le couteau en avant, et Pierrot remarqua aussitôt leur manque d'assurance : ces pauvres hères n'étaient manifestement pas accoutumés à ce type d'exercice ! Avec un calme qui le surprit lui-même, il affirma :

« Allons ! Vous n'êtes pas des brigands... C'est l'occasion qui fait le larron, hein ? Seulement, vous tombez mal, je n'ai rien qui puisse vous intéresser ! Quelques fioles d'élixir pour acheteurs crédules, du cirage qui brille le temps de passer le chiffon avant de ternir dans l'heure qui suit, des produits nettoyants qui tournent en eau de boudin au bout d'un mois, et une cargaison d'objets inutiles que mon métier m'oblige à prétendre indispensables ! Que pourriez-vous bien en faire ?

– Tu veux nous faire croire que tu n'es qu'un charlatan ?

– C'est ce que je suis... admit Pierre.

– Un charlatan gagne bien sa vie ! Et nous saurons bien dénicher ta cagnotte, l'ami...

– Fouillez-moi, fouillez ma carriole, mais tu perdras ton temps, l'ami : j'ai dépensé toutes mes économies de l'an dernier cet hiver, dans les cabarets de Saint-Claude ! C'est bien pourquoi j'ai repris ma route par un temps pareil, d'ailleurs. Il est temps que je me frotte de nouveau aux foires et aux marchés, si je veux manger à ma faim... »

Un peu hésitants, et plutôt intimidés par l'assurance de leur victime, les trois hommes échangèrent des coups d'œil sceptiques. Ils avaient beau jouer les malfaiteurs endurcis, leur inexpérience de voleurs ne faisait nul doute ! Le colosse grogna :

« Vous n'allez tout de même pas vous laisser endormir par ce bonimenteur ? Retournez-lui les poches, regardez dans ses doublures, sous son chapeau, dans ses chaussures ! Moi, je m'occupe de sa carriole... »

Sans ménagement, un des individus ceintura Pierre, tandis que l'autre glissait les mains dans ses vêtements :

« Hé ! protesta-t-il. Vous n'allez tout de même pas me mettre à poil par ce froid ?

– S'il le faut, pourquoi pas ? »

Bien décidé à ne pas se rebeller, sûr de lui et même plutôt amusé par la situation, Pierre Savagnon se laissa palper et fouiller sans protester. Toute crainte s'était évaporée de son esprit dès les premiers mots prononcés par ces trois inconnus : des malheureux plus que des brigands ! Pour un peu, il les eût pris en pitié...

« Vous voyez, je vous l'avais bien dit ! Je n'avais en poche que 4 francs et quelques sous... Pas de quoi m'estourbir dans un coin de bois ! »

Bizarrement, il n'en voulait même pas à ses agresseurs, et il commençait même à prendre la situation avec plus d'humour que de contrariété : encore une anecdote de route à rajouter à ses souvenirs de voyage...

Après avoir tout mis sens dessus dessous, le meneur des pauvres bougres s'écarta de la carriole, manifestement en colère.

« Alors, bredouille ? » rigola Pierre.

Furieux, l'homme s'approcha, menaçant :

« Tu cherches vraiment les ennuis, toi ? »

Le sourire énigmatique du camelot le désarma, et Pierre en profita pour s'esclaffer :

« Allons, les gars... Vous voyez : je ne suis guère mieux loti que vous ! Aussi, si vous le voulez, partageons donc ce bout de fromage, plutôt que de nous taper dessus... J'ai aussi quelques bouteilles de vin qui ne rechigneront pas à se laisser vider ! »

Les trois misérables semblèrent hésiter, puis, après quelques regards échangés, ils prirent une mine penaude pour s'installer, gênés, près de Pierrot des Fleurs, qui ne put s'empêcher de les railler :

« Quelle drôle d'équipe vous me faites, vous tous ! Hé ! C'est qu'on ne s'improvise pas détrousseurs du jour au lendemain ! Si vous continuez dans cette voie, je ne donne pas cher de votre avenir : la prison à coup sûr, pour le moins… Qu'est-ce qui vous a pris, dites-moi ? »

Le plus costaud baissa la tête puis soupira :

« Nous sommes des journaliers sans travail. L'hiver, il n'y a pas beaucoup d'ouvrage, vous savez ! »

Un de ses acolytes précisa :

« Comme on est un peu portés sur la boisson, nous avons vite épuisé le peu d'économies que nous avions faites ! Et, sans le sou et sans toit, que faire ?

– D'autant plus, ajouta le troisième larron, que l'on ne donne pas facilement de l'embauche à des gens comme nous : des errants…

– N'en parlons plus ! décida Pierre. Mais, croyez-moi, il y a mieux à faire que de vouloir s'improviser voleur, de par chez nous… Il y a toujours de quoi s'occuper les bras, dans la région ! Dans les fromageries comme dans les fermes, dans les carrières ou dans les champs, chez les vendangeurs comme chez les diamantaires, en ville comme à la campagne, le pays est riche, pour qui veut travailler ! Allez ! buvons un coup, les gars… Et bon courage ! »

Les trois hommes le considérèrent sans comprendre : quel étrange bonhomme, que ce colporteur qui, loin de leur en vouloir, s'adressait à eux comme à des amis ! De quoi en ressentir ce léger sentiment de honte qui donnait un goût amer au vin qu'ils avalaient…

* *
*

Il avait repris la route en sifflotant, et Blanchon lui-même semblait avoir été mis en gaîté par l'événement ! Ah ! En vieil habitué des chemins, Pierre Savagnon savait mettre à l'abri son pécule, et le voleur le plus futé n'avait pas plus de chance qu'un douanier de découvrir la moindre de ses caches… Qui pouvait bien deviner que les brancards de la charrette étaient armés d'un tube de métal qui savait tout aussi bien protéger des curieux le tabac que ses économies ? Que la barre d'essieu était elle aussi évidée, et pouvait contenir plusieurs pains de sucre ? Qu'un rayon sur deux des roues cerclées était creux ? Et que le bât même de son âne était trafiqué pour transporter en fraude quelques kilos supplémentaires de marchandises illégales ? Il éclata de rire : à malin, malin et demi !

Sa bonne humeur ne dura pas : la bise glacée transportait de nouveau des particules de neige qui aiguillonnaient les joues de piqûres mordantes.

« L'hiver ne va pas nous jouer un retour tardif ? » râla-t-il.

Il haussa les épaules : si le temps ne s'améliorait pas, il se trouverait bien une ferme où passer quelques jours, en échange de menus travaux… Tiens, et pourquoi pas dans ce domaine isolé qui abritait un si joli brin de femme ? La Bréganç… Ah ! non : la Besancière ! Oui, après tout, pourquoi pas ?

XXI

Un vrai plaisir

Maximin avait ramené son béret en avant pour protéger ses yeux du crachin désagréable qui le giflait au gré des bourrasques. Pourtant, malgré le temps, il se sentait plutôt de bonne humeur, ce matin-là, en remontant de Mijoux : les chevrets et les gris d'Élise s'y vendaient bien ! Chacun attendait même avec impatience de goûter à ses premiers comtés, lorsqu'ils seraient suffisamment affinés... Le brave homme sourit en pensant à sa femme : comme elle avait eu raison de remettre en route cette fruitière ! Oh ! Il devait avouer qu'il n'y avait guère cru, au départ : mais il lui fallait aujourd'hui reconnaître que cette initiative était bien plus rentable qu'il ne l'avait imaginée... Qu'il lui avait fallu être bête pour livrer depuis toujours son lait brut jusqu'à la ferme de Valtay, et le remettre aux collecteurs des fruitières de la plaine ! Tout cela pour gagner une misère... Depuis quelques mois, malgré l'hiver, il ne rechignait plus chaque semaine à faire le trajet jusqu'à Mijoux, pour y vendre bien moins cher que quiconque, mais avec un profit conséquent, les fromages qu'il élaborait désormais avec sa femme. Déjà, il espérait faire mieux encore, à la belle saison, et réaliser assez d'économies pour envisager de remettre la ferme en état, d'acheter quelques bonnes vaches laitières supplémentaires, et même, peut-être, d'embaucher une ou deux paires de bras... Ainsi que, pourquoi pas, offrir à Élise un voyage ou de beaux vêtements ?

Dans la bruine froide qui embrumait de gris le paysage, il remarqua soudain un attelage qui avançait doucement le long du chemin, et il s'apprêtait à le dépasser lorsqu'il releva la tête. Cet âne ? Cette charrette ? Et ce grand gaillard bien découpé qui marchait en tête ? Il mit Diamant à l'arrêt puis s'exclama :

« Pierrot ? C'est bien toi ? Mais qu'est-ce que tu fais ici, par un tel temps ? »

Pierre Savagnon releva la tête : pour une fois, le hasard faisait bien les choses !

« Maximin ? Oh ! Il arrive aux meilleurs de se tromper... Et je crois que j'aurais encore dû attendre une ou deux semaines avant de reprendre la route : je ne pensais pas que l'hiver montrerait de nouveau ses crocs ! Tout au moins, pas avant la fin de l'année qui commence ! »

Maximin s'égoutta le front d'un revers de main :

« Faut toujours écouter les anciens, avant que de foncer tête baissée ! Et les vieux savaient bien, eux, que le printemps n'était pas encore mûr pour venir pointer durablement le bout de son soleil... »

Le colporteur haussa les épaules pour lui retourner une mine hilare et insouciante :

« Peut-être... Mais j'avais des fourmis dans les jambes, et mon âne aussi !

– Mouais... Mais c'est folie que de croire faire fortune sur les marchés avant que le beau temps ne revienne !

– Qu'importe ? répliqua Pierre. Je trouverai bien à louer mes bras, en attendant... En échange d'un toit, d'avoine pour Blanchon, et de soupe dans mon assiette ! Et, bien sûr, quelques pièces en plus pour le voyage... »

Maximin ne tergiversa pas plus et, dans un éclat de rire, il proposa :

« Remonte donc avec moi jusqu'à la Besancière : il y a du travail à y faire, crois-moi ! Surtout depuis que mon Élise passe le plus clair de son temps à s'occuper de ses fromages... »

Pierrot des Fleurs eut du mal à cacher sa satisfaction. Il maugréa :

« Après tout, pourquoi pas ? J'avais si bien été accueilli, chez vous ! »

Il ferma les yeux pour se remémorer le visage de la belle Élise, et sentit des frissons lui remonter le long de la braguette. Cette fois, il ne laisserait pas échapper sa proie !

* *
*

La jeune femme réprima un frisson, courbée sur l'énorme tronc de sapin creusé qui recueillait l'eau s'écoulant du chéneau. Elle avait lavé à l'eau chaude les récipients de traite ainsi que ceux servant à la fabrication de ses fromages, et il fallait bien les rincer malgré le crachin glacé que poussait le vent par rafales... Les doigts gourds, la peau violacée, elle retourna péniblement une boïlle avant de plonger un dernier seau dans l'onde mordante. Tout en récurant soigneusement seaux et bidons, elle laissa son regard s'attarder sur les pentes qui entouraient la Besancière :

« Le temps est bien bouché, ce matin encore ! »

Il y avait maintenant plusieurs jours que brumes et brouillards fumaient dans les vallées et accrochaient leurs écharpes cotonneuses le long des flancs des montagnes, et Élise ressentait de plus en plus l'oppression qui émanait de cette ambiance morose. Malgré tout, elle se sentait pleine d'énergie et d'une humeur plutôt joyeuse : elle savait que Maximin reviendrait de Mijoux, grâce à elle, avec un petit pécule à ajouter aux économies déjà réalisées sur la vente de sa petite production fromagère ! Bien sûr, la ferme des Chenaillet ne pouvait prétendre transformer tout le lait fourni par ses vaches, dont la plus grande partie était journellement acheminée jusqu'à Valtay pour y être livrée au collecteur de la grande fruitière de la vallée... Mais les quelques fromages que la jeune femme s'évertuait à confectionner arrondissaient considérablement, chaque semaine, une cagnotte qui était loin d'être négligeable, et Élise comptait bien ne pas en rester là :

« Mes comtés devraient s'écouler comme des petits pains, lorsqu'ils seront fin prêts ! »

Que ce fût dans la vallée de la Valserine ou dans le pays de Gex, elle ne doutait pas de pouvoir bientôt se targuer des prix les plus bas pour une qualité irréprochable !

Elle se redressa après avoir rincé un ultime tonneau, porta les mains à son dos douloureux, puis tourna la tête vers le chemin : « Maximin, déjà ? » Elle ne l'attendait pas si tôt, sachant bien que, lorsqu'il descendait à Mijoux, il en profitait pour avaler quelques picholettes de vin blanc en compagnie de villageois et de paysans : non qu'il fût vraiment porté sur la boisson, mais il était si bon de faire des rencontres et de discuter, pour briser l'isolement qu'imposait la vie à la Besancière ! Élise soupira : comme elle aurait voulu, elle aussi, échapper à ces murs, ne serait-ce que quelques heures ! Voir des gens, sentir l'animation d'une rue ou d'un commerce, et papoter pour se dire tout et rien, échanger les dernières nouvelles du canton, s'informer de ce qui se passait dans le monde… Elle plissa les paupières pour essayer de percer le voile humide qui noyait de flou le paysage :

« Tiens ! Mais il n'est pas seul… »

Derrière la charrette tirée par Diamant, elle ne fut pas longue à distinguer une silhouette guidant un attelage mené par un âne. Si elle ne pouvait d'aussi loin reconnaître l'homme, elle n'hésita guère pour mettre un nom sur l'animal :

« Mais… mais on dirait Blanchon ? »

Elle en ressentit aussitôt une amertume au fond de la gorge : que venait encore faire ici ce foutu camelot ? Oh ! Bien sûr, Pierrot des Fleurs apportait toujours avec lui une éternelle bonne humeur, et ses plaisanteries comme ses bons mots égayaient la routine… Mais la jeune femme restait indignée par la conduite du bonhomme, qui n'avait cessé durant son séjour de la poursuivre de ses assiduités : n'avait-elle pas dû en arriver à le gifler, lorsqu'il avait voulu lui soutirer de force un baiser ?

« Quel goujat ! »

Peut-être aurait-elle été plus avisée d'informer Maximin des agissements indécents de leur hôte de hasard, mais elle n'avait pas osé : son époux était tellement placide et confiant ! À quoi bon le contrarier, alors qu'elle était de taille à se défendre seule pour repousser les avances du bonhomme ? C'était néanmoins avec un certain déplaisir qu'elle voyait approcher le marchand ambulant, et son visage se ferma d'un coup. Pourquoi alors cette étrange chaleur qui lui envahissait le ventre ? Pourquoi ce souffle plus court et le cœur qui s'emballait ? Élise eut aussitôt honte de ces émois qu'elle ne contrôlait pas. Mais pouvait-elle nier que, secrètement, elle avait été plutôt flattée d'être désirée par ce colporteur aux manières trop coquines ? Elle se secoua pour échapper au sortilège qui s'emparait d'elle : flattée, oui, mais nullement tentée de céder à son charme !

« Espérons qu'il ne s'incrustera pas trop longtemps… » marmonna-t-elle en baissant les yeux.

* *
*

Pierre Savagnon piqua dans le bouillon fumant une dernière fourchetée de lard, puis il repoussa son assiette :

« C'était un régal ! Vous me traitez comme un roi… Il ne fallait pas, croyez-moi… »

Maximin sourit :

« On a tué le cochon à la sortie de l'hiver. Il faut bien le manger, maintenant !

– Je n'avalerai plus une bouchée ! assura le camelot.

– Tu n'échapperas pourtant pas à une portion de fromage ! D'autant plus que c'est ma Lise qui le fait, maintenant… Et qu'il est, de loin, le meilleur qui se puisse trouver dans tout le pays !

– Je n'en doute pas… » répondit Pierrot en lançant un coup d'œil appuyé sur son hôtesse.

Élise se troubla, et ce fut les joues rouges qu'elle bégaya :

« Il… il ne faut pas exagérer…

– Si, si, insista Maximin. Tout le monde s'accorde à le dire ! »

Gênée, la jeune femme préféra laisser les deux hommes devant leur botoïllon de vin blanc et leur tomme de chevret :

« Tiens, en parlant de fromages, il faut que j'aille les tourner et les saler… »

Vivement, elle sortit de la grande pièce, non sans sentir le poids du regard de Pierre Savagnon s'attarder sur les courbes de ses hanches…

« Et… tu comptes rester longtemps, l'ami ? »

Le colporteur reporta son attention sur Maximin et se fendit d'une mimique indécise :

« Je ne sais pas, ça dépend du temps ! Pour tout dire, je n'avais pas vraiment l'intention de m'arrêter en route avant Genève… Mais je crois que j'ai eu tort de partir si tôt. Dans quinze jours, c'était bien suffisant ! Pouvais-je deviner ces dernières attaques de l'hiver ?

– Ça a surpris tout le monde, sauf les vieux… admit le mari d'Élise. En tout état de cause, si tu veux séjourner quelques jours ici, ne t'en prive pas, Pierrot. Ce ne sont pas les Chenaillet qui laisseraient dormir quelqu'un dehors par ces froidures ! D'autant plus qu'on te connaît, maintenant… »

C'était bien ce qu'espérait entendre le finaud ! Il fit pourtant mine d'hésiter, avant d'accepter avec bonhomie :

« Comment dire non ? On est si bien accueilli, à la Besancière ! Mais attention ! Si je dois rester quelques jours ici, ce ne sera pas pour me tourner les pouces, et j'entends bien donner un coup de main pour les travaux de la ferme… »

Ce fut au tour de Maximin de sourire : lui aussi n'attendait que ce genre de réponses !

« Tout est donc pour le mieux ! rigola-t-il en remplissant de nouveau les verres. Malgré ce temps crachotant et ces vents de neige, il me reste encore du fumier à épandre, les prés à râteler et à nettoyer. Il me faut aussi ainsi retracer les rigoles, et j'ai du retard de labours !

– Alors, je suis ton homme, l'ami ! Tu peux compter sur moi pour au moins une semaine ou dix jours... C'est là de l'ouvrage qui doit se faire avant les premières primevères !

– Ou les premières violettes et pervenches ! ajouta Maximin en scellant l'offre d'une solide poignée de main. Et si je n'ai pas de quoi te payer autant qu'on le fait en plaine avec les journaliers, tu n'y seras pas perdant ! »

Pierrot fit mine de sursauter et se rembrunit :

« Il n'est pas question d'argent, voyons ! Vous m'offrez déjà un lit plutôt qu'un coin de grange, et la maîtresse de maison est une fine cuisinière qui ne me fera pas regretter mon quignon de pain... Et, comme je n'attends pas après ceci pour gagner ma vie, nous serons donc quittes ! C'est juste histoire de m'occuper les bras, tu sais...

– Nous verrons, nous verrons... bougonna le paysan, tout heureux de l'aubaine. Allez, Pierrot : trinquons ! »

* *
*

La jeune femme souffla bruyamment, les yeux grands ouverts dans l'obscurité. Une fois de plus, son mari, à peine allongé, lui avait tourné le dos puis s'était noyé dans un sommeil épuisé, et Élise avait éprouvé de nouveau cette sensation frustrante d'être abandonnée, délaissée, ignorée. Comment Maximin ne comprenait-il pas qu'elle avait besoin de sa main, de la chaleur de son corps, du contact de ses lèvres ? D'un peu de tendresse, quoi ! Et tant pis si la fatigue ne lui permettait pas de plus intimes audaces, pourvu qu'il lui montrât un peu plus d'attentions. Était-elle sa femme, oui ou non ? Elle crispa les poings, haletante, une braise au fond du ventre. Depuis combien de temps ne l'avait-il touchée ? Ne savait-il pas que jamais elle ne se refusait à lui ? Et même que c'était avec impatience qu'elle attendait de s'offrir à ses trop rares élans ? Oui, elle l'aimait ! Tout comme elle aimait qu'il la prît ainsi, dans le secret des draps, pour des plaisirs toujours trop brefs… Oh ! Elle avait bien essayé de prendre l'initiative, de se coller nue contre lui, de le caresser sous la toile de sa chemise, mais Maximin n'ouvrait pas un œil, se contentant de grogner en s'écartant d'elle pour basculer sur l'autre bord du lit… Plus d'une fois, elle en avait pleuré de rage impuissante, les cuisses humides et les entrailles tordues par cet immense sentiment de manque qui alimentait de longues heures d'insomnies…

Elle gémit et se mordit les lèvres pour ne pas éveiller son époux. Elle avait d'autant plus besoin de son affection qu'elle avait constaté avec soulagement que Pierre semblait avoir renoncé à l'importuner. Depuis le début de la semaine, jamais il ne s'était montré incorrect envers elle. Plutôt serviable et aimable, même, ce qui représentait pour elle un bon souci de moins ! Ce sentiment se muait peu à peu en une indéfinissable mélancolie : était-elle devenue si peu attirante, pour susciter une telle indifférence ? Elle tenta de se détendre, en se convainquant désespérément qu'il ne fallait plus qu'elle pensât à cela, mais se tourna et se retourna longtemps sur sa couche : quel malaise lancinant ! Elle serra les dents et se résolut à attendre, sans trop y croire, ce foutu sommeil qui lui échappait…

* *
*

Bizarrement, sa contrariété nocturne s'était vite estompée, et Élise se montrait plutôt guillerette, ce matin-là. De plus, un soleil timide filtrait au travers des nuages, et toute la contrée semblait plus riante, tout à coup : depuis le temps que chacun espérait un peu de douceur du climat ! La raclette de bois à la main, ce fut en chantonnant qu'elle acheva de nettoyer la soue des cochons.

« Il ne me reste plus qu'à m'occuper du poulailler, et je devrais avoir le temps de m'attaquer ensuite à la préparation d'une nouvelle série de fromages… » décida-t-elle.

Il ne lui fallut que guère de temps pour soigner les volailles et collecter quelques œufs, puis elle gambada jusqu'au local de la petite fromagerie. Sur le seuil de la fruitière, elle se retourna pour apprécier les couleurs nouvelles que prenait le paysage sous les rayons du soleil et se surprit à sourire : le printemps s'annonçait enfin ! Son regard fila le long du versant pour s'arrêter sur les deux silhouettes minuscules qui s'activaient en bordure d'une prairie. Il y avait bien longtemps que les *murgers*[1] n'avaient pas reçu une collecte de cailloux d'épierrement ! Cette année, la faux ne s'ébrécherait pas sur les caillasses… Tout compte fait, c'était plutôt bienvenu, que Pierre Savagnon se fût arrêté à la ferme : il savait travailler dur, et Maximin semblait reprendre de l'énergie à son contact pour entreprendre des travaux qu'il n'avait que trop négligés depuis des années…

* *
*

Dans la maigre clarté de la nuit tombée, la lampe à pétrole balbutiait en étirant des ombres mouvantes sur le plateau de bois. Le restant de soupe refroidissait, et le silence s'était subitement établi dans la pièce. Élise se leva :

« Vous m'avez l'air bien fatigué, les hommes ! Il faut dire que vous ne ménagez pas vos peines, depuis quelques jours… »

Maximin sourit en écartant sa chaise de la table :

« Peut-être, mais les pâtures sont belles, pour une fois ! Et bien irriguées… Nous ne manquerons pas de fourrage, cette année !

– Le travail avance vite, à nous deux ! s'exclama le camelot d'un ton fier. C'est pas de l'ouvrage de feignant !

– Pierrot a raison… confirma le fermier. Sans lui, tout serait encore à faire ! Et il veut bien encore rester deux à trois jours, le temps que nous attaquions les labours…

1. *Murger : amas de pierres provenant de l'épierrement des prés et des chemins.*

– C'est gentil à lui… Mais vous feriez bien d'aller vous coucher, maintenant ! Moi, j'ai encore à faire à la fruitière, si je veux réussir mes chevrets et mes gris de Gex…

– Tu as raison, ma Lise… Pierrot, un dernier verre de vin, avant d'aller au lit ? »

* *
*

Qu'elle aimait l'odeur un peu aigre du lait caillé, l'ambiance tempérée de la vieille fromagerie, et cette lueur un peu jaune que diffusaient avec parcimonie les deux lampes à huile qu'elle avait allumées ! Plus que jamais, elle s'y sentait chez elle : « son » domaine… Elle était fière de son travail, qui rapportait désormais à la Besancière des revenus non négligeables :

« Et ce n'est que le début ! murmura-t-elle. Ce sera bien mieux en été et en automne, j'espère… »

Elle démoulait un de ses fameux gris préparés dans l'après-midi et s'apprêtait à le saler lorsqu'elle devina une ombre derrière elle. Elle se retourna et sursauta en poussant un petit cri :

« Pierrot ? Mais qu'est-ce que vous faites ici ? »

Il sourit :

« Maximin est parti se coucher… Mais moi, je n'ai pas trop l'habitude de fermer les yeux avec les poules, et je n'ai pas encore sommeil… »

Élise réprima une grimace d'agacement. Elle n'avait nulle envie de voir le colporteur s'incruster dans son antre ! Il avança d'un pas :

« Je pourrais peut-être me rendre utile ?

– Non, non… protesta-t-elle avec énergie. C'est pour moi un vrai plaisir, vous savez… »

Il s'arma d'un sourire désarmant pour ajouter :

« Excusez-moi, Élise ! Si c'est un… "plaisir"… »

Il avait mis une telle intonation sur le mot « plaisir » que la jeune femme se sentit rougir jusqu'à la racine des cheveux. Elle recula : il n'allait tout de même pas recommencer à l'importuner ? Pierrot ne bougea pas, se contentant de la fixer silencieusement. Elle se troubla : pourquoi sentait-elle d'un coup ses jambes trembler sous elle ? Pourquoi n'arrivait-elle pas à décrocher son regard de ces yeux qui brillaient comme des diamants dans la semi-pénombre ? Pourquoi ne parvenait-elle pas à calmer les ruades de son cœur ? Elle perçut de minuscules gouttes de sueur perler à son front, et elle porta la main à sa poitrine pour juguler un souffle soudain court. Elle s'affola : quelle peur panique de le voir faire un pas en avant ! Quel fol espoir aussi qu'il le fît ! Bon Dieu ! Ne perdait-elle pas la raison ? Une étincelle tendre et railleuse au coin de l'œil, Pierre se décida enfin à s'approcher d'elle, sans un mot. Bizarrement, Élise ne chercha pas à se dérober lorsque la main de l'homme se posa sur son épaule. Comme hypnotisée, elle le vit se pencher sur elle avec des mouvements d'une lenteur extrême, elle sentit son souffle sur sa bouche, et ne détourna pas la tête lorsque ses lèvres se posèrent sur les siennes... Avec le cœur bondissant et au ventre la peur de défaillir, des paillettes sous les paupières, elle s'abandonna à ce baiser interdit en fermant les yeux, honteuse d'elle-même mais délicieusement excitée par la situation. Puis, oubliant tout, elle répondit à son étreinte avec l'impression exquise qu'elle fondait tout entière de l'intérieur...

XXII

Pour quelques poignées de pièces

COMME À SON HABITUDE, Octave Vornex décolla la neige de ses semelles lourdes de boue contre la pierre du seuil. Comme à son habitude, il pénétra dans la grande salle commune et s'approcha de la table pour se servir un verre de vin. Comme d'habitude, il ne jeta pas un regard à son fils cadet qui, près de la petite fenêtre, continuait à tourner la manivelle de sa meule… Thibaud ne leva d'ailleurs pas la tête de son ouvrage : il en avait plus qu'assez d'entendre bougonner « le » père ! Le vieil homme ne cessait de râler, depuis son retour, et ne pouvait lui adresser la parole sans l'accabler d'un flot de reproches. En son for intérieur, le cadet des Vornex reconnaissait d'ailleurs ses torts, mais il était hors de question qu'il l'avouât ! Il savait bien qu'il ne pouvait qu'énerver son frère et son père, en se refusant aux travaux des Fontanières pour se consacrer entièrement à ces foutus cristaux minuscules… Il avait même parfois l'impression d'avoir trahi son nom ! Mais il s'était découvert une telle habileté dans cette tâche délicate qu'il ne doutait pas qu'elle fût infiniment plus rentable pour tous que de continuer à se traîner au cul des vaches…

Il s'efforça d'ignorer la présence de son père pour observer le résultat de sa taille. Au bout du bâtonnet en forme de fuseau luisaient les facettes qu'il venait de tailler. Il en apprécia la finesse, puis vérifia l'angle obtenu. « Parfait ! » Il n'était pas donné à tout le monde de réussir à mettre en forme huit faces sur des pierres aussi petites, et le jeune homme se sentait fier de son tour de main : enfin un domaine où il excellait, de manière tout à fait inattendue d'ailleurs... Il s'assura, du bout du doigt, que le cristal était toujours bien collé au bâton qu'il tenait au moyen de ce ciment particulier qu'on lui avait fourni, puis tourna de nouveau la manivelle de sa main gauche. Il attendit que la petite meule de plomb frottée d'émeri eût atteint une vitesse suffisante, puis, d'un geste précis, il évalua l'angle et mit en contact la pierre avec l'abrasif. Un crissement désagréable aux oreilles accompagna l'opération, arrachant une grimace d'exaspération à Octave. Attentif et minutieux, Thibaud renouvela son geste plusieurs fois, en retenant son souffle pour ne pas trembler.

Après avoir jugé du résultat, il décolla la pierre façonnée à l'aide de l'outil approprié, jugea du résultat, puis la fit passer au travers d'une plaque percée de trous de diamètre différent, pour la classer ensuite selon une numérotation établie depuis des lustres. Il démonta la meule de plomb pour la remplacer par une meule de cuivre :

« Il ne me manque plus qu'à polir la production du jour ! » souffla-t-il.

Son père se tourna vers lui et grogna :

« Ce qui veut dire que tu vas encore nous casser les oreilles pendant des heures ?

– Mais non ! J'ai fait le plus délicat, et le polissage fait bien moins de bruit... Tu devrais le savoir, depuis le temps que tu me vois faire !

– Je vois surtout que tu n'es d'aucune utilité à la ferme ! rétorqua le vieil homme d'un ton acerbe. Et que, ton frère et moi, nous nous coltinons tout le travail des Fontanières ! Que nous nous brisons les reins, alors que toi, tu t'obstines à t'amuser avec tes cailloux...

– M'amuser ? s'indigna le jeune homme. Tu oublies peut-être que, depuis trois mois, je suis descendu deux fois déjà dans la plaine, à Gex, pour remettre le fruit de mon travail, et que j'en ai été félicité... Tu oublies aussi que je suis revenu au domaine avec plus d'argent en poche que nous en rapportent les terres et les vaches de la ferme en une année entière !

– Et alors ? s'obstina le patriarche. Est-ce une raison pour vendre nos vaches, pour renoncer au lait, pour laisser les prairies à l'abandon et ne plus entretenir nos bois ? Les Fontanières, c'est une ferme, et elle se doit de le rester !

– Pour ne rien y gagner ?

– L'argent ! Toujours l'argent ! pesta le vieux. Nos ancêtres ont toujours vécu ici, et ils se débrouillaient bien sans gagner des fortunes... Nous avons besoin de peu, pour vivre au domaine, et ce n'est pas pour cela que nous sommes plus malheureux !

– C'est toi qui le dis !

– Parce que tu crois que les gens sont plus heureux en ville ? Sans espace, sans horizon, tassés les uns contre les autres, à s'abrutir dans des fromageries industrielles ou des usines sales et sombres : que fais-tu de la liberté de nos montagnes ? Es-tu prêt à la sacrifier, imbécile ? À te vendre pour quelques poignées de pièces ? »

La porte s'ouvrit brusquement et Antoine déboula soudain, en fureur. Les souliers crottés, il se dressa dans l'encadrement et hurla :

« Encore en train de vous disputer, vous deux ? Mais, bon Dieu ! Quand pourra-t-on espérer avoir un peu de calme, dans cette maison ? Déjà que ce n'est pas facile à vivre ! »

Hypocritement, son père fit mine de se désintéresser du sujet :

« C'est la faute à ton frère : ce n'est pas un Vornex, et je ne sais pas qui a bien pu...

– Arrête, père ! brailla son aîné à s'en érailler la gorge. Arrête ! Tu vas insulter "la" mère, et ça je ne te le permettrai pas ! »

Octave baissa la tête pour se planter les dents dans la pulpe des lèvres. Pour un peu, c'était encore lui qui allait passer pour le coupable !

« J'en ai assez, de vos engueulades ! poursuivit Antoine. Plus qu'assez, même ! Cela fait des mois que ça dure...

– Ce crétin ne veut pas entendre raison ! argumenta le vieil homme.

– Et alors ? Ce n'est pas pire que lorsqu'il vivait loin d'ici, non ? Même s'il ne nous prête pas main-forte pour les travaux des champs !

– Une bouche inutile aux Fontanières, alors ? cracha Octave. Un parasite incapable de prendre le manche d'une pioche ou de l'araire ! »

La patience ayant ses limites, ce fut au tour de Thibaud de hurler :

« Comment, un parasite ? Je ne suis pas un ingrat, père ! Et je te rappelle que si la cagnotte des Fontanières est aujourd'hui bien remplie, c'est bien à moi qu'on le doit, et certes pas au pis des vaches ou à la production de nos champs !

– Faux prétexte ! reprit de mauvaise foi le vieux paysan. Parce que cet argent ne doit rien à l'exploitation du domaine ! Un domaine qui est mien, et qui sera le vôtre plus tard... Il est du devoir d'un Vornex de le faire prospérer, envers et contre tout, et non pas de le laisser péricliter ! »

Thibaud protesta, le cœur soulevé par un immense sentiment d'injustice :

« Parce que ce n'est peut-être pas faire prospérer la propriété de mes ancêtres que d'avoir triplé en moins d'une saison le pécule qui nous fait vivre ? Et cela même si je garde pour moi la moitié de ce que je gagne en taillant ces pierres ?

– Ce n'est pas de l'argent provenant de nos terres ! rétorqua Octave avec une mauvaise foi évidente.

– Et alors ? Ce n'est pas de l'argent sale pour autant ! »

Écarlate, le souffle court, il chercha sa respiration avant de poursuivre :

« Mais, si personne ne veut de cet argent ici, je ne sais pas ce qui m'empêche de reprendre la route en vous laissant, Antoine et toi, vous dépatouiller avec ce foutu domaine ! J'aurais au moins en poche la totalité de ce que je m'échine à gagner, sans avoir à en rendre compte à la famille ! Une famille qui, si elle avait suivi mon exemple, n'en serait pas à vivoter dans la bouse sans jamais un sou d'avance ! Une famille qui aurait dû, comme moi, savoir comment s'arracher à la misère : simplement en osant changer de vie ! »

À ses propos, une nasse de silence sembla s'abattre sur les Fontanières : l'argument avait frappé juste ! Mais comment Octave aurait-il pu l'admettre ? Le vieil homme gronda :

« Ce qui veut dire que tu serais prêt, en affront au nom de tous les Vornex, à abandonner les Fontanières et à les laisser tomber en ruine ? Tout cela pour de l'argent ! De l'argent pour t'amuser, de bal en bal, de fête en fête et de bistrot en bistrot, sans même que tu en sois honteux !

– Je ne parle pas de bals, de fêtes ou de bistrots ! Mais seulement de pouvoir assurer à la femme et aux enfants que j'aurai une vie plus décente que celle que nous avons connue... »

Octave Vornex s'indigna :

« Parce que tu veux dire aussi que je t'ai mal élevé ? Et que tu n'as pas eu de vie décente, sous ce toit ? ! »

Thibaud hésita, ne voulant pas envenimer les choses plus qu'elles n'étaient... Il lâcha, dans un soupir d'exaspération :

« Décente, je ne sais... Mais ce que je peux dire, c'est que, sans avoir faim, nous n'avons, mon frère et moi, connu que la pauvreté ! Ce qui serait peut-être normal si nous n'avions rien fait depuis que nous avons des muscles... Mais nous nous sommes éreintés des années jusqu'au bout de nos forces, père... jusqu'à l'épuisement ! Et pourquoi ? Je vais te le dire : pour rien ! Pour être aussi pauvre après qu'avant ! Alors, à quoi bon continuer et nous obstiner dans une voie sans issue ? »

Octave se troubla. Oui, pour lui, seul comptait le domaine, même au prix de le voir se délabrer de saison en saison ! L'important, c'était de le conserver dans la famille, de continuer à le faire vivre, quitte à n'en tirer aucun profit, tant que l'on avait à manger... « Un combat perdu d'avance ! » comme le lui avaient si souvent dit Antoine autant que Thibaud... À cette évidence, la colère le reprit d'un coup :

« Non ! Jamais ! Je préfèrerais crever sur ces terres plutôt que de les abandonner... »

Thibaud haussa les épaules :

« Libre à toi, alors... Mais je ne serai certes pas auprès de toi, lorsque ça arrivera !

– Si tu penses ce que tu dis, éructa Octave, la bave aux lèvres, qu'est-ce que tu fous encore dans les murs des Fontanières ?

– C'est bien ce que je me demande ! rigola amèrement le jeune homme. Sans doute voulais-je vous montrer qu'il y a bien mieux à faire pour gagner sa vie que de traire quelques pauvres vaches sur ces pauvres terres ! Mais si vous ne voulez rien entendre, peut-être vaut-il mieux que je reparte sans plus tarder, car jamais mon univers et mon avenir ne se limiteront désormais aux bornes sacrées de "vos" Fontanières !

– C'est ce que tu penses vraiment, fils indigne, moins-que-rien, traître à ton sang ? Alors fous le c...

– Ça suffit, père ! intervint Antoine d'une voix de tonnerre. Ça suffit ! Tout comme toi, Thibaud... N'y a-t-il donc pas moyen de nous expliquer sans hurler, dans cette maison ? »

Son intervention eut pour effet de tendre l'atmosphère, seule resta alors cette impression d'incompréhension qui flottait lourdement sans vouloir s'évaporer... Le vieil homme et son cadet, interdits, reposèrent lentement leur regard sur l'auteur de ce coup de gueule. Antoine était un être placide qui ne s'énervait pas pour un rien, et le voir s'emporter ainsi n'était pas chose courante !

« Eh ! Qu'est-ce qui te prend, toi ? le tança son père.

– Il me prend que je ne supporte plus de vous voir vous déchirer pour rien, père ! Parce que vous avez autant raison que tort, tous les deux, et que vous colleter jusqu'au bout de la nuit n'y changera rien ! Ce n'est pas sans raison que Thibaud pense qu'il y a mieux à faire, pour vivre à l'aise, que de faucher et labourer ces pentes sur lesquelles l'hiver a tendance à s'éterniser... Et il faut reconnaître avec toi qu'il est également ignoble et indécent de laisser les Fontanières s'écrouler sous le poids de l'indifférence de ses héritiers ! Peut-être vaudrait-il mieux alors nous poser la question de savoir si ces deux points de vue sont vraiment inconciliables, non ?

– Mon pauvre Toinou... soupira Octave. Ton frère Thibaud est bien trop têtu !

– Parce que tu ne l'es peut-être pas, têtu, toi ? Plus obstiné qu'un bloc de pierre !

– Tu es de son côté, toi aussi ?

– Ni de l'un ni de l'autre ! Surtout avec ces propos de haine. Et je vais te dire une chose, père : si l'ambiance continue à être aussi détestable, ici, c'est peut-être moi qui finirais par fuir le premier ces murs qui deviennent irrespirables ! »

Octave Vornex se tassa sous cette attaque : il ne s'attendait certes pas à être ainsi désavoué par son fils aîné ! En outre, malgré sa désapprobation marquée envers la façon d'agir de son cadet, il ne pouvait que reconnaître que l'apport d'argent effectué par ce dernier était loin d'être négligeable... En mettant soigneusement dans la boîte de fer la moitié des profits qu'il faisait en jouant le lapidaire, Thibaud était loin d'agir en pique-assiette ! Pourtant, si l'argent restait important, c'était surtout de bras que manquait le domaine... Avec l'argent, les Vornex pouvaient vivre, bien sûr ! Mais sans bras, les Fontanières étaient en train de mourir... Ne voulant pas jeter de nouveau de l'huile sur le feu, mais se refusant à abdiquer, le vieil homme préféra bougonner dans sa moustache, tandis que Thibaud retournait près de son établi.

« Où tu en es, de tes diamants ? s'informa Antoine pour essayer de dénouer les tensions.

– Hé ! Ce ne sont pas des diamants... Pour le diamant, il faut des meules mécaniques qui tournent autrement plus vite qu'avec ma manivelle !

– Tu parles comme si tu l'avais déjà fait, on dirait ?

– Non, pas encore... lui confia Thibaud. Mais chacun s'accorde à penser que j'ai toutes les qualités nécessaires pour réussir. Car on ne confie pas du diamant brut à n'importe qui, parce que la plus petite erreur d'appréciation sur la taille, le plus petit gaspillage de pierre, la moindre maladresse, tout cela peut coûter une fortune au diamantaire ! Un travail d'artiste, quoi...

Antoine haussa les épaules :

« Pas pour un paysan comme toi, donc !

– Détrompe-toi, Toinou ! M. Donnet lui-même, à Saint-Genis, a tout de suite remarqué la qualité de ma taille... Et il m'a assuré qu'il y avait une place pour moi dans ses ateliers de diamantaire dès que je le voudrais ! Sais-tu que les meilleurs ouvriers arrivent à y gagner plus de 600 francs par mois ? »

Antoine siffla :

« Mazette ! »

Il avait du mal à imaginer quelle somme d'argent cela pouvait représenter au bout d'une année de travail...

Thibaud se retourna sur lui, puis le toisa :

« Ceci pour dire que, si je suis revenu aux Fontanières, c'est parce que je le veux bien ! Pour lui, pour toi, et pour le domaine... Mais avec ce que je sais faire de mes mains, maintenant, je n'ai que mon baluchon à prendre pour me faire embaucher dans les deux jours par n'importe quel diamantaire de la région ! La preuve ? Maintenant que j'en ai fini avec ces pierres "mécaniques" dont on se sert pour l'horlogerie, on m'a confié un lot de gemmes à *débrouter*[1]... Pas du diamant, bien sûr, mais des "semi-précieuses"... Le patron m'a même proposé d'essayer d'en tailler quelques-unes, si je m'en sentais l'envie !

– Et... tu vas le faire ?

– Pourquoi pas ? J'ai vite appris, en regardant faire les autres ! Mais je sais aussi qu'il faut bien une bonne année, pour se prétendre un tant soit peu diamantaire... Le plus dur, c'est de trouver le sens de la pierre, sa réponse à la lumière, puis de la dégrossir en perdant le moins de matière possible, tout en lui donnant une forme ronde ou ovale... Il faut trouver le centre au coup d'œil, façonner la table qui s'encastre dans la monture, puis tailler l'autre face en fonction de la pierre et de sa brillance

1. *Débrouter : décroûter la couche terne qui englobe la pierre précieuse.*

naturelle : généralement de seize à trente-six facettes ! Oui, Antoine, lorsque l'on arrive à ça, ce n'est plus du travail, c'est de l'art ! D'ailleurs, si tu étais malin, tu devrais t'y essayer, toi aussi, pendant que je suis là…

– Moi ? s'indigna son aîné. Je suis bien trop pataud des doigts ! Je suis plus à l'aise avec dans les mains un manche de hache ou le timon d'une charrue…

– Libre à toi, alors… »

Avec à l'âme la voix de la lassitude due à ces discussions inutiles, le jeune homme colla une nouvelle pierre au bout de son bâtonnet. Il soupira, sans savoir si c'était de regret ou d'espérance : il ne resterait pas encore des jours et des jours aux Fontanières. Il se sentait enfin prêt à franchir définitivement le pas de la liberté ! Oui : la prochaine fois qu'il irait livrer ses pierres taillées, près de Gex, il ne remonterait certes pas sur ces fichues montagnes ! À moins que… Oui : peut-être attendrait-il malgré tout l'été, pour le cas où Hélène remonterait à Crépillon pour les moissons, comme l'année précédente ? Il rêvait si souvent de la « petite Reculet » !

XXIII

Désolée…

Ils avançaient sous un ciel bien nettoyé, un ciel bleu pâle de printemps. Une rafale plus forte faillit lui arracher son châle, et elle suffoqua : elle avait si peu l'habitude du grand air ! Des grands espaces ! De ces horizons immenses qui s'offraient à sa vue… Depuis combien d'années n'avait-elle eu sous les yeux que les mêmes pentes de montagne, les mêmes forêts, les mêmes prairies ? Depuis son mariage avec Maximin ! « Maximin ? » À cette pensée, une boule lui obstrua la gorge, et la honte comme la culpabilité refluèrent en elle telle une immense vague. Encore une fois… Elle regarda devant elle Pierre, qui menait Blanchon et allait du même pas régulier, sans jamais se retourner. Que ne lui était-il possible de faire comme lui, ne pas regretter le passé ? Et pouvait-elle nier qu'elle éprouvait toujours de tendres sentiments pour « son » Maximin, que c'était folie de sa part de l'avoir ainsi abandonné, sans crier gare, sur un coup de tête… Combien il devait souffrir, aujourd'hui ! Comme il devait être perdu, sans elle, désespéré, déçu, aigri par son attitude… Elle ferma les yeux pour chasser de son esprit ces tristes images, puis hâta le pas pour se porter à hauteur du camelot.

Que lui avait-il pris, pour céder ainsi à cet homme ? Et surtout pour tout quitter et le suivre par routes et chemins ! Oui, elle devait être folle… Folle comme ce soir-là, où elle n'avait pas su détourner la tête pour échapper à ce baiser, et qu'elle n'avait pu mordre ces lèvres tendues vers les siennes. Tout avait tourbillonné en elle en une fraction de seconde, tout s'était mélangé sous son crâne, et plus rien n'avait soudain compté que ce souffle brûlant qui l'avait envahie, que ce fer rouge au fond du ventre, que cette démence des mains affamées de caresses et cette furieuse envie de se donner, là, tout de suite ! Pour la millième fois, elle revivait en pensée sa trahison, et le miel de ces instants si intenses se mêlait au fiel de la culpabilité... Les doigts de Pierrot sous sa robe, le feu de leur effleurement sur la peau nue, la pression de son désir d'homme sur sa cuisse, et le glissement soyeux de ses vêtements sur son corps tandis qu'il cherchait ses seins de la paume. Les dents de Pierrot sur son cou, et cette si agaçante morsure au lobe de l'oreille. La langue de Pierrot sur son dos dénudé. Puis cette furie charnelle : Pierrot qui la bousculait contre la table de bois, Pierrot qui la troussait, et Pierrot qui la pénétrait d'un coup, sans ménagement, qui la comblait enfin, qui la dilatait. Et elle, Élise, qui l'appelait au plus profond d'elle, qui ruait du bassin pour aller à sa rencontre, pour se fondre à son rythme... Dieu ! Qu'elle avait aimé cette brutalité un peu sauvage, ce sexe fou qui la meurtrissait, la malmenait, la saccageait si délicieusement ! Le plaisir avait fusé presque tout de suite, et c'était avec surprise qu'elle l'avait senti renaître pour monter encore et éclater une nouvelle fois, puis une fois encore avant que Pierrot ne s'épanchât longuement en elle, la laissant pantelante et un peu sonnée... Jamais, dans les bras de Maximin, elle n'avait connu une jouissance si violente, si forte, si déchaînée ! Et des larmes de joie lui avaient inondé les joues...

Le corps et l'âme chavirés par le sublime brassage de toutes ces sensations nouvelles, elle eût pu en rester là, refermer la parenthèse de ce moment d'égarement, et garder à tout jamais le silence sur ce faux pas ; après tout, Pierrot des Fleurs avait eu ce qu'il désirait ! Tout serait alors rentré dans l'ordre, et personne n'en aurait jamais rien su... Pourquoi alors s'était-elle laissé entraîner vers la fenière, pourquoi s'était-elle laissé coucher dans le foin, et pourquoi avait-elle laissé le colporteur la dévêtir entièrement pour l'admirer à la clarté affolante de la lune ? Pierre s'était à son tour entièrement déshabillé, puis il lui avait refait l'amour, avec langueur cette fois-ci, si lent, si doux, si caressant, et c'était incrédule qu'elle avait senti un volcan monter à nouveau en elle et exploser dans ce cri de délivrance qui lui avait arqué tout le corps. Longtemps, elle s'était abandonnée à ces tremblements et ces frissons qui avaient été si longs à s'éteindre.

Elle buta du pied sur un caillou, et Pierre se retourna sur elle, l'œil moqueur :

« Eh ! Ma belle… À quoi tu rêves, encore ? Pas à ton vieux benêt de mari, tout de même ? »

Elle rougit et se mordit les lèvres : qu'avait-il besoin de remuer le fer dans la plaie ? Oui, elle était folle ! Qu'est-ce qui lui avait pris, de fuir ainsi la Besancière ? Depuis la démence de cette nuit d'ivresse, Pierrot avait joué avec elle au chat et à la souris, la surprenant n'importe où et à n'importe quel moment : chaque fois ils s'étaient livrés à la sauvette à ces exercices amoureux dont elle ne se lassait pas. Un peu comme un jeu… Chaque nuit, dès que Maximin ronflait, ils s'étaient retrouvés dans l'herbe sèche ou sur la paille pour s'adonner plus longuement et plus passionnément aux joies du corps. Et puis, à la veille de prendre congé, Pierrot avait cherché son regard : « Pourquoi ne partirais-tu pas avec moi, Lise ? C'est palpitant, la vie de marchand ambulant, tu sais… Tu veux bien, ma belle ? » Elle ne savait toujours pas pourquoi elle lui avait répondu : « Oui ! » Un simple mot posé sur la table de la cuisine : *Désolée…* Un simple baluchon pour emporter quelques vêtements. Et elle avait suivi ce camelot de hasard au milieu de la nuit, abandonnant tout derrière elle !

Elle soupira, mécontente de ce remords larvé qui se diffusait en elle comme un poison. Pierrot lui jeta un regard en coin :

« Qu'est-ce qui ne va pas, encore ? Tu penses encore à ton trou à rats ? »

Ne pouvait-il lui parler de manière plus douce ? Précipitamment, elle protesta :

« Non, non… seulement le cuir qui me meurtrit les orteils !

– A-t-on idée, aussi, de vouloir prendre la route avec de telles chaussures ! » se moqua-t-il.

Elle se renfrogna, secrètement vexée par le ton mordant dont il avait usé. Elle ne regrettait pourtant pas encore la Besancière : c'était tellement grisant, la liberté ! Et c'était tellement excitant, d'aller ainsi de hameau en hameau, de col en col et de village en village, à l'allure indolente de cet âne amical ! Même ses fromages ne lui manquaient pas... La seule chose qui lui gâchait son bonheur tout neuf, c'était la peine qu'elle savait avoir laissée derrière elle : Maximin devait être effondré par sa fuite, et elle l'aimait bien, malgré tout... « Il est solide, il s'en remettra bien ! » La voix de Pierre la fit sursauter :

« Tu n'as qu'à monter en cul de charrette. Elle est presque vide, et ce n'est pas ton poids qui gênera beaucoup Blanchon !

– Non, non... Ça ira, je t'assure !

– Comme tu veux, ma belle... »

* *
*

Élise avait l'impression de marcher sur l'ouate légère d'un nuage éthéré, et un sourire un peu béat lui éclairait le visage... Tout n'était pourtant pas facile à vivre, aux côtés de Pierre Savagnon. Si sa façon de lui faire l'amour la comblait toujours de félicité, elle s'irritait souvent intérieurement de ses manières de soudard, de cette brusquerie qui la révoltait parfois, et de ses exigences aussi soudaines que fantasques... Elle ne lui en voulait pas vraiment : c'était si enivrant, de vivre auprès d'un tel homme ! Toujours en mouvement, toujours blagueur dès qu'il croisait quelqu'un et, contrairement à elle, si habile à se lier d'amitié avec le premier venu... Oui, elle l'admirait ! Malgré tous ces petits travers qui la chiffonnaient de temps à autre : où étaient passées sa tendresse et sa douceur des premiers jours ? Qu'était devenue l'expression si angélique qu'il affichait, lorsqu'il se vautrait désormais sur son corps en lui écartant trop durement les cuisses ? Elle secoua la tête : qu'importait ? Il savait si bien lui faire gravir toutes les marches d'un plaisir charnel qu'elle n'avait jamais cru possible ! Au terme de chaque étreinte, il la laissait toujours brisée de sensations nouvelles, anéantie d'une succession d'orgasmes qu'elle savourait des heures durant avant d'émerger d'une torpeur incroyablement délicieuse... L'amour la rendait tellement idiote qu'elle en était arrivée à rayer de sa mémoire l'existence même de son propre mari ! Seuls comptaient dorénavant les épices inconnus dont Pierrot des Fleurs aimait à pimenter l'acte d'amour... Toujours inventif, joyeux, turbulent, et incroyablement charmeur. Qu'elle était loin, la routine des nuits passées dans le lit de Maximin !

Elle leva la tête pour mieux apprécier le ciel bleu lessivé qui se découpait dans le labyrinthe dessiné par la bordure des toits : Genève ! Genève et ses rues commerçantes, avec ses rangées d'immeubles cossus dont le rez-de-chaussée abritait des boutiques d'un tel luxe qu'elle n'aurait jamais osé mettre un pied... Mais quel ravissement des yeux, à contempler ces vitrines derrières lesquelles des mannequins figés portaient d'aussi magnifiques robes ! D'aussi beaux chapeaux ! Et des manteaux de fourrure à faire pâlir d'envie les bourgeoises de Paris... Oh ! Bien sûr, Élise savait que de telles tenues n'étaient pas pour elle, mais il était si bon de rêver... Rêver d'être une autre, dans un autre milieu, avec d'autres moyens que ceux de sa pauvre bourse ! Que n'avait-elle osé s'enfuir en s'emparant des économies de la Besancière ? Après tout, c'était bien grâce à ses fromages qu'elles avaient considérablement gonflé, ces derniers mois ! Mais il ne servait à rien de ressasser le passé : elle préféra ouvrir les yeux sur cet environnement nouveau pour elle... Genève !

Jamais elle n'avait mis les pieds dans une aussi grande ville, et cette expérience lui procurait un sentiment d'ivresse. Jusqu'alors, elle n'avait connu que les gros bourgs de la plaine, ainsi que cette ville de Gex où Maximin l'avait emmenée, lorsqu'il avait acheté chez son cousin ce beau fourneau flambant neuf ! Maximin ? Non, il ne fallait plus qu'elle pensât à lui... Seulement se laisser emporter par le plaisir de la découverte : c'était comme un moment magique, que de déambuler sur cette esplanade bordée d'arbres aux feuilles naissantes, que de suivre une rue si animée, avec ces fiacres et ces carrioles qui se croisaient, ces cyclistes en costume qui serpentaient au travers du trafic, ces piétons qui se bousculaient le long des trottoirs et des échoppes ! Ainsi, c'était cela, Genève ? Elle regretta un instant de n'avoir pas Pierre auprès d'elle pour la guider en ce monde inconnu, mais le marchand ambulant avait d'autres choses à faire : il se devait d'acheter et de négocier le chargement de sa carriole nécessaire à son commerce ambulant ! Aussi l'avait-il laissée, le matin même, au cœur de la grande cité.

« À plus tard, ma belle Lise...

– À ce soir...

– À ce soir ou à demain... Ou peut-être après-demain ! Les tractations, ça ne se conclut pas toujours comme on veut, tu sais...

– Mais comment et quand nous retrouverons-nous ?

– La belle affaire ! avait raillé le camelot. Quand, je ne sais pas... Pour où, tu retrouveras bien l'auberge dans laquelle nous nous sommes arrêtés hier soir ! À proximité du Pont de Carouge... Tu te rappelles : *Au Bon Bec* ! »

* *
*

Oui, elle se rappelait... Pourquoi la laissait-il ainsi, seule au milieu d'une métropole dont elle ignorait tout ? Mais enfin, elle commençait à connaître « son » Pierrot : toujours l'aventure, rien que l'aventure ! Et, pour l'instant, mieux valait profiter des charmes de la grande cité, puisqu'elle avait la chance de pouvoir enfin y flâner autant qu'elle le souhaitait...

Genève... Si le fait d'y mettre les pieds la ravissait, les dimensions de la ville l'affolaient un peu. Arriverait-elle à ne pas s'égarer, au milieu de toutes ces rues, ces croisements, ces places et ces squares ? Entre ces alignements de maisons qui lui donnaient le vertige, avec leurs quatre ou cinq étages. Jamais elle n'avait vu de bâtisses aussi hautes, et jamais elle n'aurait pensé qu'il pût en exister autant, collées les unes aux autres à longueur d'avenues ! Mais ce qui lui flanquait vraiment le tournis, c'était cette agitation incessante, cette foule de piétons et de véhicules qui se croisaient et se froissaient, toute cette animation bruyante qui l'assourdissait… À tel point qu'elle avait envie de se mettre à courir, elle aussi, sans savoir si c'était pour se fondre dans cette multitude affolée ou pour la fuir !

Elle parvint enfin en bordure du Rhône et souffla un peu : le quai s'ouvrait devant elle comme un havre ! La jeune femme resta un long moment en arrêt face au large pont qui franchissait le fleuve : quelle œuvre impressionnante ! À la teinte des pierres, elle comprit que l'ouvrage était neuf, et ne put s'empêcher de s'étonner de ses dimensions, de ses trottoirs et des rails qui le traversaient. Un vieil homme assis sur une caisse en bordure du quai l'observait d'un œil amusé. Retirant la pipe éteinte de sa bouche, il l'apostropha :

« Hé ! Petite dame… On n'est pas d'ici, on dirait ? »

Élise lui fit face en souriant :

« C'est la première fois que je mets les pieds dans cette ville… Et j'admirais ce pont ! Superbe ! Jamais je n'en ai vu de semblable…

– C'est le pont de la Coulouvrenière… Avant, il était en métal, mais trop léger pour supporter le poids du tramway venant de la gare de Cornavin, juste en face ! Il a été refait à neuf, en pierre et en béton, et n'a été achevé qu'en avril dernier…

– Je me disais, aussi…

– Oh ! Il est moins large que le pont de l'Île, qui est sur votre droite… Quant à celui sur lequel il y a le plus de circulation, c'est le pont du Mont-Blanc, le premier sur le Rhône, en limite du lac !

– Merci, monsieur… »

Elle salua le vieux Genevois, puis s'engagea sur le pont, attirée par ce square qui, de l'autre côté, étalait sa verdure rassurante.

* *
*

Pierre Savagnon n'avait plus sa réputation à faire, et il savait aller vite conclure ses achats avec ses fournisseurs habituels... Depuis le temps qu'ils se connaissaient ! Le colporteur avait pourtant ses petits mystères, qu'il entendait bien conserver... Aussi ne répondit-il que par un sourire lorsque son revendeur attitré lui demanda :

« Mais dis-moi, Pierre, comment fais-tu pour passer à la barbe des douaniers tout le tabac que tu m'achètes ? La plupart de mes clients se font prendre au bout de deux à trois voyages ! Tu dois bien avoir un "truc", non ?

– Secret professionnel ! » répondit-il avec une mimique éloquente.

L'homme pouffa :

« Je savais bien, en te posant la question, que tu ne me répondrais pas... »

Pierrot rigola :

« Alors, pourquoi la poses-tu ?

– Histoire de te faire payer un coup, bien sûr !

– Il n'est pas besoin de tels arguments pour que je sache commander un verre à la santé de tous ! » répliqua-t-il.

Un concert de cris enthousiastes envahit le débit de boisson, et Pierre se retrouva vite entouré de toute part. Chacun le chahuta gentiment, jusqu'à ce qu'un consommateur le connaissant depuis des années lui tirât une bourrade amicale dans le dos :

« Mais dis-moi, Pierrot des Fleurs, tu ne vas pas me dire que tu traînes ce soir les bistrots parce que tu n'as pas de drôlette pour accompagner ta nuit ? »

Le camelot éclata de rire :

« Certes non ! Au contraire... J'ai même trouvé une gentille donzelle qui a quitté son mari pour me suivre, mais je la trouve un peu trop collante à mon goût ! Faudra même que je m'en débarrasse au plus vite, dès que j'aurai fait le tour des... satisfactions qu'elle peut encore m'offrir… C'est la raison pour laquelle, ce soir, je préfère rejoindre ma "Genevoise attitrée", qui sait se montrer insatiable dès que je passe quelques jours dans votre bonne ville !

– Hé ! Tu veux parler de Mélanie, toi ? Elle n'a pas besoin de t'attendre pour se montrer tout aussi insatiable avec le premier beau gosse qui passe à sa portée ! »

Pierre éclata d'un rire franc et sonore :

« Ah ! ah ! Grand bien lui fasse, je ne suis pas jaloux. Tout ce que je demande, c'est qu'elle se montre aussi ardente qu'elle l'a été lors de mon dernier séjour…

– N'en doute pas ; elle a vraiment le feu où je pense, la Mélanie !

– Sans doute… répliqua Pierrot. Mais elle sait s'en servir, elle ! »

XXIV

« Élise ! Élise ! Élise... »

Ce matin-là, Maximin se réveilla après un sommeil qui lui avait été réparateur : les maux de dos qui le persécutaient depuis des années ne le harcelèrent pas dès qu'il eût ouvert les yeux. Il s'étira : une bonne journée en perspective ! Il ne s'aperçut qu'alors que la place près de lui était vide : « Déjà levée ? » Ah ! Cette Élise, avec ses fromages ! Il tâta le drap pour s'apercevoir qu'il était froid : « Un bon moment déjà qu'elle a dû mettre le pied par terre ! » Dommage ! Pour une fois, il se sentait prêt à lui jouer le grand jeu, et assez en forme pour la conduire aux plus belles félicités qui se puissent atteindre en couple ! Le désir raide sous la chemise, il se leva, jeta une robe de chambre sur ses épaules, puis descendit jusqu'à la pièce principale : personne ! Il n'était pourtant pas dans les coutumes d'Élise de négliger le sacro-saint rituel du déjeuner matinal !

Ce ne fut qu'alors qu'il vit le rectangle de papier blanc sur le plateau de la table, et qu'il pressentit aussitôt le pire : les jambes molles, le cœur à vif et la désespérance au cœur, il mit un temps infini à s'en approcher, puis à le déplier :

Désolée...

Trois petites syllabes écrites d'une main malhabile. Trois petites syllabes qui sonnèrent en lui comme un glas... Inerte, il se laissa tomber sur le banc avec la sensation de peser des tonnes.

Bon Dieu ! Comment n'avait-il rien vu venir ? Et, bien sûr, c'était à cause de ce salaud de camelot !

« Le diable l'emporte ! » fulmina-t-il, impuissant.

Bizarrement, il n'en voulut pas à Élise. Depuis le temps qu'il la négligeait ! Depuis le temps qu'il s'endormait, épuisé de labeur, plutôt que de s'abandonner à ses mains, ses lèvres, son corps... « Voilà ce que c'est que d'avoir une femme jeune ! » Oui, il devait reconnaître que l'acte physique qui lie deux êtres dans un même lit n'avait plus pour lui la même importance impérative que vingt ans plus tôt... Il jura : il était encore vert, pourtant ! Pourquoi n'avait-il alors pensé qu'à lui, qu'à son sommeil, plutôt que de consentir à ces joutes amoureuses qui le sublimaient pourtant d'une incroyable félicité ? Par paresse, ou plutôt par routine ?

« C'est vrai, crétin que je suis ! Tout cela est de ma faute... »

Il se redressa, un immense vide au creux de l'estomac, et se rua vers la porte :

« Élise ! Ma Lise ? Oh ! Non... Lise ! Lise ! »

Et seulement cet écho lugubre que bégayaient les coteaux et les versants des prairies et des bois... Seulement cette énergie qui fuyait de lui comme d'un tonneau éventré... Sans force, il se laissa tomber à même le sol, des sanglots silencieux hoquetant dans sa gorge. Ah ! Qu'il eût aimé réussir à pleurer vraiment ; ces pleurs secs et amers étaient tellement plus douloureux !

Comme un pantin démembré, il rejoignit sa cuisine d'un pas désarticulé, titubant comme un homme ivre. Il s'affala sur le banc et se prit la tête à deux mains : qu'allait-il devenir, maintenant ?

« Ma Lise... »

Qu'allait-il devenir, sans elle ? Que n'avait-il su lui montrer et lui dire à quel point elle comptait, pour lui ? À quel point elle était un soleil dans sa vie ! Et ce au moment où il se croyait trop vieux, trop cassé, trop désabusé par les malheurs... Bien sûr, il n'avait pas su lui offrir ces douceurs et ces belles toilettes dont sont si friandes les femmes ; bien sûr, le domaine ne procurait pas assez d'argent pour qu'il pût prétendre lui faire oublier la dureté de la vie à la Besancière par un peu d'aisance et de distractions… Mais il se reprochait surtout, trop tard, de l'avoir laissée si seule dans ces murs, sans l'avoir accablée de ces petits gestes de tendresse qui rendent l'existence plus facile ! Qu'il avait été bête, bon Dieu !

« Lise ! Non, Lise… Mon Élise… »

Maximin s'effondra face en avant sur la table, et les larmes franchirent enfin le barrage de ses cils. Qu'allait-il devenir, maintenant ? C'était un peu comme s'il était devenu veuf une seconde fois ! Seul à la Besancière, jamais il ne pourrait s'occuper du domaine ! Et puis, à quoi bon, d'ailleurs ? Pour qui ? Sans Élise dans ses murs, la ferme était une ferme morte… Abruti, sonné, le brave homme resta une éternité sans bouger, trop anéanti pour avoir seulement la force d'assécher en pleurs toute la désespérance de son corps. C'était comme si une griffe immonde l'écorchait de l'intérieur, le lacérait, lui arrachait les entrailles, comme si une lave atroce coulait dans ses veines, qu'un brasier brûlait en sa gorge, avec ce cri muet qui se répercutait sous son crâne comme un gong : « Élise ! Élise ! Élise… » Comme si, jusqu'à la fin de ses jours, la plus petite parcelle de son corps ne serait plus que souffrance…

Des heures sans bouger. Des heures, sans pouvoir penser… « Élise ! Élise ! Élise… » Des heures à ne plus exister, à être transparent, figé, minéral… « Élise ! Élise ! Élise… » Des heures… Et puis ces meuglements désespérés qui s'infiltraient enfin jusqu'à sa conscience égarée : les vaches ? Hébété, il leva un regard flou sur la grande horloge qui hachait l'air statique du cisaillement indifférent de son balancier : 3 heures de l'après-midi ? Déjà ? À croire que les aiguilles s'étaient emballées, le temps de sa prostration ! Et les vaches qui continuaient à beugler : bien sûr, les mamelles gonflées, elles commençaient à souffrir de n'avoir pas été traites… Maximin n'eut pas la sensation que c'était son propre corps qui se redressait du banc, ses propres jambes qui chancelaient, ses propres pieds qui passaient le seuil pour se diriger vers l'écurie. Un autre lui-même, que l'instinct atavique de générations de paysans tirait vers ce qui était le devoir le plus élémentaire d'un fermier... Machinalement, il s'assit sur son tabouret, face à Fifine, la vache préférée d'Élise. Il rinça les trayons de son chiffon humide, se graissa les mains au suif, pressa le pis pour faire gicler au sol le premier jaillissement de lait, puis il pressa alternativement les trayons d'un geste mécanique, sourd au crachotement régulier des jets qui frappaient en moussant les parois de la boïlle...

* *
*

Depuis quand n'avait-il pas mangé ? Il n'en avait pas le souvenir... Sans doute avait-il grignoté sans même s'en apercevoir un quignon de pain ou un bout de fromage, mais il n'aurait su le dire... S'il s'était couché, c'était tout habillé, et sans avoir conscience de s'être endormi vraiment. Oh ! Bien sûr, il avait « *traisé* » les vaches, par habitude, par devoir ancré au plus profond de lui-même, mais il avait ensuite versé le lait dans la rigole de l'abreuvoir. À quoi bon ? C'était à peine s'il avait chargé de quelques fourchetées de foin la mangeoire du bétail lorsqu'il meuglait trop... Quant aux poules et aux lapins, tout comme la truie qui braillait avec ses porcelets dans les pattes, ils pouvaient bien attendre !

Une fois de plus, il était assis sur la marche du seuil de sa demeure vide, en bras de chemise malgré l'air mordant. Il ne bougea pas un cil en voyant s'approcher cette charrette au bout du chemin. Il ne bougea pas une oreille en l'entendant s'arrêter face à lui. Il ne fit pas un mouvement lorsqu'un homme en descendit pour s'approcher :

« Qu'est-ce qui se passe, Maximin ? Que ça fait trois jours que tu ne nous as pas livré le lait, à Valtay ! On commençait à s'inquiéter, la Clarisse et moi... »

« Le » Martin ? Maximin leva sur lui un regard vide, avec une expression si désespérée que son visiteur s'alarma :

« Qu'est-ce qui se passe ? Un drame ? »

« Élise ! Élise ! Élise... »

Oui, un drame... un véritable drame ! Toujours sans bouger, le pauvre homme se contenta d'acquiescer du menton, puis il força l'écluse de sa gorge pour lâcher d'une voix rauque :

« Élise... »

Martin Lautry sentit son cœur bondir :

« Ta Lise ? Il lui est arrivé quelque chose ? Elle a eu un accident, une maladie, pire encore ? »

Ah ! Ce regard de détresse infinie :

« Elle est partie... »

Martin soupira de soulagement : il l'aimait bien, la petite Chenaillet ! Et il avait eu crainte, un instant, qu'il ne lui fût arrivé malheur. Il s'assit près de Maximin à même la pierre, lui passa une main sur le dos :

« Allons, raconte-moi, ça te fera du bien ! Que s'est-il passé ? »

Maximin eut un sursaut, comme s'il voulait échapper à l'emprise de son voisin : de quoi se mêlait-il, celui-là ? La chape de la lassitude lui retomba sur les épaules, et il se tassa un peu plus.

« Elle est partie... répéta-t-il d'un ton monocorde.

– Mais partie où ? Pourquoi ? Vous vous êtes disputés ? »

Maximin soupira et mit un temps à répondre, avec un sentiment d'impuissance mêlé de honte :

« Elle est partie avec... avec ce camelot de malheur... Tu sais : Pierre. Pierre Savagnon ! »

Martin souffla de soulagement et se mit à rire doucement :

« Ah ! ce n'est que cela ? »

Le sang bouillonna soudain dans les veines de Maximin, qui se dressa d'un bond en saisissant son visiteur par le col de la chemise :

« Parce que ça t'amuse, toi ! » hurla-t-il, les yeux exorbités.

Martin se dégagea et se leva pour faire un pas en arrière :

« Crie, mon gars... crie ! Ça ne peut te faire que du bien... Et je préfère te voir ainsi, en colère, plutôt que prostré comme un mort vivant !

– Ça t'amuse ? brailla de nouveau le mari trompé en furie.

– Calme-toi, Max… Ça peut arriver à n'importe qui, tu sais. Va savoir ce qui se passe dans la tête d'une femme ! Et le Pierrot des Fleurs est un sacré luron qui sait plaire aux donzelles… Je ne vois pas ce qu'elles lui trouvent, d'ailleurs ! Mais rassure-toi, elle va te revenir, ta Lise…

– Qu'est-ce qui te fait dire ça ? Elle est partie, elle est partie !

– Allons… Le Savagnon, il est connu comme le loup blanc, dans le pays ! Et ce n'est pas le genre de gars à s'encombrer longtemps d'une de ses conquêtes… Son jeu, c'est qu'elles lui tombent dans les bras. Après, ça ne l'intéresse plus !

– Tu crois ?

– Puisque je te le dis ! Bien sûr, ta Lise a eu tort de le suivre… Mais sa vie n'est pas vraiment drôle, à la Besancière, et je comprends qu'elle ait pu se laisser tenter par ce beau parleur ! Ce n'est pas une excuse, bien sûr, mais elle ne sera pas longue à le regretter et à se rendre compte de son erreur… Je ne serais d'ailleurs pas étonné que le Pierrot se soit déjà mis en chasse d'une autre proie ! Elle y mettra le temps qu'il faudra, mais elle reviendra, j'en suis sûr… »

Maximin, subitement muet, resta figé face à son voisin de Valtay, la bouche ouverte, comme s'il cherchait à bien s'imprégner de ses paroles… Il chercha à imaginer Élise, avec son baluchon, qui réapparaîtrait là-bas, tout au bout de la cour, penaude et la tête basse. Mais lui, Maximin, saurait-il fermer les yeux sur ce faux pas ? Oui, bien sûr : il aurait tellement de joie à la revoir qu'il lui pardonnerait dans la seconde, et que jamais il ne lui reparlerait de cette trahison ! Il se jurait même que, si elle lui revenait, il ferait tout pour lui rendre la vie plus agréable, se promettant de l'emmener jusqu'à la ville, de lui offrir ces vêtements dont rêvent toutes les femmes, de la dorloter et de la choyer pour que plus jamais elle n'ait la tentation de le fuir, de fuir la Besancière… Un espoir soudain gonfla dans sa poitrine, et ce fut avec des yeux plus vifs qu'il répéta :

« Elle reviendra, tu dis ?

– Mais oui… Où veux-tu qu'elle aille, une fois que son joli cœur de colporteur l'aura abandonnée comme une vieille godasse trouée ? Et puis, malgré ce qu'elle a fait, tu sais bien qu'elle a du “sentiment”, pour toi !

– Oui, je sais… Elle m'a même laissé un mot, un seul, sur un bout de papier : *Désolée…*

– C'est l'ennui, tout ça… L'ennui d'un domaine où il ne se passe jamais rien et où elle ne voit jamais personne ! Faut la comprendre : c'est pas une vie, pour une jeune femme. Et elle a beau t'aimer, Maximin, ça ne fait pas tout ! Elle a eu un coup de folie, pas plus. Mais ça lui passera bien vite… »

Martin recula d'un pas, puis s'exclama :

« Bon Dieu ! Si tu voyais la tête que tu as ! Il faut te reprendre, mon vieux… Allons ! Va donc te laver et te raser, et puis manger aussi ! Tu ne voudrais pas qu'Élise te retrouve dans cet état, si elle revenait ?

– Non, c'est vrai… »

Son estomac se rappela bruyamment à son souvenir, et il ajouta :

« C'est vrai aussi que j'ai faim… »

Rendu plus confiant, il réintégra la grande pièce de son logis, suivi par Martin.

« Merci…

– De quoi ?

– De tout ! Je ne savais plus où j'en étais, tu comprends ? Pour un peu, je me serais détruit…

– Ne dis donc pas de bêtises ! Et sers-moi donc un canon, que tu m'as foutu la peur de ma vie ! Parce qu'on vous aime bien, tous les deux… Et la vie, c'est pas toujours simple… Surtout de par chez nous ! »

* *
*

Non, ce n'était pas toujours simple, la vie ! Surtout seul... À chaque instant, où que ce fût, il ressentait l'absence d'Élise comme une présence réelle : la présence du vide qui l'habitait ! Au moindre bruit, à la plus petite ombre, il sursautait, s'attendant à la voir, là, face à lui, les bras ouverts et le sourire aux lèvres... Chaque heure au cadran, le soir, se décomposait en minutes qui pesaient des siècles... Et le sommeil, dans ce grand lit trop froid, était si long à venir ! Comment ne s'était-il pas rendu compte, au fil des ans, combien était essentielle pour lui la tiédeur du corps de sa femme sous les draps ? Son souffle discret lorsqu'elle dormait... La façon si attendrissante qu'elle avait de se coller contre lui, en glissant ses pieds sous ses cuisses pour réchauffer les siens... Souvent, il la cherchait pour lui prendre la main, et ne trouvait plus que la toile froide et raboteuse ! Souvent, il se réveillait en sursaut pour palper la couche près de lui, et se recroquevillait dans sa déception, frustré d'avoir cru à un miracle : Élise n'était pas là ! Où pouvait-elle être, d'ailleurs ? Toujours avec cet escroc, ce charlatan, cet aigrefin ? Ou bien seule et abandonnée dans une grange, désemparée, éperdue, regrettant la lubie qui l'avait poussée à fuir la Besancière et un époux qui l'aimait ?

Il grogna en se retournant sur son matelas trop rêche, en s'emparant de son oreiller comme s'il se fût agi du corps de son épouse. Comme elle lui manquait ! Il l'aimait toujours, c'était sûr, et n'espérait rien d'autre que la voir se découper enfin dans l'encadrement de la porte pour se couler dans le lit, souple et légère, après avoir gonflé l'édredon de quelques coups de paume, avec cette lueur si troublante au fond des yeux qu'elle avait lorsqu'elle désirait qu'il la prît, là, tout de suite, le souffle court et l'impatience au ventre ! Mais non ! Il restait seul et n'arrivait plus à le supporter, avec l'impression de se désagréger peu à peu, comme ces branches brisées qui se réduisent en poussière, là-haut, dans les forêts, l'espace d'une saison...

« Mais elle reviendra ! Oui, elle reviendra... »

« Elle reviendra ! » Martin le lui avait bien dit... Il y avait pourtant près de trois semaines qu'il l'attendait en vain, guettant à chaque instant sa silhouette familière, si fragile, tout au bout du chemin ! Et, plus d'une fois, au hasard des facéties des brumes matinales qui s'effilochaient entre les sapins, il avait cru que c'était elle, si hésitante, si menue… Puis un coup de vent éparpillait en volutes éphémères les chimères de ses illusions. Oh ! Bien sûr, il y croyait encore ! Sinon, pourquoi aurait-il continué à s'occuper de ses vaches, à collecter le lait et le descendre jusqu'à la ferme de Valtay ? Pourquoi aurait-il encore labouré cette dernière parcelle ? Et aiguisé ses faux pour les premières fenaisons ? Mais, seul, c'était trop dur, bien trop dur, et il doutait de pouvoir continuer longtemps ainsi… Heureusement, Martin Lautry se proposait toujours pour l'épauler, et tout se passait mieux qu'il ne l'avait craint : c'était tout de même bon, l'amitié !

Enfin, tout irait mieux lorsque sa Lise serait là ! Il n'en doutait pas : c'était forcé, « elle reviendrait… »

XXV

Passage à gué

C'ÉTAIT UNE COUCHE PIQUANTE de paille rude, comme chaque nuit… Inconfortable et puante ! Avec la poussière de foin qui grattait le nez, l'herbe sèche froissée qui irritait la peau… Élise soupira et changea de position. Jamais elle n'aurait imaginé que c'était cela, les délices des voyages que lui avait vantés Pierre ! Pierre… Elle ne le voyait pas dans l'obscurité de cette nuit sans lune, mais elle ne pouvait ignorer les ronflements sonores qui émanaient de son sommeil. Il ronflait toujours fort, lorsqu'il la rejoignait tard après avoir bu plus que de raison ! Elle ne lui en voulait pas, d'ailleurs, mais commençait à se rendre compte que l'existence que lui faisait mener le joyeux colporteur était loin de correspondre à celle qu'il lui avait décrite… Oh ! Elle n'en était même pas déçue, tellement cette errance de village en hameau offrait de variétés, de surprises et de rencontres : c'était tellement plus passionnant que d'avoir l'impression de mourir à petit feu dans cette ferme de montagne où jamais personne ne passait !

« Oui, tellement mieux ! » En se ressassant une nouvelle fois cette vérité dont elle voulait se convaincre, elle grimaça : en était-elle si certaine ? Bien sûr, au début, c'était avec une énergie sans pareille qu'elle avait découvert de nouveaux paysages, côtoyé des gens sympathiques et d'autres moins, rencontré un monde inconnu, avec cette flamme qui brûlait en elle : la flamme d'un nouveau départ, celle de l'aventure ! Aussi se sentait-elle un peu aigrie, de jour en jour, de sentir ces sensations s'émousser, comme se meurt un incendie dans le rougeoiement timide de ses dernières braises… Oh ! Elle ne regrettait pas ! Pas encore… Mais tout ce qui l'avait portée jusqu'ici semblait s'affadir au fil des jours. Il fallait dire que Pierre avait bien changé d'attitude, depuis qu'ils avaient quitté la Besancière ! Au début, elle avait mis cette transformation progressive sur le compte du travail : il fallait bien qu'il gagnât sa vie, et le métier de colporteur n'allait pas sans aléas… Pourtant, plus elle y réfléchissait à longueur d'insomnies, plus elle doutait que ce fût là la cause de tout. Pierre avait sans doute toujours été ainsi, et le serait toujours !

Un peu dégrisée, la jeune femme se souvenait encore de sa passion des premiers jours, de cette gaîté qui la transportait dès que Pierrot posait les yeux sur elle, de ce brassage humide qui lui torsadait le bas-ventre au souvenir de leurs folles étreintes… Elle se souvenait de son bonheur à découvrir la grande métropole de Genève, entre le lac, son impressionnant jet d'eau, la rivière de l'Arve et le fleuve du Rhône. Ah ! Du quartier des Paquis à celui des Eaux-Vives, de Plainpalais à Carouge, elle s'était régalée d'être confrontée à cet univers citadin si nouveau pour elle. La foule l'avait malgré tout un peu effrayée, et elle avait préféré les grands parcs aérés qui parsemaient la ville ainsi que les rives du Léman, lorsque brumes et brouillards n'y rodaient pas : la Promenade du lac, l'Horloge fleurie, le Jardin anglais, et jusqu'aux immenses espaces verts qui bordaient le lac, un peu plus loin, et où les habitants aimaient à se promener…

Genève : le moment aussi de ses premières mélancolies ! Sous prétexte de négocier ses marchandises, Pierrot l'avait laissée dans ce petit hôtel durant trois jours sans donner signe de vie. Cela l'avait perturbée, partagée qu'elle était entre inquiétude et ressentiment, entre peine et colère ! Mais le camelot lui était revenu au troisième soir, le sourire aux lèvres et l'œil rieur, avec toujours à la bouche le mot pour rire, et c'était sous un baiser langoureux que s'étaient évanouis toutes ses craintes et tous ses griefs… Sans doute était-ce cela, l'amour ? Alors, pourquoi pensait-elle désormais si souvent à Maximin, qu'elle avait laissé seul sur ses montagnes là-haut ?

La charrette pleine, il avait fallu repartir sur les routes : Saint-Jean-de-Gonville, le col du Sac, Menthières, Lancbans, Confort, Montanges… Ah ! Non : Montanges, c'était l'étape suivante, et la nuit précoce les avait obligés à s'arrêter dans cette grange avant d'y être parvenus…

« C'est encore loin ? »

Il grogna, mécontent, en soufflant encore du sommeil auquel elle venait de l'arracher par ces quelques mots :

« Loin, quoi ?

– Montanges, bien sûr !

– Qu'est-ce que ça peut te faire ? Tu ne peux pas dormir, plutôt que de me réveiller pour rien ? Tu verras bien demain, si c'est proche ou loin ! »

Tandis que Pierre s'endormait à nouveau en quelques secondes, Élise continua à fixer le néant avec le sentiment qu'un étau invisible lui serrait la poitrine : pourquoi son nouvel amant se montrait-il si brusque avec elle, alors qu'elle s'efforçait sans cesse de lui être la plus agréable possible ? Elle ne comptait plus, depuis Genève, ses sautes d'humeur et ses colères subites, lui qui avait su se montrer si doux, si tendre, si attentionné ! La jeune femme ravala un sanglot silencieux : et si elle s'était vraiment trompée ? Si elle ne comptait vraiment pas pour lui ? Elle secoua la tête pour chasser cette pensée. Non ! C'était impossible… Impossible ! Pas lui…

Et pourtant, il était tellement méconnaissable, son Pierrot ! À tel point qu'elle n'osait plus lui dire un mot tant elle avait l'impression de l'agacer à la moindre parole… Pour ne pas le décevoir, ne pas le contrarier… Le soir, sur une balle de foin ou un matelas d'auberge, il lui tournait de plus en plus souvent le dos pour s'endormir aussitôt, comme le faisait Maximin. Et, quand il consentait à s'occuper d'elle, il la rudoyait et prenait son plaisir en égoïste, en la pilonnant sauvagement, comme une bête… À genoux et le vêtement troussé, des larmes dans les yeux, Élise avait alors le sentiment cruel d'être avilie, souillée, humiliée, et elle restait ensuite longtemps hébétée, insatisfaite et meurtrie. Où était le temps des caresses, des mots doux, des baisers fripons ? Celui des doigts papillons qui savaient si bien la faire frissonner de bonheur, celui de la lente excitation jusqu'à l'exacerbation du désir, celui de la montée inexorable de la jouissance et de ce cri commun de libération qui les unissait dans la même extase. Celui des corps alanguis qui reprenaient leur souffle, de la sueur partagée et des yeux dans les yeux, de ces doigts entrelacés qui cherchaient à retenir des sensations uniques et sublimes...

Qu'avait-elle fait pour qu'il la traitât ainsi ? Pour qu'il la considérât comme « sa » chose... Depuis quelques jours, il aimait à la prendre ici ou là, en pleine nature, au gré de son humeur. La première fois, cela lui avait plutôt plu, debout contre cet arbre sur le bord de la route, avec la crainte délicieuse de pouvoir être surpris par n'importe qui ! Mais la répétition de ce genre de situation avait vite effacé cette impression grisante, d'autant plus que Pierre se permettait de lui imposer ces rapports de manière de plus en plus rugueuse. N'avait-elle pas surpris une lueur presque méchante dans son regard, alors qu'il la malmenait sauvagement en la contraignant à rester à quatre pattes dans une rigole de purin ? Oui, elle devait admettre à contrecœur que la passion première s'étiolait à vue d'œil ! La jeune femme se trouvait tellement impuissante devant ce nouvel état des choses qu'elle se mordit le poing pour ne pas gémir et le réveiller. Elle commençait à en avoir assez, de ses caprices ! Ne l'avait-il pas obligée, le jour même, à se mettre à genoux ? Et, une fois débraguetté, à le prendre en bouche, et à subir ces va-et-vient rugueux qui lui avaient meurtri la glotte jusqu'à lui en donner des haut-le-cœur ? Ah ! Cette envie de vomir, lorsqu'il s'était épanché au fond de sa gorge ! Tout en crachant et en reprenant son souffle, elle en avait pleuré de honte et de rage sans pour autant se révolter : pourquoi était-elle aussi soumise à tous ses bons vouloirs ? Espérait-elle que ce n'était qu'un mauvais moment à passer, que tout pouvait encore s'arranger ? Elle se résolut à essayer de chercher le sommeil en se forçant à ne plus penser à rien…

* *
*

Malgré les interrogations secrètes qui la tourmentaient, Élise devait reconnaître qu'une fois de plus, elle s'était bien amusée en compagnie de « son » Pierre, dans ce bourg encaissé qui portait le nom de Giron… Car c'était un vrai spectacle que de le voir déballer ses produits, les vanter, les sublimer ! De l'entendre en décrire les plus merveilleuses vertus ! Comment ne pas l'admirer dans sa verve, ses gestes et ses intonations, ses plaisanteries, ses rires et ses facéties ? Un véritable comédien ! Un artiste dans son genre, dont le talent et la force de conviction faisaient merveille : que d'articles vendus, en quelques dizaines de minutes ! La jeune femme comprenait mieux comment elle était tombée sous le charme du bonimenteur, mais n'arrivait encore pas à le regretter. Grâce à lui, malgré les ombres qui obscurcissaient depuis peu son bonheur naissant, elle vivait une aventure qu'elle n'aurait jamais crue possible. C'était tellement grisant que de découvrir, jour après jour, des régions dont elle ignorait tout !

Pierrot s'arrêta soudain :

« Je crois que nous allons nous mouiller les jambes. La fonte des dernières neiges a grossi la rivière et il nous faut la franchir à gué !

– On pourrait peut-être continuer en aval jusqu'à trouver un pont, non ?

– Et pourquoi ? Tu as peur de te mettre de l'eau jusqu'aux genoux, peut-être ? Monte dans la charrette, alors… Mais ne te plains pas d'être secouée, il y aura des galets sous les roues ! »

Elle haussa les épaules : que lui importait de se tremper le bas de la robe, même si l'eau était encore bien fraîche ! Elle frissonna pourtant en s'engageant dans le courant à la suite du colporteur, lequel s'arrêta au milieu de la rivière pour se retourner sur elle, le pantalon largement ouvert.

« J'ai envie ! » grogna-t-il, le regard fou.

Bon Dieu ! Pour un peu elle aurait pris peur face à ce visage congestionné qui venait de prendre un masque presque méchant. Elle balbutia, hésitant à comprendre :

« Co... comment ? Là ? »

L'eau froide lui gelait les jambes et l'éclaboussait jusqu'aux cuisses.

« Oui, là ! Debout, les pieds dans l'eau, ça m'excite... Caresse-moi ! »

Elle le dévisagea, incrédule, puis son regard baissa pour le voir s'exhiber d'un geste indécent :

« Ma parole ! Mais tu es fou ? N'importe qui pourrait...

– Caresse-moi, je te dis ! »

Sa voix s'était faite dure et cassante, mais elle hésita pourtant. Allait-elle céder encore une fois ? Elle s'arma de tout son courage pour relever le menton :

« Non, Pierrot... Pas mainten... »

La bouche tordue par la rage, il l'attrapa violemment par les cheveux, la faisant vaciller, puis il la plaqua contre la roue de la charrette arrêtée au milieu du courant :

« Tout de suite, je te dis !

– Tu me fais mal, voyons ! »

Sans l'écouter, il lui releva la robe sur la taille, lui saccagea ses dessous, puis la cala durement contre le moyeu pour lui ouvrir de force les cuisses. Les joues inondées de larmes, Élise cria lorsqu'il s'enfonça en elle en lui froissant cruellement ses chairs les plus tendres...

« Tu es fou ! s'indigna-t-elle en sanglotant. C'est du viol !

– Ose dire que tu n'aimes pas ! » beugla-t-il en lui tirant la tête en arrière et en s'agitant de plus en plus brutalement en elle.

Non, elle n'aimait pas ! Secouée, malmenée, pantelante, elle chercha vainement son souffle, terrifiée par les traits de son amant qui laissaient transparaître ce qui ne pouvait passer que pour un rictus de haine : était-ce ainsi qu'il prenait son plaisir ? Résignée, elle le laissa s'agiter en elle sans rien ressentir d'autre qu'un profond dégoût, avec pour seule envie celle de vomir de cette abjection. Comment avait-elle pu se donner à un tel individu ? Comment avait-elle pu croire l'aimer ?

« C'est bon, hein ? » insista son amant en précipitant la cadence, les yeux exorbités et la bouche crispée.

Tout en se démenant à grands coups de reins, il lui glissa une main sous les fesses, les écarta, puis introduisit férocement un doigt rugueux entre…

« Ahâàa ! »

Elle hurla à pleine gorge en se cambrant et en ruant des jambes, mais Pierre réussit à la maintenir. En l'éclaboussant d'un rire graveleux, il se pencha sur son visage pour s'emparer de sa bouche et étouffer son cri. Tétanisée de souffrance, terrorisée, la jeune femme lui mordit alors les lèvres d'un coup de dents désespéré, et le camelot se rejeta en arrière en gémissant, le sang lui dégoulinant sur le menton. Rendu fou, il la gifla de toutes ses forces, envoyant Élise s'affaler la tête la première dans l'eau froide :

« Sale gouape ! »

Il remonta son pantalon et piétina dans le courant pour reprendre Blanchon en bride.

« Sale gouape ! Je ne veux plus te voir ! Et je te casse la tête si jamais tu t'avises encore de t'approcher de moi ! »

Toussant et crachant, les vêtements trempés et les tempes bourdonnantes, Élise tenta de se redresser dans le courant et chuta de nouveau :

« Mais… »

Avec un ricanement odieux, et sans même se retourner, Pierre Savagnon cria encore :

« Jamais, tu entends ? Jamais ! D'ailleurs, ce n'est pas une grande perte : tu ne vaux rien, en amour ! Rien de rien ! Tout juste bonne à soulager un vieux, et encore… Allez ! Blanchon, laissons là cette traînée… Il ne nous sera pas difficile de trouver mieux ! »

Les genoux meurtris, la conscience égarée, Élise pataugea lamentablement dans la rivière en regardant sans comprendre la charrette s'éloigner sur le chemin. Tout s'était passé si vite qu'elle avait du mal à reprendre ses idées : ce n'était pas vrai ? Il n'allait tout de même pas la laisser toute seule, là, dans l'eau, au milieu de nulle part ? Sans rien ! Les pieds glissant sur les galets, les cheveux dégoulinant plaqués sur le visage, elle rampa pitoyablement jusqu'à la berge en grelottant. Vainement, elle tenta de se réchauffer en tordant ses vêtements qui lui collaient à la peau en redessinant les courbes de son corps. Puis elle tituba à son tour sur le chemin d'une démarche ivre, en continuant à pleurer amèrement. Où aller ? Que faire ? Dans le brouillard de ses larmes, elle crut apercevoir une remise de pierre sèche en bordure d'une vigne, et s'y dirigea d'un pas chancelant. Qu'allait-elle devenir, maintenant ?

* *
*

Combien d'heures, entre ces murs sombres qui laissaient passer les courants d'air ? À claquer des dents en essayant de réunir sur elle la pauvre protection du tissu trempé de sa robe… Le corps secoué de spasmes, avec cette désespérance qui lui arrachait des sanglots continus. Des pleurs de honte et de rage, des pleurs d'humiliation, des pleurs d'impuissance… Qu'elle se sentait coupable d'avoir cru en cet homme ! Comment n'avait-elle pas su voir l'âme sombre qui se cachait derrière ce sourire qui avait si bien su la faire chavirer, jusqu'à tomber dans les bras de cette crapule ? Qu'on peut être bête, lorsque l'amour vous prend ! Mais était-ce bien l'amour ? Plutôt une illusion, à en juger de la triste manière dont se terminait cette folle aventure ! Elle s'essuya vainement les yeux : jamais toutes les larmes de son corps ne pourraient rincer la tache indélébile de sa déchéance… Qu'elle se sentait avilie… et inutile, désormais !

Le jour commençait à décliner lorsqu'elle arriva enfin à réagir contre l'engourdissement qui s'emparait d'elle. Il lui fallait absolument trouver un abri plus sûr : les nuits étaient encore très froides, et l'instinct de survie lui criait qu'elle ne devait pas rester là ! Hésitante, elle se remit péniblement debout, puis elle sortit de la remise à petits pas cassés, le regard vissé sur les ornières du chemin qui filait droit devant elle. Elle avança en cahotant, sans savoir où elle allait, sans savoir ce qu'elle ferait, sans un sou en poche et sans espoir en tête. La peau collée aux tissus gorgés d'humidité de ses vêtements, elle faillit crier sous l'emprise d'une rafale de vent plus glacée que les autres. Il lui aurait fallu marcher plus vite pour essayer de se réchauffer un peu, mais elle ne s'en sentait pas la force… Un cabriolet brinquebalant la dépassa au trot du cheval sans que quiconque ne lui portât attention, et elle n'osa même pas faire un signe de la main pour arrêter le véhicule. Trop de honte ! Trop d'amertume…

Dans le crépuscule naissant, elle devina enfin la masse sombre d'une ferme et se décida à l'approcher, sans savoir ce qu'elle allait dire, ce qu'elle allait demander… Rien, sans doute, sinon une petite place près de la cheminée, et un morceau de pain, peut-être ?

« Une mendiante ! fulmina-t-elle, écœurée. Voilà ce qu'il a fait de moi : une mendiante… »

Tout, mais pas ça ! Non ! Jamais elle ne se résignerait à frapper à cette porte ! Avisant un vaste hangar, elle devina qu'elle y trouverait du foin dans lequel elle pourrait trouver un semblant de chaleur… Et pourquoi pas quelques œufs à gober ? Elle n'eut pas plus tôt fait deux pas dans la direction du bâtiment qu'une meute de chiens hurlants se précipita vers elle, les crocs en avant et le poil hérissé. Aussitôt la porte de la maison d'habitation s'ouvrit :

« Qui que vous soyez, passez votre chemin ! cria une silhouette massive d'un ton bourru. Ici, on ne veut pas d'errants ni de miséreux !

– Mais… tenta-t-elle d'une voix peu assurée.

– Ici, on ne veut rien savoir ! Filez d'ici, sinon je décroche le fusil ! »

Élise n'eut pas le cœur à insister. Elle revint sur ses pas et rejoignit le chemin. Ainsi, c'était cela, l'hospitalité légendaire de ce pays ?

Il faisait nuit quand, enfin, elle devina les contours indistincts d'un village de grisaille… Transie, elle hâta le pas en direction de la petite agglomération, avec pour seul point de mire ce clocher élancé qui se fondait au ciel sombre. Une large rue bosselée, quelques rectangles de lumières qui trouaient les façades ternes, les aboiements d'un chien derrière un portail, un chat qui traversait furtivement la place, et l'église, là, comme un havre… Épuisée, l'esprit vide, elle titubait vers le porche lorsqu'une fenêtre de la maison voisine s'ouvrit :

« Vous vous trompez de porte, mon enfant ! L'église est bien glaciale, pour y passer la nuit… Attendez-moi, je vous ouvre celle de mon presbytère ! »

Quelques instants plus tard, le lourd battant s'entrebâilla sur un petit homme en soutane aux cheveux blancs… Élise bafouilla :

« Mons… monsieur le curé…

– Ce n'est pas le moment, ma fille, vous m'expliquerez plus tard ! Entrez : il y a un bon feu dans la cuisine, et la soupe bouillonne… J'aurai même un bon lit à vous proposer pour la nuit !

– Merci, monsieur le c…

– Mais, mon Dieu ! Vous êtes trempée, ma fille ! Entrez vite, entrez… »

XXVI

Le petit curé

QUE C'ÉTAIT TRISTE, la maison, sans la présence de Lise ! Et qu'il était dur de se lever, le matin, de quitter l'illusoire refuge des draps et des couvertures ! Il y fallait un courage qu'il n'avait plus, et c'était sans entrain qu'il se forçait malgré tout à descendre les marches de l'escalier de bois. Sans énergie qu'il remettait une bûche dans le fourneau. Qu'il réchauffait le café. Qu'il grignotait sans appétit un morceau de pain trop sec, et un bout de fromage dont il ne retrouvait pas la saveur… Ah ! La solitude ! Et la peine, surtout, comme une seconde peau : depuis quand n'avait-il plus ri ni même souri ? Depuis la fuite d'Élise, bien sûr ! Mais Élise reviendrait, il ne pouvait en être autrement, Martin le lui avait bien dit… Pourtant, les semaines s'ajoutaient aux semaines, et Élise n'avait toujours pas rejoint la Besancière ! Où pouvait-elle bien être ? Que faisait-elle ? Courait-elle toujours les routes en compagnie de ce salopard de colporteur et de son âne ? Et… Et s'il lui était arrivé quelque chose ?

Il haussa les épaules et quitta la table, en prenant bien soin de ne pas croiser son reflet dans le miroir terni. À quoi ressemblait-il, maintenant ? Amaigri, les yeux enfoncés dans les orbites, avec ce regard tragique qui lui faisait peur… Mal rasé, le cheveu en broussaille, et les vêtements sales ! Et lui, Maximin, qui ne parvenait pas à en avoir seulement honte… Avec lassitude, il prit la direction de l'écurie. Il fallait bien traire les vaches, livrer le lait à la ferme de Valtay ! Souvent, il s'y attardait, sans raison, sans même engager la conversation, juste pour avoir un peu de compagnie. Et, plus d'une fois, Clarisse Lautry avait insisté pour qu'il restât à manger. Il avait accepté, plus pour l'ambiance familiale de la tablée que pour le plaisir de savourer les plats de la cuisinière !

« Ah ! Oui... »

Il faudrait aussi qu'il prît le temps d'aller tourner les fromages d'Élise : il y prenait chaque jour un soin empli d'émotion et de nostalgie, mais se refusait à poursuivre l'entreprise de son épouse. Sans Élise, la fruitière de la Besancière se retrouvait de nouveau inutilisée... Et puis, bientôt, il pourrait descendre vendre dans la vallée les premiers comtés qu'avait confectionnés la jeune femme. Après ces quelques mois d'affinage, ils devaient être parfaits ! Il savait pourtant déjà que ce serait pour lui un crève-cœur de s'en séparer : ces belles meules blondes représentaient tout ce qui le rattachait encore à son épouse infidèle !

* *
*

Le prêtre avait vivement tiré une chaise à proximité de la cuisinière, puis s'était empressé de trouver une couverture pour en recouvrir les épaules de la jeune femme.

« Séchez-vous bien, ma petite dame... Et enveloppez-vous soigneusement. Il serait bien bête que d'attraper froid ! Les beaux jours ne sont pas encore tout à fait là... »

Élise se recroquevilla sur son siège en ramenant les pans de la couverture sur sa poitrine agitée de spasmes, puis, en s'efforçant de maîtriser ses claquements de dents, elle laissa la chaleur la lécher et apprivoiser son corps de douceur. « Dieu que c'était bon ! » Dans le même temps, elle sentait toutes ses dernières forces s'échapper d'elle comme d'une bassine trouée : trop de choses se bousculaient en son esprit qu'elle n'arrivait toujours pas à dissocier... En quelques secondes, Pierre Savagnon avait anéanti ses dernières chimères et ses derniers espoirs. Honteuse de la situation dans laquelle elle se retrouvait à cause de cet homme, elle gardait obstinément la tête baissée pour ne pas croiser le regard du petit curé qui, régulièrement, venait remuer la soupe qui mijotait sur la fonte du fourneau. Chaque fois qu'il soulevait le couvercle de la marmite, une bouffée odorante venait narguer son appétit et lui provoquait des gargouillements d'estomac douloureux : oui, elle avait vraiment faim, tout à coup ! Tellement faim qu'elle se surprit à saliver lorsque l'ecclésiastique posa deux assiettes sur la table...

« Mon enfant... Ça va un peu mieux ? Approchez donc votre chaise et venez manger. Se remplir un peu le ventre ne peut pas vous faire de mal, hein ? Et vous verrez, cette soupe va vous réchauffer l'intérieur aussi bien que mon feu vous a réchauffé l'extérieur... »

Le petit curé à la tignasse blanche s'empara d'une louche en s'exclamant :

« Et tant pis pour le *Benedicite*, aujourd'hui ! Vous ne m'en voudrez pas, Seigneur ? Un simple *Mon Dieu, bénissez ce repas...* suffira, hein ? *Amen* !

– *Amen*... murmura Élise en écho.

– Allez... N'attendez pas que ça refroidisse, malheureuse ! »

Donnant l'exemple, le brave homme commença à avaler cuillerée après cuillerée, après avoir soigneusement soufflé dessus pour ne pas se brûler la bouche, et la jeune femme l'imita en silence.

La pièce ne résonna plus que du chuintement discret et gourmand des déglutitions, distillant un calme envoûtant qui s'installa aussitôt dans les moindres replis de l'esprit de la jeune femme. Durant quelques instants, elle oublia tout, sauf la bienfaisante sensation du liquide chaud qui descendait l'œsophage et lui inondait le ventre ! Ah ! Ce bon goût de chou marié à la saveur du lard fumé, et ces morceaux de pommes de terre qui épaississaient le potage...

« Resservez-vous, je vous en prie !

– Non… non ! protesta-t-elle, le regard toujours fuyant.

– Resservez-vous, je vous dis. Vous en avez besoin, et ça me fait honneur ! »

Sans attendre de réponse, il versa d'autorité deux grosses louches supplémentaires dans l'assiette de la jeune femme.

Tout en avalant goulûment le contenu de son écuelle, Lise commençait à se sentir plus à l'aise : le manque de curiosité du curé quant à ses mésaventures avait de quoi surprendre ! Elle engloutit encore une belle portion de fromage, une tartine de confiture, et une pomme un peu ridée, avant de pousser un soupir de satisfaction. Elle se sentait enfin détendue… et repue…

« Mauvaise journée, dirait-on ? remarqua le petit curé comme s'il soliloquait. Mais qui se termine sans doute mieux que prévu, non ? »

Élise rougit. Elle ne pouvait tout de même pas éviter de fournir quelques explications à ce brave homme d'église ! Pas après la bonté dont il avait fait preuve à son égard…

« J'étais seule et je… j'ai été surprise par des… des malfaiteurs qui… qui m'ont tout pris ! Tout ! Au passage d'un gué et… et c'est comme ça que je me suis retrouvée trempée, et sans rien ! Et…

– T't't't… Inutile de m'inventer une belle histoire, petite dame ! Si vous ne voulez rien me dire, libre à vous… Je suis prêtre, mais certes pas juge. Et je n'ai d'autre mission que celle de soulager la misère qui se présente à ma portée, et d'aider qui en a besoin dans les limites de ce qui est dans mes possibilités ! N'en parlons plus, alors. Je vais vous montrer où dormir… »

Écarlate, la jeune femme baissa le nez sur sa confusion. Hésitante, elle admit pourtant :

« Vous avez raison, mon père… Mais ce péché de mensonge est bien véniel face au péché qui me vaut de me retrouver ici ! »

Le curé lui adressa un sourire très tendre, puis s'approcha d'elle très doucement, comme s'il voulait apprivoiser un animal sauvage, avant de lui poser une main paternelle sur l'épaule :

« La mansuétude du Tout-Puissant est infinie, mon enfant. Il ne faut pas vous juger plus mal qu'Il ne vous jugerait Lui-même !

Et s'Il m'a mis sur votre route, c'est bien pour que je vous écoute, non ? »

Élise avait tellement de poids sur le cœur et la conscience, tellement de peine et de déception, qu'elle se décida d'un coup à tout confesser :

« C'est une longue histoire, mon père… »

* *
*

« Oh ! Rousset… Bobiou ! Ohôôo… Ça suffira pour aujourd'hui ! »

À quoi bon labourer des étendues immenses, maintenant qu'il était seul ? À quoi bon ? Depuis le début de l'après-midi, il n'avait retourné qu'une demi-parcelle ! Et le courage lui manquait.

« Pourquoi m'échiner ? Cela suffira bien pour les quelques pommes de terres que je peux manger seul ! »

Pour le blé, il y avait déjà renoncé : trop de travail pour trop peu de profits ! Sans Élise à ses côtés, la vie lui semblait trop fade pour mériter qu'il s'échinât ainsi qu'il l'avait fait durant des années… Quant à la Besancière…

« La Besancière, elle peut bien crever, maintenant ! »

Maximin s'assit à même le sol, en bordure du champ, et il regarda longuement la propriété des Chenaillet. Celle de ses ancêtres depuis des générations. « Son » domaine… Les yeux tristes, il secoua lentement la tête, une expression désespérée au fond des yeux. Si Lise ne revenait pas, il savait déjà qu'il n'aurait plus la force de continuer ainsi, que tout s'effriterait ! Que tout était perdu…

Dans un regain d'énergie, il se releva avec l'envie de se faire mal, comme ça, pour rien, pour oublier un peu la peine qui le rongeait… D'un pas nerveux, il rejoignit la cour de la ferme, et fonça vers l'écurie :

« Viens, mon Diamant ! On va faire un petit tour, tous les deux… Et sans cette foutue charrette, pour une fois… Il y a longtemps que je ne t'ai pas sellé, hein ? »

Sans plus attendre, il équipa le cheval, qui se mit à piaffer d'impatience. Cette entorse à la routine des jours semblait l'enchanter ! Les larmes roulant sur ses joues hérissées d'une barbe grisâtre, Maximin enfourcha sa monture :

« Allez ! Diamant… En route pour Mijoux et ses cafés ! »

Avec un rire amer, il ajouta :

« Et j'espère que tu connaîtras le chemin pour me ramener ! Parce que je compte bien m'émerlucher jusqu'à rouler sous la table… »

Ce n'était certes pas une solution, et il le savait ! Mais il lui fallait quitter ces murs, s'enfuir loin de ces terres, même quelques heures, chasser de son esprit toute la souffrance qui y stagnait depuis trop longtemps… Voir d'autres têtes, et s'étourdir jusqu'à plus soif ! Lui, qui n'avait jamais bu plus que de raison… Ah ! C'étaient les habitués des débits de boisson alentour qui allaient être surpris !

* *
*

C'était à peine si le père Piron dépassait l'épaule de la jeune femme, mais il lui paraissait si grand, dans sa simplicité et sa bonté ! Les larmes aux yeux, Élise murmura, la gorge torsadée d'émotion :

« Merci, mon père… Merci… »

Ah ! Ce beau sourire placide, un peu nostalgique :

« Pas tant de mercis, mon enfant… Et que Dieu vous protège ! »

Ces petits pas à reculons, pour s'éloigner de la cure de Champfromier, ce petit geste d'adieu, puis cet effort pour tourner le dos au brave homme et s'éloigner, avec au cœur cette impression subite d'être de nouveau orpheline… Se retourner, renifler une fois encore ses émois, et enfin se décider à adopter une démarche plus décidée, tourner à l'angle de l'église pour emprunter la rue principale.

« Au revoir, père Piron… »

Le père Piron… Un véritable saint, qui avait su gagner sa confiance en quelques mots. Un ami ! À qui elle avait avoué sa folie, son adultère, sa trahison, et qui ne l'avait pas jugée…

« La nature humaine a ses faiblesses, mon enfant, et ce n'est pas à moi de vous en blâmer ! Votre repentance y suffit amplement…

– Jamais je ne pourrai me pardonner ma faute. Comment mon Maximin me la pardonnerait-il ? Comment Dieu lui-même le pourrait-il ? »

D'une voix très douce, le petit curé lui avait répondu :

« Sa mansuétude est infinie, ma fille… Et si Dieu a inventé le pardon, c'est bien parce qu'il nous a créés pour fauter ! Si les brebis ne s'égaraient pas parfois, elles n'auraient pas besoin de berger…

– Je me sens si coupable !

– “Faute avouée est à demi pardonnée”, dit-on. C'est pourquoi je ne vous demanderai pas pénitence… Si votre mari est un homme aussi bon que vous le prétendez, il saura faire de même ! C'est seulement dans les épreuves que l'on peut mesurer la profondeur des sentiments vrais… »

Élise avait beaucoup pleuré… Sur elle, d'abord, sur sa folie ensuite, puis sur le mal qu'elle avait fait à Maximin. Comment oserait-elle désormais se présenter devant lui ? Elle était restée deux jours dans la demeure du prêtre, le temps de reprendre un peu de courage, puis avait décidé de rejoindre la Besancière…

« Sans un sou en poche, ma fille ? Tenez, je ne peux vous faire l'aumône que de 3 francs… ainsi que d'une musette garnie de quelques victuailles !

– Mais… je…

– Si vous voulez gagner quelque argent pour le voyage et ne pas rentrer les mains vides, vous pourrez toujours travailler quelques jours ici ou là ? Tenez, présentez-vous de ma part au père Joseph, au village voisin de Chézery ! Ce n'est pas loin de Champfromier… Il saura bien vous trouver une place chez un des diamantaires de sa paroisse. On n'y a pas uniquement besoin de tailleurs, mais aussi de petites mains à tout faire... Ou alors dans une fromagerie... Mais ne vous y éternisez pas, surtout. La patience d'un homme a ses limites, et le vôtre ne vous attendra pas jusqu'au Jugement dernier !

– Merci, mon père... Je suivrai votre conseil ! »

Aussi était-ce armée d'une détermination nouvelle qu'elle filait vers la vallée, pour remonter la Valserine jusqu'à Chézery : après tout, c'était bien là sa route, pour rejoindre la Besancière !

* *
*

La nuit était tombée, mais le café pour lequel il avait opté ce soir-là ne manquait pas d'animation. L'atmosphère était bruyante et enfumée, et les éclats de voix se mêlaient en un brouhaha qui enivrait les oreilles... Maximin, à son habitude, se tenait à l'écart de toute cette agitation, accoudé à un coin de table dans l'angle le plus retiré de la pièce. Les yeux un peu flous, il fixait sans le voir le verre vide qui lui faisait face. Il releva soudain la tête et commanda :

« Clau... Claudin ! Une... au... autre bouteille ! »

Dieu ! Il ne reconnaissait même plus sa propre voix ! Le patron s'approcha de lui avec une moue contrariée :

« Tu ne crois pas que tu as assez bu ? Toi que je n'avais jamais vu avaler plus de deux verres à la suite ! Je sais que tu as du malheur... mais ce n'est pas une raison pour te mettre dans des états pareils. Ça n'arrangera rien !

– Occ... cupe-toi de ce qui te... te regarde, Claudin ! Et apporte-moi une autre bouteille ! »

Il accompagna ses paroles trébuchantes d'un coup de poing sur la table, et le cafetier soupira :

« Comme tu veux, Maximin... Moi, ce que j'en disais, c'est parce que je t'aime bien ! »

Le vin aidant, les consommateurs se tournèrent vers le buveur solitaire en rigolant :

« Eh ! Chenaillet… Voilà ce que c'est, de lever le coude quand on ne tient pas le coup !

– Et que de mettre dans son lit une jeunette, quand on ne peut plus la contenter !

– Allons, bois un coup ! La bouteille est plus fidèle qu'une femme, va… »

Maximin releva lentement le nez. Sourcils froncés, il menaça :

« Allez-vous me foutre la paix, nom de Dieu ? »

Sa voix avait grondé comme l'écho lointain de lourds orages, ce qui ne fit qu'exacerber l'hilarité des villageois :

« Ne dresse pas ainsi la tête, que tu vas t'entraver les cornes dans le plafond !

– Hé ! Comment tu vas passer l'hiver, sans ton Élise ? Si j'ai bien compris, ce devait plutôt être confortable, durant les froidures, une femme avec le feu où je pense ! »

Claudin Pradiaux s'interposa tout en essuyant un verre :

« Laissez-le donc tranquille, les gars… Maximin a déjà bien assez d'ennuis comme ça, vous ne trouvez pas ? »

Un des fidèles de son établissement s'esclaffa :

« Quand on a la chance, à son âge, de se trouver une femme aussi gironde, mieux vaut la mettre en laisse, si on veut la garder ! »

Maximin s'empourpra d'un seul coup, puis il commença à respirer bruyamment, les veines du front saillantes et la face congestionnée… Très lentement, comme s'il se forçait à contenir ses gestes, il quitta son siège pour faire front aux quelques plaisantins qui s'évertuaient à le faire sortir de ses gonds. Chacun se mit à rire de plus belle. Maximin était un être placide qui, de mémoire de villageois, n'avait jamais dit un mot plus haut que l'autre. Aussi, le voir ainsi prêt à s'énerver sous les quolibets ne pouvait qu'exacerber les moqueries ! Le Chenaillet de la Besancière n'était pas très grand, plutôt flegmatique en approchant la cinquantaine, et nul ne l'avait jamais vu se mettre vraiment en colère… Il cachait pourtant sous son apparence d'ourson débonnaire des muscles forgés par le travail dont nul ne se méfiait. Ce fut donc avec effarement qu'on le vit soudain rugir :

« Le premier qui ose encore médire de mon Élise, je l'écrase en bouillie ! »

Le premier moment de surprise passé, Claudin Pradiaux intervint :

« Allons, Maximin… calme-toi ! Et bois un verre, je te l'offre. Tu ne vas pas te mettre en rogne pour si peu ?

– Pour si peu ? s'indigna le brave homme. Je me calmerai si je veux ! »

Il reprit pourtant sa place sur son banc, et l'incident semblait clos lorsque l'un des clients jugea bon d'ajouter :

« N'empêche que sa Lise, elle l'a bel et bien fait cocu ! »

Il y eut un instant de silence fragile, puis Maximin bouscula sa table en émettant un barrissement rageur. De la main gauche, il agrippa le moqueur par le revers de la chemise, tandis que son poing droit s'abattait comme une masse sur le crâne de l'imprudent. Il ouvrit les doigts, laissant sa victime s'effondrer au sol, puis clama :

« Quelqu'un d'autre en veut sa part, bande de salauds ? »

Il avait un tel éclat fou au fond des yeux que chacun fit un pas en arrière. Un des buveurs s'exclama enfin :

« Non, mais vous avez vu ? Il nous a assommé Mimile ! »

Après quelques regards hésitants, les consommateurs firent cercle autour du mari d'Élise malgré les protestations désespérées du tenancier des lieux :

« Tais-toi, Claudin, cet abruti mérite bien une leçon ! »

L'union faisant la force, ce fut avec une assurance vengeresse qu'ils se ruèrent sur le malheureux Maximin. Ce dernier, les forces décuplées par la fureur et l'alcool, ne fit même pas un pas en arrière. S'emparant d'une chaise, il eut du bras un large mouvement de faucheur qui fracassa le siège sur plusieurs mentons aventureux, puis il se rua dans la mêlée en beuglant comme un dément. Au cœur du vacarme des pieds de table qui cédaient sous les assauts et des verres de bouteilles qui se brisaient au sol, des cris de douleur et des jurons fusèrent, tandis que Maximin décochait autour de lui coups de pied et coups de poing avec une hargne et une vivacité qu'il ne se connaissait pas…

À bout de souffle, la bave lui dégoulinant sur le menton, il s'arrêta enfin, un peu incrédule de n'avoir pas trouvé plus de résistance face à lui. Trois hommes étaient affalés par terre dans des positions grotesques au milieu des éclats de bois et des tessons de verre, un autre se tenait dans un coin, les lèvres éclatées et le front saignant, un autre encore rampait le long du bar en gémissant et en se tenant les côtes… Le patron du bistrot aboya :

« C'est du propre, que de se maltraiter comme ça pour des broutilles ! Et qui va me payer les dégâts, maintenant ? »

Vaguement dégrisé et conscient que c'était à lui que l'on devait ce désordre, Maximin balbutia :

« Mais… ce n'est pas moi qui… tu as bien vu qu'ils se sont… tous ligués pour me chercher noise, non ?

– Peut-être… mais ce n'était pas une raison pour tout mettre à sac dans mon établissement ! Je ne veux plus te revoir poser les pieds ici, Maximin !

– Mais…

– Plus jamais, je te dis ! Et file d'ici tout de suite, ou je m'en vais de ce pas prévenir les gendarmes ! »

Il baissa la tête, penaud, puis, sans un mot, récupéra son béret et sortit en titubant pour rejoindre Diamant. Il l'enfourcha maladroitement et joua des talons :

« Allons… partons d'ici ! Et je ne suis pas près d'y revenir… »

Comment avait-il bien pu perdre son sang-froid à ce point ? Et surtout se montrer aussi violent dans sa réaction ? Vraiment, ça ne lui ressemblait pas !

XXVII

À la veillée

JEANNE RECULET FRANCHIT LE SEUIL de sa porte pour assurer : « Vous avez le temps de boire un verre sous la tonnelle, les hommes : pendant ce temps, je vais faire chauffer la soupe et préparer le repas avec Eugénie... »

Elle disparut dans la cuisine, et son époux tira longuement sur sa pipe éteinte avant de chercher le regard d'Octave :

« Ainsi, ton garçon n'a pas voulu venir partager notre souper ?

– Mon garçon... Lequel ?

– Antoine, bien sûr ! Parce que l'autre, ce n'est même pas la peine d'en parler... Pour ce qu'il vous est utile, aux Fontanières ! »

Le vieux Vornex soupira :

« Antoine s'est mis en tête de préparer les faux. Il est plus que temps de faire les foins, non ?

– Plus que temps, en effet... admit Jules Reculet. Nous, nous en avons fini il y a bien une semaine ! Mais comment se fait-il que ton Toinou n'ait pas pensé à enchapler les lames durant l'hiver ?

– Il l'a fait... Et s'il a prétendu devoir s'y remettre aujourd'hui, je sais bien que ce n'est qu'un prétexte ! »

Jules releva le menton et ôta de sa bouche le tuyau de sa pipe :

« Il ne veut donc pas venir à Crépillon, si je comprends bien ? C'est un affront, tu sais ?

– Je n'y suis pour rien, Jules...

– Je sais, je sais…

– Il a beaucoup d'amitié pour les Reculet, mais… mais il ne veut pas entendre parler de mariage, voilà tout ! Et il devine bien, qu'ici, toutes les conversations tourneraient sur ce sujet s'il s'était rendu à votre invitation… »

Jules ne répondit rien, ou seulement par un soupir. Il lapa une gorgée de vin, puis contempla longuement l'horizon qui rosissait. Tiens ? Les Alpes et le massif du Mont-Blanc étaient bien nets, ce soir… Il soupira :

« Je crains que le beau temps ne dure guère… Faudrait pas que la pluie se mette de la partie avant que tu n'aies fini tes foins ! »

Octave haussa les épaules :

« Avec mon Antoine, nous faisons ce que nous pouvons, aux Fontanières… Mais avec Thibaud qui ne veut plus mettre les pieds aux champs, les retards s'accumulent !

– À ta place, celui-là, il y aurait longtemps que je l'aurais mis à la porte du domaine !

– Ce n'est pas l'envie qui m'en manque ! Et je suis bien sûr qu'il repartira de lui-même vers ses foutues villes… Mais… en attendant… il ramène un peu d'argent à la maison, avec ses pierreries !

– Ça ne fait pas tout !

– Non, ça ne fait pas tout, en effet… »

Les yeux perdus au loin sur les crêtes mauves des montagnes, les deux hommes semblèrent s'enferrer dans leurs pensées. Le jour faiblissait peu à peu, et le petit vent qui battait les versants depuis le matin cessa d'un coup ses assauts. De temps à autre, des hirondelles glissaient sur l'aile pour rejoindre l'un des nombreux nids qu'abritaient les poutres de la grange et de l'écurie… Puis Jules murmura :

« C'est quand même étrange, que ton Antoine se refuse à prendre femme ! »

Que répondre ? Octave toussota, puis lâcha :

« Nous n'en avons jamais discuté, lui et moi, mais il aimerait peut-être bien. Je crains seulement que ton Eugénie ne soit pas à son goût…

– Ah ? Ah bon... »

Jules mordilla une nouvelle fois le tuyau de sa pipe d'une dent contrariée. Puis il soupira :

« Elle est pourtant bien, mon Eugénie... Honnête et travailleuse ! Solide et de bonne santé ! Douce et tendre ! Je suis sûr qu'elle lui ferait de beaux enfants, à ton fils...

– Je n'en doute pas... Mais c'est lui qu'il faut convaincre, pas moi ! »

Octave savait bien que l'alliance entre les Fontanières et Crépillon serait une bonne affaire pour les Vornex, et que la survie du domaine passait sans doute par ce mariage ! Mais comment faire entendre raison à ce têtu d'Antoine ?

Jules Reculet tendit la main vers la bouteille et remplit de nouveau les deux verres. Il secoua tristement la tête :

« Dans les anciens temps, ça ne se passait pas comme ça : c'est mon père, qui a trouvé ma Jeanne, et il n'était pas question que je fasse le difficile ! J'étais pas trop partant, d'ailleurs, mais il m'a bien fallu dire "oui"... Eh bien ! Avec le recul, je dois dire que je n'ai pas à me plaindre...

– Pas plus que je n'ai eu à me plaindre de ma Louise... murmura Octave avec nostalgie. Une bonne épouse ! Et ce n'est pas moi non plus qui l'avais choisie...

– Oui... C'était comme ça, "les autrefois". Mais ça a bien changé ! »

C'était sans doute pour cela que les domaines se morcelaient, se vendaient en parcelles, pour cela que de plus en plus de vieilles demeures étaient délaissées et s'écroulaient peu à peu, et que des monceaux de ruines faisaient oublier, ici ou là, la prospérité passée de familles éclatées...

Jules haussa les épaules, puis se leva de son siège :

« Allons... Le soir est tombé, maintenant, Ferdinand et ses frères sont sans doute rentrés, et la table doit être mise. Allons voir ce que les femmes nous ont préparé ! »

Octave Vornex mit plus de temps à déplier sa carcasse : le découragement et la déception lui mangeaient le peu d'énergie qui lui restait ! Le maître de maison se retourna vers lui et proposa avec un bon sourire :

« Ne t'inquiète pas pour tes foins, Octave. Avec mes fils, en deux ou trois jours nous en viendrons à bout ! »

Le vieil homme ne put retenir une larme de reconnaissance. Il y avait pourtant ce sentiment de honte à se savoir ainsi dépendant de son voisin… Et tout cela à cause de ce vaurien de Thibaud !

* *
*

Dès que le père était parti, à pied, pour partager la veillée des Reculet à Crépillon, Antoine s'était rendu jusqu'à la remise pour vérifier le fil des faux… Ouf : il venait d'échapper à un souper dont il se passait bien ! Bien sûr, les Reculet étaient sympathiques, amicaux, et il avait connu Jules et Jeanne alors qu'il ne portait pas encore culottes… Mais la perspective de subir les regards énamourés de cette simplette d'Eugénie lui flanquait à l'avance des frissons dans le dos ! En outre, il savait qu'il lui aurait fallu subir maintes allusions à son célibat, s'entendre vanter les mérites de femme de maison de cette fille qu'on voulait lui flanquer dans les bras, et écouter sans rien dire les éloges que son père aurait faits quant à l'intérêt qu'il y avait, pour les Fontanières, à s'unir par le biais d'un mariage à la ferme de Crépillon ! Plusieurs fois déjà, il avait aiguisé les lames, et il savait bien qu'il n'y avait pas besoin d'y revenir… Aussi se contenta-t-il de les graisser au moyen d'une couenne de lard pour éviter qu'elles ne subissent les assauts d'une rouille précoce, avant de réintégrer le logis familial.

Le crissement de la meule lui écorcha une nouvelle fois les oreilles, et il dut se faire violence pour ne pas s'emporter contre son frère. Il soupira pourtant :

« Thibaud ! Est-ce que tu te rends compte que tu es en train de nous user les nerfs, avec ce bruit incessant et cette poussière ? Tu ne pourrais pas transporter tes outils ailleurs, non ? »

Son frère affina une dernière facette avant de relever le nez :

« C'est la seule pièce de cette foutue maison où je puisse travailler ! Tout le reste est délabré ! »

Antoine répliqua :

« Tu nous imposes ce vacarme de l'aube à la nuit, Thibaud ! Et tu nous fais bouffer autant de poudre de pierre que tu peux… Mais regarde-toi, bon Dieu ! Tu es gris des pieds à la tête ! Tu crois que c'est vraiment une façon de nous en sortir ? Tout le monde sait bien que les lapidaires ne gagnent que misère, si l'on considère le temps qu'ils passent à tourner leur meule ! »

Thibaud recula brusquement son tabouret et lâcha sa manivelle pour faire face à son aîné. Après avoir jugé d'un coup d'œil expert la qualité de son polissage, il répliqua :

« Père et toi, vous vous échinez plus que moi, du matin au soir, et par tous les temps ! Peux-tu me dire pourquoi ? Combien d'argent avez-vous rapporté dans ces murs ? Alors que moi, même si j'ai gardé par-devers moi la moitié de ce que j'ai gagné avec la taille, j'ai tout de même laissé dans la cagnotte des Fontanières des dizaines et des dizaines de francs, non ? »

Antoine s'énerva : comment faire entendre raison à cet écervelé ?

« Mais tu es obtus ou tu le fais exprès ? Bien sûr, tu peux te vanter de contribuer aux finances de la maison… Mais qu'en serait-il, si nous n'étions pas là, père et moi ? Ce que tu as gagné suffirait-il à te faire vivre et à te nourrir ? Le lait, les pommes de terre, la farine, le jambon, les légumes, les œufs, la poule au pot ou le civet de lapin, les noix, les champignons, le fromage, les fruits… S'il te fallait descendre à Gex pour acheter tout ça : je suis bien sûr que les profits dont tu es si fier n'y suffiraient pas ! »

Le jeune homme jeta à son frère un regard de défi :

« Peut-être n'as-tu pas tort, Toinou ! Mais est-ce une raison pour que je recommence à me traîner de vache en vache, de pré en pré, de labour en fenaison, du jardin aux moissons, ou encore à la hache dans les bois ou à la pioche dans les champs ? Pour simplement végéter, toujours de plus en plus pauvre, sur ces montagnes qui ne peuvent plus nourrir personne !

– Elles nous ont bien nourris, jusqu'ici ! rétorqua Antoine.

– Mais si peu ! Dis-moi : n'as-tu jamais envie de souffler quelques jours, d'aller aux fêtes foraines, ou bien en ville ? D'avoir de quoi te rincer le gosier ou te payer une bonne auberge ? De quoi te payer de bons vêtements qui ne sentent pas le paygan ? D'inviter une jolie fille à ta table, ou bien encore boire une verveine ou une bonne bouteille ?

– Ce n'est pas avec ce que te rapportent tes pierres que tu pourras te permettre tes goûts de luxe ! se moqua l'aîné des Vornex.

– Peut-être... Mais n'as-tu pas compris que je suis en train de me faire la main ? Et que je n'ai nulle intention de rester aux Fontanières ! »

Antoine baissa les yeux. Il se doutait bien que le retour de Thibaud n'était que provisoire. Mais quelle folie de sa part !

« Travailler du lapidaire, ça ne vaut pas le coup, nom de Dieu ! Tu te rends compte que tu passes des heures et des heures enfermé devant cet établi, du matin jusqu'au soir, et que si tu arrives à tailler douze douzaines de cristaux, à huit faces par pierre, ce n'est que pour gagner un malheureux franc ? »

Son cadet lui retourna un regard impertinent :

« Tu parles pour le "tout-venant" ! Moi, je me suis lancé dans la taille de pierres semi-précieuses, et ça rapporte trois fois plus, au moins ! C'est ce qu'il me faut pour trouver une place de choix chez un diamantaire, comme chez M. Donnet, à Gex... Et là, c'est la fortune, pour qui se montre assez habile pour être dans les meilleurs !

– C'est donc là ton seul but ?

– Je ne sais... Mais c'est une première étape ! Je préférerais la ville, la vraie : Genève, quoi... Et là, il n'y a pas que la pierre fine pour bien gagner sa vie ! Mais aussi l'horlogerie, la papeterie, la mécanique : les usines sont si nombreuses ! Et puis, si rien ne marche, il y a toujours les terrassements et les métiers du bâtiment. On démolit et on construit, on trace de nouvelles rues, on bâtit de nouveaux ponts, et on cherche toujours plus de bras qu'il ne s'en trouve... »

Dégoûté, Antoine pesta :

« Un travail de manœuvre, alors ? »

La mine dédaigneuse, Thibaud affirma :

« Le plus minable des “porte-brouettes” gagne plus à Genève en un mois que ce que rapporte la ferme des Vornex en une année ! Assez, même pour les moins courageux, pour avoir de quoi vivre infiniment mieux qu'on n'a jamais vécu aux Fontanières... »

Les deux frères s'affrontèrent muettement du regard, et un silence gêné s'installa entre eux. Manifestement, leurs chemins divergeaient, pour accéder à un avenir meilleur ! Antoine s'assit doucement sur le rebord de la table, soudain très las :

« Tu veux donc abandonner définitivement le domaine ?

– Oui... J'hésitais encore, mais une gentille fille m'est entrée dans le cœur, et je ne la vois vraiment pas venir s'installer aux Fontanières ! Si nous devions vraiment nous entendre et envisager de fonder un véritable foyer, ce sera donc à moi de devenir citadin... Sans aucun regret, d'ailleurs !

– Toi ? Prendre femme ! Et tu ne m'en as rien dit ?

– Rien n'est sûr, encore ! C'est seulement du domaine de mes espérances...

– Et peut-on savoir qui ?

– Non, certes pas ! Tu serais capable de me la souffler sous le nez, au nom du droit d'aînesse... »

Antoine n'insista pas, même s'il se trouvait plutôt vexé à l'idée de voir son frère se trouver épouse avant lui... Un peu jaloux, il confessa d'un ton bougon :

« Je ne t'en blâme pas, tu sais... Il y a si longtemps que nous savons que rien n'est possible, au domaine ! Et... et j'aimerais avoir le courage de faire comme toi, de couper définitivement les ponts avec les Fontanières...

– Pourquoi ne le fais-tu pas, alors ? »

Il hésita :

« Je ne sais pas… Rapport au père, peut-être ?

– Le père ? Nous avons toujours été ses esclaves, et c'est toujours lui qui a tout dirigé, ici ! Il est vieux, maintenant… Il n'est pas dans mes intentions de l'abandonner, sauf s'il persiste à se montrer aussi têtu. Il n'a qu'à se débarrasser des Fontanières, bon Dieu ! Que ce soit auprès de toi ou de moi, il aura toujours un toit, non ?

– Oui, bien sûr… concéda Antoine, toujours indécis sur ses propres sentiments. Mais je ne suis pas vraiment certain d'avoir envie de tout lâcher pour le monde des villes ! Je suis tellement accoutumé à la vie que nous menons…

– Parce que tu appelles ça une vie, toi ? se gaussa Thibaud. Et bien, libre à toi ! Pour ma part, je ne resterai pas une fois les moissons achevées… »

Son aîné écarquilla des yeux d'incompréhension :

« Pourquoi, après les moissons ? Puisque tu n'as pas l'intention de remettre les pieds dans les champs !

– Parce que… » grommela le jeune homme, embarrassé.

Pouvait-il avouer qu'il espérait plus que tout qu'Hélène remonterait au Crépillon pour l'occasion ? Et qu'il entendait bien repartir avec elle, sur Genève, pour y bâtir un foyer loin de la misère de ces montagnes…

* *
*

La charrette s'arrêta dans la cour des Fontanières, et Octave sembla s'éveiller d'un sommeil agité :

« Eh ! Qu'est-ce qui se passe ? »

Jules rigola :

« Tu es arrivé chez toi, voyons ! Et tu ferais bien d'aller te coucher tout de suite, à mon avis… »

Le vieil homme grogna :

« J'aurais pu remonter à pied tout seul !

– Oui, bien sûr… Mais il valait mieux que je te ramène, compte tenu de la façon dont tu as apprécié le vin de la table de Crépillon !

– Tu… tu veux dire que… que j'étais… que je suis soûl ? »

Avec un sourire indulgent, Jules Reculet le rassura :

« Je n'irai pas jusque-là… Disons seulement que tu t'es bien entendu avec les bouteilles de ma cave, et ça m'a fait honneur ! »

Octave Vornex descendit de la voiture et chancela d'une jambe sur l'autre :

« Eh bien ! Viens donc boire le… le dernier à la maison ?

– Non, merci, Octave… À cette heure-ci, j'ai grande envie de retrouver mon lit, tu comprends ?

– Comme tu veux… En tout cas, merci pour tout ! Et… dis à ta Jeanne que… que c'est une fameuse… cui… sinière…

– Je n'y manquerai pas ! »

Sans attendre plus, Jules claqua de la langue pour remettre son cheval en marche, et la charrette s'éloigna dans le grincement de ses roues ferrées…

L'esprit brumeux, le vieil homme cahota jusqu'à la porte, qu'il poussa d'un geste mal assuré. Il balaya la pièce du regard, puis s'agaça :

« Encore sur tes pierres, toi ? »

Thibaud haussa les épaules :

« Ça vaut mieux que de rentrer dans ton état ! Plutôt que de boire jusqu'à plus soif, moi, j'ai taillé plus d'une *grosse*[1] et demi, depuis ce matin…

– La belle affaire ! railla Octave. Et c'est ce qui va te remplir le ventre, peut-être ? Tu… tu vas tout de même pas les manger, tes… tes cailloux ? »

Mieux valait ne pas répondre, et le jeune homme tourna de nouveau la manivelle de sa meule, se désintéressant des propos de son père. Voyant qu'Antoine lui-même ne semblait pas disposé à lui tenir conversation, Octave prit la direction de l'escalier en titubant légèrement. Oui, après tout, il avait bien besoin de dormir !

---

1. Grosse : douze douzaines.

XXVIII

« En avant ! »

Maximin regarda une fois de plus l'herbe haute étoilée de fleurs qui avait envahi les prés autour de la Besancière. Oui, il y avait quelques semaines déjà qu'il aurait dû faucher toutes ces parcelles, pour faire le plein de foin ! Mais comment se trouver la motivation nécessaire ? Son père avait beau lui avoir répété mille fois que « si personne ne te donne de coups de pied au derrière, donne-les-toi toi-même ! », il n'avait plus assez de moral pour assumer le travail du domaine… Il avait cru retrouver un peu de mordant en fréquentant les nombreux débits de boisson des villages de la vallée, mais la bagarre survenue chez le Claudin Pradiaux avait eu sur lui l'effet d'une douche froide. Lui, se comporter comme un de ces ivrognes qu'il avait en horreur ? Lui, si pacifique, qui avait joué de ses poings comme un vulgaire vaurien des rues ? Il était vrai qu'avec son tempérament généralement débonnaire, il avait tendance à oublier sa force ! Tout de même, il ne se sentait pas fier de lui…

Et puis, il y avait le fardeau du chagrin et de la honte qui l'écrasait chaque jour un peu plus. Élise… Comme un fou, il avait voulu croire Martin et Clarisse Lautry, qui n'avaient cessé d'essayer de le convaincre que ce n'était qu'une passade de la jeune femme, qu'elle ne pouvait que réfléchir et regretter sa fuite du domaine… que tout rentrerait dans l'ordre et qu'elle ne pouvait que revenir à la Besancière, auprès de lui ! Elle connaissait assez Maximin pour bien savoir qu'il lui pardonnerait, qu'il n'espérait que son retour…

Mais les semaines et les mois s'accumulaient, rongeant peu à peu cet espoir insensé, et il doutait de plus en plus de ce miracle. Plutôt que de travailler ses champs et de faucher les prés, durant des jours et des jours, il avait consacré ses journées à sillonner la région sur le dos de Diamant. Que ce fût sur les versants de la vallée de la Valserine ou sur ceux qui dominaient la plaine du Léman, il était allé de village en village pour essayer de retrouver la trace de sa Lise. Partout, il s'était renseigné sur la présence éventuelle dans la région de ce camelot, Pierrot des Fleurs. Ah ! Chaque fois qu'il pensait à Pierre Savagnon, une bouffée de haine l'envahissait : si ce charlatan lui tombait entre les mains, il se sentait capable du pire !

Des larmes dans les yeux, il se retourna sur ses terres, considéra longuement les murs de la ferme. Jamais il ne pourrait s'occuper de tout, au domaine ! Et dans quel but, surtout ? Découragé, il ne trouvait plus assez de vitalité pour affronter ainsi chaque nouvelle journée qui passait…

« Élise… » murmura-t-il, des sanglots dans la voix.

Elle lui manquait tant ! Sans elle, à quoi bon tout ça ? Peu à peu, il avait délaissé toutes les tâches autrefois essentielles : dès le mois de juin, il avait confié toutes ses vaches et ses génisses au Charles Léchiaux pour les garder en louage aux alpages. Pour la première fois, aussi loin qu'il se souvînt, il n'avait plus eu besoin de traire chaque matin, de charger ses boïlles, et de les livrer jusqu'à la ferme de Valtay pour négocier le lait avec le collecteur de la fruitière de Mijoux. Le Félix Champignol avait d'ailleurs ricané :

« Un domaine où l'on ne veut plus traire est un domaine mort, Maximin ! C'est bien beau, que de louer toutes tes laitières en estive, mais ça rapporte bien peu… Quand on commence comme ça, malheureux, c'est que tout part à vau-l'eau ! »

Dans les yeux du bonhomme, on eût pu lire déjà un intérêt méchant : nul n'ignorait que le Champignol se plaisait à racheter pour une bouchée de pain la moindre parcelle ou la plus petite propriété, lorsqu'il y avait un décès ou qu'une famille connaissait des difficultés ! Un vrai charognard...

À cette pensée, Maximin en trembla de dégoût :

« Jamais je ne te vendrai une once de mes terres, Félix ! »

Il avait crié, comme si Félix Champignol avait pu l'entendre. Il se retourna, surpris par l'écho de sa propre voix. Il était bien seul, face à ce qui lui restait des possessions des Chenaillet... Si seul ! Il murmura pourtant, comme pour s'en convaincre :

« Non, Félix... Jamais tu n'auras la Besancière, même si tu voulais me l'acheter une fortune ! »

Une fortune ? L'idée était tellement grotesque que le paysan désespéré se fendit d'un sourire amer : jamais le domaine ne vaudrait plus que le prix des terrains ! Trop isolé, trop en altitude, trop mal desservi par les chemins... Trop loin de tout ! Non, la Besancière ne valait rien, ou presque... Il cracha au sol un pauvre jet de salive :

« Le Champignol n'aura rien de moi ! Tiens, tant qu'à faire, je préférerais encore... »

Il hésita et ajouta :

« Je préfèrerais encore foutre le feu à la ferme ! »

Il frissonna à cette pensée sacrilège : lui, Maximin Chenaillet, incendier ses propres murs ? Ce serait cracher sur la tombe de ceux qui l'avaient précédé sur ces terres ! Une insulte au nom qu'il portait ! Ah ! Qu'il se sentait inutile, ainsi, les mains dans les poches, à arpenter sans but cette propriété qui était sienne ! Qu'il se sentait assommé ! Groggy ! Et chaque matin un peu plus anéanti, un peu plus usé par la vie... Un mort vivant ! Un peu hébété, il traversa l'étable vide avec l'impression de pénétrer dans un cimetière : que c'était étrange, la vision de ces stalles vides, de ces litières délaissées ! Déjà, l'odeur entêtante du bétail, des bouses et du purin commençait à s'estomper. Ses vaches aussi lui manquaient ! À l'autre bout du bâtiment, il y eut quelques piétinements, et Maximin s'approcha d'un pas traînant : Bobiou et Rousset... Qu'allait-il faire de ces bœufs, désormais, s'il délaissait définitivement les travaux de la ferme ? Il lui répugnait de les vendre, et ne voyait personne à qui les louer !

S'écartant des deux puissants animaux, il reporta son attention sur son cheval et lui flatta les naseaux :

« Il n'y a que toi, mon bon Diamant ! Jamais je ne te laisserai, mon vieux... Tu es fidèle, toi, au moins ! »

Il devina une présence s'approcher de lui pour se frotter sur ses jambes, et se pencha pour faire l'aumône de quelques caresses distraites :

« Toi aussi, mon chien, tu es fidèle ! Je ne te laisserai pas, Boule... »

L'animal le gratifia de larges coups de langue, comme s'il avait compris les émois de son maître. Après un soupir plus douloureux que les autres, Maximin sortit de l'écurie pour se diriger vers son logis.

À l'entrée de la grande pièce, il cligna des yeux pour s'accoutumer au manque de clarté qui contrastait avec le ciel lumineux de cette belle journée ensoleillée de juillet. La fraîcheur le surprit, et il resta un long moment debout face à la cheminée sans feu. Il avait aussi dédaigné de rallumer le foyer de la cuisinière, et il se reprocha d'avoir mangé froid ces derniers jours : il n'avait pas très faim, et ne se sentait nulle envie de se mettre au fourneau ! Aussi ne grignotait-il que quelques fruits, un bout de lard ou de jambon, et un peu de fromage... Péniblement, il s'assit et revit en pensée sa Lise s'activer devant ses marmites en chantonnant. À cette évocation, il craqua vraiment et s'effondra en pleurant comme un enfant, secoué de hoquets, les larmes roulant à flots sur ses joues...

Au bout d'un temps, il se redressa en reniflant et s'essuya les yeux d'un revers de manche. Il en était sûr, maintenant : Élise ne reviendrait pas... Plus jamais ! L'espace d'un éclair, il lui vint l'idée d'en finir avec la vie, de s'envoyer un coup de fusil dans la bouche ou de se balancer d'une poutre avec une corde au cou, mais il chassa ces images d'un mouvement de tête. Un vieux reste de religion, peut-être ? Ou bien la mémoire qu'il avait de ce que disaient son père et son grand-père à propos du suicide : « Se détruire, c'est là un geste de lâche ! » Et Maximin ne voulait pas passer pour un lâche… Il n'était pas un lâche ! Et il le prouverait… Emplissant ses poumons d'air, il se força à se remettre sur ses jambes, puis pivota sur les talons pour s'imprégner à fond de l'atmosphère de la pièce. Tout lui rappelait trop Élise ! Non, il ne pourrait plus vivre ici, c'était au-dessus de ses forces…

* *
*

Martin Lautry profitait de cette belle journée pour bêcher un coin de son potager, histoire de repiquer quelques carottes pour l'automne… Il s'accouda sur le manche de son outil, puis s'épongea le front du coin de son mouchoir. Ce ne fut qu'alors qu'il remarqua le chariot qui descendait le sentier au sortir des bois…

« Le chemin de la Besancière ? Sans doute est-ce ce pauvre Maximin : que peut-il bien venir faire ici ? »

Il délaissa sa bêche, se frotta les mains pour les décroûter de la terre qui les recouvrait, puis rejoignit la cour de la ferme pour y accueillir son visiteur. L'attelage avançait, étrangement lent, et Martin ne comprit pourquoi que lorsqu'il vit les deux bœufs de la Besancière qui suivaient la voiture, attachés par une longe à la ridelle :

« Qu'est-ce qu'il a bien pu encore nous inventer, le Chenaillet ?

– Eh ! Maximin ! Que me vaut l'honneur ? Et où tu vas, avec cet équipage ? »

Le fermier de la Besancière tira sur le licol :

« Ho ! Diamant… Ho !… »

Clarisse Lautry, sortie sur le pas de sa porte, échangea avec son époux un regard éloquent : il y avait des semaines que Maximin ne livrait plus le lait à Valtay, depuis qu'il avait confié toutes ses vaches au Charles Léchiaux, et le couple s'inquiétait souvent pour lui… Nul n'ignorait qu'il avait dédaigné les fenaisons, qu'il traînait par monts et par vaux et fréquentait les cafés, et qu'il laissait peu à peu son domaine à l'abandon. Plusieurs fois, Martin s'était rendu à la Besancière et, lorsqu'il y rencontrait Maximin, c'était pour voir face à lui un être effondré, une loque minée par le chagrin. Aussi était-il plutôt réconfortant de le voir apparaître plus gaillard, bien droit sur ses jambes, la mine décidée ! Clarisse s'approcha la première pour le saluer :

« Maximin... quelle surprise ! Mais que fais-tu, avec tes bœufs et ta charrette ?

– Ne lui saute pas ainsi sur le paletot ! la rabroua son mari. Et invite-le donc plutôt à rentrer boire un verre...

– C'est vrai, entre ! J'ai un pichet au frais, dans la cave... »

Maximin remercia d'un mouvement de tête et pénétra à la suite de son hôtesse dans la salle commune sous l'œil inquisiteur de Martin : « Pas trop souriant, le bougre, mais ça se comprend ! Il a pourtant l'air d'avoir repris du poil de la bête... » Comme s'il avait gommé de ses regards l'étincelle tragique qui s'y était imprimée depuis des mois ! Comme si un homme nouveau était né sous la carcasse de l'ancien...

Les deux paysans s'observèrent, le verre à la main, puis ils trinquèrent, debout devant la grande table.

« Alors ? demanda simplement Martin. Que pouvons-nous pour toi, l'ami ? »

Comme s'il parlait à un être lointain, Maximin répondit d'un ton impersonnel :

« Il est clair que ma Lise ne reviendra pas, maintenant... Chut ! laisse-moi parler ! Et il est au-dessus de mes forces de continuer à mener la Besancière... Alors, je laisse le domaine !

– Co... comment : tu as vendu ?

– Non... À qui, d'ailleurs ? Qui en voudrait ? À part le Félix Champignol, et je préférerais crever plutôt que de lui céder un seul arpent, à cet escroc ! Mais il faut que je fuie ces murs : tu comprends, pour oublier... Peut-être que je reviendrai, plus tard, lorsque mon malheur sera cicatrisé ! En attendant, j'ai pensé...

– Oui ?

– J'ai pensé que tu voudrais bien me garder Rousset et Bobiou... Tu pourrais même les louer dans la vallée ; je n'ai jamais vu de bêtes plus solides et costaudes sous le joug ! J'ai amené aussi la truie et ses petits, mes volailles et mes lapins... Il ne faut pas gaspiller ! Alors, tu peux en disposer comme s'ils étaient les tiens. Je pense que ce ne vous sera pas une charge trop lourde, et que vous saurez tous deux, en compensation, y trouver votre profit ? »

Clarisse resta un moment bouche bée avant de se tourner vers son mari, les yeux écarquillés :

« Mais... Mais il est devenu fou ? »

Martin soupira :

« Non, je ne crois pas... Tout seul, là-haut, avec ses souvenirs ! C'est trop récent, tu comprends ? J'avoue qu'à sa place, je crois que j'agirais de même façon... Il fait bien de s'éloigner de son domaine, même provisoirement : un mois, un an, peut-être plus... Mais tu nous reviendras, hein ! Maximin ? »

Maximin sembla reprendre pied avec la réalité :

« Ça veut dire que tu acceptes, pour mon bétail ?

– Si cela peut t'arranger, bien sûr. C'est dans les mauvais moments qu'il faut savoir compter sur les amis...

– Merci, Martin... Merci, Clarisse...

– De rien... Mais quand comptes-tu partir ?

– Je ne sais pas. Demain, après-demain, dans huit jours peut-être...

– Ah ? Alors, tu resteras bien pour manger, ce soir ?

– Non... Je préfère pas, non. Une autre fois, hein ?

– Comme tu veux, Maximin... »

Il flatta le museau de ses bœufs :

« Au revoir, mes braves ! Ne vous inquiétez pas, le Martin saura bien vous soigner, et je suis sûr que vous lui serez d'un bon rapport ! Et puis, je reviendrai... »

Clarisse saisit Maximin par les épaules pour le forcer à la regarder dans les yeux :

« C'est vrai que tu reviendras, hein ?

– Je l'espère plus que tout... Il y faudra le temps qu'il faut, c'est tout ! »

La fermière hocha la tête pour soupirer :

« Tout de même, en arriver là ! Qu'est-ce qui a bien pu lui passer par la cervelle, à ton Élise ? »

Son mari la bouscula :

« Clarisse ! Mieux vaudrait ne pas lui reparler de tout ça, tu ne crois pas ? »

Maximin eut un pauvre sourire :

« Ça ne fait rien, va... »

Il ne fallut pas des heures pour installer les bœufs, les cochons, les poules et les lapins, mais Maximin n'avait pas l'intention de s'éterniser à Valtay, malgré l'insistance des Lautry :

« Vous comprenez, mes amis, ma décision est prise, maintenant ! Et je préfère prendre la route au plus vite... Demain matin, sans doute. »

Martin lui jeta un regard suspicieux.

« Dis, tu ne vas pas faire des bêtises, au moins ? Une grosse bêtise ?

– Mais non, mon ami ! Je ne pense pas à mal, et je n'en veux pas à ma vie, si c'est ce dont tu as peur... D'ailleurs, si c'était le cas, crois-tu que je garderais avec moi ce bon Diamant et mon chien Boule ? Ils seront du voyage !

– Et... où comptes-tu aller ? Et que vas-tu faire ?

– Je ne sais pas encore. C'est d'ailleurs ce qui donne de l'intérêt au fait de quitter ce foutu domaine ! Je ferai le journalier ici ou là, sans doute, mais jamais longtemps au même endroit...

– Toi, un journalier ?

– Oh ! Le travail n'en est pas plus dur que celui de fermier... Et sans le souci de tout faire soi-même, que ce soit pour le lait, le fromage, le labour, le bois à couper, le foin, le blé, et j'en passe !

– Peut-être as-tu raison, après tout...

– Allez, au revoir, vous deux ! Et encore merci... »

Il embrassa Clarisse, donna une rude accolade à Martin, s'écarta, un peu ému, puis reprit son cheval par la bride.

« Au revoir, Maximin ! Et reviens-nous vite !

– Au revoir... »

« En avant ! »

Un geste du bras, et il sortit de la cour de Valtay au pas tranquille de Diamant, fier et droit, bouleversé, mais étrangement soulagé d'avoir agi avec autant de détermination.

« Il ne me reste plus qu'à tourner définitivement la page de la Besancière... » marmonna-t-il dans l'épaisseur de sa moustache.

* *
*

Il avait mal dormi, et l'aube se levait à peine qu'il était déjà debout, étrangement calme malgré l'importance de ce moment décisif dans sa vie. Sans hâte, il fit le tour de la chambre, avec une seule pensée : ne rien emporter... Tout laisser derrière lui. Tout !

« Oui, tout... »

Ou presque... Seulement ces quelques vêtements, des chaussures de rechange, et cette vieille pipe qu'il n'avait plus fumée depuis des années... Il descendit alors dans la cuisine, puis retira de la boîte de fer qui trônait sur la cheminée les pauvres billets et les pièces qui constituaient toutes les économies du ménage. Un peu mélancolique, il les rangea soigneusement dans son portefeuille de cuir fatigué. Enfin il se décida : surtout ne pas rester plus longtemps dans ces murs ! Diamant était sellé, Boule attendait sagement dans l'angle de la cour... Il rassembla ses affaires dans une grande besace, qu'il chargea sur l'épaule. Après une hésitation, il s'octroya une dernière occasion de garder en mémoire ces lieux qu'il ne reverrait jamais... Oui, il avait menti aux Lautry : il n'était pas dans ses intentions de revenir un jour à la Besancière ! Il s'excusa mentalement auprès de ses ancêtres de l'acte qu'il allait commettre, mais il lui fallait absolument effacer de son existence tout ce qui le rattachait à ces murs qui avaient mangé année après année sa vie entière ! La seule solution pour repartir propre et neuf... La seule façon de ne pas traîner des regrets jusqu'à son dernier souffle.

L'œil froid, le cœur hermétique, il traversa le couvert de l'étable, la grange attenante, la fenière, puis cette pièce voûtée qui abritait la fruitière de la ferme. Ce fut sans émotion qu'il porta un regard inexpressif sur cet endroit qu'affectionnait tant Élise… Sans même un soupir, il remonta à l'étage pour parcourir d'un pas mécanique le débarras, la chambre inoccupée qui ne servait que lorsqu'un ami venait dormir à la Besancière, puis la chambre conjugale dans laquelle il avait vécu ses meilleures heures de couple. Songeur, il s'attarda sur la petite photographie un peu jaunie sur laquelle Élise continuait à lui sourire d'un sourire figé. Après une légère hésitation, il en brisa le verre pour récupérer le portrait de son épouse et le glisser entre deux billets, dans son portefeuille. Il redescendit ensuite l'escalier, jeta encore un large regard circulaire sur la grande pièce commune, sur la cheminée, le fourneau neuf, les rayons chargés d'ustensiles de cuisine, le coffre, la grande table, puis il sortit et referma soigneusement la porte derrière lui…

Toujours posément, il grimpa alors l'échelle pour accéder à la soupente servant de bétandy, et où dormait encore une certaine quantité de vieux foin. Avec des gestes d'une froideur calculée qui le surprit lui-même, il sortit une boîte d'allumettes de sa poche, en gratta une, puis la lâcha dans l'herbe sèche. Il suivit un instant des yeux les flammes crépitantes, puis redescendit lentement l'échelle alors qu'une fumée blanche s'échappait déjà des lucarnes. Sans un regard en arrière, il enfourcha Diamant, siffla Boule, puis donna une pression des talons sur les flancs de l'animal :

« En avant ! »

Au pas placide de sa monture, il s'éloigna sur le chemin. Arrivé à l'orée de la forêt, il se retourna enfin et considéra quelques secondes la bâtisse en flammes, et le brasier furieux qui dévorait déjà le toit en crachant d'épaisses volutes de fumée sale. Il n'eut pas le plus petit pincement au cœur, et se sentit même soulagé : la Besancière l'avait assez gardé longtemps en esclavage pour qu'il ne la regrettât pas !

« Allez… en avant ! »

Même à son âge, il avait encore une chance de prendre une revanche sur la vie !

XXIX

De fil en aiguille

LE PÈRE JOSEPH, le curé de Chézery, était un homme plus austère que celui de Champfromier. Un personnage maigre et élancé, au profil de rapace et aux yeux inquisiteurs… Plus raide dans ses principes que le père Piron, il s'était montré plutôt hautain et dédaigneux pour accueillir la jeune femme :

« Ah ! Ce curé Piron… Il ne rate pas une occasion de m'envoyer des âmes perdues ! Que voulez-vous que je fasse pour vous, ma fille ? Un toit ! Du travail ! Et quoi encore ? Je n'ai pas de quoi vous loger au presbytère, moi ! »

Pourtant, le prêtre, sous ses dehors bougons, était loin d'être insensible aux détresses humaines… Et c'était en râlant qu'il avait soupiré :

« Et une femme, encore ! Un homme peut toujours trouver à habiter, dans les logements mis à la disposition des ouvriers qui travaillent comme diamantaires ou dans les fruitières ! Comment vous envoyer sans risque parmi eux ? Enfin, il y a heureusement quelques bonnes âmes, dans la paroisse, qui pourraient vous accueillir en échange de menus travaux et d'un peu de ménage… »

C'était ainsi que, depuis plus d'une semaine, la jeune femme dormait chaque soir dans la chambre mansardée d'une maison bourgeoise occupée par une vieille femme distinguée aux cheveux gris et aux yeux délavés. Mme Desplagnes, la veuve d'un médecin dont les deux enfants avaient quitté la région pour s'installer, l'un à Paris et l'autre à Genève. Elle s'était montrée courtoise, mais sans chaleur excessive, comme si elle entendait bien protéger la barrière qui séparait deux niveaux sociaux bien différents. Elle n'en avait pas moins fait preuve d'une bonté et d'une compréhension certaines, et Élise lui était reconnaissante de son accueil...

« Comment ? s'était-elle indignée. Le père Joseph veut vous envoyer travailler chez les lapidaires ou les fromagers ? Mais c'est un monde d'hommes ! Des paillards qui auraient vite fait de vous trousser les jupons sur la première paillasse venue !

– Mais...

– Mais heureusement, j'ai des amies au village... Je pense surtout à Mme Péroset : Marinette est couturière, et elle ne rechigne pas à embaucher de "petites mains", de temps à autre. Vous n'y serez pas importunée par les appétits peu avouables de célibataires en mal de femmes !

– C'est gentil, mais je...

– Vous n'êtes pas une virtuose de l'aiguille ? Raison de plus pour apprendre ! Marinette ne vous confiera que des travaux de débutante, j'en suis convaincue... Ou pour faire du rangement ou des livraisons : vous avez de bonnes jambes !

– Merci beaucoup, Mme Desplagnes... »

* *
*

S'il n'était pas particulièrement gai, Maximin ne se sentait pas vraiment triste : pour la première fois depuis l'enfance, il découvrait ce que c'était la liberté ! Sans la contrainte quotidienne de la traite des vaches, sans l'esclavage de nourrir le bétail, les porcs, les volailles et les lapins... Sans le poids quotidien des travaux de la ferme ! C'était sûr : se louer à la journée ou à la semaine ne représentait qu'un métier de misère, mais avait-il plus d'aisance à la Besancière, bien qu'il s'y usât les forces et la santé du levant au couchant ? D'ailleurs, seul, il savait qu'il n'aurait pu continuer à faire survivre son pauvre domaine, aussi ne regrettait-il pas son acte, qui le contraignait en outre à ne pas revenir en arrière…

Plutôt que de prendre la direction du col de la Faucille, il avait préféré suivre les crêtes, pour tracer sa route sous le Colomby avant de redescendre sur Gex. Là, il comptait bien passer quelques jours chez son neveu Jean, le quincaillier. Il se souvenait de son accueil ainsi que de celui de sa femme Mathilde lorsqu'il avait fait le voyage avec Élise pour acquérir ce beau fourneau qui… Non ! Il ne lui fallait plus penser à cela ! Pas plus qu'à Élise… « C'est du passé ! » ne cessait-il de se convaincre, et il fallait laisser le passé là où il était. Il savait bien pourtant qu'il lui faudrait en parler, et qu'il ne pourrait cacher son infortune au couple de quincailliers, mais c'était ainsi, et il se sentait désormais assez fort pour l'assumer.

Diamant était un bon cheval de trait et n'avait que peu l'habitude d'être monté, mais l'animal semblait apprécier cet exercice qui lui demandait infiniment moins d'efforts que de tirer une charrette ou un tombereau. C'était à peine s'il semblait s'apercevoir du poids de son maître ! Pourtant, Maximin avait coutume de mettre pied à terre dans les côtes abruptes, plus peut-être pour se dégourdir les jambes que pour soulager sa monture.

C'était même avec un œil nouveau qu'il redécouvrait ces paysages qui eussent dû lui être familiers, et il appréciait que le temps fût au beau. C'était à peine si quelques nuages aventureux osaient venir tacher le bleu profond du ciel ! La masse verte des forêts et des prairies, les replis des versants tailladés de vallées où se nichaient, çà et là, quelques hameaux, et ces parcelles brunes des champs de blé qu'il faudrait bientôt moissonner. Tout en bas, les coteaux et leurs rangées de vignes, et cette plaine infinie faiblement vallonnée qui étalait ses champs, ses prés et ses bosquets au fil des villages… La langue miroitante du lac… Et, de l'autre côté, ce mur des montagnes dont les sommets déchiquetés éclaboussaient le regard de l'éclat des neiges… Quelle beauté, qu'il n'avait jamais appréciée à sa juste valeur !

« Allez ! Mon Diamant, à Gex, maintenant... »

Il savait qu'il n'y resterait guère, tant il détestait les grandes villes, mais il avait vraiment besoin d'une pause auprès de personnes qui sauraient le comprendre : Jean et Mathilde Chenaillet étaient désormais ses plus proches parents !

* *
*

Contrairement à ses craintes, Élise avait été plutôt agréablement surprise de l'emploi auquel on avait bien voulu l'affecter. Marinette Péroset était une petite femme autoritaire à l'âge indéfini, mais sans doute plus proche de septante ans que de cinquante ! Sans cesse en mouvement, ayant l'œil à tout et toujours le reproche ou la remarque à la bouche. Malgré tout, elle savait être tolérante, et s'employait au mieux à délivrer conseils et manières de faire. Bien qu'étant assez malhabile à l'aiguille, Lise avait plus appris auprès d'elle que durant toutes ces années durant lesquelles elle s'était exercée en vain aux travaux de couture ! Ce n'était pourtant pas facile, que de piquer et repiquer plus d'une dizaine d'heures, à s'user les yeux sur chaque point à la lueur maigrichonne d'une pauvre lampe, devant le ballon d'eau claire qui était censé diffuser la lumière sur l'ouvrage... Chaque soir, sa vision s'éparpillait en paillettes de lumière sous ses paupières, et elle se couchait avec une douloureuse migraine qui trouvait toujours son origine au niveau des globes oculaires. Combien de piqueuses n'avaient-elles pas fini leurs jours aveugles ?

Aussi profitait-elle au mieux des rares fois où la vieille couturière l'envoyait livrer robes et costumes aux clients et clientes de la petite bourgade ! C'était pour elle un véritable bol d'air, et l'occasion de vivre ailleurs que dans le confinement de ces murs trop resserrés. Comment pouvait-on exercer un tel métier, de l'enfance à la vieillesse, sans jamais voir vraiment la lumière, les prés, les champs, les forêts ? Sans entendre le chant des oiseaux et le meuglement des vaches ? Élise ne pouvait le concevoir, et elle se félicitait de ne rester que provisoirement dans cet atelier pour se constituer un petit pécule, aussi ridicule fût-il : seulement gagner de quoi manger et dormir, durant le temps qu'il lui faudrait pour rejoindre la Besancière ! Trois ou quatre jours de voyage, pas plus… Ah ! La Besancière… Et Maximin : « Mon Dieu ! me pardonnera-t-il jamais ? » Plus elle y pensait, plus il lui arrivait d'en douter ; le choc avait sans doute été si dur, pour lui !

Elle soupira : si elle avait de plus en plus d'impatience à fuir au plus vite cet atelier de couture, elle appréhendait encore plus l'instant où elle se présenterait face à Maximin, avec pour tout bagage sa honte et son remords ! Comment oserait-elle, après toutes ces semaines ? Ne l'avait-il pas depuis longtemps gommée de sa mémoire ? Ne la chasserait-il pas, en proie à une rancœur qu'elle ne pouvait reconnaître que comme légitime ? Ou bien alors ne l'assommerait-il pas de ses poings énormes ? Les êtres les plus pacifiques sont souvent les plus redoutables, lorsque la hargne et la fureur s'emparent d'eux !

« Alors, Élise, encore en train de rêver ? »

Elle s'activa sur son fil et son aiguille, et répondit faiblement :

« Non, madame Péroset… Je me demandais seulement si j'avais correctement effectué le point que vous m'aviez demandé… »

La vieille femme lui lança un regard indulgent, puis fit mine de se pencher sur son ouvrage :

« Hum… Moui… »

* *
*

Oh ! Bien sûr, Maximin avait ressenti du plaisir à revoir son neveu ! Mathilde aussi, qui savait se montrer si empressée et prévenante… Mais il n'était pas resté plus de trois jours dans cette ville qui n'avait pour seul tort, à ses yeux, que d'être une ville : comment pouvait-on se trouver libre, au milieu de toutes ces rues, ces carrefours, étranglé que l'on était par les murs de toutes ces maisons et de toutes ces bâtisses, dont la hauteur empêchait le soleil d'inonder le moindre pavé ? Ce n'était pas son monde, et ce ne le serait jamais ! En fermier des alpages, il s'était plu à déambuler de trottoir en trottoir, à lorgner au travers des vitrines des objets qu'il n'avait pas les moyens d'acheter. Pour en faire quoi d'ailleurs, maintenant qu'il n'avait plus de toit à lui ? Simplement par curiosité, sans doute...

Et puis, il lui avait bien fallu avouer son déshonneur, expliquer la fuite de la femme qu'il avait épousée. Jean Chenaillet avait compati à sa peine, non sans remarquer que la chose était peut-être prévisible :

« Voilà ce que c'est, à ton âge, que de marier une jeunette ! Un jour ou l'autre, ça devait bien arriver... »

Maximin s'était cruellement mordu la langue pour ne pas répliquer vertement, mais il s'était promis de ne plus évoquer ce qui était le drame de sa vie. Mathilde avait pourtant insisté :

« C'est vrai, ce que dit mon Jean... On a l'âge de ses artères, et une jeune femme comme elle, dans un trou perdu comme la Besancière, ne pouvait qu'avoir envie, un jour ou l'autre, de voir de nouveaux horizons !

– Oui... avait conclu le quincaillier. Je suis bien sûr qu'elle t'aimait bien, l'oncle... Mais, la différence d'âge aidant, il lui était sans doute difficile de résister à la tentation de l'aventure !

– Surtout avec un beau parleur ! avait renchéri son épouse. Quelle est la femme qui ne se laisserait tenter par les rêves qu'on lui met dans la tête, lorsqu'elle se laisse aller à écouter un homme bien fait de sa personne et à la langue bien pendue ?

Jean Chenaillet avait jeté à sa femme un regard d'orage :

« Parce que tu veux dire que toi aussi, peut-être ? »

Mathilde avait baissé les yeux en rougissant :

« Non, non, je plaisantais...

– Comme si c'était le moment de plaisanter, après ce qui est arrivé à ce pauvre Maximin ! »

Et Maximin avait repris la route, en tenant toujours son cheval à la bride. Il savait qu'il trouverait facilement de l'ouvrage, dans ce pays riche, à l'époque des moissons. Voilà une tâche qu'il connaissait mieux que la plupart des ouvriers agricoles qui louaient leurs bras d'un domaine à l'autre ! Et puis, il pouvait même monnayer la force de Diamant, qui était un cheval de trait docile et capable de tirer autant de charge qu'un attelage de bœufs... Tout en marchant, une phrase de son neveu lui revint en mémoire : « Peut-être trouveras-tu une gentille femme qui te fera oublier ton Élise pour de bon ? » Il cracha au sol : non, plus jamais ! Plus jamais il ne se laisserait séduire par ces êtres en jupons qui avaient le diable entre les cuisses !

* *
*

Dès qu'elle avait eu quelques pièces en poche, Élise avait repris son baluchon pour repartir sur les chemins en remontant la Valserine : il n'y avait que trop longtemps que la folie d'un instant l'avait poussée sur les routes pour délaisser son foyer et celui qui restait malgré tout son mari ! Et pourtant, à chaque pas, elle ne pensait plus désormais qu'à Maximin. Oublié, Pierrot des Fleurs et ses boniments ! Oubliés, ses rêves de voyages et d'aventures ! Il n'y avait que Maximin, le plus brave homme qu'il lui avait été donné de rencontrer... Par quel sortilège avait-elle été amenée à le quitter, à le trahir, à l'abandonner dans les murs de cette ferme qui ne méritait pas le nom de ferme ? Avec le recul, elle s'apercevait, bien tard, que c'était auprès de lui qu'elle avait vécu les meilleurs jours de sa vie : Maximin ! Chaque fois qu'elle repensait à lui, des larmes amères lui perlaient aux paupières. Comment avait-elle pu fuir cet homme si doux, si prévenant, qui n'avait cessé de la dorloter ? Ce n'était pas sa faute, aussi, à Maximin, si les terres du domaine se révélaient si ingrates et si la Besancière était aussi isolée !

Pourtant, au fil de ce chemin qui la rapprochait de plus en plus de ses montagnes, le doute s'emparait d'elle, une fois de plus : et si son époux la rejetait ? S'il la reniait ? Après tout, il avait toutes les raisons de la rejeter ! Secrètement, elle le pensait capable de fermer les yeux, de passer l'éponge... Mais comment en être véritablement certaine ? Certains soirs, elle imaginait ses retrouvailles avec lui comme une douce romance, avec des élans et des pleurs partagés, des embrassades et le désir à fleur de peau. Et, à d'autres moments, elle craignait le pire : la fureur et les coups, la violence et les insultes... Bien sûr, cela ne ressemblait pas trop à Maximin, mais la peine et la déception savent si bien aigrir un homme !

Tout en remuant une nouvelle fois ces pensées contradictoires, la jeune femme sentait son pas se faire moins assuré, et elle ralentit l'allure. Elle évitait souvent le grand chemin qui serpentait le long de la rivière, se méfiant des voituriers complaisants qui s'arrêtaient pour lui proposer une place sur leur charrette. Elle savait être une proie rêvée pour le premier rustre venu aux idées plus ou moins bien intentionnées... Une femme seule, avec pour unique bagage un simple baluchon, ne pouvait qu'être une traîne-savate, une errante, une âme perdue ! Une fille facile, en tout cas... Combien de fois n'avait-elle pas entendu raconter le triste sort de malheureuses bousculées sur le bord d'un talus ? Violées par un ou plusieurs « honnêtes » citoyens qui profitaient de l'occasion pour assouvir de bas instincts ? Et il n'était pas rare de retrouver, disait-on, le cadavre d'une inconnue au coin d'un bois, d'une pauvre femme égorgée ou battue à mort après avoir subi les pires sévices... Depuis que Pierre Savagnon l'avait abandonnée à son triste sort, Élise se sentait incapable d'accorder la moindre confiance à un homme qu'elle ne connaissait pas !

Aussi préférait-elle les sentiers moins fréquentés, malgré le risque qu'il y avait à s'écarter de la route principale. Elle évitait de marcher trop tôt le matin ou trop tard le soir, jugeant plus sûr de se déplacer au grand jour, et s'imposait des étapes courtes. Le premier jour, après son départ de Chézery, elle n'avait fait que quelques kilomètres, surprise par un orage qui avait grondé jusqu'au soir en déversant averse sur averse. Elle avait eu la chance d'entrer dans une ferme où on lui avait permis de s'abriter et de dormir dans un coin de fenière, et on lui avait même proposé de partager le repas. Ah ! La chaude ambiance, au sein de ces gens qui réunissaient autour d'une même table trois générations ! Depuis quand n'avait-elle plus connu ce bonheur ? À la Besancière, il était un peu triste de toujours manger en couple, sans cette joyeuse agitation qui caractérise les familles nombreuses... Les conversations des adultes, le rire des enfants, les plaisanteries, et le charme paisible d'un moment intensément communié...

« Et qu'est-ce qui vous amène sur les routes, comme ça, toute seule, ma petite dame ? »

La question l'avait prise au dépourvu, et elle avait cherché le regard du vieil homme qui la lui avait posée :

« Oh ! avait-elle menti. Une histoire de famille : une tante malade que j'ai été obligée de soigner, près de Bellegarde... Je rentre chez moi, maintenant. Dans la montagne, au-dessus de Mijoux !

– Ah ! Entre Mijoux et Lajoux, alors ?

– Non, sur l'autre versant de la vallée, côté col de la Faucille... Mais plus haut, dans la forêt du Turet, sous le col du Goléron !

– Je vois, je vois... Un à deux jours de marche encore, alors, selon qu'on soit pressé ou non... »

Le paysan s'était aussitôt montré plus chaleureux avec elle. Pensez ! On n'avait pas accepté à table une vagabonde, mais quelqu'un du pays !

Et voici qu'elle arrivait enfin à Mijoux, après avoir dormi la nuit précédente à Lélex. Le curé du village s'était refusé à l'héberger, prétextant qu'il abritait déjà trois malheureux, et qu'il n'avait plus de place au presbytère. À son air embarrassé, la jeune femme avait compris que ce n'était là qu'un prétexte maladroit, mais elle avait préféré ne pas insister... Elle avait compté et recompté les quelques piécettes qu'elle avait en poche, et s'était résignée à passer la nuit dans une auberge où elle avait même pu se payer un solide repas. De Lélex à Mijoux, la route filait presque droit le long du cours de la Valserine, et la jeune femme fut surprise de parvenir à son but bien plus vite qu'elle ne l'avait pensé : Mijoux ! Enfin un lieu qu'elle connaissait mieux : le village le plus proche de la Besancière...

« Et si j'allais jusqu'à la fruitière pour avoir des nouvelles de Maximin ? » L'idée lui avait traversé la tête comme un éclair : le Félix Champignol, qui collectait le lait chez les Lautry, devait toujours y rencontrer chaque matin le fermier de la Besancière !

« Non ! »

Comment oserait-elle seulement s'adresser à lui ? Personne ne devait ignorer qu'elle avait quitté le domaine familial avec ce charlatan de Savagnon, et tout le monde devait connaître l'infortune de Maximin Chenaillet... Maximin le cocu ! Quelle honte, pour elle, que de réapparaître pour s'enquérir de lui ! Non, mieux valait ne pas s'arrêter à Mijoux et poursuivre son chemin dans la foulée... Le domaine n'était plus qu'à quelques heures, en marchant vite, même si la pente était rude ! Avec courage, elle serra plus fort la bride de son sac, puis s'attaqua à la côte abrupte qui *coupait au droit*[1] au sortir du village...

1. *Couper au droit : prendre le chemin le plus court.*

XXX

Au carrefour des chemins

LA SUEUR COULAIT SUR LES FRONTS et la poussière collait à la peau… Le soleil piquait au travers des chemises, mais personne ne s'en plaignait ; les moissons devaient se faire aux jours les plus secs et les plus chauds de l'année ! Octave s'essuya le visage d'un revers de manche et raidit ses muscles pour se convaincre qu'il était toujours de force à s'échiner auprès d'hommes plus jeunes que lui. Jamais il n'aurait avoué l'épuisement qui le gagnait peu à peu ! Les moissons, c'était toujours une épreuve éreintante et, malgré l'aide des Reculet, la tâche s'avérait pour lui plus pénible d'année en année… Il écarquilla soudain des yeux incrédules :

« Bon Dieu ! Thibaud… Ce n'est pas possible ? »

Thibaud qui, enfin, abandonnait ses meules pour venir les rejoindre dans les champs ! Thibaud, qui avait revêtu des habits de circonstance pour venir prêter main-forte à l'œuvre commune… Il n'en fallut pas plus pour que le vieil homme se découvrît des ressources auxquelles il ne croyait plus, et pour qu'il courbât de nouveau le dos sur sa faux.

« Oh ! L'Octave, ton cadet s'est enfin décidé à venir nous aider un peu !

– Je sais, Jules… Je l'ai vu ! »

Pour rien au monde il ne l'eût montré, mais il s'en sentait fier et plutôt confiant en l'avenir. Si Thibaud s'intéressait encore un tant soit peu à la vie des Fontanières, tout était de nouveau possible !

« Alors, fiston ! Tu commençais sans doute à en avoir assez d'user ces foutues caillasses... »

Le jeune homme haussa les épaules :

« Non, pas vraiment... Mais pouvais-je vous laisser seuls, Antoine et toi, pour récolter tout ce blé ?

– Allons ! Tu oublies que toute la famille Reculet est là pour nous prêter main-forte ? Et que tout va bien plus vite que l'on aurait pu le craindre...

– C'est vrai, le père ! Mais une paire de bras de plus ne peut qu'être la bienvenue, non ?

– Bien sûr ! Et ne ménage pas tes forces, mon gars... »

Thibaud pouvait-il lui avouer qu'il n'en avait rien à faire, de ces moissons, de ces champs et de ces céréales ? Le seul espoir qui l'avait poussé à délaisser la taille de ses pierres, c'était celui de revoir enfin Hélène... De lui dire qu'il pensait chaque jour à elle, et qu'il ne souhaitait rien d'autre que de s'unir à elle pour la vie ! Hélène... Était-elle seulement remontée au Crépillon ? Ou le ferait-elle uniquement le jour de la batteuse ? Sans oser poser la question, il releva la tête :

« Allez ! Donnez-moi une faux, que je vous prouve que je n'ai pas perdu le coup de main ! »

Le jeune homme se mit aussitôt à l'ouvrage. N'étant pas comme les autres moissonneurs, fatigués par deux heures de labeur, il y mit une énergie nouvelle, le geste ample, la cadence régulière, et il avança face aux tiges lourdes d'épis. La branche de noisetier en forme d'arceau fixée à la faux rabattait à chaque passage le blé coupé, qui tombait ainsi en andins bien réguliers. Quelques pas en arrière, Jeanne Reculet et ses deux filles aînées, Berthe et Eugénie, se courbaient sur les tiges couchées pour les rassembler en gerbes, et les lames de leurs serpes étincelaient au soleil. Un travail moins spectaculaire que le fauchage, mais tout aussi dur pour le dos et les bras... Thibaud eut du mal à cacher sa contrariété : il avait tellement espéré voir Hélène auprès de sa mère et de ses deux sœurs ! Mais non... Peut-être la famille Rosier, pour laquelle elle travaillait à Genève, ne lui avait-elle pas accordé ces quelques jours de relâche ? Avec rage, il força encore l'allure...

« Oh ! Thibaud ! s'écria Jules Reculet en riant. Tu ne tiendras pas deux heures, à ce rythme ! Et les femmes n'arriveront pas à suivre, pour tout mettre en gerbes... »

* *
*

Les muscles étaient douloureux, et l'énergie s'était émoussée tout au fil du jour, mais chacun semblait heureux de cette fatigue. Jules chercha le regard d'Octave Vornex :

« Je t'avais bien dit que tout serait achevé avant le soir ! Il ne reste plus que ce tombereau à rentrer...

– Oui... Et nous avons de la chance de vous avoir pour voisins : sans vous, il y en avait pour des jours !

– C'est bien normal... D'ailleurs, en contrepartie, vous ne ménagez pas vos forces pour vous joindre à nous pour nos propres moissons !

– Simple échange de bons procédés, alors...

– Bien... intervint Jeanne Reculet. Menez donc ce chargement aux Fontanières, et redescendez aussitôt à Crépillon : nous vous y attendons ! Ma petite Hélène a passé la journée à nous préparer un vrai repas de fête... C'est de tradition, pour les gros travaux ! »

Le cœur de Thibaud s'emballa. Ainsi, elle était là ? Le sourire aux lèvres, il bondit pour s'emparer de l'aiguillon et s'approcha des bœufs :

« À quoi bon attendre plus, alors ? Allez, Toupian ! Allez, Marcio ! En route, mes braves ! »

Antoine se leva pour le suivre avec beaucoup moins d'enthousiasme que son cadet. On allait encore le placer, une fois de plus, à côté d'Eugénie ! Et il allait lui falloir supporter ses regards d'ahurie qui le buvaient des yeux, supporter aussi les allusions de son père et de la famille Reculet quant aux bienfaits d'un mariage entre les jeunes gens... Et lui, comme d'habitude, devrait détourner la conversation et faire bonne figure malgré tout. Vraiment, cette invitation n'était pas pour lui une partie de plaisir !

* *
*

La nuit se couchait tard, à cette époque de l'année, et le ciel assombri laissait seulement percer les premières étoiles. Les souffles d'air tiède qui montaient de la vallée étaient plutôt agréables, et Thibaud se laissait caresser par cette brise bienvenue. Il avait bien remarqué l'entrain forcé de son frère lors de la veillée, mais n'avait pas boudé son plaisir de revoir enfin Hélène. Au premier regard échangé, il avait su que rien n'avait changé entre eux. Le bonheur de la jeune femme à se retrouver en sa présence était presque palpable ! Ah ! Son sourire... sa douceur... Et cette joie silencieuse et partagée qui les unissaient soudain. Il avait failli sauter à sa rencontre, la prendre dans ses bras, l'étreindre, et la fondre dans l'impatience de ce baiser dont ils rêvaient tous deux depuis des mois ! La palper, la tâter, sentir sous ses doigts la chaleur de sa peau. S'enivrer les narines de son odeur... Mais il s'était contenté d'une petite moue complice pour seulement dire :

« Bonjour, Hélène... »

Il lui avait ensuite fallu se faire violence pour remonter aux Fontanières en compagnie de son père et son frère, alors qu'il aurait tant voulu rester auprès d'Hélène... Mais les jeunes gens voulaient rester discrets, et ils s'étaient donné rendez-vous la nuit même, sous la croix, au carrefour des chemins. Aussi, dès que son père et son frère s'étaient couchés, Thibaud avait refait le chemin de Crépillon en sens inverse, et il y avait maintenant bien un quart d'heure qu'il attendait la cadette des Reculet.

« J'espère qu'elle pourra se libérer... »

Les parents de la jeune femme n'avaient-ils rien remarqué ? Tout au long du repas, Thibaud s'était persuadé que leur rougeur subite, leurs yeux fuyants, leur fausse indifférence, que tout cela ne pouvait passer inaperçu. Leur gêne était trop visible, leurs œillades trop peu discrètes ! Mais nul n'y avait fait allusion, et personne ne les avait plaisantés sur le sujet...

Adossé contre la pierre de la croix, il se redressa soudain : ces pas précipités sur le chemin ? Oui, ce ne pouvait être qu'elle ! Il se remit sur ses jambes pour courir à ses devants. Il avait tellement hâte de son corps contre le sien, de ses lèvres, de sa bouche !

« Hélène ! »

Une silhouette floue qui se découpait sur le fond du ciel...

« Thibaud ! »

Et enfin ces bras qui le serraient, ce souffle sur son visage ! Ce baiser hargneux, vorace, qui semblait porter en lui toute l'impatience accumulée par leur séparation. Ce baiser qui n'arrivait pas à gommer tous ces mois passés loin l'un de l'autre... Des larmes dans les yeux, le jeune homme eut du mal à s'empêcher de sangloter ; l'émotion était si forte ! Enfiévré à en perdre les sens, il infiltra sa main sous le corsage, chercha la moiteur affolante d'un sein. Hélène s'écarta aussitôt :

« Non, Thibaud... Non !

– Mais... pourquoi ?

– Tu me rends folle ! Non, il ne faut pas... Pas maintenant ! J'en brûle d'envie moi aussi... Mais pas maintenant, je t'en prie ! »

Il se recula, frustré :

« Alors, quand ?

– Je ne veux pas me donner à toi à la va-vite ! Pas comme ça... Pas en se cachant du regard de tous comme des malfaiteurs... Je veux être tienne, oui, mais chez nous, en formant un vrai couple !

– À Genève ?

– À Genève ou ailleurs, qu'importe ? Pourvu que nous vivions tous deux...

– Tu es donc décidée à quitter la maison Rosier ? »

Elle lui sourit, et ses yeux semblèrent briller plus fort dans la pénombre :

« Il le faudra bien, si nous vivons ensemble : les Rosier n'acceptent chez eux que du personnel célibataire, et ils sont très à cheval sur les principes !

– Que feras-tu, alors ?

– Je ne sais pas encore... Mais il y a tellement de possibilités, à Genève et ses environs, pour qui ne ménage pas sa peine ! Dans le tissage, la faïence, l'horlogerie, les dentelles, la couture, et j'en oublie... Je pourrais être aussi blanchisseuse, lavandière, bouquetière, brodeuse, tricoteuse ou repasseuse ! Ce n'est pas le travail qui manque... »

Les yeux perdus dans l'avenir proche qu'ils se rêvaient, les jeunes gens firent quelques pas sur le chemin en se tenant par la main, les doigts étroitement enlacés. Hélène reprit la première la parole :

« Et toi ? Es-tu toujours décidé à quitter les Fontanières ? »

Il hocha affirmativement la tête :

« Oui, plus que jamais ! Bien sûr, j'aurais aimé y vivre encore, avec toi, mais tu sais bien que c'est impossible, sur ces montagnes, avec un domaine qui se meurt... Quand tu repartiras sur Genève, je t'y accompagnerai ! J'ai déjà fait des économies, tu sais, en faisant le lapidaire et en taillant des pierres semi-précieuses. À Saint-Genis, on m'a même assuré que j'ai le tour de main pour devenir un bon diamantaire !

– Avec tes doigts de paysan ? s'étonna-t-elle en pouffant.

– Oui ! Ça me surprend moi-même, mais je suis fait pour ces travaux de précision... C'est pourquoi je ne doute pas de me trouver un bon emploi, en ville, chez un diamantaire ou dans un atelier d'horlogerie ! C'est mieux payé que de jouer au charpentier ou au maçon...

– C'est vrai ? s'exclama-t-elle. Tu crois que nous pourrions louer un logement ? Avoir notre “chez-nous” ?

– Bien sûr ! J'ai même assez d'argent pour pouvoir le faire dès maintenant : l'équivalent de deux à trois mois d'un loyer honnête ! »

Folle de joie et d'espoir, elle se jeta dans ses bras et chercha de nouveau ses lèvres. Puis elle s'écarta un instant de sa bouche et chercha son regard :

« Tu vas bien descendre à Genève avec moi ? Tu me le promets ?

– Bien sûr que je te le promets !

– Pourquoi attendre, alors ?

– Que veux-tu dire ?

– Pourquoi attendre la fin des moissons, le regain, puis la batteuse, ce qui nous porterait pour le moins à fin août ? »

Thibaud n'hésita que peu, emballé par l'idée de quitter les Fontanières pour toujours au bras de celle qu'il aimait :

« Tu as raison. Nous partirons dès que j'aurai taillé la poignée de ces cailloux qui me restent à façonner : histoire d'avoir un peu plus d'argent en poche… Ensuite, à nous la ville ! »

Avec au ventre le plus bel optimisme qui fût, ils s'étreignirent à s'en faire mal aux côtes, en essayant de deviner dans la nuit, là-bas, la nappe d'eau sombre du Léman. Ils ne purent même pas deviner les lumières de Genève, mais leurs deux regards convergèrent en cœur dans la direction de la grande cité…

* *
*

Antoine se courba en arrière en plaquant ses paumes sur ses reins :

« La faux, toujours la faux ! grogna-t-il.

– C'est vrai, admit son père en s'arrêtant à son tour. Il y a eu nos fenaisons, puis celles des Reculet ! Ensuite, nos moissons, puis les leurs… Et maintenant, le regain !

– Heureusement qu'ils étaient là, les Reculet ! Parce qu'à nous deux, on ne serait pas venus à bout de nos parcelles…

– Oui ! Et ce ne sera pas ton frère qui nous aura aidés ! Celui-là, ce n'est pas la journée passée sur un champ de Crépillon qui lui aura fait mal au dos : dès le lendemain, il refaisait tourner sa saleté de meule ! »

Antoine se força à ne rien dire pour ne pas susciter de nouveau la colère d'Octave :

« Il nous fout depuis des mois de la poussière de pierre partout ! insista le vieil homme. Tu as vu l'état de la maison ? Il nous manque vraiment une femme, aux Fontanières ! »

Son fils lui lança un regard irrité :

« Tu ne vas pas recommencer avec ça ? Je te l'ai déjà dit : pour Eugénie, c'est non, et non, et non ! »

Octave soupira :

« Je ne te comprends pas, Toinou… C'est une brave fille, l'Eugénie ! Enfin… avec le temps…

– Ne compte surtout pas sur le temps ! Mais changeons plutôt de sujet : il me semble que c'est le Jules, là, qui grimpe le chemin ?

– Jules ? À pied ? Mais que vient-il faire, aujourd'hui ? Nous n'avions rien de prévu… »

Antoine grimaça et marmonna de manière inaudible :

« J'espère qu'il ne vient pas encore me bassiner les oreilles avec son Eugénie ! »

Le chef de famille des Reculet s'arrêta à leur hauteur :

« Alors, ça avance, ces foins ? Ou faut-il que je vous envoie un ou deux de mes fils ?

– Non, ça va… Nous nous en sortirons sans votre aide, cette fois-ci ! Mais qu'est-ce qui t'amène, Jules ? »

Le paysan parut un peu gêné, puis il proposa :

« Si nous en parlions chez toi, Octave… devant un bon pichet ? »

Antoine pinça aussitôt les lèvres : cela présageait de propos sérieux ! Toujours ces projets de mariage, sans doute ?

Les trois hommes s'imprégnèrent les papilles de l'âpreté du vin, reposèrent leur verre, puis Jules fit claquer sa langue sur le palais :

« Tu as vu ton cadet, ce matin ? »

Quelle question ! Thibaud… encore Thibaud !

« Non, pourquoi ?

– Parce que le petit salaud, il a bien caché son jeu ! »

Octave s'assit lourdement sur son banc. Fataliste, il grogna :

« Si tu t'expliquais ? »

Sans répondre, Jules Reculet lui mit sous le nez une feuille de papier :

« Lis ! » répondit-il simplement.

Le vieil homme bougonna de nouveau. Il n'aimait pas avouer qu'il avait beaucoup de mal à lire ! Se tournant vers Antoine, il lui tendit le feuillet :

« Lis, toi… Moi, je ne sais pas où sont mes lunettes !

– Bien, père ! C'est un mot d'Hélène, la cadette de Jules… Voilà ce qu'elle écrit :

« *Chers parents… Je suis partie cette nuit avec le Thibaud des Fontanières. Nous nous aimons depuis longtemps et, quand nous nous reverrons à Crépillon, c'est que je serai mariée. Nous sommes majeurs et n'avons pas besoin de votre accord…*

– Les sots ! l'interrompit Jules. Comme si j'avais l'intention de m'opposer à cette union ! L'alliance de nos deux familles serait une bonne chose, que ce soit avec le mariage d'Antoine et d'Eugénie ou celui de Thibaud et d'Hélène…

– *Nous aurions sans doute pu faire les choses dans les règles,* poursuivit Antoine, *mais nous ne souhaitons pas, Thibaud et moi, rester ici, sur ces terres, mais en ville, où la vie est plus facile, et où les gosses que nous aurons un jour pourront avoir un avenir… Je vous aime, et pardon. Votre petite Hélène.*

– L'imbécile ! pesta Octave Vornex. Ce sera encore lui qui lui aura mis ces idées dans la tête ! »

Jules lampa son verre d'un trait avant de constater :

« Et dire que nous n'avions même pas remarqué que ces deux-là avaient dans l'idée de fricoter ensemble !

– Sans doute Thibaud l'a-t-il recherchée à Genève, après lui avoir conté fleurette l'année dernière ? Et que c'est là ce qui a tout déclenché !

– Sans doute… Mais ça ne se fait pas, que de nous mettre ainsi devant le fait accompli ! Je ne suis pas près de lui pardonner, à la “petite” !

– Et moi, mon Thibaud, il a dépassé les mesures ! Nous étions déjà plutôt en froid, c’est vrai, mais maintenant, ce n’est plus mon fils !

– N’exagère pas, père… essaya de tempérer Antoine.

– Je n’exagère pas ! Si jamais ce sans-cœur remet les pieds ici, je le flanque à la porte ! »

Il avait beau faire, sa colère affichée n’arrivait pas à estomper la peine qu’il ressentait…

XXXI

Une ruine de murs éboulés et noircis

SA MUSETTE N'ÉTAIT GUÈRE LOURDE, mais la montée l'avait essoufflée. Elle s'arrêta, essaya de reprendre sa respiration : peut-être aurait-elle dû éviter ces sentes malaisées au profit du chemin plus large ? Mais le trajet était ainsi plus court, bien que plus épuisant...

« Allez ! encore ce raidillon à franchir, et ce sera plus plat, dans les bois, avant la descente... »

Elle retrouvait ces lieux familiers avec des sentiments mitigés. Bien sûr, elle avait l'impression de rentrer « chez elle ». Mais son pas se faisait plus lent au fur et à mesure qu'elle approchait du terme de son périple : comment allait-elle subir le choc de revoir la Besancière ? Comment arriverait-elle ensuite à franchir les derniers mètres qui la sépareraient de la demeure ? Comment oserait-elle affronter le regard de Maximin ? Une fois de plus, elle faillit en pleurer de remords, mais cela ne servait en rien :

« Allons... Courage ! »

Le chemin qui serpentait entre les arbres était raviné, boueux, ravagé par la descente des grumes coupées l'an passé, et les récents orages avaient fini de le rendre plus malaisé encore. Il passait si peu de monde, en cette région si isolée ! De nouveau, les rudes conditions de vie de la Besancière se rappelaient à elle... Mais sa décision était prise, et elle ne reviendrait pas en arrière : sa place était auprès de Maximin, et elle saurait lui faire oublier la faute qu'elle traînait désormais avec elle comme un boulet. Plus que jamais, elle était résolue à tirer profit de ses fromages, à améliorer les conditions de vie à la ferme, à s'adonner au jardin et au potager, et à aider son époux du mieux qu'elle le pourrait ! Il n'empêchait que l'approche du moment où il lui faudrait se trouver devant lui l'angoissait, et il lui fallait toute son énergie pour continuer à marcher sans s'effondrer en larmes dans les fougères du talus…

La forêt s'éclaircissait enfin, et Élise allait d'un pas plus vif dans la travée. À droite comme à gauche, elle ne voyait plus les troncs sombres qui bordaient la sente caillouteuse. Au-dessus d'elle, les cimes des grands sapins lui donnaient l'impression de vaciller sur fond de ciel gris, et elle avait soudain hâte d'échapper à l'oppression qui l'avait envahie en s'enfonçant sous le couvert des bois.

« Ah ! »

La clarté se faisait plus intense, et elle devina qu'elle approchait de l'orée. Là, au sortir d'un dernier crochet, elle allait déboucher sur les prairies au bas desquelles se nichait le domaine des Chenaillet ! Un peu éblouie, elle s'arrêta un instant pour renouer avec ces pentes qui avaient été son seul horizon durant des années, sans pouvoir définir si elle se sentait heureuse ou non de les revoir. Elle reçut le paysage comme une gifle : un soleil paresseux profitait d'une échancrure de ciel bleu pour repeindre de contrastes crus la barrière crénelée des Alpes, qui s'étirait au loin, face à elle, en accrochant de ses sommets le rouleau de gros nuages sales…

La jeune femme ne s'attarda pas davantage, et elle coupa droit au travers des grandes herbes pour éviter deux ou trois lacets. Au moment de rattraper le chemin, elle fit un nouvel arrêt, un peu désarçonnée :

« Il n'a donc pas fauché la parcelle des Viauds ? »

Elle haussa les épaules. Ce pré était le plus en altitude de la propriété des Chenaillet, et le plus éloigné de la ferme ! Seul, Maximin avait dû faire des choix, et sacrifier sans doute une bonne partie du foin à récolter… Élise s'en trouva de nouveau coupable, et elle soupira :

« C'est vrai que tout est de ma faute, mon pauvre Maximin. Mais ça va changer ! Je te le jure, ça va changer… »

Le cœur empli de ces résolutions, elle continua à dévaler la pente, non sans être de plus en plus contrariée de voir tous ces pâturages laissés à l'abandon. « Il a sans doute manqué de courage, et c'est bien normal ! Ma fuite a dû lui mettre un sacré coup au moral, le pauvre… » Elle y avait pensé bien souvent, et en avait secrètement souffert pour lui. Elle l'aimait tout de même, son Maximin ! « C'était plus fort que moi ! Tu comprends. J'en avais par-dessus la tête d'être recluse au domaine, si loin de tout, sans voir personne ! Alors, j'ai eu un coup de folie… Dis-moi que tu me comprends ? » Mille fois, elle avait essayé de se trouver des excuses, et, mille fois, elle avait regretté son geste. Mais pouvait-on revenir en arrière ?

Elle franchit enfin la barrure d'une dernière prairie qui, elle non plus, n'avait pas été fauchée. Elle dévala encore la pente, puis ouvrit le clédar pour suivre à nouveau les ornières du chemin. Son cœur se mit à battre plus fort en accédant à l'ultime virage. Elle savait qu'au détour du bosquet, là, sur la droite, elle allait revoir la Besancière…

La Besancière ? La jeune femme se figea sans comprendre, puis lâcha son bagage avant de se mettre à courir sur des jambes qui s'effilochaient sous elle :

« Non ! Maximin ! Non ! »

Une ruine de murs éboulés et noircis, surmontée d'un fatras de bois et de poutres carbonisées !

« Non ! »

Jamais elle n'avait voulu cela ! Au seuil de la cour, elle ralentit face au désastre, les joues inondées de larmes, le corps secoué de sanglots. Elle se laissa alors tomber à genoux dans la fange, avec tout au fond d'elle une immense envie de mourir, certaine que c'était à cause d'elle, tout ça ! Tout ce gâchis… Que s'était-il donc passé ? Et quand ? À première vue, il y avait manifestement plusieurs semaines que l'incendie s'était produit ! Ce ne fut qu'à cet instant que la pensée se ficha comme une flèche en sa conscience : « Et Maximin ? »

« Maximin ! » hurla-t-elle.

Et s'il s'était laissé mourir dans les flammes, mourir de peine et de dépit ? Elle essaya désespérément de chasser cette image qui l'horrifiait, puis se releva.

Un grand vide s'engouffra en son esprit, et elle frissonna. Puis, en pleurs, elle s'enfuit en courant sur le chemin de toute la force de ses mollets, les yeux brouillés, la gorge emplie de sanglots amers, échevelée, avec ces griffes immondes qui la déchiraient de l'intérieur. « La ferme de Valtay ! La ferme de Valtay ! Il n'y a que les Lautry pour me dire ce qui est arrivé ! Pour me dire ce qui est arrivé à mon Maximin ! »

« Maximin ! »

* *
*

Valtay : le plus grand domaine au pied des hauts coteaux ! Son altitude moyenne en faisait le lieu commun de collecte des fermes isolées des alentours, et Félix Champignol se chargeait d'acheminer chaque jour le lait à la fruitière de Mijoux… Les Lautry possédaient le plus gros troupeau des environs, et auraient pu se montrer arrogants face à leurs voisins ! Il n'en était rien, bien au contraire : toujours aimables et serviables, et d'une gentillesse sans pareille… Clarisse rinçait boïlles et seaux à l'eau claire, dans le gros tronc de hêtre taillé en abreuvoir qui était alimenté par une source acheminée par des chéneaux de bois. Les aboiements des chiens lui firent lever la tête, et elle lâcha ses récipients en reconnaissant la jeune femme affolée qui se précipitait vers elle :

« É… Élise ! »

Lise ne lui laissa pas le temps de réaliser, et elle s'agrippa à elle en la secouant par les manches :

« Maximin ! Maximin ! »

Clarisse Lautry écarquilla des yeux d'incompréhension :

« Quoi, Maximin ? »

Éplorée, Élise se perdit dans un cri déchirant :

« Maximin ! Où est-il ? Qu'est-ce qui lui est...

– Rassure-toi, il va bien ! »

Tout à coup soulagée, la jeune femme s'affala au sol en s'adossant au bois humide, les larmes lui roulant sur les joues. Doucement, Clarisse lui tendit la main :

« Allons, Lise... remets-toi, voyons ! Allez ! Viens donc à la cuisine, boire quelque chose de réconfortant... Je vais t'expliquer ! »

Élise Chenaillet avala le petit verre de liqueur d'un trait, et sentit à peine le jet de feu qui lui traversa la gorge. Martin pénétra à cet instant dans la pièce et s'exclama :

« Lise ? Bon Dieu ! Si je m'attendais ! »

Son épouse chercha son regard :

« Elle vient seulement de découvrir l'état de la Besancière, la pauvre ! Et elle se demandait ce qui était arrivé à son Maximin... »

Le fermier s'assit en bout de table et secoua la tête :

« Moui... Elle aurait peut-être dû y songer avant de jouer les filles de l'air, non ? »

Clarisse le fusilla du regard :

« Voyons, Martin... lui reprocha-t-elle.

– Bien, bien... grogna-t-il en se tournant vers Élise. Eh bien ! Maximin, on ne sait pas où il est ! On peut seulement t'assurer que, la dernière fois où on l'a vu, il était bien entier et debout sur ses deux jambes... »

La jeune femme lui adressa au travers de ses larmes un pauvre sourire suppliant, et Martin abdiqua :

« Je vais tout te raconter... »

Il lui relata alors la détresse de Maximin après qu'Élise se fut enfuie en compagnie du colporteur. Son découragement à ne pas la voir revenir, qui l'avait poussé à négliger les travaux de la ferme... Puis les vaches confiées à l'amodieur, et la façon dont il s'était laissé aller quotidiennement à se rendre dans la vallée pour s'y enivrer dans tous les cafés de la région…

« Lui ? parvint à articuler Élise, incrédule.

– Pour oublier, sans doute… Il en est même venu aux mains, et il a semé une sacrée pagaille au café Pradiaux, à Mijoux ! Figure-toi qu'il y a tout cassé, et même assommé une demi-douzaine de clients !

– Maximin ? Mais… ce n'est pas possible !

– Mais si, ma belle… Poussé par le chagrin… Mais ça n'a pas duré. Ensuite, il s'est mis en tête de vous retrouver, toi et ton godelureau de charlatan, et il a couru monts et vallées sur le dos de Diamant. Puis, peu à peu, il a perdu tout espoir…

– Et alors ? s'inquiéta Élise, la gorge serrée.

– Alors il est venu, un soir, pour me confier ses bœufs et tout le petit bétail de la Besancière, prétendant qu'il lui fallait absolument quitter son domaine pour quelque temps, afin d'oublier… Et ma femme et moi, nous l'avons cru ! Alors, quand nous avons vu la fumée, le lendemain matin, nous avons pensé au pire, nous aussi… Mais non, il était seulement parti, en faisant derrière lui table rase du passé. Quelle idiotie ! Je lui avais pourtant bien dit que tu reviendrais ! Mais il n'a pas eu la patience d'attendre… »

Clarisse hocha de la tête :

« Oh ! Il l'aurait eue, la patience, s'il avait été sûr du retour de "sa" Lise ! Mais il n'y croyait plus, après tout ce temps… »

Élise ne cherchait plus à réprimer les hoquets et les gémissements qui la secouaient de spasmes. Que n'avait-elle compris plus tôt la monumentale erreur qu'elle faisait ? Que n'avait-elle su voir, dès les premiers jours, quel genre d'individu était en fait ce Pierrot dont elle s'était si bêtement entichée ? Et qu'avait-elle tergiversé si longtemps, avant de se décider à rejoindre la Besancière ?

« Tout est de ma faute… renifla-t-elle. Et vous avez le droit de me juger comme une "moins-que-rien" ! »

Clarisse fit un pas en avant pour la prendre par les épaules :

« Tout le monde peut faire des bêtises, ma petite… Et nous n'avons pas le droit de te juger, surtout en voyant ta peine et tes regrets ! »

Martin approuva du menton et ajouta :

« Ne t'en veux pas trop, petite : parce que le Savagnon, il sait y faire, pour emberlificoter les femmes ! Tout comme pour les larguer une fois qu'il s'en est assez amusé, d'ailleurs… Il s'en fait même tout une gloriole, l'animal ! Ah ! Si Maximin m'avait dit qu'il était revenu à la Besancière, je l'aurais prévenu, et toi aussi, ma pauvre… »

Cette révélation eut pour effet de raviver la honte et la peine de la jeune femme, qui éclata de plus belle en sanglots. Ainsi, elle s'était bel et bien laissé gruger ! Oui, elle avait été plus sotte qu'une oie sans cervelle, ce qui ne faisait qu'accroître sa rancœur envers elle-même… Avec lassitude, elle chercha le regard de Martin.

« Et… vous n'avez aucune idée d'où il a pu aller ? Ni de ce qu'il avait l'intention de faire ? »

Le fermier haussa les épaules :

« Lorsqu'il nous a apporté ici ses deux bœufs, la truie et ses petits, ses poules et ses lapins, il a seulement dit qu'il comptait faire le journalier ici ou là, au hasard des choses… Je n'en sais pas plus !

– Oui… confirma Clarisse. Il a même dit qu'il ferait tout pour ne pas rester trop longtemps à un même endroit ! Qu'il avait besoin de changer le plus souvent possible, pour essayer de reprendre le dessus. Pour t'oublier, quoi ! »

Élise ne put retenir un nouveau flot de larmes, et elle se prit la tête à deux mains :

« Qu'est-ce que j'ai fait ? Mon Dieu… J'ai tout perdu, même mon mari… Je n'ai plus rien ! Qu'est-ce que je vais devenir, maintenant ? »

Martin Lautry chercha des yeux l'accord tacite de son épouse, puis il proposa :

« Élise, je sais combien tu es dure à la tâche ! Aussi, si tu veux rester à Valtay quelque temps, nous pouvons te donner le coucher et le manger en échange de ton travail... Nous ne roulons pas sur l'or, mais nous pourrons te payer des gages, aussi modestes soient-ils ! »

Comment ne pas être émue par cette offre ? Sa voix se cassa pour répondre :

« Non, non... Jamais je ne pourrais ! Et puis, je préfère reprendre mon baluchon, pour essayer de retrouver Maximin... »

Clarissc protesta :

« Ce n'est certainement pas la bonne solution, Élise ! Où irais-tu, d'ailleurs, au hasard des routes ? Le pays est vaste, et il faudrait un miracle pour que tu puisses retrouver la trace de ton homme ! »

Martin partageait le même avis, et il ajouta :

« D'autant plus qu'au gré de ses voyages, il est probable que Maximin repassera à Valtay : il nous l'a promis ! Comme quoi il serait plus sage de l'attendre. Un jour ou l'autre, tu le verras bien arriver au coin de la cour, c'est moi qui te le dis... »

Le regard qu'elle lui adressa était déchirant de souffrance muette quand elle lui répondit :

« Peut-être... Mais j'ai trop de souvenirs qui me font mal, ici ! Comment rester chez vous, en sachant à quoi ressemble la Besancière, là-haut ? Ce serait plus que je n'en peux supporter... Trop dur, vous comprenez ? »

Le couple soupira : bien sûr, qu'ils comprenaient ! Martin Lautry resservit d'autorité un verre de liqueur à la jeune femme, puis il décida :

« En tout cas, il est hors de question que tu repartes aujourd'hui ! Tu peux même rester quelques jours, si tu le désires... À condition que tu nous promettes de revenir de temps à autre faire un détour par la ferme !

– C'est juré ! promit-elle. Ne serait-ce que pour savoir si Maximin est repassé, lui aussi, et qu'il vous aura dit où je peux le rejoindre... »

À cette seule idée, une bouffée d'espoir l'illumina de l'intérieur pour éteindre un peu ses tourments. Oui, elle le retrouverait !

* *
*

Elle avait grimpé la sente qui traversait la prairie sans se retourner, laissant derrière elle la ferme des Lautry, après avoir refusé la proposition du Félix Champignol de lui offrir un coin de son banc pour l'emmener jusqu'à la vallée ; elle détestait le bonhomme, et n'avait nulle envie de redescendre à Mijoux, où elle était passée quelques jours plus tôt. Mieux valait pour elle franchir la crête des montagnes pour pousser jusqu'à Gex. Peut-être le quincaillier Jean avait-il eu des nouvelles de son oncle ? Après tout, il était la seule famille proche qui restait à Maximin... Ragaillardie par cette pensée, elle serra très fort au fond de sa poche les billets et les pièces que lui avaient remis Martin Lautry. À son refus, il avait insisté :

« Ce n'est pas un cadeau, Élise... Seulement ce qui est dû à la Besancière sur la vente des lapins ! Sur celle aussi des œufs des poules de chez vous... Sans compter que nous avons déjà loué plusieurs fois les services de Rousset et Bobiou !

– Mais...

– Tu peux prendre cet argent, je te dis : ce n'est pas de la charité ! »

Quelle chance que d'avoir de tels voisins ! Et elle leur savait gré de ne lui avoir fait aucun reproche sur sa conduite de femme infidèle... Vraiment, de bien braves gens...

XXXII

De ferme en ferme

OH ! MAXIMIN N'ARRIVAIT PAS encore à siffloter ! Loin de là... Mais changer ainsi de ferme en ferme évitait l'ennui. Et, s'il ne pouvait chasser Élise de ses pensées, la peine s'atténuait peu à peu. Il en arrivait même souvent à souhaiter qu'elle fût heureuse, où qu'elle se trouvât ! Et tant pis pour lui... Après tout, même s'il devait en souffrir sa vie durant, il n'avait qu'à s'en prendre à lui ! Comment avait-il pu s'imaginer qu'une femme bien plus jeune que lui pût se satisfaire des conditions de vie qu'offrait le domaine de la Besancière ? Le domaine des Chenaillet... Et, pourtant, il ne lui en voulait pas : comment oublier sa grâce, son sourire, cette ardeur qu'elle mettait à l'affoler sous le secret des draps ? Oui... Il avait beau tout faire pour l'oublier, il l'aimait ! Plus que tout... Malgré tout, jamais plus il ne s'acharnerait à la rechercher par monts et par vaux. Si elle avait vraiment trouvé le bonheur ailleurs, il savait qu'il n'avait rien de mieux à lui offrir ! Il avait depuis longtemps pris conscience que, même pour une bonne équipe de journaliers et d'employés, la Besancière ne pouvait que se mourir d'isolement, prisonnière qu'elle était entre la prospérité des vallées et la misère des montagnes... Comment avait-il pu imposer cette existence invivable à une jeune femme avide d'un bien-être qu'il n'avait jamais su lui offrir ? C'était d'ailleurs ce que son neveu avait si bien su lui faire comprendre, à demi-mot, avec beaucoup de délicatesse et une bonne dose d'humilité... Aussi, maintenant qu'il avait réduit en cendres le seul bien qui lui appartenait, rien ne lui servait de regretter. Ce qui était fait était fait !

Oh ! Il n'avait dormi que sous le couvert d'une grange, sur un ballot de paille, mais se sentait étrangement bien dans sa peau ! Il s'étira, bâilla, puis se redressa en s'ébouriffant les cheveux pour en ôter tous les fétus… Tout compte fait, ce n'était pas une honte, que de louer ses bras comme journalier ! Même si les heures étaient longues, même s'il ne trichait pas en s'adonnant sans compter aux travaux qu'on lui confiait, c'était bien moins dur que de s'échiner jour et nuit sur un domaine qui pouvait nourrir son homme… Il soupira, préférant ne pas se souvenir de l'initiative de son épouse de produire directement des fromages élaborés à la ferme : l'opération avait été des plus bénéfiques, même si chaque comté, gris, ou chevret qu'il avait vendu lui avait été un déchirement ! À quoi bon, sans celle qui avait mis la main à la pâte pour leur donner ce goût inimitable qui leur avait valu tant de succès ? « Ne plus penser à elle ! Ne plus penser à elle ! » Il soupira : mieux valait se lever de sa paillasse pour rejoindre la cuisine du père Bresse, et lui signifier qu'il reprendrait la route dès la fin de la semaine. Il était plus poli d'avertir à l'avance…

Il n'avait pas été sans remarquer le mouvement irrité du sourcil en broussailles :

« Comment, tu veux t'en aller ? s'était indigné Raymond Bresse. J'ai encore du travail pour toi, tu sais, et je ne saurais me plaindre de l'ouvrage que tu abats ! Tu n'as rien d'un de ces journaliers que l'on embauche à l'occasion, non ? »

Maximin ne répondit rien, se contentant de baisser le nez sur son bol fumant ; il détestait trop les séparations, les adieux ! Le père Bresse insista :

« D'ailleurs, je me plais de plus en plus à penser que tu n'es pas un journalier, Maximin ! Mais plutôt quelqu'un qui a déjà eu un domaine à soi… Revers de fortune, non ? »

Maximin froissa sur ses lèvres une moue ambiguë :

« Peut-être, concéda-t-il sur un ton qui voulait dire "oui".

– Alors, pourquoi ne pas rester ? Je pourrais même doubler ton salaire, ou presque !

– Parce que je veux profiter de ma liberté pour ne plus être prisonnier à vie d'une ferme ! répliqua-t-il. Et que je trouve plus enrichissant d'aller d'un endroit à un autre que de m'enraciner ici ou ailleurs... »

Raymond Bresse abdiqua :

« Bon... Fais donc à ton idée ! Mais tu ne m'empêcheras pas de penser que tu as bien des problèmes à digérer, et bien des peines à oublier, pour agir de la sorte... »

Quelle perspicacité ! Maximin resta pourtant muet... Le père Bresse conclut alors :

« Quoi qu'il en soit, si tu repasses dans le coin, il y aura toujours une place pour toi, l'ami ! »

* *
*

Il lui avait fallu un courage peu commun pour oser enfin tirer sur la sonnette, et ses appréhensions se justifièrent lorsque la jeune femme vit le visage de celle qui lui avait ouvert la porte se figer :

« V... Vous ? »

Quel ton agressif ! Nul doute, Mathilde Chenaillet n'ignorait rien de l'infortune de l'oncle de son époux, et elle lui en tenait grief ! Quel contraste avec l'accueil qu'elle et Maximin avaient eu, lorsqu'ils s'étaient tous deux offerts cette escapade en ville ! Une voix venue de l'intérieur se fit entendre :

« Qui est-ce, ma belle ? »

La mine pincée, Mathilde hésita, puis cracha :

« C'est... c'est cette... Enfin ! Celle qui servait de femme à ton oncle avant de... »

Jean se précipita vers le palier pour réprimander sa femme :

« Mathilde ! Voyons ! ce n'est pas à nous de juger ! Allons, Élise, entrez donc... »

Elle n'avait qu'un vague souvenir de l'intérieur du couple de quincailliers, et se surprit à le découvrir si confortable : des parquets cirés, des tentures, des meubles ornés de fins motifs, des cheminées de marbre ouvragées, des sculptures et des tableaux. Un univers qui la déroutait, habituée depuis toujours qu'elle était d'un cadre infiniment plus modeste… Malgré l'invitation du maître de maison, elle n'osa pas s'asseoir, tétanisée par le regard outré de Mathilde Chenaillet, laquelle ne put réprimer la remarque acerbe qui lui brûlait les lèvres :

« Petite gouape ! Comment osez-vous ?

– Je… je… balbutia la jeune femme.

– Ne l'écoutez pas, Élise ! intervint Jean. Et asseyez-vous… Pour ma part, je ne me sens pas le droit de vous faire la morale. Et si cela dérange ma femme, il y a assez de pièces pour elle dans cette maison pour que nous puissions discuter sans la déranger ! »

Manifestement furieuse de la rebuffade de son époux, Mathilde virevolta en rassemblant ses jupons, puis elle s'en fut d'un pas nerveux en faisant claquer la porte derrière elle. Élise ne lui en voulut nullement, au contraire. Son attitude montrait bien qu'elle était au courant des malheurs de Maximin, donc que ce dernier était bien passé par ici après son départ de la Besancière…

Jean Chenaillet se cala plus confortablement dans son fauteuil de velours, puis il considéra sa visiteuse d'un air absent :

« Alors ? » dit-il simplement.

Mieux valait jouer la sincérité ! Élise n'hésita que peu avant de se confier :

« Je sais que je n'aurais jamais dû venir vous rendre visite… confessa-t-elle. Mais je ne savais que faire. Je sais aussi que ma conduite ne mérite nulle excuse, et croyez bien que j'en ai honte ! Mais, malgré ce que vous pouvez croire, j'aime Maximin et je tiens à le retrouver… »

Jean Chenaillet soupira :

« À quoi bon, après ce qui s'est passé ?

– Oh ! certes pas par intérêt : nous ne possédions pas grand-chose, Maximin et moi, et l'incendie de la Besancière a détruit le peu que nous avions… Je l'aime, c'est tout, et ces derniers drames m'ont fait me rendre compte que je l'aime encore plus que je ne le pensais !

– À votre âge, il serait plus sensé de vous trouver un homme plus jeune ! Vous êtes même assez belle pour prétendre séduire quelqu'un d'aisé… Alors que mon oncle, outre qu'il soit sans le sou, n'est plus de première jeunesse, lui !

– Qu'importe ! C'est avec lui que je désire vivre… s'il veut toujours de moi… Dites-moi que vous l'avez revu, depuis qu'il a quitté la ferme ! Dites-moi où il a bien pu aller. Je ne vous en demande pas plus, monsieur… »

Le quincaillier sembla peser un instant le pour et le contre, puis il se décida :

« D'accord ! Maximin est bien passé à la maison, il y a quelques semaines déjà… Il nous a raconté ses déboires, le pauvre ! Et la peine que vous lui avez causée en partant ainsi. Je ne peux vous en blâmer, quoi que j'en pense, puisque je lui ai dit qu'à mon avis, c'était là le sort qui attend la plupart de ceux qui épousent des femmes bien plus jeunes qu'eux ! »

Élise devint écarlate et baissa les yeux :

« Je vous assure que cela ne se reproduira plus ; il me manque trop ! Et il est si bon… »

Jean Chenaillet lui renvoya un sourire sinueux :

« Peut-être valait-il mieux s'en apercevoir avant qu'après, non ? Mais n'en parlons plus ! Mon oncle semblait avoir fait son deuil de vous revoir un jour, et c'est sans doute ce qui l'a poussé à commettre cette folie d'incendier la ferme…

– Je me le reprocherai toute ma vie, vous savez ?

– La belle affaire ! Ça ne changera pas les choses… Et Maximin m'a juré ses grands dieux que plus jamais il ne s'intéresserait à une femme, et que son cœur serait désormais sec à tout sentiment ! Mais, à mon sens, il ne m'a dit cela que parce qu'il tient toujours à vous, quoi qu'il prétende…

– Vous le croyez vraiment ? s'emballa la jeune femme.

– Je le crois, oui… Je pense même que, dès la première minute, il était prêt à vous pardonner. Vous avez trop tardé, c'est tout !

– Il est donc trop tard, selon vous ?

– Peut-être pas… Je connais peu mon oncle, mais assez pour savoir combien est immense sa bonté d'âme ! D'autant plus que son attachement pour sa belle Lise ne fait pour moi aucun doute…

– Si seulement je savais où il est allé…

– Ça, je ne pourrais vous le dire, il ne le savait pas lui-même… »

Bouleversée, Élise se leva de son siège :

« Bien… Je vous ai assez ennuyé comme cela, monsieur Chenaillet… Il ne me reste qu'à vous remercier et à prendre congé…

– À cette heure-ci ? Vous n'y pensez pas ! J'espère bien que vous partagerez notre souper et que vous passerez la nuit sous mon toit ! »

Décontenancée, gênée, elle protesta :

« Non, non ! Et… et votre dame ?

– Mathilde ? Mais non, elle ne vous en veut pas tant que ça… Elle se donne seulement bonne conscience en affichant ses principes ! Car je peux vous assurer qu'auprès de Maximin, elle vous a trouvé toutes les excuses pour expliquer votre conduite ! Vous verrez, Élise, elle agira avec vous comme si rien ne s'était passé… C'est que je commence à la connaître, depuis le temps, ma Mathilde ! »

* *
*

Il commençait à se faire à sa vie d'errant plus vite qu'il ne l'avait pensé, et son existence à la Besancière lui semblait appartenir à un passé déjà lointain… Il avait hésité à se présenter aux carrières de Vesancy, où il savait que l'on cherchait en permanence des gars forts et courageux, mais y avait renoncé. Il était un homme de la terre, pas un homme de la pierre ! Il allait donc de village en village, restant rarement plus d'une semaine dans une même ferme : Cessy, Grilly, Sauverny, Versonnex, Segny… Diamant était une belle bête docile, aux pattes solides et à la taille impressionnante, et il arrivait que l'on embauchât l'homme et l'animal : un cheval de trait qui pouvait tirer des charges lourdes aussi bien qu'une paire de bœufs ! Et Maximin se félicitait d'avoir auprès de lui ce compagnon fidèle qui contribuait, lui aussi, à garnir la bourse de son maître… Le paysan savait bien que les fermiers profitaient de lui en lui payant des gages inférieurs aux tarifs qui se pratiquaient en plaine, mais ne s'en plaignait pas. Jamais, à la Besancière, il n'avait eu autant d'argent en poche !

Une ou deux fois, il avait accepté de travailler dans une des nombreuses grosses fruitières où se fabriquaient ces fromages réputés qui se vendaient dans une grande partie de la France et de la Suisse, mais il ne s'y plaisait guère. Ces fromageries étaient de véritables usines, et Maximin n'aimait pas leur atmosphère confinée, leur préférant le grand air. Et puis, cela lui rappelait trop Élise et le plaisir qu'elle prenait à cette activité, dans la pauvre fruitière artisanale du domaine ! Élise… Bien qu'il s'en défendît, il y songeait souvent, plusieurs fois par jour, et tout était prétexte à ce que ses pensées revinssent vers elle. Il entendait ici le même air qu'elle sifflotait si souvent, lorsqu'elle était heureuse, il remarquait là une silhouette féminine qui lui ressemblait, un vêtement aux couleurs et motifs qu'elle affectionnait, une façon de rire qu'il croyait n'appartenir qu'à elle… une expression dont elle aimait à user… ou simplement, au hasard d'un visage, des yeux aussi beaux et expressifs que les siens… Combien de fois ne se retournait-il pas en sursautant, persuadé qu'elle était là, à quelques pas de lui ? Combien de fois ne s'éveillait-il pas en sueur, en cherchant près de lui sa chaleur familière ? Il s'efforçait malgré tout de chasser ces impressions fugitives, et la souffrance atroce qui l'habitait depuis des mois se muait peu à peu en une gêne familière et quotidienne…

Segny, Chevry, Saint-Genis… Plus on s'enfonçait dans ce mois d'octobre aux couleurs d'ocre et de rouille, plus il remarquait de l'agitation dans les vignes : le temps des vendanges était là ! Le temps de la récolte… Là-haut, sur ses montagnes, il était hors de question de parler de vignoble ; l'altitude était incompatible avec la culture du raisin ! Aussi était-ce par curiosité qu'il envisageait de retrousser ses manches pour couper les grappes… On lui avait tellement parlé de l'ambiance festive et chaleureuse qui accompagnait ce travail pourtant réputé pénible pour le dos ! Et puis, ça apporterait un peu de variété au labeur, depuis toutes ces semaines qu'il arpentait les champs pour les semailles, la batiule au côté… Tout en marchant en tenant Diamant à la longe, il porta son regard sur un îlot de bâtisses qui semblait émerger d'un océan de verdure, puis il s'adressa au chien qui ne quittait pas ses talons depuis son départ de la Besancière :

« Ça te plaît, Boule ? Parce que je suis bien sûr qu'on ne me refusera pas de l'embauche, dans cette propriété dont doivent dépendre toutes ces vignes ! Ça nous changera de la charrue, des vaches ou de la faux, non ? »

* *
*

Elle s'efforçait de garder intacte sa détermination, malgré les refus essuyés. Il n'était pas si facile de trouver de l'ouvrage, pour une femme seule qui courait les routes ! Ces regards méfiants, parfois méprisants, ces sourires sarcastiques. Avec cette façon humiliante de la considérer comme une mendiante ! Mais qu'était-elle d'autre, après tout, même si elle ne demandait pas la charité ? Le plus dur, chaque soir, c'était pour elle de trouver un toit sous lequel dormir, à une saison où les nuits devenaient chaque jour un peu plus froides… Comme dans la vallée de la Valserine, les curés savaient souvent se montrer accueillants, mais ils ne pouvaient offrir un abri à tous les miséreux qui se présentaient ! Heureusement, il y avait aussi des personnes généreuses qui lui avaient proposé un coin de grange ou d'écurie, et même parfois une place à leur table, le soir, pour le souper…

« Je ne demande pas l'aumône ! assura-t-elle une nouvelle fois. Je cherche seulement de l'ouvrage, et je suis capable de gagner honnêtement ma vie… Je suis dure à la tâche, vous savez, et les travaux d'hommes ne me font pas peur !

– Je n'en doute pas, p'tit' dam'… Et c'est bien là le problème, d'ailleurs : j'ai besoin de quelques journaliers, mais une femme parmi eux, et ce serait tout de suite la zizanie ! Surtout une jolie femme… »

Elle rougit, face au paysan narquois ; elle savait bien que c'était un handicap ! Qu'on ne pouvait décemment la faire dormir au milieu des ouvriers agricoles… Qu'une femme au cœur de l'univers masculin de ceux qui louaient leurs bras était source de plaisanteries et de conflits. Et qu'elle courait en outre le risque de se faire chahuter, tripoter, pire, peut-être ! Elle soupira et le brave fermier lui sourit :

« Allons… J'ai peut-être une idée pour vous ! Les Montangeon ont une propriété bourgeoise, un peu à l'écart du village. Leur domestique, une vieille dame au service de la famille depuis des dizaines d'années, vient de se briser une jambe ! Peut-être monsieur et madame ne seraient-ils pas opposés à engager une remplaçante ? Ce sont de bonnes gens, vous savez, et vous avez l'air d'une personne de confiance…

– Merci, monsieur ! Je vais m'y rendre de ce pas… »

Le bonhomme éclata de rire :

« Pas si vite ! Mieux vaut que j'aille vous présenter, si vous voulez avoir une chance ! Justement, mon cheval est attelé au cabriolet. Je me ferai un plaisir de vous conduire chez les Montangeon.

– C'est fort gentil à vous ! Merci encore…

– Rien de plus normal… Allons-y, voulez-vous ? »

Élise se félicita de cette aide inattendue, tout en pensant que, si elle avait été laide, difforme et contrefaite, le fermier ne se fût sans doute pas montré aussi empressé !

XXXIII

L'immense tablée

Il y avait au moins une heure qu'Octave n'avait pas desserré les mâchoires... Assis près de l'âtre rougeoyant, tout en ombres et en reflets, il semblait momifié, perdu dans des pensées qui n'appartenaient qu'à lui. Antoine ficha ses dents dans la pulpe de ses lèvres à s'en faire mal. Comment vivre, avec pour seule compagnie, celle de ce vieux qui se racornissait près des braises ? Sans un mot. Sans un geste... Et comment s'occuper ? Sans l'ambiance si reposante de ces veillées, à la ferme, lorsque la famille est nombreuse et que chacun a mille choses à raconter ? Il se força pour prendre un ton indifférent, puis annonça :

« J'ai tombé trois énormes baliveaux, aujourd'hui ! Et je les ai ébranchés et écorcés... Il ne me reste plus qu'à les débiter en tronçons pour qu'ils soient prêts à être descendus ! »

Octave leva à peine le nez pour grogner :

« Ah ! Bon ? »

Qu'en avait-il à faire, des bois ? Bien sûr, il fallait se chauffer, l'hiver, mais il avait l'impression que les flammes les plus ardentes ne pourraient jamais faire fondre le gel qui l'habitait depuis le départ définitif de Thibaud...

Il perdit de nouveau son regard sur les tisons rougeoyants qui semblaient se tortiller comme des vers de feu sous les cendres, puis grommela quelques mots indistincts.

« Qu'est-ce que tu dis ? »

Le vieux secoua la tête d'un air las :

« Je dis que nous nous échinons pour rien, sur ces terres, puisque les Vornex n'auront aucune descendance à qui laisser les Fontanières ! Le domaine se meurt, Antoine… Et il me semble que je meurs avec lui… »

De tels propos n'étaient pas pour réconforter le moral du jeune homme, qui soupira :

« Ce n'est ni mieux ni pire qu'avant ! constata-t-il.

– Nous vivotons en nous privant de tout et en nous épuisant pour rien. À quoi bon s'accrocher à la vie, à mon âge ?

– Tu ne penses qu'à toi ! s'énerva soudain Antoine. Et moi, dans tout ça ? Crois-tu que je mène l'existence dont j'avais rêvé ? Crois-tu que ça ne me désole pas, de ne jamais voir notre cagnotte s'enrichir du moindre billet ? De n'avoir jamais rien à dépenser pour me payer un peu de bon temps ?

– Je sais, mon fils… Tout ce que nous trimons suffit juste assez pour pouvoir survivre, ici… Mais, après moi, tu feras bien ce que tu veux… »

Antoine laissa s'égrener de ses lèvres un ricanement amer :

« Après toi ? Ah ! La belle affaire… Qu'est-ce que ça vaut, ici, dans ce coin perdu au bout de nulle part ? Et qui voudrait bien s'encombrer des Fontanières et de ses terres ? Même pas nos voisins, s'ils en avaient les moyens ! Les Reculet ont déjà bien assez de mal à s'en sortir… Et leur famille est pourtant assez nombreuse pour ne pas manquer de bras, à Crépillon !

– C'est bien ce que je disais : je n'aurais aucun regret, si le bon Dieu me rappelait à lui ! J'espère seulement qu'il ne tardera pas trop, et qu'il ne me laissera pas voir le domaine continuer à partir en décrépitude…

– Et "gnagnagni", et "gnagnagna" ! s'exclama le jeune homme d'un ton agacé. Comme si tes pleurnicheries pouvaient changer les choses ! »

Le silence s'installa de nouveau entre le vieillard et son fils, seulement troublé par le crépitement des braises et les cliquetis de l'horloge. Après ces quelques mots échangés, comment ne pas se laisser grignoter l'esprit par la vermine du découragement ? Antoine eut du mal à dénouer l'écheveau de rancœurs qui s'entortillait en sa gorge. C'était vrai que la perspective de s'accrocher pour la vie aux Fontanières lui apparaissait comme un véritable enterrement ! Mais comment partir, sans un sou en poche ? Il n'avait pas, comme Thibaud, des doigts habiles à tailler les pierres ou monter des pièces d'horlogerie ! Il ne savait que travailler la terre et les champs, s'occuper des bêtes et jouer le bûcheron, tout juste de quoi se louer comme journalier ici ou là, au hasard des fermes, pour un salaire de misère… Sans pouvoir prétendre un jour posséder le moindre lopin à lui ! Il en avait assez rencontré, des malheureux qui allaient ainsi d'un domaine à l'autre, des déracinés sans avenir qui, au fil des ans, ressemblaient peu à peu à des mendiants… Était-ce là le sort qui l'attendait ? Non… Mieux valait encore rester ici, sur les terres de ses ancêtres ! Et, pour cela, il lui fallait se résigner à accepter l'inconcevable : c'était vraiment la seule solution…

Crispé, le visage dur comme les dalles du sol, le regard fixe et aveugle, il chuchota d'une voix étranglée :

« Pour l'Eugénie, je veux bien… »

Octave sursauta et dirigea des yeux soudain plus vifs sur son fils :

« Comment ?

– J'ai dit : pour l'Eugénie, je veux bien, après tout… »

Dieu ! Qu'il lui avait fallu se faire violence, pour s'arracher ces quelques mots ! Mais avait-il le choix ? La vie d'errance d'un journalier condamnait à la solitude, et Antoine ne concevait pas de rester célibataire. Il savait aussi que, sans le sou, il n'avait pas la moindre chance de s'attirer les attentions d'une jolie femme ou d'un bon parti ! S'il restait ici, aux Fontanières, il lui fallait bien se faire une raison. Puisque la fille Reculet ne rêvait que de lui passer bague au doigt, pourquoi ne pas lui céder ?

« J'ai bien entendu ? insista Octave Vornex. Tu veux bien ?

– Pourquoi pas ? soupira-t-il. C'est vrai, j'aurais souhaité une femme plus agréable à regarder et un peu plus vive d'esprit, mais il ne me faut pas rêver. Si je ne veux pas rester vieux garçon, je dois bien admettre qu'il n'y a qu'elle pour envisager sans problème de vivre aux Fontanières ! Et puisque le Jules affirme qu'elle "m'a dans la peau" depuis l'enfance, peut-être qu'elle me fera une honnête épouse, non ? »

Octave se leva de son siège, plus alerte qu'il n'avait été depuis des semaines :

« Et tu me demandes mon avis ? S'étonna-t-il. Depuis le temps que je te le serine : Eugénie te sera une maîtresse de maison parfaite ! Qui ne rechignera pas à la tâche, te sera aimante et fidèle, te fera de beaux enfants, et qui saura redonner vie aux Fontanières...

– Je sais, je sais ! concéda le jeune homme avec humeur. Mais sache que je ne m'y résous qu'à contrecœur... Quel ennui, que d'envisager de vivre à ses côtés !

– S'il y a pire ennui encore, c'est bien celui de vivre sans compagne ! Tu peux m'en croire. Depuis la mort de ta pauvre mère, je sais ce que c'est... »

Le vieil homme s'agitait d'un coup, arpentant la grande pièce de long en large, singulièrement excité. Voilà qui changeait tout !

« Et... quand penserais-tu célébrer les fiançailles ? »

Antoine grimaça un rictus peu enthousiaste et haussa les épaules :

« Je ne sais pas, moi... au printemps, non ? Si les Reculet sont d'accord, bien sûr !

– Bien sûr, qu'ils le seront ! Tiens, je vais leur annoncer la nouvelle de ce pas...

– À cette heure ?

– Et alors ? Les bonnes nouvelles, ça n'attend pas ! Et je suis bien certain que Jules et sa femme s'en feront une joie... Tu ne viens pas avec moi ?

– Non... Je préfère rester seul...

– À ta guise, mon fils. À ta guise ! »

Le jeune homme ne répondit pas, et le claquement de la porte derrière le dos de son père résonna étrangement en lui. Il avait beau dire, sa décision subite lui laissait un arrière-goût d'amertume au fond du cœur…

* *
*

Durant ces quelques mois d'hiver, toujours trop longs à cette altitude, la nature comme les gens s'étaient endormis sous la neige et les froidures. Un peu comme si la terre et les hommes s'étaient octroyés cette longue pause pour reprendre souffle. Ce n'était pas pour autant que la vie s'était arrêtée : on savait occuper son temps, en morte-saison, dans ces pays de montagnes ! Pour passer le temps et se réchauffer, Antoine et son père avaient bricolé avec une ardeur qui ne leur était plus naturelle depuis des années. C'était ensemble qu'ils avaient passé des journées sous le hangar, dès que la température le permettait, pour fendre bûche sur bûche et les entasser à l'abri.

« Cette fois-ci, on a de l'avance pour plus d'un an ! »

Pour que le bois se conservât mieux, Antoine poussa la conscience jusqu'à écorcer les tronçons et les branches des fayards, ce qui ne lui était plus arrivé depuis des années ! Sur la fin de l'hiver, le jeune homme s'était même trouvé assez d'entrain pour préparer des quantités impressionnantes de piquets afin de rénover les clôtures, les barrures et les palissades du domaine… Il avait réparé les outils, aiguisé scies et haches, et avait fini par se résoudre à relever quelques murs dans la partie de la maison qui tombait en ruine depuis des décennies. Savait-on jamais, si la famille s'agrandissait, après son mariage avec Eugénie ? Son mariage… Antoine y pensait désormais avec de moins en moins de réticences. Si sa future fiancée n'arborait pas ces attraits qui savent si bien émoustiller les hommes, il ne pouvait nier sa gentillesse à toute épreuve, sa faculté de savoir toujours sourire, et surtout cette candide douceur qui s'accrochait au moindre de ses regards lorsqu'elle posait les yeux sur lui ! Oui, à la réflexion,

Eugénie ferait tout pour le rendre le plus heureux possible. Pouvait-il honnêtement songer à s'en plaindre ?

Le fumier avait été épandu, les haies taillées, les prés nettoyés. La belle saison s'annonçait déjà et, pour une fois, aux Fontanières, le vieux Vornex et son fils ne s'étaient pas encroûtés dans une oisiveté forcée. Tout était fin prêt pour pouvoir affronter avec sérénité les travaux de printemps... Antoine chercha dans le regard de son père la complicité nouvelle qu'il pouvait y lire depuis qu'il s'était enfin décidé à envisager sérieusement ses épousailles :

« Je crois, affirma-t-il, que si le temps reste encore un peu au beau, je pourrais attaquer les premiers labours dès demain !

– N'est-ce pas encore un peu tôt ?

– La neige est presque partie partout ! rétorqua-t-il. Pourquoi attendre plus ? Autant continuer sur notre lancée, puisque cette année nous n'avons pas accumulé de travail en retard... »

Sans plus attendre, il se pencha de nouveau sur son piochon pour continuer à tracer la rigole quelques pas derrière son père. Malgré la cisaille de feu qui lui torturait les reins, Octave allait l'imiter quand il remarqua :

« Tiens... On dirait que ta "promise" vient te rendre visite !

– Eugénie ? » s'étonna Antoine en se redressant.

Si la nouvelle ne l'emballait pas, il l'accueillait pourtant sans véritable déplaisir : il fallait bien qu'il se fît à l'idée de cette union, bon sang de Dieu !

Octave s'avança le premier du chemin pour approcher de la jeune femme, qui cahotait dans la montée en peinant pour reprendre son souffle.

« Bonjour, petite ! Et que nous vaut l'honneur, pour que tu prennes le temps de courir jusqu'ici depuis Crépillon ? »

Eugénie Reculet, haletante et les joues roses, aspira goulûment quelques goulées d'air avant d'arborer ce sourire benêt qui irritait tellement le jeune homme :

« Bonj... bonjour, père Vornex... s'époumona-t-elle d'une voix hachée. C'est... c'est rapport... à la maison ! »

Elle s'interrompit pour saluer Antoine sans pouvoir le quitter de son regard aux yeux trop grands. Le fils Vornex lui rendit un sourire un peu contraint. Malgré ses bonnes résolutions, il ne pouvait s'empêcher, chaque fois qu'il la rencontrait, de la détailler d'un œil critique ! « Trop petite : elle ne m'arrive même pas à l'épaule ! Et puis, ne pourrait-elle maigrir un peu ? Perdre ces joues rebondies, ces hanches larges et ce ventre boudiné ? Ces seins qui font craquer son corsage ? Et surtout cette expression d'empotée chronique ! » Mais enfin, ce n'était pas de sa faute, à cette pauvre fille… Faussement enjoué, il se fendit d'un bref :

« B'jour, Eugénie… Et qu'est-ce qui se passe, au Crépillon ? »

La question sembla mettre un temps avant de parvenir à la conscience de la jeune femme, qui entretint un moment de silence avant de répondre enfin :

« C'est… c'est rapport à ma sœur Hélène et à votre Thibaud ! »

Entendre prononcer le seul prénom de son cadet avait l'art d'assombrir instantanément l'humeur d'Octave, qui grogna :

« Qu'a-t-il encore fait, celui-là ?

– Rien, rien… assura Eugénie. Sauf qu'ils sont tous deux arrivés hier soir à la maison…

– Comment ? s'indigna le vieil homme. Ils ont osé ! »

Eugénie écarquilla les paupières, comme si elle ne comprenait pas la colère du vieil homme :

« Il fallait bien… Ma sœur et Thibaud se devaient de venir annoncer leur mariage à la famille !

– Faut pas manquer de culot ! Après s'être enfuis tous deux sans demander l'avis de personne… Et nous mettre maintenant devant le fait accompli ? Ce ne sont pas des choses qui se font ! »

Antoine fit un pas en avant pour intervenir :

« Bon, ça va, le père ! Maintenant que le mal est fait… »

Comment s'empêcher de penser, en posant son regard sur Eugénie, que, si mal il y avait, il aurait préféré qu'il tombât sur lui : Hélène était si belle, elle ! Pourquoi avait-il fallu qu'elle jetât son dévolu sur Thibaud, et non sur lui ?

« Et… en quoi ça nous concerne ? »

Interdite, la jeune femme bafouilla :

« Ben… c'est-à-dire que… qu'on doit manger en famille, ce midi… et… et que… qu'il serait bien si vous vous joigniez à nous à table, non ? »

Octave Vornex brûlait sans doute de l'envie de revoir son cadet, mais il ne pouvait se l'avouer… Il cracha à terre et fulmina :

« Moi, s'ils étaient venus frapper à ma porte, je les aurais renvoyés d'où ils viennent à grands coups de pieds de par le cul !

– Oh ! s'offusqua Eugénie en rougissant, tandis qu'Antoine se tournait vers son père :

– Allons… Ce n'est pas à nous de mettre de l'huile sur le feu ! Et si ce mariage ne compte pas, pour nous, ce n'est pas une raison pour refuser l'invitation des Reculet, surtout lorsqu'elle provient de la bouche de celle qui est ta future bru !

– Bon… céda le vieil homme en bougonnant. Mais qu'on ne compte pas sur moi pour leur dire le plus petit mot. On a de l'honneur, chez les Vornex ! »

* *
*

Le manque d'entrain d'Octave Vornex était sans doute un peu forcé, mais Antoine avait dû s'impatienter plusieurs fois sur le chemin de Crépillon pour l'inciter à hâter le pas : « Il ne se fait pas d'arriver en retard chez les gens, quand on est invité ! » À peine avaient-ils mis les pieds dans la cour du domaine, qu'ils furent surpris de voir Jules et Jeanne s'avancer à leur rencontre :

« Ça me fait plaisir, Octave, de te voir ici ce soir… Je ne savais pas trop si tu accepterais, à cause de… enfin, tu sais bien ! »

Le vieux se contenta d'un grognement en guise de salut, puis il suivit ses hôtes à l'intérieur de la bâtisse, avec au cœur un cruel sentiment d'envie de fuir au fur et à mesure qu'il entendait l'animation qui régnait dans la maison. Ils en avaient, de la chance, les Reculet, d'avoir une aussi grande famille à rester sur les terres du domaine ! Six enfants ! Trois garçons et trois filles qui faisaient vivre ces murs… Ferdinand, le plus âgé, qui avait déjà deux fils presque en âge d'aider à la ferme ; Berthe, l'aînée des filles, mariée à un journalier du domaine qui lui avait donné une fille, et dont l'arrondi du ventre annonçait une nouvelle naissance ; André et François, ce dernier étant le seul des frères à n'avoir pas encore pris femme. Et puis Eugénie et Hélène… « Une petite garce, que celle-ci ! Qu'avait-elle besoin de fricoter avec mon Thibaud ? »

Sur le seuil de la grande salle commune, Antoine et son père restèrent un moment interdits face à l'immense tablée. Que de monde ! Mais, surtout, leurs regards ne pouvaient se détacher du couple qui trônait en bout de table : Thibaud et Hélène… méconnaissables ! Hélène, toujours aussi mignonne, dans son petit ensemble sagement citadin, caraco noir sur corsage à dentelles, qui baissa aussitôt le nez pour éviter de croiser le regard d'Antoine et de son père. Et Thibaud, habillé comme un ministre ! Oh ! Bien sûr, l'œil exercé ne pouvait ignorer le paysan qui se cachait sous ces vêtements neufs… Mais qu'il semblait transformé, fier et raide sous sa chemise au col fermé par un ruban mauve et moiré artistiquement noué, la veste à pans ouverte sur un gilet bien galbé à boutons nacrés, qui mettait si bien en valeur la chaîne dorée de la montre de gousset ! Le plus troublant, pourtant, c'était cette expression de suffisance victorieuse qu'il s'appliquait à afficher aux yeux de tous, conforté sans doute par l'accueil si chaleureux que lui avait réservé la famille d'Hélène… Il ne daigna pas se lever pour aller à la rencontre de son père et son frère, et se contenta d'un petit sourire entendu. Gênés, Octave et Antoine s'efforcèrent d'ignorer l'affront, et ils prirent place à table le plus loin possible du cadet de la famille…

Contrairement à leurs craintes, le repas servi par Jeanne Reculet et sa fille Berthe se déroula sans anicroches ni invectives, et dans une bonne humeur plutôt communicative… Peut-être le bon vin versé dans les verres et les mets succulents emplissant les assiettes y étaient-ils pour quelque chose ? Toujours fût-il que l'ambiance se révéla très vite conviviale et festive. Tout au plus

Antoine et son père évitaient-ils soigneusement d'entamer toute conversation avec Thibaud… Par convives interposés, ils apprirent pourtant qu'Hélène et lui s'étaient mariés à Genève à l'automne dernier, que la jeune femme avait quitté son emploi chez les Rosier pour trouver une place de couturière dans une maison réputée de la grande ville, et que Thibaud avait abandonné la taille des pierres précieuses pour entrer dans l'horlogerie. Conformément à ses espoirs, et malgré ses doigts épais de laboureur, il s'était vite avéré un bon « montrier ». « Un excellent monteur de boîtes, voilà ce que je suis, maintenant ! » se vantait-il souvent.

À la fin du repas, Jules Reculet tira sa chaise pour s'installer près d'Octave et d'Antoine :

« Alors, tu vois, vieux grincheux, les choses ne se passent pas si mal ! Et, tout compte fait, ça va plutôt bien, pour les petits. Il n'y avait pas de raison de se faire du souci ! En quelques mois, ton garçon s'est fait une assez jolie situation, à Genève…

– Grand bien lui fasse ! rétorqua le vieil homme. Mais ce n'est pas ce qui arrange les affaires des Fontanières… La place d'un bon fils serait là-haut, et non pas à Genève. Les Vornex n'ont pas pour vocation le monde des villes !

– La preuve que si. Thibaud et ma fille ont déjà un logement plutôt coquet, dans un quartier qui n'a rien de délabré ! Ils vivent bien, sans se priver, et arrivent déjà à faire des économies… Même qu'ils ont acheté un cabriolet à cheval flambant neuf ! Vous ne l'avez pas vu, sous le hangar ?

– Et tu crois vraiment, Jules, qu'ils sont plus heureux ainsi ? Au milieu des gens, des rues et des immeubles ? Et que ça les rend plus intelligents que de s'habiller comme des guignols ?

– Il paraît que c'est la dernière mode…

– Eh bien ! Qu'ils se la gardent, leur mode ! » conclut Octave en se réfugiant de nouveau dans le mutisme.

Antoine n'avait rien dit, mais n'en pensait pas moins. C'était vrai que Thibaud avait l'air heureux, auprès de sa belle compagne ! C'était vrai qu'ils avaient l'air de vivre à l'aise… D'ailleurs, un curieux sentiment de jalousie s'emparait peu à peu du jeune homme : « Quel veinard ! Et pourquoi ne serait-ce pas à moi d'être à sa place, plutôt que de m'user pour rien sur ces terres ? Et les faits semblent lui donner raison : ainsi, on peut aussi vite faire son trou, en ville ? » Et puis, là-bas, à Genève, il y avait des distractions, des spectacles, des lieux où boire et manger, d'autres où s'amuser… C'était si facile, lorsqu'on avait de l'argent ! Si facile aussi, avec une bonne situation, que de trouver femme à son goût… De s'étourdir à faire la fête ! La belle vie, en somme, et sans se crever comme une bête à retourner la terre ou à rester collé au cul des vaches… Oui, c'était tentant ! Plus que tentant, même… Pourquoi avait-il si longtemps hésité, aussi ? « Et puis merde ! Il n'est pas encore trop tard ! »

Un seul regard posé sur le visage béat d'Eugénie suffit pleinement à le convaincre. C'était décidé, il méritait lui aussi de tenter sa chance, et partirait dès que possible en compagnie de Thibaud et d'Hélène… Et tant pis pour le « vieux » et pour les Fontanières ! Il avait bien le droit de vivre, non ?

« Dites, Jules… Ils comptent rester longtemps, ici, tous les deux ?

– Non… Ils repartent dès demain ! »

Bon Dieu ! Il lui fallait faire vite ! Mais, après tout, il avait si peu de choses à emporter… « Moi aussi, je prouverai au père que la solution à nos problèmes n'est pas à trouver sur ces montagnes, mais en bas, là où il y a de l'argent et du travail à revendre pour qui ne rechigne pas à la tâche ! » Il saurait bien tirer son épingle du jeu… « Je ne suis tout de même pas plus bête que mon frère ! » Non, plus rien ne l'arrêterait, désormais… Les Fontanières, c'était bel et bien fini, pour lui !

XXXIV

Le bout du sillon

C'ÉTAIT VRAI QU'IL N'ÉTAIT PAS FACILE, pour une femme, de se trouver un travail honnête en allant de place en place quêter de l'ouvrage comme une miséreuse ! Surtout lorsque l'on ne souhaitait nullement jouer les Marie-couche-toi-là... Ah ! Qu'il était humiliant, voire dégradant, que de se sentir jauger des pieds à la tête par un maître de maison qui pensait plus à lutiner les filles de passage qu'à leur trouver un emploi convenable ! Car Élise n'était pas toujours aussi bien tombée que sur les Montangeon, près d'Ornex... De braves gens, notables bien sûr, mais qui savaient se montrer simples et humains envers ceux qu'ils prenaient à leur service. De braves gens qui avaient insisté pour qu'elle restât plus longtemps chez eux, et qui s'étaient même permis de lui offrir de doubler ses gages ! Oui, de braves gens... Mais, malgré la tentation de céder à cette proposition alléchante, la jeune femme avait repris son sac à l'épaule au bout d'une quinzaine de jours, au grand désarroi de M. et Mme Montangeon. Jamais elle n'avait eu l'intention de faire carrière à vie dans la peau d'une femme de ménage ! Mais seulement de gagner momentanément un peu d'argent, avec pour seul but celui de retrouver Maximin, fusse contre le gré de ce dernier...

Grâce à son modeste pécule, la jeune femme venait de passer ces quelques mois d'hiver à sillonner le pays malgré les tourmentes de neige, la bise et les brouillards glacés. De Gex à Divonne, de Ferney à Prévessin, de Challex à Pougny ou Collonges, elle avait longé la frontière suisse, en évitant soigneusement Saint-Genis, où elle avait encore de la famille… Partout, en vain, elle s'était informée de Maximin, mais l'espoir ne la quittait pas de le retrouver un jour ; la région n'était pas si grande, et elle doutait qu'il se fût décidé à la quitter. « Sauf, peut-être, pour les pays du haut Jura ? » Il faisait trop froid pour dormir au hasard des granges et, lorsqu'un prêtre ne pouvait lui offrir un coin de pièce à l'abri du gel, elle puisait dans sa cagnotte pour louer une chambre d'auberge. Puis, lorsqu'elle avait dépensé sa dernière pièce, elle se résolvait à se chercher, pour quelques jours, un nouvel emploi qu'on ne lui accordait souvent que par charité chrétienne… C'était ainsi qu'elle avait fait des ménages et du repassage pour des familles bourgeoises, s'était occupé du bétail dans une ferme immense près du village de Farges, et qu'elle avait de nouveau mis à contribution ses talents de fromagère à la fruitière de Saint-Jean…

À la croisée des routes, elle hésita : « Poursuivre jusqu'à Bellegarde, ou franchir le col du Sac pour rejoindre Menthière et la vallée de la Valserine ? »

« Maximin a horreur des grandes villes : je ne le vois pas filer sur Genève ou Bellegarde ! Et puis, la Valserine, c'est déjà un peu "chez lui"… »

Elle opta donc pour prendre la direction des montagnes, en direction d'un hameau qui s'élevait à mi-pente d'un coteau. Tout en marchant, elle laissa son regard s'attarder sur les alignements des ceps dénudés qui couvraient le versant. Au loin, un homme était affairé dans ses vignes à remplacer les échalas pourris par des neufs, et Élise fronça les sourcils : le cheval qui tirait la carriole emplie de piquets ressemblait étrangement à…

« Diamant ? »

Il était vrai qu'un cheval en plein champ dénotait, en ce pays où les bœufs étaient rois ! Mais, tout de même… Un peu rêveuse, elle hâta le pas. Et, plus elle s'approchait, plus elle se convainquait que l'animal ne pouvait être que…

« Diamant ! » s'écria-t-elle d'une voix enrouée par l'émotion.

Le cheval eut un sursaut et commença à hennir en tentant de ruer dans les brancards. Aussitôt, Élise laissa tomber à terre son baluchon pour se mettre à courir vers l'attelage :

« Diamant ! c'est bien toi, mon beau… »

Ah ! Le plaisir de flatter cette encolure familière, de toucher les naseaux humides, de coller sa joue contre le poil rêche…

« Hé ! Mais qu'est-ce qui vous prend ? Laissez donc cette bête tranquille ! »

Bon Dieu ! Et si Maximin l'avait vendu ? Non, il y tenait trop…

« Euh… il est à vous ?

– Non ! Mais je l'ai loué pour trois jours… »

Enfin, la chance lui souriait ! La voix chevrotante, elle demanda :

« Et… son propriétaire ?

– Un journalier de passage, je crois… qui laboure ici ou là dans les fermes de la région. Un brave homme, au demeurant ! Vous le connaissez, peut-être ? »

Bien sûr, qu'elle le connaissait ! Fébrile, le regard suppliant, elle insista :

« Où pourrais-je le trouver, alors ? »

Le paysan lui jeta un œil méfiant, puis l'inspecta des pieds à la tête avant de hausser les épaules :

« Dans les champs du Marcel Billiat, juste avant le hameau de Logras, sur le chemin de Péron… »

Elle ne le laissa pas terminer pour le remercier chaleureusement. Pour un peu, elle lui aurait sauté au cou !

* *
*

Tout compte fait, ce n'était pas si mal que de travailler pour le compte des autres ! L'esprit était plus léger, libéré de tous les problèmes qui trottent dans la tête de celui qui à la charge de sa ferme… Il suffisait d'accomplir honnêtement la tâche de chaque jour, en suivant le pas impassible des bœufs attelés, avec pour seul but le bout de ce sillon, droit devant, là, à la limite du champ. Puis faire effectuer un demi-tour aux bêtes, retourner le soc, et repartir dans l'autre sens, avec pour but le bout du sillon, là, droit devant… Il y avait maintenant plus d'un mois qu'il avait choisi de rester dans les environs de Collonges. Il y avait de l'emploi, ici, pour qui savait maîtriser aussi bien que lui les travaux de la terre ! Le bouche à oreille faisant le reste, peu à peu, les gros propriétaires des villages et des hameaux environnants commençaient à s'arracher ses services. « Tant mieux ! On me paye ainsi mieux qu'un simple journalier… Et, de plus, je trouve bien souvent à louer aussi les talents de Diamant ! Un bien brave cheval… »

Et pourtant… même s'il faisait tout pour l'oublier, le soir, en cherchant le sommeil, il ne pouvait nier que cette vie d'errance commençait à perdre le goût d'aventure qu'elle lui avait semblé avoir, au tout début, après son départ de la Besancière. C'était parfois lassant, de devoir sans cesse changer d'horizon, de toit, d'habitudes… Avoir un vrai « chez-soi », cela n'avait pas que des inconvénients ! Aussi, au fil des jours, une certaine nostalgie s'emparait de lui, le soir, lorsqu'il se tournait et se retournait sur sa couche. Oh ! Il ne regrettait pas vraiment son geste de folie : la Besancière était un feuillet définitivement tourné au cahier de sa vie… Mais pouvait-il sérieusement envisager de vieillir ainsi, de ferme en ferme ? Oui, souvent, il lui arrivait de rêver de se retrouver dans l'ambiance chaleureuse de murs bien à lui ! Il haussa les épaules : « À quoi bon ? » La solitude ne lui en serait que plus cruelle…

« Allez ! Un peu de nerf ! Fanfan ! Bichon ! Allez ! »

De temps à autre, il lui reprenait même l'envie de respirer de nouveau le grand air des montagnes, là-haut, là où il avait toujours vécu. Pas à la Besancière, bien sûr, mais sous l'ombre de ces sommets familiers, avec les alpages verts et fleuris, les vaches prêtes pour la transhumance, leur collier de cuir bien ciré, le son des clochettes et des sonnailles… Ah ! Le gai tintement des cloches au cœur des prairies pentues, la résonance plus grave du gros carillon noir dévolu à la reine du troupeau ! C'était décidé, dès qu'il en aurait fini ici, dans le secteur, il profiterait du printemps pour remonter sur les hauteurs… Et, peut-être même, pour se louer à un amodieur comme *traiseur*[1] ou *rableur*[2] ?

Le soc luisant tranchait dans la terre grasse. Tout en pesant sur le manche de la charrue, Maximin essayait d'imaginer les émotions qui l'étreindraient lorsqu'il renouerait ainsi avec la vie des pâturages… Son regard s'attarda un instant sur une paysanne qui avançait sur le chemin de Logras, et une fois encore, il lui trouva des allures d'Élise : malgré le temps passé, il ne lui était pas rare d'éprouver cette sensation ! À combien de reprise son cœur ne s'était-il pas arrêté à la seule vue d'une silhouette féminine, pour une attitude, un geste, une façon de faire qu'il pensait ne pouvoir appartenir qu'à sa femme ? Et, chaque fois, il avait ressenti la même déception à la découverte d'un visage inconnu… Il soupira, se força à détourner les yeux, et se concentra de nouveau sur son sillon. Malgré le crissement de la lame de métal au travers des mottes, il perçut le bruit des sabots en course sur le chemin, leur hésitation, puis le silence… et le poids si dérangeant d'un regard qu'on devine posé sur soi. Ce fut plus fort que lui, et il pivota brusquement sur lui-même avant de lâcher le manche de bois qu'il maniait si durement depuis des heures :

« Ce… ce n'est pas possible ! »

C'était bien elle, Élise, les bras ballants et la tête basse, au bord du fossé, hésitante et confuse, comme honteuse, avec ces larmes qui lui dégoulinaient le long des joues.

« Élise ! s'écria-t-il à pleine gorge pour se ruer ensuite comme un fou à sa rencontre, en arrachant chaque pas à la succion épaisse de la terre remuée, butant sur les sillons et trébuchant sur les mottes. Élise ! »

---

1. *Traiseur : homme affecté à la traite des vaches.*
2. *Rableur : employé qui, à l'alpage, sortait les bouses des vaches.*

* *
*

Il ne lui avait pas fallu longtemps pour repérer l'homme qui labourait, seul et comme perdu au sein de cette immense parcelle, et encore moins de temps pour le reconnaître vraiment : « Maximin ! » Le cœur bondissant, elle s'était mise à courir avec une jubilation intense de tout le corps, avant de ralentir peu à peu. Et s'il la rejetait ? S'il l'insultait, l'humiliait, la malmenait même ? Pire ! S'il la méprisait d'un simple crachat par terre ? Après tout, il en avait toutes les raisons ! Éperdue, désemparée, elle s'était arrêtée sans oser ni pouvoir émettre un son, broyée entre une joie insensée et une crainte atroce, se contentant de le regarder s'éloigner lentement le long du sillon derrière la croupe des bœufs...

« Élise ! »

Et Maximin qui fonçait vers elle en lui ouvrant les bras, Maximin qui titubait sur le terrain malmené par le labour ! Maximin, dont la folle course disait mieux que tous les mots du monde que, déjà, il lui pardonnait tout sans la moindre hésitation...

« Maximin ! »

Cette impression de défaillir dans ses bras... Et son souffle chaud dans son cou, son odeur un peu forte d'homme en sueur. La joie de Maximin était telle qu'aucune rancœur n'émergeait de cette étreinte qu'il attendait depuis si longtemps ! Aucune récrimination. Aucun reproche... Il était si heureux de la revoir enfin, de la serrer contre lui, de respirer sa peau jusqu'à s'en enivrer ! L'émotion lui serrait la poitrine au point que les mots qu'il aurait voulu prononcer n'arrivaient pas à éclore de ses lèvres. Il s'écarta soudain pour la regarder, comme s'il voulait s'assurer qu'il ne rêvait pas : Élise ! Élise partagée entre honte et bonheur, les joues inondées de pleurs, avec cette braise intérieure qui hésitait encore à s'enflammer... C'était bien vrai ? Maximin ne lui tenait pas rigueur de sa fuite ? Et ce, malgré l'anéantissement du domaine et de sa vie d'homme qu'avait provoqué cette faute qu'elle savait déjà indélébile ? Ah ! Jamais elle n'aurait pu trouver meilleur mari au monde... Pourquoi avait-il fallu qu'elle l'oubliât, au point de se rendre coupable de la pire des trahisons ? S'en remettrait-elle jamais ?

« Élise ! Oh ! Élise... »

Des sanglots de miel lui obstruaient la gorge de toute la douceur de ce moment unique...

« Élise... Je croyais vraiment t'avoir perdue pour toujours ! »

Elle renifla, sans même prendre la peine de sécher ses larmes :

« Je... je n'aurais jamais dû ! C'était une folie... Si tu savais comme je regrett... »

Mais, déjà, Maximin ne l'écoutait plus, et il l'interrompit en la bâillonnant d'un baiser sauvage dans lequel ils eurent tous deux l'impression de s'étouffer. Lèvres soudées et langue avide, salive partagée et succions débridées, avec le gong du cœur éclaté, les yeux emplis de pépites de lumière, et la sensation de se dissoudre dans un océan d'infini... Puis, enfin, reprendre sa respiration comme on s'accroche à une bouée en pleine tempête, s'écarter, se gorger les regards l'un de l'autre, et se fondre à nouveau dans le bouillonnement du même creuset. Pour se rassurer encore. Se transcender. Et s'assurer vraiment de ce dont ils étaient convaincus depuis toujours : oui, ils s'aimaient encore ! Et sans doute plus qu'ils ne s'étaient jamais aimés... Plus qu'ils ne se l'étaient jamais dit !

Main dans la main, ils s'adossèrent au talus humide sans oser le moindre mot, le regard harponné à ce ciel enfin bleu qui inondait l'horizon de cette belle journée. Après un moment d'éternité suspendue, Élise se décida timidement à fissurer le silence d'un murmure hésitant :

« Ma... Maximin ? Je... je voulais te dire que...

– Chut ! ma Lise... Chut... Je voudrais que nous ne parlions jamais de ces mois qui nous ont séparés ! Et... et que nous fassions comme si nous ne nous étions quittés que depuis hier, pour nous retrouver aujourd'hui...

– Mais...

– Tu me le jures ? »

La jeune femme resta un instant interdite : ainsi, Maximin ne lui demandait même pas la moindre explication ? Il prétendait qu'il leur suffisait de passer l'éponge sur ce pan de vie douloureux pour que tout rentrât dans l'ordre ? C'était tout bonnement impossible ! Elle abdiqua pourtant :

« Je te le jure, Maximin… Mais, quoi que tu en dises, rien ne sera plus jamais comme avant, sans la Besancière… »

Il se raidit, cracha dans l'herbe :

« La Besancière ? C'est à cause d'elle, et non de toi, que nous avons été contraints de subir cette épreuve, ma mie… J'aurais dû comprendre plus vite que vivre tous les deux seuls, là-haut, ne pouvait que se terminer par une déroute ! C'est sans doute pourquoi je ne t'en veux pas… Que je ne t'en ai jamais voulu : c'était de ma faute, après tout… »

Élise hésita à croire ce que ses oreilles venaient d'entendre : ainsi, Maximin prétendait assumer l'entière responsabilité du drame qui s'était noué entre eux, alors que c'était elle, et elle seule qui l'avait trompé ? Elle éprouva aussitôt l'envie de lui prouver qu'il n'en était rien, que rien ne se serait passé si elle avait su se montrer à la hauteur de sa dignité d'épouse, que tout ce fiasco ne résultait que de ses rêves, ses folies, et qu'elle se reprocherait jusqu'à la fin de ses jours l'impardonnable écart de conduite dont elle s'était rendue coupable… Mais le visage de Maximin irradiait une telle sérénité qu'elle préféra ne pas troubler son bonheur tout neuf. Il la regarda de nouveau, avec des diamants de douceur au fond des pupilles, puis affirma :

« Sois-en persuadée, Lise : si tu le veux bien, pour moi, c'est comme si rien ne s'était passé… »

La jeune femme lui retourna un sourire soudain infiniment nostalgique.

« Tu ne peux pas dire cela, mon Maxou… Qu'allons-nous devenir, maintenant, sans maison, sans toit, sans terres, sans bétail, sans rien ? J'ai le sentiment de tout avoir cassé !

– Mais non… Mener la ferme à nous deux était au-dessus de nos forces, et tu le sais bien ! Quant à vendre le domaine, c'était impossible : trop modeste, trop haut, trop éloigné de tout. Bien fou celui qui aurait cassé sa tirelire pour acquérir ce trou perdu où il n'y avait rien à gagner ! Crois-moi, même si c'était un bien des Chenaillet, la Besancière est bien mieux à l'état de cendres… »

Interloquée, Élise s'assura d'un regard qu'il ne se moquait pas d'elle, puis s'exclama :

« Mais, tu ne réalises pas. Nous n'avons plus rien ! Plus rien, tu entends ? »

Maximin lui renvoya dans les yeux une expression d'extase et de félicité que jamais elle ne lui avait connue :

« Au contraire, j'ai tout, puisque je t'ai retrouvée ! »

Le ton de sa voix était tellement sincère et spontané que la jeune femme s'épancha de nouveau en sanglots : même si elle connaissait la bonté de celui qui était son époux, jamais elle n'aurait osé espérer le voir faire preuve d'autant de mansuétude à son égard ! Combien d'hommes, à sa place, se seraient montrés acerbes, méprisants, voire violents ? Qu'elle avait de la chance, dans son malheur ! Sans aucune assurance, elle balbutia dans ses larmes :

« Qu'allons-nous faire, maintenant ? »

La main sur l'épaule, il lui sourit, tout à son bonheur :

« Remonter au pays, dans nos prairies… Pas à la Besancière, bien sûr, mais "chez nous", en quelque sorte. Je crois que je ne me ferais jamais à la vie de la plaine ! J'avais d'ailleurs décidé de remonter dans les pâturages dès la fin des journées que je dois au fermier pour lequel je laboure ce champ…

– Tu en as encore pour longtemps ?

– Qu'importe ! Je demande mon compte dès à présent, et je pars avec toi pour une vie nouvelle ! »

Elle soupira :

« Une vie nouvelle ? Mais combien plus miséreuse que celle que nous menions ! Et tout cela à cause de moi… Tout est de ma faute, Maxim…

– De la mienne aussi ! la coupa-t-il. J'aurais dû avoir plus de patience : Martin m'avait bien dit, que tu remonterais à la

Besancière ! Et puis, j'ai été trop aveugle, toutes ces années-là... Je n'ai pas su t'offrir une existence digne de toi ! Et pourtant, je t'aim...

– Chut ! Maximin... n'en dit pas plus. J'ai trop honte de te voir prendre tous les torts sur toi ! C'est moi, la fautive, et tous tes arguments n'y changeront rien... Mais c'est fini, et, quoi qu'il arrive, jamais plus je ne te trahirai : je te le promets ! Je t'aimais, Maximin... Mais il m'aura fallu commettre cette bêtise pour me rendre compte que je t'aimais encore plus que je ne le pensais ! Je t'aime... Tu entends ? Je t'aime ! »

Dieu ! Qu'il avait envie de la prendre, là, tout de suite, sur le bord du talus ou à même la terre humide ! Avec une vigueur qu'il n'avait jamais connue, même en ses vingt ans... Mais non, c'était une chose qui ne se faisait pas ainsi, à la sauvette, et qui réclamait plus d'intimité, plus de noblesse... Il se raidit de tous ses muscles pour ne pas céder à la tentation, puis grogna :

« Allons, viens, partons !

– Pour aller où ?

– Je vais demander sur l'heure mon compte au fermier et lui laisser son damné labour !

– Mais tu es fou, où dormirons-nous ?

– J'ai quelques économies en poche, maintenant... Et je vais récupérer Diamant. Il a bien gagné aujourd'hui de quoi nous payer un repas et une chambre en auberge, non ?

– Mais... je n'ai pas vu la moindre auberge à Farges, et je doute qu'il y en ait une à Péron ?

– Il y en a plusieurs à Collonges, et ce n'est pas si loin... Surtout avec Diamant qui tirera la carriole ! »

Ah ! Comme tout semblait si simple, à l'écouter ! Elle n'eut pas le temps de savourer cet instant qu'un choc à l'épaule la fit chanceler. Quelques coups de langue, et elle s'exclama :

« Boule ! Mon vieux Boule... Il ne manquait que toi à mon bonheur ! »

XXXV

Main dans la main

La vallée de la Valserine… qui évoquait pour Élise des souvenirs qu'elle ne souhaitait qu'oublier : son triste retour jusqu'à la Besancière, après que Pierre Savagnon l'eut abandonnée le cul dans la rivière ! Des paysages pourtant plus familiers qui lui réchauffaient le cœur… Oui, vraiment, elle préférait ces panoramas à ceux, trop plats, qui bordaient l'immense étendue d'eau du lac. Avec Diamant et la voiture à cheval, rejoindre les versants trop raides qui grimpaient jusqu'à ces contrées montagneuses qui leur étaient si chères ne demandait qu'une grosse journée de trajet ! Il en avait pourtant fallu trois, car Maximin avait d'autres idées en tête, et Élise ne se sentait que trop disposée à céder à ses caprices. Depuis le temps qu'elle rêvait qu'il se montrât plus ardent et passionné en amour ! Avec tout d'abord beaucoup d'incrédulité, elle s'était étonnée de le voir si empressé, si fou, si coquin ! À croire qu'il voulait rattraper le temps perdu, conjurer le mauvais sort qui l'avait si cruellement mis à bas, et sans doute aussi se prouver qu'il n'était pas moins apte à satisfaire une compagne que ce goujat qui lui avait volé sa femme…

La jeune femme n'arrivait pas à se changer les idées, et c'était avec délectation qu'elle se remémorait à l'infini les étreintes amoureuses qui avaient jusqu'ici jalonné leur voyage. À croire que Maximin se surpassait ! Ou, plutôt, se réveillait de ces années qui l'avaient vu se contenter au lit d'une routine indolente… Ah !

Jamais elle n'avait connu d'aussi folles nuits ! Après les avant-goûts du matin ou de l'après-midi... Insatiable ! il était vraiment insatiable ! Pour la première fois, Élise découvrait vraiment ce qu'était le plaisir charnel. Auprès de son mari, jusqu'à ces tout derniers jours, ce n'avait été pour elle qu'un ronronnement plutôt paresseux. Quant à sa déplorable aventure dans les bras de Pierrot des Fleurs, elle n'en retenait qu'un goût d'amertume et d'inachevé : le colporteur n'usait d'un corps de femme que pour bâcler une jouissance égoïste, et se souciait nullement de la satisfaction de ses partenaires féminines !

Mais Maximin, lui ! Qui se découvrait soudain un art sans pareil pour la mener jusqu'à des sommets d'extase qu'elle n'aurait jamais crus possibles ! Maximin, qui savait se montrer si tendre, si doux, si caressant... qui s'évertuait à la conduire dans le dédale de ces sensations inconnues qu'elle souhaitait toujours plus intenses ! Cette façon nouvelle qu'il avait de la dévêtir avec une lenteur calculée, de butiner chaque parcelle de peau gagnée, de la frôler des lèvres et des doigts au hasard des courbes de son corps, de lui griffer légèrement le dos de ses ongles, jusqu'à lui faire naître ces frissons qu'elle trouvait si exquis... Ah ! Maximin... qui savait si bien l'investir sans la moindre once de rudesse, sans cette brutalité sauvage qu'elle avait subie sous les assauts rugueux de Pierre. « Oui ! » Cette lenteur insupportable, cette langueur qui lui exacerbait les sens, et ces ondes de chaleur qui lui irradiaient le ventre, cette magie qui s'emparait de tout son être pour imposer à son amant, de toute la houle de son bassin, cette cadence qu'elle souhaitait ajuster à son excitation, à l'harmonie de ses sensations... Quelle fusion ! Qui aboutissait à ce cri modulé qu'elle ne pouvait réprimer, à ces étoiles éblouissantes qui éclataient sous son crâne, à ce relâchement sublime qui la laissait sans force et traversée de spasmes qu'elle trouvait d'autant plus délicieux qu'ils se poursuivaient à l'infini tout en s'atténuant peu à peu...

« Maximin !

– Chut... ma belle aimée... Chut ! »

Chut ? Mais comment réprimer ce cri qui montait du plus profond d'elle-même ?

« Maximin ! Ô, que je t'aime...

– Chuttt... »

C'était chaque fois un peu plus fort, un peu plus intense, et la jeune femme, après chaque étreinte, se sentait toujours plus bouleversée par ce feu éclaboussant qui fusait en elle de manière toujours plus explosive ! Et dire qu'elle avait ignoré jusqu'ici qu'il était possible de réveiller ainsi le volcan qui se nichait en ses entrailles... Le souffle court, en sueur, elle se redressa sur un coude, puis adressa à Maximin un sourire de lumière :

« Mais toi, mon amour ? Pourquoi t'es-tu encore retenu ? »

Il se mit à rire, haletant encore de la joute débridée à laquelle il s'était une nouvelle fois livré :

« Mais... pour mieux pouvoir recommencer, ma mie... »

S'abattant épuisé sur le corps de sa femme, il chercha avidement la turgescence du sein moelleux pour la titiller jusqu'à l'irritation. Élise s'écarta soudain en se contorsionnant pour lui faire face...

« Non ! Laisse-moi faire, maintenant ! »

L'œil étincelant, elle plongea entre les jambes de Maximin pour s'emparer fébrilement de sa raideur tendue, puis l'emboucha avec fougue. Incrédule, il en resta comme assommé, puis se mit à gémir sous le va-et-vient humide qu'elle lui faisait subir : que c'était bon ! Des larmes de bonheur lui embuant les cils, Élise redoubla d'ardeur en s'étonnant de trouver elle-même autant de ravissement à cette succion qui l'étouffait. Si Pierrot lui avait plus d'une fois imposé cet exercice qui l'écœurait, c'était sans doute parce que c'était là un délice pour les hommes ? Aussi s'acharna-t-elle avec une ardeur sans pareille, sans comprendre vraiment pourquoi elle prenait autant de plaisir à cet acte qu'elle avait toujours cru avilissant et contre nature ! Et ce fut avec des larmes de joie lui roulant sur les joues qu'elle vit le corps de Maximin se cabrer sous ses lèvres, et qu'elle reçut enfin en saccades le jaillissement sublime du seul être qu'elle aimait... Les yeux fermés, elle déglutit longuement cette offrande, et n'éprouva pas les haut-le-cœur qu'elle craignait ; c'était même plus agréable qu'elle ne l'avait imaginé… Tiède et un peu douceâtre, peut-être ? Mais tellement apaisant !

* *
*

Ils étaient descendus de la charrette et avançaient à pied, main dans la main, en précédant Diamant. Malgré la rudesse du chemin, la montée leur était agréable. Que c'était bon, de se retrouver un tant soit peu « chez soi », même s'ils n'avaient plus de toit dans cette contrée qui était pourtant la leur ! Les derniers hameaux avaient disparu derrière eux, au détour des versants tourmentés, et les champs et les prés avaient laissé place aux hêtres et aux sapins… Et c'était presque magique, tout à coup, que d'évoluer sous leurs ramures sombres, alors que la forêt tout entière semblait les attendre depuis toujours ! Ah ! Cette bonne odeur d'humus, de terre et de résineux… Puis, l'altitude aidant, les arbres se firent plus clairsemés et rabougris, et les alpages furent là, avec ce vert tendre et lumineux que donnent les premiers jours du printemps à la moindre touffe d'herbe.

« Dans quelques jours, remarqua Maximin, ce sera un feu d'artifice de couleurs, dans ces pâturages !

– C'est vrai ! Les premières fleurs ne pointent pas encore leurs pétales, mais elles vont vite tout repeindre ce vert en moins d'une semaine, maintenant ! »

Déjà, dans ses yeux, se reflétaient le jaune, le rouge, le bleu et violet qui allaient bientôt recouvrir les coteaux…

« Non ! Pas par là ! » s'exclama soudain Maximin.

Élise s'arrêta, troublée. Instinctivement, elle avait porté ses pas sur le chemin menant à la Besancière…

« Tu es sûr que tu ne veux pas…

– Non, plus jamais !

– Mais nous ne manquons pas de courage ! Peut-être pourrions-nous reconstruire, tous les deux… Avec l'aide des voisins…

– Il n'en est pas question ! s'énerva le paysan. À quoi servirait-il de rebâtir ce qui n'a eu pour résultat que celui de nous séparer ? Même relevée, la Besancière ne restera que la Besancière, et elle ne nous promettra pas un meilleur avenir que celui que nous avions… Non, ma mie, il nous faut rompre définitivement avec ces vieux murs, et je ne regrette pas d'y avoir mis le feu ! Cela nous obligera à nous forger une autre vie… J'espère seulement qu'elle sera meilleure que celle qui était la nôtre jusqu'ici ! »

Tout en marchant, la jeune femme s'imposa un long silence pour ressasser les paroles de son époux. Puis elle tourna la tête vers lui :

« Mais qu'allons-nous faire, alors ? »

Il haussa les épaules :

« Je ne sais pas, moi… Il n'est pas facile de se louer à deux dans les fermes ! Mais tu as un tel talent pour le fromage que je suis sûr qu'on saura le reconnaître, et que tu te forgeras vite une bonne petite réputation… Quant à moi, je trouverai toujours de l'ouvrage, entre labours ou fenaisons, semailles ou moissons, bûcheronnage ou soin du bétail ! »

Élise s'arrêta brusquement au milieu du chemin, les mains sur les hanches :

« Faudrait peut-être tout de même passer à Valtay, chez les Lautry ! Ne serait-ce que pour leur donner de nos nouvelles… Mais aussi pour négocier les bêtes, puisque nous ne pourrons plus nous en occuper…

– Tu as raison. Ce sont de bonnes laitières qui peuvent rapporter quelque argent ! Même en les vendant à ce requin de Champignol…

– Cet escroc ? Ceux qui veulent tirer un bon prix de leurs bêtes n'hésitent pas à aller les négocier à Genève !

– Peut-être… répliqua Maximin en riant franchement. Mais je ne me vois pas faire le chemin jusque-là pour quelques billets de plus. Maintenant que je t'ai auprès de moi, je ne tiens plus à te lâcher ! »

* *
*

Que l'ambiance était chaleureuse, à la ferme de Valtay ! Élise et Maximin n'en prenaient vraiment conscience qu'en ce moment si riche de sentiments secrets, enrobés de silences plus parlants que de vains bavardages, auprès de ces hôtes qui, plus que d'anciens voisins, se révélaient désormais comme de véritables amis : une solidarité inattendue qui ne se dévoilait avec pudeur que dans les moments les plus durs d'une vie... On savait s'entraider, en montagne, lorsque le malheur s'acharnait sur une famille ! Avec cette simplicité qui paraissait si naturelle, mais qui était pourtant si rare, ailleurs, dans la jungle des villes.

« Lise, tu reprendras bien un peu de ma soupe au lard ? insista Clarisse. Et toi aussi, Maximin ? »

Comment refuser ? D'autant plus que jamais le couple n'avait fait la moindre allusion à l'infortune de Maximin et à l'infidélité d'Élise... Ils ne leur avaient pas posé la plus petite question sur ce qu'ils avaient fait depuis leur départ, ni comment ils s'étaient retrouvés. Ils étaient tous deux là, à leur table, et cela suffisait à leur bonheur. Quelle importance, si ailleurs, à Mijoux ou dans des fermes reculées, on se moquait du cocu de la Besancière ?

« Ceux qui se gaussent le plus feraient bien de s'intéresser à ce qui se passe dans leur chambre lorsqu'ils ont le dos tourné ! » assura une fois de plus Martin en rigolant franchement.

Maximin se contenta de lui lancer un petit sourire ambigu. Seul comptait désormais pour lui de garder Élise auprès de lui ! Même en menant la vie peu gratifiante de journalier...

Il fallait bien pourtant penser à l'avenir ! Comme savent si bien le faire les gens de la terre, les vrais, ce fut comme s'il parlait d'une chose anodine qu'il aborda le sujet :

« Dis-moi… Le Champignol a bien ramené mes vaches en bonne forme, au moins ?

– Bien sûr… De fameuses bonnes laitières, qu'il a clamé partout ! D'ailleurs, il faut que je te donne ce qu'il m'a laissé pour toi, pour la saison d'alpage… »

C'était bien ce qu'espérait Maximin, mais il ne se faisait pas de se montrer avide en affaires… Aussi se contenta-t-il d'une mine faussement indifférente pour tempérer :

« Allons, Martin, le bail te revient pour une bonne part, puisque tu t'en es occupé ! »

Martin Lautry fronça les sourcils :

« Pour qui me prends-tu, Maximin ? Depuis que tes bêtes sont redescendues des pâturages, elles m'ont plus rapporté en lait que ce qu'elles m'ont brouté en herbe et en fourrage ! C'est même moi qui te suis redevable, parce qu'elles sont loin d'avoir le pis sec… Tu vas les récupérer en pleine forme ! »

Maximin chercha le regard d'Élise, puis tordit ses lèvres sur un rictus amer :

« Qu'est-ce que j'en ferais, maintenant ? Sinon les vendre à un maquignon… voire au Félix ! »

Les Lautry sursautèrent, incrédules. Puis Martin insista :

« Voyons ! Maintenant que vous vous êtes retrouvés, nous pensions, Clarisse et moi, que vous relèveriez les murs de la Besancière au plus vite, non ? Vous savez, en de tels cas, l'entraide n'est pas un vain mot, dans nos montagnes ! Et je suis sûr que des dizaines de bras sont prêts à vous aider, aux alentours… »

Maximin secoua la tête :

« Rebâtir la Besancière ? Certes pas ! Pour quoi faire ? Pour nous retrouver toujours aussi isolés ? Sur une propriété qui ne rapportera pas plus après qu'avant ? À nous échiner du matin au soir pour n'y gagner que misère ? Non, mes amis, mieux vaut que je me loue de ferme en ferme, croyez-moi ! L'argent que je gagnerai restera mien, sans que je sois obligé de m'endetter pour de nouvelles bêtes ou pour des semences… »

Clarisse Lautry protesta :

« Ce n'est pas sérieux ? Qui a déjà vu un journalier heureux de son sort ? Je n'en connais aucun qui roule sur l'or, tu sais !

– Qui parle de rouler sur l'or ? Nous n'en demandons pas tant, Élise et moi ! Seulement de quoi vivre...

– Parlons-en, d'Élise ! s'emporta Martin. Tu y as pensé, à elle ? Est-ce une vie, que de la traîner sur les chemins de boulot de rien en boulot de rien ? »

Élise tendit la main pour la poser sur celle de son époux :

« Je ne suis pas feignante, et je saurais bien, moi aussi, louer mes bras et mon savoir-faire ! »

Martin Lautry se leva de table pour arpenter la cuisine d'un pas nerveux :

« Moi, je dis que c'est folie ! Il n'y a pas, dans nos contrées, de fermes assez aisées pour se payer les services d'un couple. Nous ne sommes pas en plaine, ici ! Vous serez donc forcément séparés de nouveau... À errer comme des gueux de place en place ! Pour quel avenir, hein ? Pour crever au coin d'un chemin, en plein hiver, au plus profond des forêts ou pris par la neige dans une congère ? Ce n'est pas une façon de vieillir...

– Peut-être, mais c'est ainsi que je vois les choses ! Tout au moins pour l'instant... J'aurais tout le loisir de changer d'avis dans quelques mois.

– Ah oui ? Lorsqu'il sera trop tard pour revenir en arrière ! Et que tu n'auras d'autre choix que celui de faire le terrassier ou le charpentier à Genève...

– Tu sais, Martin, que je n'aime pas les villes... Mais je me demande parfois si ceux qui y travaillent ne sont pas plus heureux que nous ! »

Clarisse soupira :

« Quand on a vécu jusqu'à nos âges dans ces montagnes, sur ces prés et ces forêts qui sont les nôtres, je crois qu'il est bien difficile de s'accoutumer à la folie des villes ! »

Son mari approuva aussitôt du menton, puis ajouta :

« Et puis, à quoi bon vous précipiter ainsi ? Pourquoi ne pas accepter notre hospitalité quelque temps. Nous ne sommes pas très riches, mais notre toit et notre table sont à vous, d'autant plus que nous savons bien que vous participerez en échange aux travaux de Valtay... Ainsi, vous aurez tout le temps de vous décider sans commettre une bêtise irrémédiable ! »

La proposition était tentante, mais Maximin s'obstina :

« Jamais je ne reconstruirai la Besancière ! réaffirma-t-il d'un ton sec. Jamais je ne m'imposerai de vivre à nouveau replié sur moi-même dans ce trou perdu où personne ne passe jamais... Et, surtout, je n'imposerai pas une fois encore à la femme que j'aime de subir cette solitude et ce dénuement !

– Cela ne vous empêche pas de rester à Valtay, chez nous ! insista le fermier. D'autant plus que nous n'avons pas d'enfants, et que notre troupeau est plus que conséquent. Tu sais bien qu'il me faut louer des saisonniers pour m'en occuper ! Alors, autant le proposer à des voisins comme vous, mais surtout des amis...

– Non, Martin... Non seulement je ne nous vois pas rester, Élise et moi, sous le toit qui est le vôtre, parce que nous ne voulons pas vivre de pitié ou de charité, mais surtout j'aurais toujours l'impression, si près de la Besancière, que mon père et mes ancêtres Chenaillet me poursuivraient du reproche d'avoir abandonné leurs terres ! D'ailleurs, si elles t'intéressent, tu peux toujours les cultiver, Martin. Je ne t'en demanderai rien, tu sais...

– J'ai déjà bien assez de m'occuper des miennes... Mais il est vrai que, pour le foin et les pacages, la proposition est intéressante ! Il n'empêche que c'est d'un bien mauvais œil que je vous vois glisser sur une pente dangereuse, tous deux... Et j'espère que vous vous raviserez au plus vite de cette décision que j'estime désastreuse pour vous ! »

Élise releva le menton pour affirmer :

« Je fais confiance à Maximin ! S'il juge que c'est la meilleure solution, c'est qu'il a mûrement réfléchi. Pour ma part, même si c'est avec enthousiasme que je serais revenue à la Besancière à ses côtés, je ne la regretterai pas dès lors qu'il a décidé de ne plus y remettre les pieds ! Et je vous remercie de l'amitié que vous nous témoignez, en voulant bien nous héberger le temps que nous réglions la vente du bétail… »

Martin Lautry soupira, désemparé de n'avoir pas su mieux convaincre ses voisins :

« La ferme de Valtay est vôtre aussi longtemps que vous le voudrez bien… Mais je trouve dommage de laisser vos bêtes au Champignol pour une bouchée de pain !

– Qu'importe ? répliqua Maximin. Pour en tirer un bon prix, il me faudrait aller à Bellegarde ou Genève, et je n'en ai ni le temps ni l'envie !

– Puisqu'il en est ainsi, je suis prêt moi-même à te prendre tes cinq meilleures laitières et à te les payer plus qu'honnêtement ! Ainsi, tu n'en auras plus que deux et les génisses à négocier… Mais je préférerais nettement te prendre ces cinq vaches en pension, je serais sûr ainsi de vous revoir de temps à autre pour empocher votre dû ! Et, de plus, Maximin, si par bonheur tu changeais d'avis, tu pourrais toujours les reprendre…

– C'est gentil, Martin… »

Le visage d'Élise s'éclaira d'un sourire :

« Je suis heureuse que Fifine reste à Valtay ! »

Fifine avait toujours été sa vache préférée, ainsi que celle à laquelle Maximin était le plus attaché…

« Nous verrons donc cela dès demain ! »

XXXVI

Une suggestion

Le vieux paysan enfonça d'un geste rageur son chapeau sur son front buté et s'exclama :
« Tu es bien gentil, Jules, mais tu pourrais peut-être me foutre la paix, non ?

– Mais tu ne peux laisser ainsi filer les choses, Octave ! Pourquoi refuses-tu que les Reculet te donnent un coup de main, bon Dieu ? Ce n'est pas parce qu'Antoine est lui aussi parti de la ferme qu'il te faut tout laisser tomber, bon Dieu ! Ce n'est pas digne de toi ; je te croyais plus solide, tu sais... »

Octave Vornex se retourna brusquement face à son interlocuteur :

« Parce qu'à mon sens, tu ferais mieux de t'occuper de tes affaires ! En quoi le sort des Fontanières peut-il bien t'intéresser ? Tu as peut-être des vues sur mon domaine, hein ! Depuis que mes crétins de fils m'ont laissé seul ici ? »

Jules éclata de rire :

« Mais que vas-tu penser là ? J'ai déjà bien assez de soucis et de travail avec Crépillon ! Seulement, je t'aime bien, Octave, et je ne me vois pas t'abandonner dans le malheur... Avec mes fils, nous sommes tous d'accord pour t'aider à surmonter ce mauvais passage. D'ailleurs, personne ne doute que tes "petits" reviendront bientôt au pays... Sans doute Antoine avant Thibaud et mon Hélène, d'ailleurs. À mon avis, ton aîné n'est pas fait pour la vie des villes ! »

Octave s'empourpra et cogna du poing sur la table :

« Je ne veux plus entendre le prénom de ces deux-là ! hurla-t-il en s'empourprant. Maintenant, Jules, fais-moi le plaisir de sortir de cette maison et de t'occuper de ce qui te regarde ! »

Jules Reculet haussa les épaules et ne lui fit même pas l'honneur de se renfrogner sous le coup de cet affront. Il connaissait le caractère du vieux et ne doutait pas qu'il revînt à de meilleurs sentiments dès qu'il aurait franchi la porte... Aussi s'éclipsa-t-il sans ajouter un mot. Après un moment de silence, Octave Vornex sortit sur le seuil pour lui crier :

« Hé ! Jules... ne prends pas ça pour toi : c'est rapport à mes olibrius de fils !

– Je sais, je sais... »

Le dernier occupant des Fontanières le regarda s'éloigner sur le chemin de Crépillon avec une immense impression de solitude au creux du ventre. Le cœur déchiré, la mine dure, il traîna des semelles sur les dalles usées de sa cuisine, puis s'attabla en tirant vers lui la bouteille de vin rouge qu'il avait entamée...

« Non, mais, de quoi il se mêle, celui-là ? »

* *
*

Les craintes de Clarisse et Martin Lautry n'avaient pas été vaines : c'était plus qu'improbable de vouloir se faire embaucher en couple, en des régions d'autant plus pauvres qu'elles se situaient en altitude. Quel dilemme, pour qui ne voulait plus vivre « en bas » dans la soi-disant opulence de la plaine et des grandes villes ! Deux mois, déjà, à errer d'exploitation en exploitation qui n'avait de ferme que le nom : des masures toutes plus indigentes les unes que les autres, des hameaux qui se désagrégeaient dans les pierres de leurs propres ruines, des chalets de montagne aux toits qui fléchissaient et que leurs propriétaires n'avaient pas les moyens de réparer… Qui, dans ces conditions, pouvait prétendre s'offrir les services d'un itinérant ? Et surtout d'un homme accompagné de sa femme ! Maximin et Élise avaient malgré tout déniché, ici ou là, de petits travaux mal payés, mais jamais sous le même toit. Qu'il était délicat de se trouver une certaine intimité, après une dure journée de labeur ! Plus ils avaient la conviction de parvenir enfin à une véritable harmonie de cœur, plus la vie semblait s'acharner à les séparer !

Élise se laissa aller de tout son poids sur la paille piquante. Les yeux perdus dans la poussière des poutres de la vieille grange, elle remarqua d'un ton lugubre :

« Nous avons trop rêvé, mon chéri… Peut-être aurions-nous dû nous décider à faire renaître la Besancière de ses cendres, non ? »

Ah ! Depuis des semaines, Maximin se torturait l'esprit aux épines de la même pensée… Mais il était hors de question qu'il le reconnût : jamais il ne ferait marche arrière ! Il y avait certainement manière de se forger une meilleure vie que celle que leur avaient offerte les murs de l'héritage des Chenaillet ! Les mâchoires douloureuses et les lèvres crispées, il rétorqua :

« Tiens-tu vraiment à revivre l'isolement qui était le nôtre ? Tu sais bien à quoi il nous a menés, non ? »

Que répondre ? La jeune femme se contenta de baisser la tête :

« Tu as raison, sans doute… Mais comment continuer ainsi ? Sans véritable vie à deux, sans avenir, sans projets… Et, surtout, sans être ensemble autant que nous le voudrions ? »

Il soupira :

« Trouver du travail pour deux chez un bon fermier, cela ne se peut qu'"en bas", aux abords du lac, là où se niche la richesse de la terre… Mais ce n'est pas vraiment l'existence que tu souhaites ! Pas plus que moi, sois-en certaine : nous sommes faits pour les cimes, tous deux, et je ne crois pas que ce soit ailleurs que sur nos montagnes que renouerons avec un vrai bonheur… »

Élise lui lança un regard d'adoration avant de nicher son cou au creux de son épaule. Elle partageait totalement l'avis de son époux, même si elle savait que l'opportunité de dénicher l'un l'autre un bon emploi sans être séparés relevait du miracle !

« Où que tu ailles, Maximin, je te suivrai ! affirma-t-elle d'un ton grave. Même si tu décides d'abandonner nos prairies pour la ville...

– Il n'en est pas question ! s'énerva-t-il. Dès demain, nous grimperons le col de la Faucille ! Peut-être qu'en redescendant et en approchant de Gex aurons-nous plus de chance ? »

Élise ne répondit pas : les hauteurs qui s'étendaient au-dessus de la Faucille n'offraient guère plus de perspectives réjouissantes que les coteaux et les versants de la Besancière. Les battements de queue soudain moins vifs de Boule semblaient signifier que le vieux chien partageait pleinement ses sentiments...

* *
*

Une fois de plus, les mèches de brumes qui se déchiraient aux cimes des sapins semblaient vouloir s'éterniser, et elles étouffaient d'une chape opaque les murs sombres de la ferme des Fontanières. L'humidité semblait sourdre de l'air même, avec cette sensation de gêne à respirer, cette oppression malsaine, cette impression que le jour ne parviendrait pas à se lever, que la clarté ne viendrait jamais à bout des brouillards tenaces... Il en était ainsi depuis plus d'une semaine, et Octave Vornex n'en pouvait plus, de ce temps morose ! Avec lassitude, il repoussa le banc de bois et fit quelques pas dans la cuisine trop vaste pour un homme seul, puis il s'approcha de la porte pour l'ouvrir d'un geste nerveux :

« Toujours ce temps pluvieux... » grogna-t-il avec rancœur.

Bien que l'horloge marquât bientôt midi, il y avait aussi peu de clarté à l'extérieur qu'à l'intérieur des murs. Et dire que, plus haut, les dernières neiges des sommets s'illuminaient sans doute sous l'éclat d'un ciel sans nuage ! Il haussa les épaules, plus triste encore à la pensée qu'il n'avait rien fait depuis le matin, qu'il ne ferait rien de l'après-midi, qu'il ne s'était attaqué à aucune tâche depuis des semaines... Le seul effort quotidien qu'il s'imposait consistait à traire les bêtes, pour qu'elles ne souffrissent pas ! Depuis quelques jours, il ne se donnait même plus la peine de sortir les boïlles pour que son voisin de Crépillon les livrât avec les siennes jusqu'à la fruitière de la plaine, et il déversait avec amertume le lait récolté dans la rigole à purin.

« Mais tu es devenu complètement fou ! s'était écrié Jules Reculet, horrifié par ce sacrilège insensé. Tu vires vraiment cinglé, mon pauvre vieux ! A-t-on idée ? Un tel gaspillage est une véritable insulte au bon sens... Une abomination qui ne peut supporter aucune excuse ! »

Le vieil homme ne s'était même pas retourné pour répondre :

« Qu'est-ce que j'en ferais, de ce lait, maintenant qu'il n'y a plus personne, ici ? Le vendre ? Comme si j'avais besoin de sous, seul, sans aucune descendance pour prendre le relais de la ferme ! D'ailleurs, je vais me débarrasser de ces vaches et de ces génisses au plus tôt. Si c'était déjà dur avec les gosses, ça n'a plus aucun sens que de m'obstiner à m'en occuper, maintenant qu'ils ne sont plus là...

– Pas une raison pour te laisser crever, Octave...

– Et pourquoi pas ? »

Jules avait poussé un soupir impuissant avant de remarquer :

« Le lait, ça ne se jette pas ! Si tu n'en veux pas, laisse-moi donc en profiter...

– Et puis quoi, encore ? s'était indigné le vieux Vornex. Tu serais capable de manger sur la tête d'un pouilleux, toi ! Allez ! Fais-moi le plaisir de foutre le camp, avant que je me mette vraiment en colère... »

Octave chassa d'un mouvement de tête le souvenir de cette altercation, puis son regard s'enfonça malgré lui dans les brouillards, là où les volutes cotonneuses gommaient les lacets du chemin des Fontanières. Sans qu'il voulût se l'avouer, une petite étincelle en lui espérait toujours y voir apparaître la silhouette gauche et massive de son aîné... Énervé, il cracha sur le seuil de la porte. Si Antoine avait dû revenir, il l'aurait fait depuis longtemps ! La mine sombre, le vieil homme referma le battant sur la suie de ses pensées...

* *
*

Il pleuvassait toujours, et ce, sans discontinuer depuis des jours et des jours... Si la température se faisait plus douce, sa clémence s'effaçait sous l'humidité oppressante qui pénétrait son corps jusqu'à lui lisser la peau de frissons aussi pervers qu'irrépressibles. Aussi était-ce sans un mot qu'Élise et Maximin grimpaient les chemins escarpés du versant sur les traces de Diamant. Avec Boule qui les suivait d'une allure de moins en moins enthousiaste, avec les pensées engluées sur le rythme de leurs pas, la tête baissée sur les ornières du chemin. Pourquoi s'acharner à éviter villages et hameaux ? Pourquoi s'obstiner à vouloir renouer avec leur existence d'avant, dans la solitude des cimes et des pâturages ? Ils savaient bien, pourtant, qu'il était plus qu'hasardeux d'y trouver un emploi, même saisonnier, dans ces exploitations familiales et isolées qui avaient déjà tant de mal à survivre ! Au gré des vallonnements de la montagne, ils avaient déjà frappé à plusieurs portes de chalets ou de fermes solitaires et perdues au milieu des prairies et des forêts, mais c'était en vain qu'ils avaient sollicité de l'embauche : « Mes pauvres... C'est déjà bien difficile pour nous ! Nous aimerions bien pouvoir louer des aides, vous savez, mais c'est l'argent qui manque. Nous vivons en circuit fermé, ici, et ce n'est pas le lait qui rapporte de quoi nous offrir un peu d'aisance ! » Maximin et Élise étaient bien placés pour le savoir, et ils se contentaient d'un petit sourire compatissant à l'adresse des fermiers... Heureusement, si le travail était rare, l'hospitalité montagnarde ne se démentait pas, et le couple errant avait toujours trouvé sur sa route, chaque soir, un toit sous lequel dormir et une table accueillante. Il faut savoir se serrer les coudes, là où la vie est âpre et dure !

« Rien ne sert de monter plus haut ! décréta soudain Maximin. Mieux vaut peut-être redescendre à mi-pente au-dessus de Gex : les domaines y seront à mon sens plus nombreux, et sans doute plus aisés…

– Comme tu veux, “Mamour”… » répondit Élise d'un ton las.

L'accumulation des déceptions et des déconvenues arrivait à la décourager. Alors, qu'importait ?

« Bien… Allez, Diamant ! »

Le chien du couple se mit à aboyer frénétiquement, comme si le brave animal n'attendait que cette décision…

« Boule ! bougonna Maximin. Tu ne pourrais pas te taire, non ? »

Il n'eut pas plus tôt parlé qu'il s'interrompit : là, droit devant, s'étalaient les murs d'une belle propriété…

« Hum… Cette ferme m'a l'air plus prospère que celles que nous avons croisées depuis des jours et des jours, non ? »

Élise lui répondit d'un sourire :

« Peut-être… Mais ce n'est pas pour autant que nous y trouverons de l'ouvrage ! »

Maximin poussa malgré lui un soupir d'exaspération :

« Toi, tu pars toujours battue d'avance ! Mieux vaut nous en assurer d'abord… Et puis, faute d'embauche, il y aura peut-être sous ce toit de quoi dormir au chaud ?

– Et peut-être même manger à la table des fermiers ? »

Maximin s'abstint de répondre à son épouse. Il ressentait trop de honte à solliciter, de soir en soir, un coin de grange où passer la nuit… D'autant plus que la clarté commençait à décliner, et qu'il était plus que temps qu'ils se trouvassent une halte !

* *
*

L'obscurité s'installait peu à peu, et chacun se satisfaisait secrètement du bien-être qui envahissait les muscles après les efforts de la journée. Un moment sacré, d'autant plus précieux que les jours allaient continuer à s'étirer pour grignoter, semaine après semaine, ces instants privilégiés… Jules Reculet, en attendant que son épouse Jeanne posât sur la table la soupe traditionnelle, tendit la main vers le pichet de vin et se resservit une rasade, avant de repousser le récipient de grès vers la main de son fils Ferdinand :

« Allons… Un petit gorgeon derrière le “gargamel” ne nous fera pas de mal ! Nous l'avons bien mérité, non ? »

Et c'était vrai que toute la famille s'était donnée de la peine, depuis le début du printemps, pour que le domaine de Crépillon fût impeccable pour la saison à venir : les piquets des palissades avaient été refaits à neuf, les rigoles curées, le fumier épandu, les parcelles de terre labourées, les prés nettoyés… Déjà, ceux qui n'avaient rien de mieux à faire allaient chaque jour écorcer les chênes dans la montagne. Il fallait profiter des premières montées de sève pour récolter l'écorce et la mettre à sécher. Pour la vendre ensuite aux tanneries où elle servirait au traitement des cuirs…

Le maître de maison se tourna vers François, le plus jeune de ses trois fils :

« Demain, il te faudra descendre sur Gex pour ferrer les bœufs à neuf ; ils marchent sur la corne ! »

Le cadet des garçons illumina son visage ingrat d'un sourire enthousiaste. Il ne lui était pas souvent donné de quitter la ferme pour courir les chemins, même pour une si proche agglomération ! Il s'apprêtait à manifester sa joie lorsque les chiens se mirent à hurler, précédant de peu quelques coups discrets à la porte. D'un mouvement de menton, Jules Reculet signifia à Eugénie d'aller ouvrir…

Maximin cligna nerveusement des paupières face à la lumière, puis s'éclaircit maladroitement la gorge :

« Euh…

– Vous vous êtes peut-être perdus ? supposa Jeanne. C'est que le domaine est bien à l'écart des routes, vous savez !

– Perdus ? Non, pas vraiment… Mon épouse et moi cherchons de l'ouvrage, et nous avons été surpris de voir un tel domaine s'offrir à notre vue, à cette altitude ! Alors, nous nous sommes dits… »

Jules détailla son interlocuteur avant de répondre :

Une suggestion

« Inutile ! Nous avons de la main-d'œuvre plus qu'il n'en faut, à Crépillon… Mais il n'est pas dans l'usage de la famille de laisser dehors quelqu'un qui frappe à notre porte ! Entrez donc, mes braves, et prenez place à notre table…

– Mais…

– Je sais ! Vous ne voulez sans doute pas vous attarder ici sans savoir où dormir ? Rassurez-vous, nous avons toujours quelques paillasses bien au chaud pour qui nous rend visite… »

Maximin bafouilla, touché par tant d'hospitalité :

« Ce… ce n'est pas ça ! Mais j'ai aussi un chien et un cheval…

– Qui trouveront aussi un abri à la ferme ! rétorqua Jules en riant. Mais finissez donc d'entrer, avant que la fraîcheur ne s'engouffre. Mon fils André va s'occuper de votre cheval… »

Il y avait longtemps que le couple n'avait été ainsi accueilli dans un foyer inconnu ! Dommage qu'on leur eût déjà assuré qu'il n'y avait pas d'ouvrage au domaine… Tout en dégustant sa soupe de légumes, Jules détaillait Élise et Maximin : d'honnêtes gens, au premier abord… Et qui n'avaient pas toujours dû errer de ferme en ferme ! Un couple qui n'avait rien à voir avec ces journaliers à peine polis qui juraient et crachaient quand on leur refusait de l'embauche… « Sûr que ces deux-là avaient une propriété à eux ! » pensa-t-il. La vie devenait tellement plus dure d'année en année qu'il n'en fut même pas surpris. Sans cesser de les observer, il attendit le fromage pour relancer la conversation et suggérer :

« Vous m'avez l'air bien sympathique… Je ne sais ce qui vous vaut de quêter ainsi du travail au fil des chemins, et je ne veux pas le savoir. Mais je pense à quelque chose qui, peut-être, pourrait vous intéresser tout en rendant service… Je ne promets rien, bien sûr, et je doute même que l'on puisse vous payer de vos services ! Pourtant, si ça peut vous dépanner, j'en connais un que ça dépannera encore plus… »

Un peu interloqué, Maximin ingurgita une dernière portion de chevret avant de répondre d'un ton volontairement indifférent :

« Dites toujours… »

XXXVII

Le retour des flammes

Le chemin était malaisé, rude et escarpé, et Maximin soupira une fois de plus en se tournant vers son épouse :

« Mais pourquoi tiens-tu tellement à monter là-haut ? Tu as bien entendu ce que nous a dit le fermier, hier ? Il n'y a rien à en tirer !

– Peut-être... admit la jeune femme. Mais l'histoire de ce vieil homme m'a touchée. Tu l'imagines, tout seul, dans son domaine qui sombre comme un navire après la tempête ? Un peu comme nous, quoi ! Mais c'est sans doute tellement plus cruel que d'être abandonné par ses fils après avoir travaillé pour eux toute une vie !

– Et qu'est-ce que tu veux que nous y fassions ? s'énerva Maximin Chenaillet. Nous n'avons ni les états d'âme ni les moyens de jouer les "bons Samaritains" ! »

Elle lui sourit, subitement rayonnante :

« Ce ne sera pas la Besancière, mais les Fontanières... Mais n'y vois-tu pas quelques liens de famille ? Un domaine isolé, coupé du monde à cause de l'altitude, délaissé par ses héritiers, et voué à dépérir jusqu'à la ruine ! Ce serait plutôt un beau défi pour nous que de donner un coup de main pour le rendre à nouveau prospère, non ? »

Son mari ricana amèrement :

« Et qui te dit que le "vieux" le voudra ? Nous ne sommes rien, pour lui ! D'autant plus que les Reculet nous ont assurés qu'il n'y avait pas d'argent aux Fontanières pour payer le moindre commis... »

Élise soupira :

« L'argent, l'argent... Est-ce si important ? Un toit, du travail, des bêtes à s'occuper, des terres et des bois à exploiter, et surtout un endroit où nous arrêter, ne serait-ce que quelques mois, plutôt que de continuer à courir de crêtes en vallées... Ça vaut le coup d'essayer, non ? »

Maximin réprima mal une grimace de contrariété. Le vieil homme des Fontanières, aigri comme il l'était, ne leur réservait certainement pas un accueil à la mesure des espérances de la jeune femme !

* *
*

« Oh ! Diamant ! » intima Maximin en tirant sur la bride.

Il s'arrêta, imité par Élise, et Boule se mit à folâtrer dans leurs jambes. Alors même qu'ils quittaient la ferme de Crépillon aux premières heures du jour, les brumes s'étaient enfin déchirées sur un ciel bleu encore entaché de quelques nuages sales. Bien que peut-être éphémère, ce beau temps qui succédait à une semaine de grisaille humide allumait dans les cœurs une étincelle d'énergie nouvelle, et c'était d'un bon pas que le couple avait grimpé la sente escarpée menant aux murs oubliés que leur avait indiqués Jules Reculet... Et, au terme d'un dernier lacet, la vieille ferme isolée venait d'apparaître, entre deux versants couverts de sapins sombres, avec tout autour d'elle ces larges langues d'espaces herbeux gagnés sur la forêt.

« C'est donc ici... » murmura la jeune femme d'un ton nuancé.

Comment montrer plus d'enthousiasme, face à ces bâtiments noircis par l'âge dont une partie semblait éboulée ou sur le point de s'effondrer ? Devant ces toits qui s'affaissaient sous leur propre poids, ces fenêtres pour la plupart béantes qui s'ouvraient sur des façades fatiguées...

« Pas très engageantes, ces Fontanières... » marmonna Maximin.

« Peut-être » pensa aussitôt Élise. Mais l'état de ce domaine n'avait rien à envier à celui de la Besancière lorsque la ferme des Chenaillet était encore debout ! La jeune femme y trouvait même beaucoup de ressemblances, avec seul le corps de bâtiment principal encore habitable, et toutes ces dépendances en ruine, hormis ce qui devait être une grange, à gauche, et aussi l'étable, là, sur le côté...

Dans le regard hésitant qu'ils échangèrent, les deux époux purent lire la même impression mitigée : ce domaine sentait la mort ! Aucune animation... Aucun mouvement... Aucun bruit... Pas même le chant d'un coq ou l'aboiement d'un chien. Aucune bête dans les pâturages, aucun bruissement. Des herbes folles dans ce qui avait dû être un jardin potager, des lopins de terre qui n'avaient pas été retournés par la charrue depuis longtemps, des rigoles bouchées qui laissaient l'eau et la boue s'épandre en souillant les herbages... Une pauvre habitation qui semblait écrasée par le paysage qui l'entourait, à flan de versant, surmontée par la masse énorme de la montagne hérissée de forêts et couronnée d'alpage, là-haut, toujours plus haut, là où l'horizon s'illuminait encore de crêtes neigeuses...

« Bien... Allons-y, puisque nous y sommes ! » décida Élise.

Maximin la suivit en masquant une grimace contrariée : y avait-il seulement âme qui vive, dans ces bâtisses où nulle cheminée ne crachait de fumée ?

Plus ils avançaient en direction des murs décrépis, plus cette ferme isolée leur paraissait inquiétante dans sa solitude qui minait le silence ! Trop calme... Trop muette ! Comme si ces pierres menaçantes voulaient conserver le secret de leur déchéance... À l'entrée de la cour déserte, Maximin pressa le pas pour précéder son épouse, puis il s'arrêta soudain, le nez en alerte. Il ne connaissait que trop cette odeur pourtant presque imperceptible. Et pour cause, celle de la paille brûlée ! Presque aussitôt, il remarqua les premières volutes de fumée qui s'échappaient de la remise bancale en planches qui devait servir de grange, et il se précipita en lâchant le licol de Diamant :

« Nom de Dieu ! Mais il y a le feu, là-dedans ! »

Tout en courant, les images de la Besancière en flammes lui traversèrent l'esprit, avivant en lui sa haine de l'incendie. Le cœur bondissant, il contourna le bâtiment, le souffle court et la hargne au ventre, puis s'arrêta brusquement. Dans l'angle de la grange, au sol, des bottes de paille exhalaient en crépitant de lourdes volutes de fumée blanche, tandis que de turbulentes flammèches se propageaient, de plus en plus vives et voraces... Il allait foncer vers le brasier naissant lorsqu'il remarqua la silhouette de ce vieux, là, debout sur l'échelle et qui... Sans doute le vieil Octave ?

« Non ! » hurla-t-il en se ruant en avant.

Ce vieux, la corde au cou, qui allait se jeter dans le vide. Ce vieux qui sursauta à son cri et dont le regard éteint se chargea instantanément de lueurs de colère :

« Mais laissez-moi, nom de Dieu ! Laissez-moi ! » hurla le vieil homme d'une voix étranglée de sanglots.

Le temps sembla alors se décomposer en secondes interminables. Le désespéré lança à l'intrus une œillade de défi, puis chassa l'échelle d'un coup de talon en basculant en avant.

« Non ! s'époumona de nouveau Maximin, qui rattrapa au vol les jambes du vieillard des Fontanières. Non ! Élise ! Élise, viens m'aider ! Vite ! Élise ! »

Et Élise fut là, qui n'eut pas besoin d'explication pour comprendre la situation. D'un bond, elle se jucha sur un tonneau pour dégager de la corde le cou du vieil homme qui se débattait faiblement dans les bras de Maximin. Elle jeta un regard d'épouvante à son mari, qui laissa tomber le corps au sol :

« Occupe-toi de lui ! Il faut que j'éteigne ce feu avant qu'il ne se propage ! »

Depuis le geste irréparable qu'il avait commis en incendiant la Besancière, les flammes étaient sa terreur et accompagnaient souvent ses nuits de cauchemars agités. Il déboula face au brasier naissant, bouscula les bottes à coups de fourche, mais ne réussit qu'à attiser les étincelles fusantes qui jaillissaient de la fumée en éclaboussant d'escarbilles incandescentes les tas de paille entassés… Malgré tout, l'humidité ambiante des dernières semaines engluait la combustion, et le foyer ne progressait qu'avec une relative nonchalance, ce qui redonna quelque espoir à Maximin :

« Heureusement que cette paille n'a pas été remuée depuis longtemps et que nous ne sommes pas en été ! »

Mais comment agir ? Il lui fallait intervenir au plus vite avant que les flammes n'atteignissent les provisions de foins qui dormaient sur le plancher du quartier… Les flammes commençaient à s'échapper des fumées et à lécher les planches de la grange, s'élevant toujours plus haut en ronflant et grésillant. De plus en plus désarçonné par la vitesse avec laquelle l'incendie avançait soudain, ce fut en toussant que Maximin recula face au sinistre : l'embrasement général n'était plus qu'une question de minutes !

Et l'idée fut là, d'un coup, comme évidente.

« Élise ! Laisse ce pauvre homme et viens vite me donner un coup de main, avant que tout ne soit en flammes et en cendres ! »

La jeune femme ne chercha pas à réfléchir. Même dans l'affolement, elle gardait en Maximin une confiance absolue. Sans plus attendre, elle délaissa Octave Vornex pour se précipiter vers son mari.

« Vite ! s'écria ce dernier en courant vers la porte de la remise. La grange a été creusée à mi-versant, et les deux abreuvoirs de bois sont juste au-dessus. Si nous pouvions les basculer avant qu'il ne soit trop tard, nous aurions une chance d'éteindre tout ça ! »

Nul besoin de commentaire. Élise courut sur les pas de son époux et, sans même échanger un mot, elle s'empara d'un madrier pour le glisser sous l'un des troncs creusés où venaient s'abreuver les bêtes. Maximin ayant fait de même, ils s'arc-boutèrent tous deux jusqu'à le faire basculer dans des gerbes d'éclaboussures…

« À l'autre, maintenant ! »

Il était plus que temps, mais l'initiative avait porté ses fruits. Lorsque Maximin et Élise remirent les pieds dans la grange, le feu s'étouffait déjà en dégageant des rôts de fumées âcres et piquantes… Quelques coups de râteau pour étaler la paille en combustion dans les flaques boueuses suffirent à maîtriser le brasier naissant.

« Ouf ! s'exclama Maximin. Quelques instants de plus, et il était trop tard ! »

Il se retourna, mais sa femme ne l'écoutait plus. Déjà, elle se précipitait vers le vieillard qui gémissait d'une voix rauque entrecoupée d'une toux irritante… L'acte suicidaire du vieil homme le révoltait d'autant plus que lui-même avait failli en arriver aux mêmes extrémités, que lui-même avait flanqué le feu à son domaine, que lui-même aurait pu… Une colère irrépressible s'empara de tout son être, et il se rua sur le malheureux en bousculant sa femme pour le prendre par le col de son veston de velours :

« Mais qu'est-ce qui vous a pris, vieux fou ? hurla-t-il, hors de lui, sans vraiment savoir si ce n'était pas lui-même qu'il interpellait ainsi. Quelle imbécillité ! Comme si foutre le feu à votre domaine pouvait arranger les choses ! Comme si mettre fin à vos jours pouvait excuser le passé ! Quelle lâcheté ! »

Il ferma amèrement les yeux en se souvenant de ces instants où il avait eu la même tentation, et se radoucit aussitôt. Relâchant sa pression, il ramena les mains pour laisser le vieil homme en position allongée. Se relevant, il continua pourtant à pester contre ce pauvre vieux :

« Mais c'est vrai, ça ! Laisser périr la maison de ses ancêtres, c'est déjà un crime… Mais se périr soi-même est pire encore, et une injure à Celui qui nous a donné vie ! Honte à toi, vermine ! Ce n'est pas parce que tes fils t'ont abandonné sur ces terres qu'il te faut choisir le trépas. C'est là choix de couard ! »

Outré, il cracha amèrement au sol, non sans se reprocher intérieurement d'avoir fait ce même choix de l'incendie, mais sans avoir eu le courage ou la folie de mettre fin à ses jours.

Octave releva le nez, toussa encore, puis chercha les yeux de son interlocuteur :

« Qui es-tu, toi, pour me juger ? Et comment sais-tu qui je suis et ce qui m'a poussé à la seule solution possible ? Qui es-tu pour te mettre en travers de ce que j'avais décidé ? Mon domaine est déjà mort, et j'étais libre de mourir avec lui, non ? »

Élise ne laissa pas à son mari le soin de répondre. Saisissant à deux mains le visage d'Octave, elle le força à lui faire face pour affirmer d'un ton ferme :

« Non ! Ce que vous dites est une abomination ! »

Son indignation était d'autant moins feinte qu'elle était bien consciente que cet acte ultime avait dû passer dans l'esprit de Maximin, lorsque ce dernier avait fait partir la Besancière en cendres !

« Non, vieil homme… Aucune déception ne mérite qu'on en finisse ainsi avec la vie ! Je suis bien placée pour savoir que, même après les malheurs les plus noirs, l'espoir sait briller de nouveau… »

Octave leva un œil égaré pour s'indigner d'une voix cassée :

« Mais qui es-tu, toi, pour me faire la morale ? Et qui est ce godelureau qui a voulu se mêler de ce qui ne le regardait pas ? »

Maximin se força à calmer les émois qui le brassaient pour s'approcher. De toute sa hauteur, il considéra le vieillard allongé avant de se pencher sur lui :

« Allons, "pépé"… Rien ne sert de faire partir ce domaine en fumées, et vous moins encore !

– Et qu'est-ce que tu en sais, malotru ? Rien ne te donne le droit de me juger, et je suis libre encore de faire ce que je veux… Même le pire ! »

L'époux d'Élise répondit d'un ton volontairement neutre, en fixant sa femme dans les yeux comme s'il ne s'adressait qu'à elle :

« Ce que j'en sais, c'est que j'ai moi-même incendié mon domaine, il y a quelques mois, parce que… parce que j'étais moi aussi malheureux et abandonné de tous… Parce que, moi aussi, j'étais à deux doigts d'accrocher une corde à une poutre pour m'y pendre ! J'ai tout perdu, oui… Mais, si je n'ai plus rien, jamais je ne me suis senti aussi comblé que depuis que j'ai retrouvé celle qui était toute ma vie, même si l'errance est désormais notre lot ! »

Éberlué, Octave Vornex cessa de gémir pour se redresser à demi :

« Comment ? Tu veux dire que tu as foutu le feu toi aussi à ta demeure ? Je ne te connais pas, d'abord… »

Maximin se courba sur lui pour l'obliger à se relever, puis il s'accorda un moment de mutisme avant de répondre d'une voix étonnamment grave :

« Je m'appelle Maximin… Maximin Chenaillet. Et je tenais en propre une maigre partie de l'héritage de mes ancêtres, en pleine montagne, de l'autre côté de la Valserine : un chalet transformé tant bien que mal en domaine ! Une ferme trop haute, trop isolée, et des terres trop longtemps sous les neiges pour être vraiment fertiles… Oui, vous savez, ma Besancière ressemblait beaucoup à vos Fontanières ! Oh ! Comme mon père et mon grand-père, je m'en accommodais… Mais ma femme… »

Il hésita, et Élise prit le relais pour confesser :

« C'est vrai que c'était dur, pour moi, malgré l'amour que je portais à mon Maximin. Je venais de la vallée, vous comprenez, et j'avais l'impression d'être déracinée, à ne jamais voir personne, là-haut ! Et j'ai fauté, bêtement, je l'avoue, en suivant un prince charmant de hasard qui s'est vite montré sous son vrai jour : un être démoniaque et sans cœur qui m'a aussitôt fait regretter la bonté de mon mari… Mais… mais j'avais tellement honte de moi que j'ai mis du temps à lui revenir… Et… lorsque j'ai enfin eu le courage de remonter à la Besancière… »

Maximin se raidit pour terminer :

« Lorsqu'elle a remis les pieds au foyer qui était le nôtre, je n'y étais plus, et la Besancière non plus. J'ai eu de la patience, pourtant, tellement on s'évertuait à me persuader que mon Élise me reviendrait ! Mais, le temps passant, j'ai fini par ne plus y croire et… et j'ai fait comme vous : j'ai voulu effacer le passé en foutant le feu à ce qui avait toujours été ma vie. J'avoue même que j'ai songé, comme vous, à me passer la corde au cou, mais je ne sais ce qui m'a retenu… Heureusement, car, depuis, celle que j'aimais est de nouveau à mes côtés, et j'en remercie le Seigneur chaque jour !

– Moi aussi monsieur Vornex ! renchérit Élise. Nous n'avons jamais été aussi heureux, tous deux, que depuis que nous nous sommes retrouvés… Même si la vie est dure, maintenant, à errer de ferme en ferme pour survivre ! Même si nous avons la crainte de finir notre vie comme des mendiants !

– Et sachez, Octave, reprit Maximin, que je ne regrette rien, sinon de n'avoir plus de toit à offrir à mon épouse. Le bonheur de l'avoir près de moi dépasse de loin tous les malheurs du monde ! Allez, venez vous réconforter dans ce qui est encore votre "chez-vous"… Le hasard a fait que nous sommes arrivés ici juste à temps pour vous empêcher de faire la plus grande bêtise de votre vie, et c'est sans doute un signe. Tout peut s'arranger, peut-être, bien mieux que vous ne le pensez ! »

Hébété, Octave Vornex, encadré par Élise et Maximin, se laissa reconduire à son logis d'un pas titubant. Il se bloqua soudain sur ses jambes pour dresser un menton subitement agressif :

« Mais… Comment se fait-il que vous connaissiez mon nom ? Je ne vous ai jamais vus, moi, et je ne sais pas qui vous êtes ! Et comment savez-vous que mes fils ont renié les Fontanières ? Comment savez-vous qu'ils m'ont abandonné comme nul n'abandonnerait même un chien ? »

Élise se colla à lui, très tendre tout à coup, et elle lui murmura à l'oreille d'une voix très douce :

« Nous n'avons pas abandonné notre chien, nous ! Nous cherchions seulement un honnête domaine où louer nos bras… C'est ainsi que nous avons frappé hier à la porte de la ferme de Crépillon, où les bras sont déjà assez nombreux pour qu'il n'y ait pas besoin des nôtres. C'est le patron qui nous a incités à venir aux Fontanières, en nous prévenant que, s'il n'y avait pas d'argent à y gagner, il y avait du travail à faire pour relever le domaine…

– C'est vrai, confirma Maximin. Et si nous sommes venus jusqu'ici, ma femme et moi, ce n'est pas pour de bons gages, mais pour avoir enfin la chance de vivre vraiment ensemble...

– Allez, Octave... Rentrons, maintenant... Si le Ciel a voulu que nous nous rencontrions en de telles circonstances, ce n'est sans doute pas pour rien ? »

XXXVIII

Des chèvres et des moutons

Ah ! la pièce commune des Fontanières… Octave s'était effondré, les coudes collés à la grande table, et affichait une expression outrancièrement boudeuse qui eût fait rire en d'autres circonstances. Maximin et Élise étaient restés un moment interdits et muets en pénétrant dans les lieux : la grande pièce ressemblait tellement à celle qui avait été la leur, à la Besancière ! Le même aspect vieillot, les mêmes poutres noircies, le même âtre encroûté de suie… La table, aussi, qui semblait sortie des mains du même artisan. Il n'y avait que le vieux fourneau qui dénotait. Encore était-il semblable à celui qu'utilisait la jeune femme avant que Maximin ne lui offrît cette cuisinière neuve dont elle avait été si fière !

Élise posa une main compatissante sur l'épaule du vieil homme, tandis que son époux ouvrait portes et placards pour essayer de dénicher un alcool fort.

« Si vous nous racontiez tout, maintenant ? » suggéra-t-elle de son ton le plus doux.

Octave soupira. À quoi bon ? Et ne pouvait-on le laisser tranquille ? De quel droit ces deux-là s'immisçaient-ils dans sa vie ? L'insistance muette mais si féminine d'Élise l'incita pourtant à abdiquer toute velléité de révolte, et il ne se fit plus prier pour expliquer comment il en était arrivé à ce geste désespéré : le déclin du domaine, la fuite de son cadet pour la ville, puis la trahison de son aîné… Et ce découragement, ce renoncement, jusqu'à ne plus pouvoir supporter sa propre vie !

« Il faut me comprendre, mes petits… Mais vous ne m'avez pas rendu service, vous savez. J'aurais préféré que tout soit fini ! Définitivement…

– Allons ! Nous sommes là maintenant !

– Peut-être, mais pour combien de temps ? Qu'y aura-t-il de changé, pour moi, lorsque vous reprendrez votre route ? Et aurais-je le courage de refaire ce que vous m'avez empêché de faire ? C'est pourtant la seule chose à faire… »

C'en était plus que Maximin ne pouvait entendre, lequel cogna du plat de la main sur la table tout en déposant de l'autre une bouteille d'eau-de-vie sur le plateau :

« Avez-vous fini ces jérémiades qui ne sont pas à la gloire d'un ancien tel que vous, qui se devrait d'être plus sage ! gronda-t-il d'un air menaçant. Si vous voulez en finir avec la vie, faites-le donc tout de suite, et qu'on n'en parle plus ! Sinon, essayons ensemble de trouver une solution à vos problèmes… »

Une solution ? Mais quelle solution ? Cet inconnu et sa femme n'étaient rien, pour lui ! Maximin remplit trois petits verres de gnôle, puis il s'assit face au vieil homme :

« Allez, buvez, cela vous fera du bien… À moi aussi d'ailleurs… Vous m'avez flanqué une de ces peurs ! Voilà ce que je propose : ma femme et moi, nous… »

Octave Vornex eut un sursaut d'énergie, et il tapa du poing sur la table. Une colère rentrée grondait en lui, autant contre lui-même que contre ces indésirables qui s'étaient mis en travers de cet acte auquel il s'était résolu après des semaines et des semaines de moroses réflexions :

« Je ne demande rien, moi ! Et je n'ai que faire de vos "propositions" ! Qu'est-ce que vous faites chez moi, d'abord ? Et comment osez-vous vous autoriser à mettre votre nez dans ce qui ne vous regarde en rien ? Le seul bien que vous pourriez me faire, ce serait de repartir d'ici aussi vite que vous y êtes venus ! »

Dieu ! Ah ! S'il avait eu encore assez de force pour flanquer ces deux-là à la porte !

Maximin garda le silence, conscient que le vieil homme n'attendait que sa réaction pour se nourrir de sa propre rancœur et se montrer plus acerbe encore… Au bout d'un moment lourd de non-dits, le vieux paysan releva un œil fatigué sur son interlocuteur, intrigué par ce mutisme subit. Mais ce fut Élise qui reprit la parole, et Octave s'en trouva contrarié. Il lui était tellement plus difficile de s'opposer aux représentantes du sexe opposé ! Surtout lorsqu'elles étaient aussi mignonnes…

« Monsieur Vornex… commença-t-elle d'une voix grave et douce, pour d'autres raisons que vous, nous sommes passés par les mêmes malheurs, et…

– Je sais… grogna Octave en désignant Maximin du menton. Vous m'avez déjà dit tout cela dans la grange… Mais qu'est-ce que cela change, pour moi ? Je n'ai plus un sou, et rien à vous offrir… Ce domaine est mort, et je ne lui survivrai pas ! Laissez-moi, vous dis-je… Mais laissez-moi, par Dieu ! »

Consciente du pouvoir d'un contact féminin, la jeune femme s'approcha de lui et lui posa une main sur le bras :

« Vous n'avez pas d'argent, c'est vrai, mais nous en avons un peu, même si ce n'est que misère… Nous n'avons pas de toit, mais vous en avez un… Un toit que vous vous apprêtiez à mettre en flammes parce que vos fils vous ont abandonné seul aux Fontanières, parce qu'il n'y a plus assez de bras pour que le domaine puisse continuer à vivre… Mais mon mari et moi, nous avons des bras, de la volonté, et nous savons comment mener une ferme de montagne… »

Et alors ? En quoi ça l'avançait, tout ça ? Voyant le vieil homme se renfrogner, Maximin reprit la parole après avoir adressé à son épouse un clin d'œil de connivence :

« Ma femme a raison… Pourquoi réduire ces bâtisses en cendres, comme j'ai eu moi-même la bêtise de le faire ? Bêtise tellement énorme que nous sommes depuis contraints d'errer sur les chemins, de ferme en ferme, pour jouer les journaliers, et rarement pour un même patron ! Aussi, comprenez-nous, les Fontanières offrent des corps de logis inoccupés qui menacent de s'ébouler, mais qui feraient notre bonheur si vous nous laissiez les remettre en état… En échange de quoi nous nous chargerions des terres et des bêtes, sans même demander salaire tant que le domaine ne retrouvera pas une certaine prospérité. Pourvu que nous ayons de quoi travailler, manger et dormir, nous n'en demandons pas plus… »

Octave ne put s'empêcher de rire amèrement :

« Jamais je n'ai entendu plus folle élucubration ! Je suis bien placé pour savoir que les Fontanières ne peuvent plus nourrir ceux que ses murs abritent, et ce depuis longtemps… À tel point que j'en finis par ne plus blâmer mes fils de les avoir fuies !

– Vous savez, Octave, ici, c'est un peu comme chez moi, à la Besancière… Ce qui tue le domaine, à ces altitudes, c'est de dépendre des grandes fruitières auxquelles nous vendons une misère ce lait qui nous demande tellement de travail ! Et au prix où on nous le paye, c'est en devenant de plus en plus pauvres que nous enrichissons les plus riches… Mais ce n'est pas une fatalité, croyez-moi. Lorsque mon Élise s'est montrée une fromagère hors pair, et que nous avons vendu notre propre production directement aux commerces ou sur les marchés, tout s'est bien amélioré et l'argent a commencé à rentrer !

– Que n'avez-vous continué, alors, plutôt que de venir troubler ma vie, ou ce qu'il en restait ?

– C'était juste avant que… enfin que… »

Élise eut la ressource de sourire pour confesser :

« Juste avant que je commette la plus grosse sottise de ma vie ! C'est vrai que l'on peut, comme nos ancêtres, continuer à produire soi-même des chevrets ou des comtés à la ferme même, sans passer par ces grosses laiteries et ces grandes fruitières qui ressemblent de plus en plus à des usines… On en fabrique moins, certes, mais ce qu'ils rapportent dépassent de loin ce qu'on nous donne du lait livré en boïlles ! »

Bien qu'ébranlé, le vieux ne voulut pas abdiquer :

« La belle affaire ! Même si tu dis vrai, petite, tu oublies une chose : ce n'est pas un vieux comme moi, une jeunette comme toi, et ton lourdaud de mari, qui pouvons entretenir à trois la ferme, soigner les vaches, les traire, faire le fromage et le beurre, mais encore nous occuper des pâturages, des bois, des labours et des cultures ! Quand on n'est pas assez nombreux sur un domaine, il est voué à la ruine, c'est moi qui te le dis... »

Maximin voulut intervenir, mais Élise le surprit en le prenant de vitesse :

« J'y ai beaucoup songé ! s'exclama-t-elle. Et j'en arrive à penser qu'il serait peut-être plus malin de n'avoir qu'un minimum de vaches... Ou alors de les louer la moitié de l'année aux amodieurs... »

Son mari ouvrit de grands yeux chargés d'incompréhension et de désapprobation :

« Tu dis n'importe quoi ! Ces gens-là s'engraissent sur notre dos, et ce genre de contrats, auxquels on doit parfois se résoudre lorsque l'on n'a pas assez d'alpages et de prairies, c'est peu ou prou du vol ! Une aumône...

– D'accord pour garder quelques vaches et génisses... concéda Élise. Mais je me demande de plus en plus si de petites exploitations, comme l'était la Besancière ou comme le sont les Fontanières, perdues loin de tout et perchées sur les monts, n'auraient pas plus vocation à s'occuper de chèvres et de moutons plutôt que de vaches... Surtout lorsqu'on y manque de bras et de personnel ! »

Maximin Chenaillet et Octave Vornex échangèrent un long regard atterré : la jeune femme était-elle devenue folle ? Des chèvres ? Des moutons ? Ici ? En ce pays où le moindre versant de montagne résonnait du printemps à l'automne du tintement des toupins et des clarines ! Quelle hérésie !

« Et alors ? insista Élise. Nos fameux chevrets fabriqués au lait de vache, n'étaient-ils pas à l'origine confectionnés avec du lait de chèvre ? Sinon, pourquoi porteraient-ils encore ce nom ? L'avantage, avec chèvres et brebis, c'est qu'il leur faut deux à trois fois moins de fourrage pour l'hiver, donc moins de fenaisons ! On ne se fait pas voler en confiant le lait à un collecteur qui le revend aux fruitières, puisqu'on le transforme en fromages sur place... Et puis, il ne faut pas trois, quatre, cinq ou six mois pour que ces fromages parviennent sur les marchés : seulement quelques semaines, et même moins pour qui les aime frais ! »

Les regards croisés d'Octave et de Maximin se catapultèrent de nouveau en une même perplexité. Des chèvres ? Des brebis ? Ici ? Sur ces hauteurs où ne régnaient que des troupeaux de montbéliardes et de tachetées !

« Et puis, insista Élise, nous produirions ainsi des fromages qui seraient d'autant plus rares qu'on n'en fabrique plus dans nos régions : et ce qui est rare est cher ! Ce qui, à mon sens, rapporterait plus que de vivoter sur le dos de six ou dix vaches... »

Les deux hommes avaient beau essayer de se persuader que ce n'était là que folie, ils ne pouvaient s'empêcher de tourner et retourner cette idée au moulin de leurs méninges... Si une telle initiative leur paraissait iconoclaste, ils ne pouvaient lui réfuter une certaine dose de bon sens ! Ce fut Maximin qui objecta le premier :

« D'une demi-douzaine à une douzaine de vaches, c'est déjà bien de l'ouvrage ! Mais sérieusement, ma Lise, tu nous crois vraiment capables de traire cinquante à cent chevrettes ou brebis, une à une, et ce deux fois par jour ?

– C'est moins pénible qu'on ne le pense ! rétorqua sa femme. Et bien plus rapide que de traire les vaches... Et puis, c'est facile à garder, comme troupeau. Ça mange même l'herbe rase, les feuilles des arbres, les écorces, les épines ! Si une chèvre s'éloigne et qu'elle échappe au chien, elle revient immanquablement au domaine pour la traite, dès que ses mamelles pleines la font trop souffrir... De plus, et c'est loin d'être négligeable, comme il est impensable de garder tous les agneaux et les cabris, il ne faut pas oublier que c'est une viande appréciée, en ville ! Plus j'y réfléchis, plus je pense qu'une petite ferme a plus à gagner ainsi qu'en s'obstinant à se traîner au cul des vaches... »

Voilà qui bousculait les idées, et Octave Vornex, oubliant ses idées suicidaires, s'insurgea aussitôt :

« Non mais ? Nous ne nous connaissons même pas, vous entrez chez moi comme dans un moulin, et de plus cette écervelée parle comme si je n'étais plus maître chez moi ! Dis-moi, l'homme, elle se prend pour qui, ta perruche ? »

Maximin préféra détendre l'atmosphère, et il haussa les épaules avec dans le regard une étincelle d'ironie : ah ! Les femmes… Et pourtant, Octave comme lui-même ne pouvaient s'empêcher de penser que l'idée était loin d'être absurde ! Les prairies étaient assez immenses, ici, pour nourrir un troupeau de moutons sans, comme en plaine, avoir besoin de faire transhumer les bêtes en été… Et il y avait assez d'herbe à ces altitudes pour assurer du foin pour l'hiver. Et puis, les chèvres, ça mangeait les arbustes et les mauvaises herbes, ça se contentait de peu, et ça fournissait assez de lait pour faire de bons fromages qui ne demandaient pas des mois d'affinage ! En fait, Élise n'avait peut-être pas tort : dans ces régions où tout laitage provenait des vaches, les tommes de chèvres ou de brebis étaient un produit rare susceptible de séduire plus d'un fin palais…

Octave se surprit à rêver un instant, avant de revenir brutalement se heurter à la réalité :

« Eh ! Vous deux… Ma parole, vous parlez vraiment comme si les Fontanières étaient vôtres, parbleu ! Alors que je ne vous avais jamais vus jusqu'à aujourd'hui, que nous ne nous connaissons nullement, et que vous venez seulement de débarquer ici comme des mendiants… Pour qui vous prenez-vous, par le diable ? »

Maximin chercha les pupilles de sa femme avant, comme elle, de baisser piteusement la tête. Oui, ils s'étaient emballés trop vite : ils n'étaient pas chez eux, ici ! Après un moment d'embarras, le mari d'Élise se tourna de nouveau face au vieillard accablé :

« Vous avez raison, monsieur Vornex… admit-il d'une voix neutre. Ce n'est pas notre place, ici ! Et nous n'avons nullement le droit de nous mêler de vos affaires. Il n'empêche que vous ne pouvez plus assumer seul votre domaine, et que nous avons perdu le nôtre. Mais nous avons nos bras à offrir, et de la volonté à revendre… Je sais que vous n'avez pas de quoi payer les services que nous pourrions rendre ici, mais ce n'est pas ce dont nous rêvons. Nous souhaitons seulement, ma femme et moi, retrouver un toit, une vie de famille, et une propriété sur laquelle travailler pour la faire prospérer ! Et, si c'est le hasard qui nous a fait nous rencontrer, je suis tenté d'y voir une volonté du Ciel. Parce qu'il est peut-être possible de marier nos deux misères pour les transformer, sinon en richesse, au moins en une honnête coopération pour sauver cette ferme que vous vouliez vouer aux flammes… »

Le vieil homme baissa de nouveau le nez sur les miettes qui constellaient le plateau de la table, et il mit une éternité à répondre. C'était vrai que, sans ces deux gêneurs, les Fontanières seraient pour l'heure en cendres, et lui-même en enfer pour avoir choisi d'en finir par la corde ! Il redressa le nez, toujours songeur et muet, pour considérer ce couple d'inconnus qui s'était aussi brutalement immiscé dans sa vie. L'homme avait l'air honnête, costaud et travailleur… Et les idées de la jeune femme, pour iconoclastes qu'elles fussent, n'étaient pas sans bon sens ! Et puis, elle était si belle… Après tout, il n'avait plus rien à perdre ; pourquoi ne pas leur faire confiance ? De toute façon, la situation ne pouvait pas être pire ! Très las, il abdiqua :

« Je ne sais pas si c'est bien ou mal mais, au point où j'en suis, que m'importe ? Je n'ai plus un sou à vous donner, mes pauvres… Mais je veux bien vous laisser faire à votre idée, même si je pense que tout est déjà joué, et qu'il faut être fou pour croire que l'on peut vivre encore sur ces terres que tout le monde a abandonnées ! Mais ne comptez surtout pas sur moi pour m'échiner en vain. Les Fontanières sont mortes, et personne, à mon sens, ne les fera revivre… »

Élise s'écartela la bouche sur un sourire de triomphe, et elle se pencha sur le vieil homme pour le serrer entre ses bras et l'embrasser sur ses joues piquantes :

« Merci, Octave… Nous n'en demandons pas plus ! Et je vous jure que vous ne le regretterez pas. Avec du courage, nous arriverons bien à tirer quelque chose de ce domaine, que diable ! Et puis, je vous aime déjà, tellement vous ressemblez à mon défunt père… »

Octave détourna le regard pour masquer son trouble. Elle était tellement émouvante, cette petite ! Et dire que c'était sans doute à cause de ce gentil minois qu'il venait d'accepter une solution qu'il n'avait jamais envisagée… Il grogna :

« Ton père, dis-tu ? Et en quoi je lui ressemble tant ? »

La jeune femme éclata d'un rire de source vive pour répondre avec une malice non dissimulée :

« Il était aussi bougon que vous, espèce de vieil ours mal léché ! »

Bizarrement, cette boutade lui mit du miel au cœur, et peu ne s'en fallut qu'il l'embrassât comme la fille qu'il n'avait jamais eue. Mais son orgueil l'empêcha de trahir ce tendre sentiment, et il se contenta de répliquer :

« Et impertinente, avec ça ! »

Un peu, déjà, comme une vie de famille…

XXXIX

Renaître de ses cendres

Ah ! les Chenaillet n'avaient pas ménagé leurs efforts, aux Fontanières, et une année entière venait de s'écouler sans qu'ils en eussent eu conscience ! Bien sûr, la cohabitation avec ce vieux grincheux n'avait pas été évidente d'emblée. Un vrai Vornex ne se laissait pas aller à extérioriser ses sentiments, et Octave tenait à rester un « vrai » Vornex... Comment accepter l'intrusion de ce couple d'inconnus dans sa vie ? Comment admettre la présence de ces intrus chez lui ? Et pourtant, il n'avait pas fallu longtemps au vieil homme pour renaître à la vie, comme entraîné par le tourbillon d'énergie que dégageaient Élise et Maximin... Ah ! Pour les apprécier, il lui avait fallu voir avec quelle hargne ils s'étaient attaqués à la remise en état des lieux. Se construire une habitation provisoire dans les dépendances en ruine tout en lui laissant toute son indépendance, s'occuper de lui comme s'il était de leur famille, lui laver son linge, lui mijoter chaque jour de petits plats, et lui tenir compagnie à la veillée mieux que ne l'avaient fait ses propres enfants...

Oh ! Bien sûr, il y avait eu entre eux quelques frictions... Quelle idée que de vouloir rompre avec la fruitière en s'engageant dans la production de fromages de chèvres ou de brebis !

« Allons, Octave... avait assuré Maximin. Ce n'est qu'une tentative, mais ça ne nous empêche pas de continuer à produire ce lait de vache qui nous a toujours fait vivre ! Même que j'ai fait venir aux Fontanières les deux meilleures laitières qui me restaient de la Besancière… Et osez dire que vous avez déjà vu meilleure vache que ma Fifine ? »

Octave devait reconnaître que tout allait plutôt mieux depuis que ce gars solide avait malgré lui repris en main les rênes des Fontanières. Le domaine faisait mieux que vivoter, il revivait vraiment ! Ah ! Il fallait voir Élise, ses chèvres et ses moutons ! Même que ça avait bien jasé, dans ce pays suspendu au pis des vaches : quelle idée, que de vouloir se lancer dans une telle aventure ! Des chèvres ? Des moutons ? Comme dans ces régions pauvres où l'herbe ne pouvait nourrir de bonnes laitières ! Et pourtant, au fil des mois, cet élevage finissait par rapporter aux Fontanières plus que le lait vendu aux fruitières de Gex et de la vallée. Peu à peu, les fromages d'Élise se faisaient une bonne petite réputation dans les environs ! Par curiosité d'abord, par goût et par gourmandise ensuite…

« Eh ! Ma p'tite dam'… c'est que ça nous change du comté ! »

Et l'on ajoutait, avec un brin de chauvinisme :

« Même s'il n'y a pas meilleur que le comté… »

* *
*

« Alors, le "père" ! Encore en train de rêvasser ? »

Octave sursauta, puis se retourna sur Maximin :

« Je me repose un peu… J'ai passé l'après-midi à tomber quelques arbres, là-haut ! Il faut bien penser au bois pour la cheminée et le fourneau, non ? »

Maximin haussa les épaules et prit une mine faussement critique :

« Je vous avais dit que nous irions tous deux bûcheronner la semaine prochaine, voyons ! C'est dangereux que de vouloir donner de la scie et de la hache tout seul… Surtout à votre âge !

– Qu'est-ce qu'il a, mon âge ? s'insurgea le vieil homme. Je pourrais encore en remontrer à plus d'un de ces gamins qui jouent les "gros bras" !

– Ce n'est pas une raison pour faire des imprudences, Octave. Il y a un temps pour tout !

– Peut-être... Mais tu ne veux tout de même pas que je reste ici à ne rien faire ? Je suis chez moi, non ? Et je n'entends pas y être une bouche inutile !

– Allons, allons, "pépé"... Élise et moi, nous faisons tout pour que vos Fontanières conservent une vie de famille, et je pense que vous ne vous en plaignez pas ! »

Octave Vornex bougonna pour ne pas trahir sa satisfaction. Pouvait-il nier le plaisir qu'il éprouvait à vivre en compagnie de ce couple amical et énergique ? Ces deux-là lui apportaient plus de chaleur humaine que ne l'avaient jamais fait ses deux fils !

Le soleil couchant s'évertuait à repeindre le ciel d'une palette mouvante de tons orangés, et une brise plutôt douce pour la saison rendait le crépuscule naissant plus agréable encore. Un calme bienfaisant émanait de ce spectacle dont nul ne semblait vouloir s'arracher, et les deux hommes le savourèrent en silence. Ce fut le moment qu'Élise choisit pour sortir de « sa » fromagerie :

« J'ai encore moulé pour le moins une bonne vingtaine de chevrets ! s'exclama-t-elle en s'essuyant les mains sur son tablier blanc. Et j'en ai trois douzaines assez mûrs pour être mis à la vente. Je ne descendrai pas pour rien au marché de Gex ! »

Maximin sourit :

« Tu ne descends jamais pour rien : tes fromages sont retenus d'avance, et tu n'arrives pas à fournir la demande ! C'est cela, la rançon de la gloire... »

La jeune femme baissa le nez sur sa confusion. Elle n'était pas peu fière d'avoir prouvé à ceux qui se gaussaient de ses chèvres qu'ils avaient eu tort !

« Même les quelques fromages de brebis que je fais commencent à avoir leur petite réputation... avança-t-elle d'une voix qu'elle avait du mal à rendre modeste. Je n'en ai jamais assez !

– Faudrait agrandir le troupeau, petite… affirma Octave.

– On ne peut pas l'accroître indéfiniment ! objecta aussitôt Maximin. C'est qu'il faut s'en occuper, le faire paître, et passer de plus en plus de temps à la traite !

– De plus en plus de temps à la fruitière, aussi ! ajouta Élise. Non, je pense que les choses sont bien ainsi. Mon petit commerce marche bien, et il est de bien meilleur profit pour le domaine que la façon dont on procédait avant !

– C'est vrai… admit le vieux Vornex. Les quelques vaches qui restent aux Fontanières sont de bonnes laitières, mais ce ne sont pas elles qui nous font vivre plus à l'aise qu'autrefois ! Tu avais raison, petite : produire et écouler soi-même ses propres fromages, c'est bien plus efficace pour remplir rapidement sa tirelire ! »

La jeune femme se mit à rire.

« Avec bien moins de fourrage l'hiver ! Bien moins de contraintes et bien moins de travaux des champs… Si nous ne sommes pas encore riches, aux Fontanières, nous prenons tout doucement le chemin de le devenir !

– N'exagérons rien ! tempéra son époux. Mais je dois reconnaître que notre bourse se porte plutôt bien depuis qu'Octave nous a accueillis sur ce domaine. Nous ne sommes plus obligés de nous priver de tout pour survivre ! »

Les yeux de leur hôte s'embuèrent :

« J'ai eu bien de la chance de vous rencontrer, vous savez. Et je ne le regrette pas ! Quand je pense que…

– Chut ! l'interrompit Élise. Il ne faut plus y penser… »

Elle savait bien que le cœur du vieil homme n'avait pas encore cicatrisé de l'attitude de ses fils envers lui, et qu'il remâchait toujours regrets et rancune…

Maximin préféra aussitôt changer de sujet :

« Moi, j'en ai fini avec le labour de la parcelle des Esquiers. Le temps semble se mettre au beau, et j'espère bien avoir le loisir de me consacrer quelques jours aux vieux murs qui nous abritent… »

Octave secoua la tête :

« J'aurais jamais cru voir de mon vivant cette aile du bâtiment remise en état ! confessa-t-il. Tu as même profité de l'hiver pour refaire le plancher, ce qui offre encore la possibilité d'aménager l'étage…

– C'est bien ce que je compte faire… Et d'abord changer les portes et les fenêtres, qui tombent en lambeaux et laissent passer les courants d'air ! Nous avons du bois bien sec plus qu'il n'en faut, et la remise des Fontanières abrite tous les outils nécessaires…

– Tu saurais donc travailler le bois assez bien pour menuiser ? s'étonna Octave.

– Je ne suis plus un gamin depuis longtemps, et j'ai appris à bricoler dans bien des domaines !

– En tout cas, je n'aurais jamais pensé voir rénover ces vieux murs de mon vivant… Et j'ai même dans l'idée d'aller voir le notaire. Je suis bien plus âgé que vous, et j'aurais vergogne à filer au cimetière sans vous laisser la jouissance de ce domaine que vous vous échinez à remettre en état !

– Il ne faut pas penser à cela, “pépé”… Vous êtes encore bien vif, Dieu merci, avec bon pied bon œil et toute votre tête ! Et puis… nous ne sommes pas de la famille… Et vos fils ?

– Ne me parle pas de ces deux-là, malappris, ou je me fous en rogne pour de bon ! S'ils ont abandonné les Fontanières de mon vivant, je n'entends pas que ce soit pour remettre la main dessus dès que je serai sous terre ! Surtout à seule fin de le foutre en vente pour une bouchée de pain ! »

Élise posa une main tendre sur l'épaule du vieillard :

« Allons, Octave… N'y pensons plus ! Il y a mieux à faire, et d'abord à traire Fifine et ses congénères… Pour les chèvres et les brebis, c'est déjà fait. C'est que ça prend du temps, toutes ces bêtes. Dommage que nous ne soyons pas plus nombreux, ici… C'est vrai que votre Toine et votre Thibaud ne seraient pas de trop, maintenant !

– J'ai déjà dit que je ne voulais plus entendre parler d'eux ! » s'emporta aussitôt Octave en se levant pour se diriger vers l'écurie.

* *
*

La fatigue semblait dégouliner des muscles, avec ces douleurs sournoises qui tiraillaient les articulations au moindre mouvement... Il y avait tellement de choses à faire avec le retour des beaux jours ! Avec tous ces agneaux et ces chevreaux qui gambadaient partout...

« Encore quelques semaines, et nous pourrons vendre les mâles pour la viande... »

C'était, là encore, une source de revenus non négligeable ! Maximin hocha la tête :

« Il faudra même nous défaire de quelques femelles. Jamais nous ne pourrons assumer la charge de tout le troupeau si nous gardons toutes les agnelles et toutes les chevrettes !

– À moins d'embaucher un commis ? suggéra Élise.

– Je crois que c'est encore bien prématuré... L'année prochaine, peut-être, si tout marche encore aussi bien.

– Tu as raison... Rien ne sert de mettre la charrue avant les bœufs ! N'empêche, c'est bien dommage... »

La jeune femme soupira. Qu'il lui tardait que la production du domaine fût à la mesure de ses espérances ! Elle tourna la tête, puis s'exclama :

« Tiens, nous avons la visite de Jules Reculet...

– À cette heure-ci ? C'est vrai qu'il y a une éternité qu'il n'a mis les pieds aux Fontanières...

– Oui, c'est toujours l'un ou l'autre de ses fils qui passe, un jour sur deux, pour collecter le lait pour la fruitière...

– Il doit vouloir discuter avec le vieux Vornex...

– Si c'est pour lui parler de ses fils, il y a de l'orage dans l'air... soupira Élise.

– Pas tant de discours, et allons plutôt l'accueillir... » proposa son époux en rejetant sa fourche.

Octave fut pour une fois plus vif qu'eux, et ce fut lui qui s'avança vers l'entrée de la cour pour saluer son voisin :

« Alors, “le” Jules... Que nous vaut l'honneur ? Tiens, reste sur la terrasse. Le couchant est assez doux pour qu'on puisse boire un flacon dehors, non ? »

Jules Reculet reposa son verre et fit claquer sa langue sur le palais :

« Fameux, ce p'tit vin !

– Je l'ai fait venir du Jura... Et c'est vrai que c'est loin d'être de la piquette ! Mais je suppose que ce n'est pas pour me parler de mon vin que tu es venu ce soir jusqu'aux Fontanières ? »

Le vieux Vornex accompagna sa remarque d'une œillade expressive : il ne souhaitait nullement qu'on lui donnât des nouvelles d'Antoine ou de Thibaud ! Son voisin de Crépillon devait pressentir que ce n'était pas un sujet à aborder d'emblée, et il préféra engager la conversation de façon plus subtile :

« Oui, Octave. Je me suis pensé que ton élevage de chèvres et de brebis, alors que toute la région ne vit que de la production laitière de nos bonnes vaches, avait l'air de t'être d'un bien meilleur profit qu'on aurait pu penser... Aussi, ça me trotte dans les méninges. Si ça a l'air de vous être d'un bon rapport, peut-être devrions-nous suivre la même voie, non ? Et, peut-être, nous allier pour voir plus grand encore, avec la force de nos deux domaines ? »

Ce fut Maximin qui répondit :

« Il faut dire que nous n'arrivons plus à suffire à la demande, et que prendre plus de bêtes dépasserait le temps et la force que nos bras peuvent fournir... Mais... »

Jules lui retourna un regard assombri d'une lueur noire :

« Mais ?

– Mais je crois que le maître des lieux, qui reste encore Octave, n'est pas trop chaud, malgré son amitié pour toi et ta famille, pour être main dans la main avec Crépillon... Alors que c'est justement à cause de Crépillon qu'il a vu partir ses deux fils ! Au point d'en avoir voulu mettre fin à ses jours, faut-il te le rappeler ?

– Non, non… Maximin ! Mais ce vieil entêté aurait dû faire preuve de plus de patience… D'après ce que je sais, ma petite Hélène se fait mal à la vie d'une aussi grande ville que Genève. Et Thib… Non, son mari, réussit plutôt bien dans la pierraille et la taille du diamant. Paraîtrait même qu'il soit en passe de devenir un des meilleurs ! Et il fait merveille dans l'horlogerie ! L'un et l'autre métier ont tout pour faire bon ménage, et il les exerce de front… »

Octave ne put s'empêcher de grimacer une moue méchante :

« Et alors ?

– Alors ma fille aimerait bien revenir de par chez nous… Et, ce que femme veut !

– Au prix de faire perdre son travail à Thib… à son époux ?

– Thibaud a fait ses preuves, Octave… Et il peut très bien élaborer et façonner des tailles de cristaux inédites ici plutôt qu'en ville. Il se dit qu'on s'arrache ses talents ! Mais, surtout, il s'est fait la réputation, en quelques mois, de savoir marier les plus belles pierres précieuses aux montres et horloges les plus sophistiquées : il a des doigts d'or, ce gars ! Et il aurait été dommage de les laisser s'user au manche de la hache ou de la charrue… »

Octave se renfrogna plus encore :

« Ne me fais pas croire que Thibaud envisagerait de revenir au domaine ? Lui qui, depuis l'enfance, ne rêvait déjà que de fuir les Fontanières !

– Même si l'on pense que la merde des autres est toujours meilleure, on revient toujours chier sur son tas de fumier ! Surtout lorsque l'on a de quoi vivre sans y tremper les mains… »

Ah ! Ce cœur qui trépidait plus vite sous les vieilles côtes ! Et ce cri du cœur qu'il ne pouvait retenir :

« Tu veux vraiment dire qu'il pense à remettre les pieds aux Fontanières ?

– Ou à Crépillon, Octave… Ici, en tout cas !

– Vrai ?

– Je ne peux jurer de rien : c'est surtout mon Hélène qui le souhaiterait ! Mais je sais trop bien combien savent y faire les "fumelles" avec leurs hommes pour que je croie l'hypothèse sérieuse… À mon avis, d'ici la fin de l'année, ils seront de retour au pays. »

Que répondre, sinon à se dédire de tous les griefs qu'il nourrissait envers son cadet depuis que ce dernier avait décidé de fuir le domaine ? En l'abandonnant sur des terres qui ne nourrissaient plus leur homme… Surtout un homme de son âge, qui sentait de plus en plus la force s'évaporer de ses muscles d'année en année ! Il hocha la tête, faussement peu convaincu, puis grogna :

« Et Ant… »

La syllabe de ce prénom qui lui crevait le cœur n'arriva pas à franchir ses lèvres, et Maximin compléta :

« Et Antoine ? Vous avez des nouvelles d'Antoine ?

– Antoine ? Il n'est pas revenu ici depuis qu'il est parti de la région… Je crois qu'il n'ose pas ! Pas encore… Parce que, si j'en crois ce qu'Hélène m'a dit, après l'excitation de l'aventure et l'attrait des richesses de la ville, il s'est vite lassé de ce monde qui restera toujours pour lui atrocement artificiel !

– Alors ?

– Alors, si son cadet revient au pays, je suis prêt à parier qu'Antoine ne tardera pas à faire de même ! Il a trop la terre de chez nous collée aux semelles… Mais aussi, je suis sûr qu'après avoir goûté aux Genevoises futilement citadines et inconstantes, il trouvera aussitôt plus de charme et de qualités à mon Eugénie, qui n'a d'yeux que pour lui ! Même si la pauvrette n'a pas les toilettes et les fards que les bourgeoises affichent en ville ! »

Bon Dieu ! Mais que tentait donc de lui expliquer Jules ? Octave se frappa le front du plat de la main :

« Boun Diou ! Je ne peux y croire… Et je me refuserai à revoir un seul de mes fils, après ce qu'ils m'ont fait ! »

Élise éclata de rire la première, aussitôt imitée par son époux et Jules.

« Allons, Octave ! se gaussa-t-elle. Vous pardonneriez tout dans la seconde si l'un ou l'autre de ces deux-là se pointait sous le porche de la cour ! »

Le grognement qu'elle eut en réponse ne put que la réjouir encore, et elle pouffa :

« Tous les mêmes, ces hommes... Et quel que soit l'âge, d'ailleurs : faut toujours qu'ils aient honte de montrer leurs sentiments ! »

XL

« Ça peut bien attendre demain ! »

La lampe à pétrole commençait à faiblir, et sa mèche crachotait des jets de lueurs hésitants… Jules Reculet était depuis longtemps rentré chez lui, et le vieux Vornex, contrarié, était monté dans sa chambre sans avoir daigné honorer d'une cuillerée la soupe préparée par Élise. On a tous ses petites sautes d'amour-propre ! Depuis de longues minutes, le couple n'avait pas échangé la moindre parole, comme si chacun préférait garder pour lui les perspectives nouvelles qu'avait insufflées en eux les propos de Jules Reculet : Thibaud et Antoine, qui envisageaient de revenir vivre dans « leurs » montagnes ? Eux, qui avaient tellement rêvé de la vie de la plaine et de l'opulence de la ville ! Voilà qui remettrait peut-être en cause la volonté d'Octave de léguer à sa mort les Fontanières à ce Maximin et son épouse, qui avaient plus fait pour la prospérité du domaine que les uniques héritiers des Vornex ! Un seul coup d'œil prouva qu'ils étaient bien d'accord : qu'importait qu'ils fussent propriétaires de ces murs, pourvu qu'ils pussent y vivre ? Et pourtant, si Antoine et Thibaud, de retour « chez eux », ne souhaitaient plus les voir en « leurs » murs ? Ils n'auraient tous deux que la solution de reprendre leur errance, de ferme en ferme et de « patron » en « patron »…

Maximin soupira pour chasser les pensées qu'il ressassait, puis tenta de se convaincre que les fils d'Octave ne pourraient que les louer d'avoir redonner vie au domaine, de faire ce qu'ils n'avaient su faire eux-mêmes ! Non, malgré la hargne que leur vouait leur père depuis leur fuite des Fontanières, Élise et son mari espéraient qu'Antoine et Thibaud avaient la loyauté du cœur et que, comme leur père, ils sauraient les considérer comme étant un peu de la famille : après tout ce qu'ils avaient fait sur ces terres qui n'étaient pas les leurs ! Après avoir fait prospéré le domaine, en guère plus d'un an seulement, plus que ne l'avaient fait deux générations de Vornex ! Et puis, ils se sentaient tellement chez eux, ici, maintenant... Un peu comme les propres enfants d'Octave. Pourquoi ne se sentiraient-ils pas, dès lors, plus ou moins frère et sœur d'Antoine et de Thibaud ? Il se mordit les lèvres. À quoi bon rêver ? La cupidité n'a que trop d'emprise, en ce bas monde !

Bien loin de ces considérations terriennes, Élise hésitait. Elle n'était pas encore assez sûre d'elle pour oser s'en ouvrir à Maximin... En y repensant, elle eut un coup douloureux au cœur en se remémorant son infidélité : qu'eût-elle fait, si elle avait été enceinte de Pierrot des Fleurs après avoir retrouvé Maximin ? Il n'en avait heureusement rien été ! Alors, pourquoi tardait-elle autant à lui annoncer qu'elle éprouvait depuis quelques jours tous les symptômes d'une future maternité ? Peut-être parce qu'elle et son mari avaient si longtemps espéré en vain un tel événement qu'elle ne voulait pas être porteuse d'une nouvelle déception... Toujours était-il qu'elle espérait vraiment ne pas se tromper et que, si un petit Chenaillet s'éveillait à la vie en elle, il aurait à sa naissance pour horizon ces Fontanières qui n'étaient pas de ses ancêtres ! Et que jamais personne ne lui parlerait de la Besancière... La Besancière ? Tiens, il y avait une éternité qu'elle n'y avait plus repensé ! Comme si elle avait toujours vécu ici, sur les terres des Vornex...

Elle réprima une nouvelle nausée et se décida à se confier enfin à son époux. Doucement, elle se leva de son siège pour s'approcher de lui, puis chercha le creux de son épaule afin d'y lover sa tête :

« Maximin ? »

Il bâilla :

« Moui ?

– Je voulais te dire…

– Demain, ma mie… J'ai trop sommeil ! Ce que tu as à me dire peut bien attendre demain, non ? »

Elle détourna le visage pour sourire… Oui, cela pouvait bien attendre demain ! Et elle se laissa entraîner par la main de son mari vers la chambre qu'il avait achevée à l'étage depuis moins d'une semaine. Quoi de mieux que ce lit tout neuf, avec un bon sommier et un matelas moelleux, pour lui susurrer à l'oreille la bonne nouvelle qu'il espérait depuis des années ?

« Et alors ? »

Le vieil homme aux yeux pâles eut un sourire très doux :

« Alors, quelques mois plus tard, mon grand-père Julien est né, pour la plus grande joie de ses parents, car Élise et Maximin réalisaient ainsi leur vœu le plus cher. Mais c'est le vieux Vornex qui jubilait le plus : la vie ressuscitait aux Fontanières en même temps que ses murs ! De nouveau, le domaine avait un avenir, même si ce n'était pas dans les mains d'un de ses descendants… D'ailleurs, on m'a dit qu'il n'a même pas attendu le baptême pour courir chez le notaire de Gex afin d'établir sa succession en faveur des Chenaillet !

– Mon Dieu ! Ses fils ont dû en prendre ombrage, non ? »

Un nouveau sourire, qui pouvait passer pour ironique, mais portait en lui toute la philosophie des gens sages :

« La vie sait être assez étrange et fantasque pour se moquer de la logique ! Elle l'avait déjà prouvé en permettant au hasard de faire en sorte que Maximin et Élise fassent connaissance avec les Fontanières juste à temps pour empêcher mon aïeul Octave de mettre fin à ses jours… En fait, Thibaud Vornex se moquait bien des pauvres restes de la propriété familiale : ses dons pour l'horlogerie et la taille des pierres lui rapportaient chaque mois plus que des années de labeur sur les terres familiales !

– Ah ! Il s'est donc fait une petite fortune à Genève auprès de sa gentille Hélène ?

– Eh bien ! Non ! C'est vrai qu'il s'est constitué une fortune qui n'avait d'ailleurs rien de "petite"… Mais c'est bel et bien de retour au pays qu'il a continué à la faire prospérer. Sa femme s'était accoutumée à la ville par obligation, lorsqu'elle se louait à Genève comme femme de chambre, ou domestique… Bonniche, quoi ! Elle avait encore supporté la vie citadine après son mariage avec Thibaud, et s'était vite félicitée de l'aisance qu'apportaient à leur foyer les talents de son époux. Dès qu'elle a su qu'elle était enceinte, elle n'a eu de cesse que son enfant voie le jour à Crépillon !

– Et Thibaud ? Qu'en a-t-il pensé ?

– Philosophe, le Thibaud ! Il avait connu la vie qu'il voulait connaître et, s'il appréciait sans rechigner la réussite qu'elle lui avait apportée, il n'était pas sans être conscient des contraintes de l'existence genevoise… Et puis, la petite Reculet avait un caractère bien trempé, et elle a bien su le convaincre de travailler pour son compte en montant son propre atelier au Crépillon, pour le plus grand bonheur de Jules et de Jeanne ! Et c'est donc là que leur fils Mathias a vu le jour… Il n'en a pas fallu plus pour qu'il se réconcilie avec son père… même si le vieil Octave, en bourru qu'il était, a toujours su prendre soin de ne pas trop le montrer !

– Tout est bien qui finit bien, alors ! Sauf que vous ne m'avez toujours pas dit ce qu'il est advenu de ce pauvre Antoine…

– Ah ! Antoine ! Bien sûr, courageux et costaud comme il était, il s'est vite trouvé du travail… Pas pour des ouvrages de précision, comme son frère, bien sûr ! Antoine Vornex était de la vraie race des paysans, lui, et il n'avait que la force de ses muscles à vendre. Il s'est donc échiné sur les nombreux chantiers de construction de la ville. On construisait beaucoup, à Genève, en ce temps-là !

– Oh ! On y construit toujours autant, vous savez… »

Sans paraître entendre la remarque, le paisible vieillard continua :

« Mais Antoine, tout au fond de lui, savait bien qu'il n'était fait ni pour la pierre ni pour le pavé, et il regrettait ses montagnes…

D'autant plus que les filles de Genève n'étaient pas à la hauteur de ses espérances ! Pensez ! Les véritables citadines pensaient plus à séduire un fils de bourgeois à la bourse bien garnie qu'à s'enticher d'un paysan mal dégrossi sans un sou en poche ! Et il lui arrivait souvent de rêver aux regards si fervents que lui adressait Eugénie, sa belle-sœur, chaque fois qu'il remontait à Crépillon avec Hélène et Thibaud. Il n'y a pas que la beauté, dans la vie !

– Pourquoi ne retournait-il pas au pays, alors ?

– Par fierté, bien sûr. Il avait renié son père et les Fontanières, et il aurait eu honte à se présenter de nouveau devant le vieil Octave !

– Vous n'allez pas me dire qu'il est resté à Genève, le pauvre ?

– Non… Sinon je ne serais pas là pour le dire ! Le départ de son frère l'a incité à faire de même, et il a bel et bien épousé Eugénie Reculet, qui s'est d'ailleurs montrée bien meilleure épouse qu'il ne l'avait supposé… Tous deux sont allés vivre ici même, aux Fontanières, auprès d'Octave et d'Élise et Maximin. Sous l'œil du vieux Vornex, les deux couples ont entièrement rebâti le domaine pour en faire ce qu'il est encore !

– Mais… pourquoi disiez-vous que vous ne seriez pas là si Antoine Vornex était resté à Genève ?

– Parce qu'Antoine et Eugénie ont eu une fille, Françoise, laquelle a épousé Mathias, le fils d'Élise et Maximin…

– Je comprends ! Maximin et Élise étant vos grands-parents paternels, cela veut dire qu'Antoine et Eugénie étaient vos grands-parents maternels…

– Oui… Et que je suis né de Mathias Chenaillet et de Françoise Vornex ! »

Un silence, comme pour mieux savourer la tranquillité de la vieille demeure. Puis la question :

« Et maintenant, Claude ? »

Claude Chenaillet s'arracha aux souvenirs qui étaient siens pour répondre :

« Maintenant, les temps ont bien changé… Mais j'ai moi aussi de la descendance qui s'occupe activement du domaine de mes

ancêtres ! Ça ne se voit pas, en cette saison, mais les Fontanières ont depuis quelques années vocation à être gîte d'étape pour randonneurs, et ça marche plutôt bien, ma foi… De plus, grâce aux subventions pour la conservation des patrimoines régionaux, mes fils et petits-fils remettent en état la fromagerie et son matériel comme il y a plus d'un siècle. Ils restaurent aussi les outils agricoles, remontent les murets à l'ancienne, et il est question de reprendre quelques vaches, chèvres et brebis, pour donner aux promeneurs l'idée de ce qu'était la vie d'antan, dans ces montagnes, avant que les pistes de ski et les télésièges n'en abîment les pentes !

– C'est une bonne idée ! Qui fait que les Fontanières survivront à Crépillon, non ?

– Pas vraiment ! La ferme de Crépillon est toujours aux mains de la famille Reculet ! Et le dernier du nom a bien failli renoncer et quitter lui aussi ces terres qui ne sont plus rentables… Mais il a eu l'idée de mettre en valeur l'outillage et la façon de faire des horlogers et diamantaires, grâce à tout ce qu'avait laissé dans les greniers et hangars mon arrière grand-oncle maternel.

– Thibaud Vornex !

– Oui… Tout avait été plus ou moins soigneusement conservé ! Et c'est ce qui nous a donné l'idée d'en faire autant aux Fontanières. Ainsi, le domaine, jumelé à celui de Crépillon, offre au tourisme et à la culture les vraies racines de ce pays. Et cela permettra sans doute à mes petits-enfants de continuer à vivre de ces terres dans le respect des traditions, sans toutefois s'échiner comme autrefois pour ne rien gagner. Il y a encore de l'avenir, ici ! »

Ne rien répondre… Et regarder le soleil se coucher derrière la crête dentelée des montagnes brumeuses. Puis imaginer, à l'intérieur de ces murs, une femme se courber dans le lit sur le dos de son époux pour lui susurrer à l'oreille :

« Mon Maximin… Tu vas être enfin papa ! Et moi, maman…

– Qu'est-ce que tu dis, Élise ?

– Rien, mon Maxou… Après tout, tu as raison : ça peut bien attendre demain ! »

Lexique

À la *bade* : dans ce contexte, à rêver.

Amodieur : à la belle saison, l'*amodieur* louait un alpage de montagne, collectait les vaches des particuliers et embauchait du personnel pour fabriquer le fromage sur place. Il gardait la production pour lui, la vendait, et payait en fin de saison au paysan une somme convenue d'avance par tête de bétail.

Amouiller : masser le pis jusqu'à la descente des premières gouttes de lait.

Arigots : vieux objets qui ne sont plus d'aucune utilité.

Baliveau : gros arbre à couper, en général du hêtre.

Barrure : clôture en bois fermant un pré, généralement le plus proche du chalet, composée de dosses en croix fixées sur des poteaux plantés.

Batiule : sac de toile contenant le grain et porté à l'épaule.

Bétandy : plancher au-dessus de la grange servant d'étage pour stocker aussi le foin ou la paille.

Boïlle : récipient en bois d'une contenance variable (de 10 à 60 litres), muni de bretelles pour le porter à dos.

Botoïllon : baril de bois contenant environ cinq litres.

Botte-cul : tabouret à un pied maintenu en place par une courroie.

Branloire : engin à grandes roues formé d'un train avant et d'un train arrière reliés par des poutres, voué au transport des énormes blocs de pierre brute, et tiré par un ou plusieurs chevaux.

Brassée : gerbe de foin liée qu'on amassait ensuite en *fagots* plus ou moins lourd en fonction de la force de ceux qui les transportaient.

Brottely : contrebandier qui portait les marchandises en fraude à l'aide de sac à dos munis de bretelles.

Cercles : raquettes artisanales que l'on fixait aux chaussures pour ne pas s'enfoncer dans la neige.

Chevret (ou chevrotin) : fromage au lait de vache d'environ dix centimètres de côté, à pâte molle, moulé dans des coquettes (ou copettes) en épicéa. Son nom provient du fait qu'il était initialement fabriqué avec du lait de chèvre. On le baptisa ensuite tout naturellement vacherin…

Coffin : étui de bois contenant de l'eau dans laquelle trempait la pierre à aiguiser.

Crèche : mangeoire du bétail. On utilise aussi le terme pour désigner l'étable en général.

Cuchet : foin mis en tas pour le préserver de la rosée ou de la pluie.

Débrouter : décroûter la couche terne qui englobe la pierre précieuse.

Décailler : découper le caillé en grains fins, lesquels formeront ensuite le fromage. C'est une opération essentielle dans la fabrication du fromage.

Découverte : dans une carrière, zone où la terre a été enlevée pour mettre la pierre à nu.

Écurie : en pays de Gex, le vocable exact, étable, était inusité.

Émerluchée : excitée et provocatrice. Se dit aussi d'un homme ivre.

Enchapler (ou *enchapeler*) : battre la lame.

Fagot : chargement de foin lié à porter à dos d'homme.

Fenière : réserve à foin.

Foncet : partie mobile fermant le moule.

Fruitière : fromagerie.

Gorrions : morceaux de tronc noueux.

Gouille : source ou petite étendue d'eau retenue dans un creux.

Gris de Gex (ou persillé) : anciennes appellations du bleu de Gex.

Grosse : douze douzaines.

Lanfiu : grand drap avec lequel on faisait un ballot de foin, lorsqu'on ne pouvait en faire un fagot.

Lanvoile (ou *comalt*) : pointe forgée munie d'un anneau pour tirer les troncs coupés à l'épaule.

Layettes : meubles à nombreux tiroirs à l'usage des magasins, mais surtout destinés aux horlogers et lapidaires pour y ranger les petites pièces nécessaires à ces activités.

Macérat : produit de la macération, dans du petit-lait, de la caillette provenant d'un estomac de veau nourri au lait. Pour améliorer le processus, on pouvait ajouter du poivre, ce qui explique que les contrebandiers en passaient de grandes quantités en fraude.

Moule : quantité de bois de la valeur de quatre stères.

Murgers : amas de pierres provenant de l'épierrement des prés et des chemins.

Pantets : bas des longues chemises que portaient les hommes.

Paygan : surnom donné aux habitants du pays de Gex par ceux du haut Jura.

Pelle à rigoler : espèce de pioche large et tranchante, munie à l'opposé d'une lame recourbée pour couper les mottes.

Picholette : carafon de trois décilitres.

Piquette : boisson d'eau et de sucre, obtenue après filtrage au travers du mout du pressage du raisin.

Quartier : plancher à mi-hauteur qui doublait la surface de la grange.

Rableur : employé qui, à l'alpage, sortait les bouses des vaches.

Rôter : laisser l'avoine coupée rendre son humidité.

Tavaillons : fines lamelles taillées dans du bois de résineux pour, posées en écailles, former une couverture de toit aussi imperméable que la tuile.

Tavan : taon en dialecte local.

Traiseur : homme affecté à la traite des vaches.

Tranche-caillé : outil nécessaire au *décaillage,* comportant des fils acérés permettant la découpe du caillé.

Voirande : grand récipient de bois ou de métal.

Volant : faucille, parfois emmanchée au bout d'une perche.

Remerciements

Avec mes remerciements à Claude Mantoz et sa famille, qui m'ont prêté le livre consacré au grand-oncle de Claude, facteur à ski dans la région de Mijoux et Lajoux :

La Trace au Louis, de Marc Forestier (auto-édité).

Les ouvrages d'Anne-Marie Prodon m'ont aussi été une précieuse source d'informations, et principalement :

Histoires vraies d'autrefois, les vieux paysans gessiens racontent...

et

Sagesse paysanne, histoires de vies.

Je citerai aussi, entre autres :

Ferney-Voltaire, pages d'histoires du Cercle d'études ferneysiennes, académie Candide, Éditions Gardet, Annecy.

Histoire du pays de Gex, de la vallée de la Valserine, de la Michaille et du Haut-Bugey, de Lucien Michaux, aux Éditions du Bastion.

Images et Événements genevoix, aux Éditions Slatkine, Genève.

Table des matières

I La Besancière 7
II La Vieille Faucille 15
III Pierrot des Fleurs 23
IV « Une visite ? À cette heure-ci ? » 33
V Comme au Moyen Âge 43
VI La vogue de la Saint-Claude 53
VII La fontaine aux quatre Goulettes 63
VIII La petite Hélène 73
IX « Les vendanges : une distraction ? » 83
X Le bleu de Gex 97
XI Des rêves de liberté 107
XII Le rude labeur du jour 117
XIII La carrière de Crozet 129
XIV Sans Thibaud 139
XV « Sacré margoulin… » 149
XVI Genève, enfin ! 157
XVII Une énorme meule de comté 167
XVIII Le rendez-vous 177
XIX Les pierres les plus précieuses 187
XX Le jeu en vaut-il la chandelle ? 197
XXI Un vrai plaisir 209
XXII Pour quelques poignées de pièces 221
XXIII *Désolée* 231

XXIV « Élise ! Élise ! Élise… » 241
XXV Passage à gué 251
XXVI Le petit curé 261
XXVII À la veillée 273
XXVIII « En avant ! » 283
XXIX De fil en aiguille 293
XXX Au carrefour des chemins 303
XXXI Une ruine de murs éboulés et noircis 313
XXXII De ferme en ferme 323
XXXIII L'immense tablée 333
XXXIV Le bout du sillon 345
XXXV Main dans la main 355
XXXVI Une suggestion 365
XXXVII Le retour des flammes 375
XXXVIII Des chèvres et des moutons 385
XXXIX Renaître de ses cendres 395
XL « Ça peut bien attendre demain ! » 405
Lexique 411
Remerciements 415

Chez le même éditeur

Sagas familiales et destins singuliers sont au cœur des romans De Borée. Découvrez-les sans plus attendre.

ANGLADE Jean
Le Chien du Seigneur

AUCOUTURIER Alain
Aux innocents les mains pleines
La Mère-Nuit
Le Besacier
Le Bon Dieu dans les orties

AUDIDIER Robert
Les Sentiers de traverse
Le Voyage de Pierre Angibaud

AUDOUX Marguerite
Marie-Claire suivi de *L'Atelier de Marie-Claire*

AUJOULAT Noël
Le Village perdu

BARBET Jean-Louis
Le Chocolat des temps amers

BARDOT Thierry
Le Hameau des Tailles

BARTHOMEUF Georges,
ROUZAIRE Roger
Le Prix de la terre

BÉLARD Paul
Moissons d'enfance
La Ferme aux écrevisses

BÉNÉ Robert
La Belle Virginie
La Belle Marguerite
La Belle Mathilde
Le Trésor d'Alpaïde
La Belle du Saint-Laurent

BERTHÈS Colette
La Mémoire des chemins

BERTHOD Michel
Le Temps des hirondelles

BESSON PIERRE
Un pâtre du Cantal

BOBÈCHE Adrien
La Fille de la meunière
Les Confitures du haut de l'armoire
Au vent des brandes

BORMANN Christian
Les Coulées douces

BOSQUET Roland
Les Yeux de Chloé

BOUCHARDY Christian
Le Fugitif de la Saint-Jean

BOUCHET Maurice
La Pierre au mercier
Le Chêne foudroyé
La Fille du pertuis
Là où disparaît le torrent

BOUDOU Josette
Les Grillons du fournil
La Maison d'école
Marie, fille des montagnes
Les Chemins de toile
La Ronde des saisons

BRIAND Charles
Le Foulard de l'aviateur

BUICHE Jean-Pierre
Une petite âme

CALLEROT Geneviève
Treize grains de maïs

CAPPEAU Marie Nicole
La Mule blanche

Chantemerle
Désacœur

CASTELAIN Anne-Marie
Le Loup du marais
Les Amours de Louise
La Promesse
Le Passant de l'été

CHALAYER Maurice
Les Promesses du haut pays
La Paix des collines
Un buisson d'aubépine
Le Secret de Jean

CHATRY Colette
Les Rubans roses

COGNÉRAS François
La Mémoire engloutie

COLLIN Yvon
L'Écorce amère

COSEM Michel
Justine et les loups

COSMOS Jean
La Dictée

DEMURE Jean-Paul
Les Rosiers de la rue Vermenouze

DRAVAINE Claude
Le Grand Domaine

DUHAMEAU Jacques
Le Vent du Peyradoux

DUPUY Daniel
Fontcouverte
Les quatre jeudis

FABRE François, RICHARD Jean
La Bête du Gévaudan

FABRE Jean-Luc
Le Colporteur des âmes

FARINELLI Bernard
Terre-Dieu

FRONTENAC Yvette
Les Années châtaignes
La Soupe des autres
Les Années chantepleure
Éléonore

GALLOIS Christiane
La Clairière aux genêts
Nanou, les doigts pleins d'encre

GAMARRA Pierre
Le Maître d'école
Les Coqs de minuit suivi de
Rosalie Brousse

GIMBERT Yveline
La Méprise
L'Ombre des chênes

GONZALÈS Daniel
La Demoiselle du port

JAILLER Isabelle
La Ferme des hautes terres

JUBIEN Aurélie
Un jour d'octobre

JUDENNE Roger
Drôle de moisson
Les Terres brunes
Les Bons Jours
Une vie de dimanche
Louison la douce

LABORIE Christian
L'Arbre à pain
L'Appel des drailles
Les Drailles oubliées
Le Secret des Terres Blanches
L'Arbre d'or
Le Saut-du-Loup

LACOMBE Michel
Les Brûlots de paille

LAVARENNE Michelle
La Belle Vie d'Anna

LAVISSE Suzanne
Le P'tit Louis de la loge

LEBERT Karine
Nina et ses sœurs

LEDOUX Ivan
La Guerre des marrons

LEMAIRE Philippe
Les Vendanges de Lison
Le Chemin de poussière
La Belle absente
La Soureillade
Compagnons de fortune

MALLOUET Jacques
Années vertes, années noires
Japperenard

MICHELIN Yves
L'Héritage trahi

MOSCA Lyliane
Les Gens de Laborde

NAVARRO Christine
Le Bonheur en été
L'Échappée belle

NEGRI (DE) Gérard
La Brûlure des pierres

PALET (DE) Marie
Les Terres bleues
La Demoiselle
Retour à la terre
Tistou
Mademoiselle Fine
Amandine
Céline, une vie toute simple

PECOU Raymond
Allée des Alyscamps

PERRÈVE Paul
La Pierre levée
La Burle

PERROT Philippe
Les Pommiers sauvages

PICCINO Sylviane
Les Sabots de peine

PINCE Jacques
Tustou et Marie
Les Premiers Sillons
Les Blouses grises
Le Goût du blé
La Vengeance de Bogis

PLAIT Annie
Les Longues Saisons

PONTY Monique
Un orage dans la tête

PUIJALON Bernadette
L'Œil du vivier
Un parfum de gentiane
L'Heure de l'alouette
Des monts de tempête

QUEREILLAHC Jean-Louis
Trois sillons de terre rouge

RIPERT Pierre
Le Temps d'un été

ROCHE Florence
Des monts de résistance
Les Hautes Terres

ROYER Roger
La Colombière
La Colline des Maures

SABOURIN Pierre
La Terre des coteaux
Le Boulanger de Saint-Laurent

SAND George
La Ville noire
Jean de la Roche

La Mare au Diable
Le Péché de monsieur Antoine (tomes I, II)
Le Marquis de Villemer
François le Champi
Le Compagnon du Tour de France *
Le Compagnon du Tour de France **
Contes d'une grand-mère *
Contes d'une grand-mère **

SOYEZ Jean-Marc
La Vigne à Saint-Romain
Le Bonheur selon Félisse
Les Galoches de Julia
La Ramandeuse
Julia

STEVENSON Robert Louis
Voyages avec un âne dans les Cévennes

TAMAIN Louis
L'Encre violette
Le Renard
Le Temps de l'école – L'Encre violette
Médecin de campagne – L'Encre violette
L'Énigme de Fontary

TESSIER Colette
Les Carnets noirs

THOULON-LANGUET Michèle
Le Tablier bleu
Maria du bout du monde

TOUATI Claude-Rose et Lucien-Guy
Une maison dans les herbes

VAISSIÈRE Marie-Louise
Marie, fille de cocagne

VALETTE Paule
Les Feuilles du pêcher

VÉDRINES Jean-Pierre
Un jour d'orage
Froides Vendanges
Marie des vignes
Soleil de femmes

VERDIER Henri
La Fille du bénitier

VERRIER Michel
La Ferme des Pitaval

VINCENT Claude
Les Roses de l'hiver
La Révolte du père

VITTÉ Louis-Olivier
La Vallée des illusions

LES HAUTES TERRES
Florence Roche

Jeanne et sa sœur aînée Noémie sont orphelines. Élevées dans la ferme de leur oncle maternel, elles doivent subir la dure loi de leur tante, âpre au gain et sans indulgence. Jeanne trouve souvent refuge auprès de son ancienne institutrice, qui a été une amie de Rose, sa mère. Elle pousse la vieille femme à lui raconter ses souvenirs, pour en apprendre plus sur elle. Au fil des confidences, Jeanne devine qu'un secret plane sur la véritable identité de son père.

336 pages - 13,5 x 21 cm - 9782844949042 - 19 €

NINA ET SES SŒURS
Karine Lebert

Les Tonneliers, c'est le domaine dans lequel Nina a vécu une enfance heureuse avec ses trois grandes sœurs, ses parents et les animaux de la ferme, ses compagnons de jeu favori. Mais la Première Guerre mondiale vient assombrir l'horizon. À quinze ans, contrainte de pallier l'absence de son père parti au front et le découragement de sa mère, Nina endosse les responsabilités de la ferme. Cela devient vite la passion de sa vie. À peine a-t-elle le temps de penser à Olivier d'Évroult, jeune noble intimidant…

352 pages - 16 x 24 cm - 9782844949059 - 19,50 €

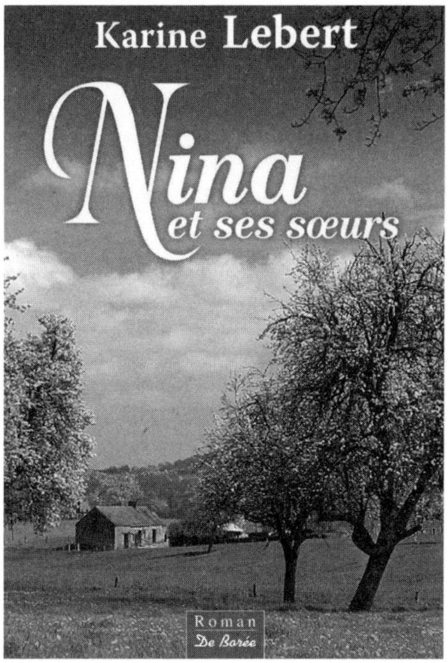

www.deboree.com